FANTASY

Autor

Robert A. Salvatore, geboren 1959 in Massachusetts, ist der international erfolgreiche Autor der Saga aus den *Forgotten Realms* und der *Drachenwelt*-Saga. R. A. Salvatore lebt mit seiner Frau Diane und drei Kindern in Massachusetts.

R. A. Salvatore im Goldmann Verlag

Die Drachenwelt-Saga:

Der Speer des Kriegers (24652) · Der Dolch des Drachen (24653) · Die Rückkehr des Drachenjägers (24654)

Aus den Forgotten Realms

Die Vergessenen Welten 1–6:

Der gesprungene Kristall (24549) · Die verschlungenen Pfade (24550) · Die silbernen Ströme (24551) · Das Tal der Dunkelheit (24552) · Der magische Stein (24553) · Der ewige Traum (24554)

Die Saga vom Dunkelelf:

Der dritte Sohn (24562) · Im Reich der Spinne (24564) · Der Wächter im Dunkel (24565) · Im Zeichen des Panthers (24566) · In Acht und Bann (24567) · Der Hüter des Waldes (24568)

Das Lied von Deneir:

Das Elixier der Wünsche (24703) · Die Schatten von Shilmista (24704) · Die Masken der Nacht (24705) · Die Festung des Zwielichts (24735) · Der Fluch des Alchemisten (24736)

Die Vergessenen Welten, weitere Bände:

Das Vermächtnis (24663) · Nacht ohne Sterne (24664) · Brüder des Dunkels (24706) · Die Küste der Schwerter (24741)

Weitere Bände in Vorbereitung.

FANTASY

R. A. SALVATORE

DER DOLCH DES DRACHEN

Drachenwelt 2

Aus dem Amerikanischen
von Frank Böhmert

GOLDMANN

Die amerikanische Originalausgabe erschien 1994 unter dem Titel »The Dragon's Dagger« bei Ace Books, New York

Umwelthinweis:
Alle bedruckten Materialien dieses Taschenbuches
sind chlorfrei und umweltschonend.
Das Papier enthält Recycling-Anteile.

Der Goldmann Verlag
ist ein Unternehmen der Verlagsgruppe Bertelsmann

Deutsche Erstveröffentlichung 9/96

Umschlaggestaltung: Design Team München
Umschlagillustration: Schlück/Hescox, Garbsen
Satz: deutsch-türkischer fotosatz, Berlin
Druck: Elsnerdruck, Berlin
Verlagsnummer: 24653
Redaktion: Gerd Rottenecker
V. B. · Herstellung: Peter Papenbrok
Made in Germany
ISBN 3-442-24653-9

3 5 7 9 10 8 6 4 2

Prolog

Immer wieder fuhr sich Kelsey mit seinen schmalen Fingern durch sein schulterlanges, strahlend goldenes Haar, während er mit goldglänzenden Augen unverwandt auf den leeren Sockel im Bergfried Dilnamarra starrte.

Auf den leeren Sockel!

Nur einen Monat zuvor hatte der Elf die Rüstung und den Speer des Cedric Donigarten, des größten Helden von Faerie, genau dorthin zurückgebracht. Welche Nöte hatte er ausgestanden, bis die Teile des vor langer Zeit zerbrochenen Speers wieder zusammengefügt waren. Diese Aufgabe war seine Queste gewesen, die größte Herausforderung im Leben eines Angehörigen der Tylwyth Teg, des edlen Elfenvolkes aus dem Wald Tir na n'Og. Noch immer war Kelsey von den Wunden seines Kampfes mit dem mächtigen Robert gezeichnet, dem gefürchteten Drachen und einzigen Geschöpf im ganzen Land, dessen Feueratem heiß genug war, das magische Metall der legendären Waffe zum Schmelzen zu bringen.

Und nun, da sich die Kunde, daß der mächtige Speer wieder heil war, gerade erst im Land zu verbreiten begann, war er mitsamt der berühmten Rüstung einfach verschwunden.

Durch eine Tür am hinteren Ende des Thronsaals trat Baron Pwyll in Begleitung mehrerer Soldaten herein, die genauso betroffen dreinblickten. Der Baron war fast einen Fuß größer als Kelsey und mindestens doppelt so schwer, und sein grauer Bart war wild zerzaust (Kelsey wußte, daß er an ihm gezupft hatte, wie er es immer tat, wenn er um Fassung rang), aber als der gewaltige Mann nun zu seinem Thron schritt und sich hineinfallen ließ, schien er zu schrumpfen und zusammenzusacken wie die Kissen, in die er sank.

»Wißt Ihr etwas?« fragte er Kelsey, und seine sonst dröhnende Stimme klang gedämpft.

»Ich weiß, daß die Artefakte verschwunden sind, die Artefakte, die ich in Eure Obhut gab«, erwiderte Kelsey scharf. Zorn blitzte in Pwylls braunen Augen auf, und seine verhangenen Lider hoben sich drohend. Doch der Baron erwiderte nichts, und diese Tatsache bestärkte Kelsey in seiner Befürchtung, daß etwas Schreckliches geschehen war – oder noch geschehen würde.

»Was ist?« drängte er, denn er ahnte, daß der Baron wichtige Neuigkeiten mitgebracht hatte.

»Geldion hat Connacht verlassen und ist auf dem Weg hierher.« Geldion war der Prinz von Faerie, ein Emporkömmling und nach Kelseys Einschätzung der gefährlichste Mann im ganzen Land. »Zwanzig Mann stehen ihm zur Seite«, schloß Pwyll. »Darunter ein Ritter.«

»Geldion kann unmöglich bereits erfahren haben, daß die Artefakte verschwunden sind«, wandte Kelsey grübelnd ein.

»Nein«, stimmte Pwyll ihm zu. »Aber er und sein Vater – lang lebe der König«, fügte er rasch hinzu und warf einen Blick in die Runde, um zu sehen, ob einer seiner eigenen Männer ein mißtrauisches Gesicht machte, »haben erfahren, daß der Speer gerichtet worden ist. Es scheint, als habe Kinn ... König Kinnemore verfügt, daß die Schatzkammern von Connacht einem solch kostbaren Stück weit besser als Schrein dienen können.«

»Cedric Donigarten vermachte die Erbstücke in seinem eigenen Testament Dilnamarra«, protestierte Kelsey, obwohl Pwyll abwinkte. »Ihr habt die Dokumente, ordentlich mit Brief und Siegel. Kinnemore kann unmöglich ...«

»Ich fürchte mich nicht vor einem Rechtsstreit um den Standort der Artefakte«, unterbrach ihn Pwyll. Der Baron griff sich in den Bart und wühlte darin herum, bis eine gekräuselte graue Strähne weit von seinem breiten Gesicht abstand. »König Kinnemore und selbst dieser elendige Geldion werden sich hüten, den Speer oder die Rüstung allzu dreist einzufordern. Aber versteht Ihr denn nicht? Ich dachte, sie hätten die Stücke bereits gestohlen, und die Tatsache, daß Geldion erst jetzt hierher unterwegs ist, und zwar ganz offen, läßt mich an dieser Vermutung zweifeln.«

»Eine Verschleierungstaktik?« schlug Kelsey vor.

»Haltet Ihr Geldion wirklich für so gerissen?« gab der Baron trocken zurück.

Erneut fuhr sich der Elf mit einer anmutigen Geste durch das goldene Haar und betrachtete nachdenklich den leeren Sockel. Wenn nicht Kinnemore, wer mochte dann die Stücke an sich genommen haben? Robert war besiegt, und die unbeugsamen Gesetze des Ehrenkampfes verbannten ihn für die nächsten einhundert Jahre auf seine Burg. Und auch die Hexe Ceridwen war verbannt worden, auf ihre Insel, und zwar von dem gerichteten Speer selbst. Ohne Frage konnte die hinterhältige Hexe immer noch verheerenden Schaden anrichten, aber Kelsey zweifelte daran, daß sie schon Zeit genug gehabt hatte, ihre Kräfte zu sammeln – es sei denn, sie wirkte durch ihre Marionette, den König auf Connacht.

Ein Lärmen vor der Haupttür, mehrfaches Ächzen und ein lautes Spucken ließen Kelsey herumfahren. Fünf Soldaten trugen zwei massive Holzstangen herein, zwischen die eine kleine, stämmige Gestalt gebunden war – fest verschnürt an Händen und Füßen, Knien und Ellbogen und Hals und Bauch. Der Zwerg – denn es war natürlich ein Zwerg, auch wenn er nicht die Barttracht seines Volkes trug – bäumte sich immer wieder störrisch auf und zwängte seinen Kopf zur Seite, um einen weiteren Mann mit einem Batzen körniger Spucke bedenken zu können.

Keiner der Soldaten wirkte sonderlich erfreut, und sämtliche Rüstungen waren von Dellen übersät, die sicherlich von Hammerschlägen herrührten.

»Herr«, begann einer der Männer, aber er hielt abrupt inne, als ihm ein Batzen Spucke auf die Wange platschte. Er fuhr herum und drohte dem Zwerg mit der Faust, der aber lächelte nur schelmisch und spie ihm ins Auge.

»Runter mit ihm!« rief der Baron verärgert.

»Jawohl, Herr!« erwiderte einer der Soldaten eifrig und riß sein riesiges Schwert aus der Scheide. Er wandte sich zu dem Zwerg um und holte mit der Klinge nach dessen ungeschütztem Kopf aus; plötzlich jedoch versperrte Kelsey ihm den Weg, und der Soldat spürte die feine Elfenklinge an seiner Kehle.

»Ich glaube, dein Herr meinte, runter mit dem Zwerg – nicht mit dem Kopf«, erklärte Kelsey. Der Soldat sah zu Pwyll, einen Ausdruck des Entsetzens im Gesicht, dann wurde er rot und ließ die Waffe sinken.

»Wir können ihn nicht freilassen, Herr«, sagte der erste Soldat und säuberte sich das Gesicht. »Ich fürchte um Eure Sicherheit.«

»Ihr seid fünf bewaffnete Soldaten bei diesem verdammten Zwerg!« gab Pwyll zurück und nestelte an seinem Bart herum.

Der Soldat schaute den Gefangenen von der Seite an.

»Und in Braemar waren es zwanzig!« bellte der Zwerg. »Also laßt mich herunter, bitte.«

Pwyll legte die gewaltige Stirn in Falten, als er sich die Truppe genauer ansah. Er hatte tatsächlich zwanzig Mann nach Braemar ausgeschickt, um dort Geno Hammerwerfer zu finden.

»Die anderen werden folgen, sobald sie weit genug genesen sind, um reisen zu können«, versicherte der Soldat.

Pwyll sah Kelsey an, der sich entschlossen umdrehte und die Lederriemen durchtrennte, mit denen Geno an die Stangen gefesselt war. Der Zwerg stürzte zu Boden, kam aber sofort wieder auf die Füße und ließ eine Faust in die geöffnete Handfläche klatschen.

»Ich gehöre nicht zu der Sorte Männer, mit denen du dich in Braemar geschlagen hast«, erinnerte Kelsey ihn schnell und grimmig zugleich. »Hier im Bergfried Dilnamarra wirst du keinen Krawall mehr anzetteln.«

Geno hielt dem Blick des Elfen lange Zeit stand, dann zuckte er mit den Schultern und fegte sich das glatte, braune Haar aus dem kantigen, aber gleichzeitig seltsam engelhaften Gesicht. Erneut setzte er sein spitzbübisches Lächeln auf. »Dann gebt mir meine Hämmer zurück.«

Kelsey nickte einem der Soldaten zu, und dieser griff sofort nach einem Schultergurt, an dem ein Dutzend schwerer Hämmer hing. Dann aber zog der Mann die Hand unvermittelt zurück und blickte von dem lächelnden Zwerg zum Baron.

»Nun mach schon!« befahl Kelsey, bevor der Baron etwas sagen konnte, und der Respekt des Soldaten vor dem Tylwyth Teg war so groß, daß Geno den Gurt umgehend ausgehändigt bekam.

Der Zwerg zog einen Hammer aus der Schlaufe und ließ ihn hoch in die Luft wirbeln. Lässig warf er sich den Gurt über die Schulter, dann streckte er genau im richtigen Moment seine breite Hand aus, als der Hammer wieder herunterkam.

»Meinen Dank, Elf«, sagte er. »Aber komm bloß nicht auf die Idee, daß ich dir wegen dieser Gefangennahme verpflichtet bin. Du kennst die Fangregeln ebensogut wie ich, und zwanzig gegen einen war nicht fair.«

»Du bist nicht hierher gebracht worden, um zu etwas verpflichtet zu werden«, erklärte Kelsey, und obwohl der Zwerg sich völlig ungerührt gegeben hatte, entfuhr ihm ein tiefer Seufzer der Erleichterung. Er hatte den Ruf, der beste Schmied im ganzen Land Faerie zu sein, und als solcher hatte er sich ständig gegen die Fangversuche von Baronen und betuchten Händlern oder einfach nur Möchtegernhelden zur Wehr zu setzen, die alle wollten, daß er ihnen »die beste Waffe der Welt« anfertigte.

»Die Rüstung und der Speer sind verschwunden«, fügte der Baron reichlich scharf hinzu, und er beugte sich auf seinem Thron vor, als wolle er dem Zwerg sogleich die Klageschrift verlesen. Als Geno ihm diese Geste mit einem zehnmal so bösen Blick heimzahlte, ließ er von seiner Einschüchterungspose jedoch sofort wieder ab.

»Beschuldigt ihr mich, sie gestohlen zu haben?« fragte Geno geradeheraus.

»Nein, nein«, warf Kelsey rasch ein, denn er befürchtete einen von Genos Wutanfällen. Für einen kurzen Moment kam ihm die Geste des Vertrauens, mit der er dem gefährlichen Zwerg seine Hämmer zurückgegeben hatte, nicht mehr sonderlich klug vor. »Wir sind lediglich dabei, die Angelegenheit zu untersuchen«, fuhr er mit ruhiger Stimme fort. »Und wir fanden, daß du als der Schmied, der den Speer gerichtet hat, unbedingt alarmiert werden müßtest.«

»Wir versuchen bloß, einem Geheimnis auf die Schliche zu kommen«, setzte Pwyll mit ebenso ruhiger Stimme hinzu. Er war klug genug, Kelseys Beispiel zu folgen. »Du wirst in keiner Weise verdächtigt, irgendwelche Untaten begangen zu haben.« Diese Aussage entsprach nicht ganz der Wahrheit, aber der Baron hoffte, daß ihm dieser diplomatische Schachzug Genos Wurfhämmer vom Leibe hielt.

»Eure Männer hätten fragen können«, antwortete der Zwerg.

»Das taten wir ...«, begann der speichelbedeckte Soldat, aber Pwylls emporschießende Hand und Genos rascher Griff zum erstbesten Hammer brachten ihn zum Schweigen.

»Außerdem sei dir versichert, daß deine Unterstützung in dieser vordringlichen Angelegenheit großzügig belohnt werden wird«, polterte der Baron, blieb aber um einen offiziellen Ton bemüht.

Geno sah sich zweifelnd in dem Raum mit seiner schäbigen Einrichtung um. Es war ein offenes Geheimnis, daß es mit dem Wohlstand der unabhängigen Barone seit Kinnemores Krönung deutlich bergab gegangen war – besonders mit dem Wohlstand derer, die nicht die Marionetten von Connacht sein wollten. »Zahlen die Tylwyth Teg?« fragte Geno Kelsey, und der Elf nickte ernst.

Baron Pwyll krümmte sich unter der versteckten Beleidigung. »Wo ist der Riese?« fragte er. Damit meinte er Tommy Ein-Däumling, der Kelsey und Geno bekanntlich auf der Queste begleitet hatte.

»Meint ihr, ich wäre so blöd, einen Riesen in einen Bergfried zu bringen?« bellte Geno. »Wie habt ihr es je geschafft, Baron zu werden?«

An diesem Punkt der Konversation hörte Kelsey nicht länger zu, er verlor sich in Grübeleien über die beunruhigenden Geschehnisse. Trotz des bevorstehenden Eintreffens von Prinz Geldion glaubte er nach wie vor, daß König Kinnemore hinter dem Diebstahl steckte und auf Befehl dieser verfluchten Ceridwen gehandelt hatte. Schließlich war der Arm des Drachen Robert bei weitem nicht so lang wie der Ceridwens, und wer sonst käme auf die Idee ...

Kelseys Überlegungen prallten plötzlich gegen eine Wand

und schossen in einem ganz anderen Winkel davon, einem Winkel, von dem aus der Diebstahl nicht mehr wie ein Verbrechen, sondern eher wie ein Lausbubenstreich aussah. Wer sonst – ja, wer wohl?

Am Rande einer Lichtung im wunderbaren Walde Tir na n'Og rückte Mickey McMickey den Tam-o'-Shanter, seine schottische Mütze, zurecht und lehnte sich gegen einen Baumstumpf zurück. Entspannt begann er wieder mit dem Dolch herumzuspielen, den Gary Leger, der Mann aus der anderen Welt, versehentlich aus Roberts Hort mitgenommen hatte. Wegen dieses Dolches würde der Bann, mit dem der Drache belegt worden war, nicht lange standhalten, denn die Gefährten hatten damit die Regeln des Ehrenkampfes gebrochen.

Mickeys Gedanken wanderten zu dem herrlichen Topf voll Gold, den er Robert verhökert hatte, noch bevor er überhaupt einen Fuß in den Hort gesetzt hatte. Wie sehr er seinen Topf vermißte, und wie schwach seine magischen Fähigkeiten ohne das Gold geworden waren!

»Kein Grund, mir graue Haare wachsen zu lassen«, sagte sich der sonst so heitere Kobold. Er blickte zur Seite, wo die prächtigen Artefakte lagen, die Rüstung und der Speer des Cedric Donigarten. »Das hier wird ihnen schon Feuer unterm Hintern machen.«

Intelligente Bomben und ein Bibo

Ende des Geschäftsmonats. Stressige Tage in der Finanzabteilung der General Components Corporation, eines unter Hochdruck arbeitenden High-Tech-Zulieferers für die Giganten der Computerindustrie. Gary Leger legte sich eine Hand auf den steifen Nacken und streckte sich in seinem Sessel nach hinten aus. Damit war er zum ersten Mal seit gut zwei Stunden mehr als dreißig Zentimeter vom Bildschirm entfernt. Er sah sich nach den anderen Kabinen in dem Großraumbüro um. Seine Kollegen waren alle schon in der Kaffeepause. Als er auf die Uhr sah, mußte er feststellen, daß sie jede Minute wiederkommen konnten.

Gary stieß einen Seufzer aus. Er wollte eine Cola trinken, er hatte das Coffein wirklich nötig, aber es war bereits halb vier, und Rick brauchte diesen Außenstellen-Saldenreport für das Management-Meeting um fünf. Gary sah auf den Bildschirm und auf den Stapel Papier daneben – Finanzpläne, Hochrechnungen und aktuelle Monatsübersichten. Er hatte noch die Zahlen von drei weiteren Außenstellen einzugeben, jeweils zwei Seiten mit hundert Beträgen, dann erst konnte er auf die Eingabetaste hauen und hoffen, daß alles korrekt bis zum Endergebnis durchgerechnet wurde.

Gary haßte es, die Daten selbst eingeben zu müssen, und er wünschte sich einmal mehr, daß Rick im Budget noch ein paar Mäuse lockermachte, damit er wenigstens an einem Tag im Monat einen Assistenten hatte. Die Saldierung und die unausweichlich folgenden Prüfungen hingegen mochte er, die Suche nach fehlenden Einnahmen und offenen Forderungen. Gary lachte leise, als er an die vielen Fernsehserien dachte, in denen Buchhalter vorkamen und nur als kriecherische, langweilige Gestalten charakterisiert wurden. Auch er hatte an dieses Klischee geglaubt – es schien so zutreffend –, bis er auf seiner Suche nach der dicken Kohle zufällig in eine Anstellung als Buchhalter gestolpert war. Sein erster Monatsabschluß, die anscheinend unmögliche Aufgabe, die Zahlen in anscheinend unmöglichen Auswertungen aufgehen zu lassen, hatte Gary dazu gebracht, seine Vorstellung, daß diese Arbeit »langweilig« sei, umgehend über Bord zu werfen.

»Du siehst erschöpft aus«, sagte Rick hinter ihm.

»Bin fast durch«, versprach Gary, ohne auch nur über die Schulter zu sehen. Er streckte sich erneut und nahm den nächsten Vorgang vom Stapel.

»Hast du Pause gemacht?« fragte Rick und legte ihm eine Hand auf die Schulter. Er beugte sich vor und nahm die Fortschritte auf dem Bildschirm in Augenschein.

»Ja, mittags.«

»Mach jetzt eine.« Rick nahm ihm die Unterlagen aus der Hand. Er schob Gary aus dem Sessel und setzte sich selbst hinein. »Und laß dir Zeit.«

Gary machte ein zweifelndes Gesicht und blieb stehen. Er ließ nur ungern andere seine Arbeit machen; er war Perfektionist und hatte gern alles von vorn bis hinten in der Hand.

»Ich werd schon damit klarkommen«, sagte Rick trocken, und Gary krümmte sich bei dem Gedanken, daß er so verflucht durchschaubar war. Er kam sich wie ein Idiot vor, weil ausgerechnet Rick es gesagt hatte; der hatte schließlich diese Tabellenkalkulation eingerichtet.

»Wenn du eine Pause haben willst, dann zieh los«, sagte Rick ruhig.

Gary nickte, und weg war er. Er begegnete seinen Kollegen,

die gerade aus dem Pausenraum zurückkamen. Ihre Gespräche kreisten natürlich um den Krieg, um die Einzelheiten der letzten Bombenabwürfe über der arabischen Hauptstadt und darum, wie sehr dem Feind »der Arsch auf Grundeis« ging, wie sie sagten.

Gary lächelte nur, als er an ihnen vorbeilief, tauschte einen freundschaftlichen Schulterknuff mit Tom aus, dem Debitorenbuchhalter, und beeilte sich, in den Pausenraum zu kommen. Rick hatte gesagt, er solle sich Zeit lassen, und Gary wußte, daß er jedes Wort ernst gemeint hatte, denn Rick kümmerte sich um seine Angestellten. Aber Gary wußte ebenfalls, daß er selbst für den Saldenreport verantwortlich war, und so wollte er auch selbst damit fertigwerden.

Irgend jemand hatte einen Fernseher in den Pausenraum mitgebracht und auf CNN eingestellt, auf die fortlaufende Kriegsberichterstattung. Als Gary hereinkam, standen einige Kollegen vor dem Bildschirm – zum Teufel, dachte er, da stehen ständig Leute vor – und sahen sich die neueste Pressekonferenz an; diesmal wurde sie von den französischen Oberkommandierenden der UN-Streitkräfte abgehalten. Gary versuchte, gar nicht hinzuhören, als die Reporter die Offiziere mit ihren typischen dummen Fragen bedrängten. Meist wollten sie wissen, wann denn nun der Hauptangriff beginnen werde.

Na klar, dachte Gary sarkastisch, sie werden euch die genaue Uhrzeit sagen. Kann ja gar nicht sein, daß der Feind ebenfalls CNN guckt.

Gary hatte Glück: er brauchte nur fünf Vierteldollar-Stücke, um dem ramponierten Automaten eine Cola für 75 Cents zu entlocken. Er ging zu einem Tisch, der weit von dem Fernseher entfernt stand, und setzte sich. Dann zog er einen Handtrainer aus der Hosentasche und begann mit dem Drükken; als die Muskeln an seinem kräftigen Unterarm hervortraten, nickte er zufrieden. Gary war schon immer sehr athletisch gewesen, aber seit seinem unfreiwilligen Ausflug nach Faerie nahm er das Bodybuilding noch viel ernster. Im Land der Drachen und der Kobolde hatte er die Rüstung und die Waffe eines legendären Helden getragen, hatte gegen Goblins und Trolle gekämpft, sogar gegen einen Drachen und eine böse Hexe. Er hoffte, eines Tages in dieses verzauberte Land zurückkehren zu können; er sehnte sich danach und wollte sichergehen, daß sein Körper der Herausforderung gewachsen war, falls es je dazu kam.

Ja, Gary Leger wäre gern wieder nach Faerie gegangen, und gern hätte er Diane mitgenommen. Er lächelte bei der Vorstellung, daß Diane und er über das dichte Gras der mit Felsen übersäten Hügel rannten, vielleicht mit einer Horde sabbernder Goblins im Nacken. Die Goblins würden dicht herankommen, aber Gary konnte sich nicht vorstellen, daß sie sie jemals kriegen würden, nicht, solange ihnen solche Freunde zur Seite standen wie der edle Kelsey und der trickreiche Mickey McMickey.

Faerie verblaßte vor seinem geistigen Auge und ließ ihn mit den viel greifbareren Gedanken an Diane zurück. Sie waren erst seit drei Monaten befreundet, aber er war sich jetzt schon ziemlich sicher, daß sie die Frau war, die er wohl einmal heiraten würde. Dieser Gedanke ängstigte ihn mehr als nur ein wenig, weil er Beständigkeit in einer Welt voraussetzte, in der es keine Beständigkeit zu geben schien.

Aber er liebte Diane. Das wußte er genau, und er konnte nur hoffen, daß sich alles weitere auf seine eigene, verschlungene Weise ergeben würde.

Zwei Jungs vom MIS belegten den Tisch neben Gary mit Beschlag, Computerfreaks. Einer fragte ihn, ob er einen Stuhl von seinem Tisch haben könne, denn die meisten Stühle waren längst vor den Fernseher gewandert.

»Scheißkrieg«, sagte der eine und zog damit Garys Aufmerksamkeit auf sich. »Wir führen ihn nur, damit keiner merkt, wie übel es mit der Wirtschaft bergab geht. Schwenkt die Flagge, und deckt damit die Bilanzen zu.«

»Echt wahr«, pflichtete ihm der andere bei. »Sie wollen zum vierten Quartal Kurzarbeit einführen, falls aus dem Vertrag mit Sporand nichts wird.«

»Überall wird kurzgearbeitet«, sagte der erste.

Gary wollte dem deprimierenden Gespräch nicht länger lauschen. Es stimmte ja. Die Babyboomer, die Yuppies, sie schienen sich die Nase angestoßen zu haben. Die Verschuldung hatte die Überschüsse schließlich eingeholt, und Gary hatte sich ständig die Beschwerden anzuhören – in der Regel von verwöhnten Erwachsenen, die jammerten, daß die Raten für ihren brandneuen 30.000-Dollar-Wagen zu hoch waren.

Doch von den wenigen einmal abgesehen, die keinen Grund hatten, sich zu beschweren, lag eine gedrückte Stimmung über dem Land, und das zu Recht. So viele Menschen waren obdachlos, und so viele lebten unter dem Existenzminimum. Aber es würde noch viel düsterer werden, das wußte Gary Leger genau, denn er hatte das verzauberte Land Faerie besucht. Die materialistische Generation war in einen spirituellen Abgrund gestürzt; in Garys Welt zählte nichts mehr, was man nicht mit Händen anfassen konnte.

Selbst die Flagge – die die Bilanzen verdeckte – war von dem Durcheinander nicht verschont geblieben, stellte Gary mit nicht gerade geringem Zorn fest. Der Präsident hatte einen Zusatz zur Verfassung verlangt, der das Verbrennen der Flagge unter Strafe stellte, wahrscheinlich weil das greifbare Symbol inzwischen wichtiger geworden war als die Ideale, die es angeblich verkörperte. Was Gary am meisten erschreckte, war, wie viele Leute diesen hohlen Einfall unterstützten und nicht begreifen wollten, daß solche Restriktionen ein Symbol der Freiheit nicht schützten, sondern herabwürdigten.

Gary wollte nicht länger darüber nachdenken, sondern schluckte alles hinunter und packte es zu der Million anderer Frustrationen, die ihm sicher bald ein Magengeschwür einbringen würden.

Wenigstens seine eigene Lage war besser geworden. Das mußte er sich immer wieder vor Augen führen. Er war von der schmutzigen Plastikfabrik in einen respektablen Job übergewechselt, der ihm das doppelte Geld einbrachte und in dem er mehr zu leisten hatte als nur Muskelarbeit gegen tägliche Barzahlung. Er hatte eine feste Freundin, die ihm sehr am Herzen lag – die er liebte, auch wenn er seine Probleme damit hatte, es sich einzugestehen. Somit lief alles prächtig für ihn, geradezu perfekt.

Ein lautes Gelächter der Gruppe vor dem Fernseher ließ Gary herumfahren, gerade noch rechtzeitig, um einen Truck zu sehen, der aus der Perspektive eines niedrig fliegenden Jagdflugzeuges aufgenommen worden war. Der Truck donnerte eine Brücke hinunter, nur einen Moment, bevor eine intelligente Bombe die Brücke in Fetzen sprengte. Die technische Seite war wirklich aufregend, sie hatte etwas von einem Nintendo-Spiel.

Auch dieser Gedanke beschäftigte Gary mehr, als ihm lieb war.

Als die Pressekonferenz fortgesetzt wurde, bekam er die Augen nicht mehr vom Fernseher los. Ein französischer Offizier zeigte auf einen Bildschirm und erläuterte die Wichtigkeit dieses neuen Zieles, eines Bunkers. Eine winzige Figur rannte quer über das Schwarz-Weiß-Bild und betrat den Bunker, einen Sekundenbruchteil, bevor die intelligente Bombe ihr tödliches Werk begann und den Bau zu Staub zerblies.

»Armer Kerl«, drang die Stimme des französischen Offiziers durch das Ächzen der Reporter auf der Pressekonferenz und der Fernsehzuschauer bei General Components.

»Armer Kerl?« flüsterte Gary ungläubig. Nicht, daß er kein Mitleid für den offensichtlich getöteten gegnerischen Soldaten empfand. Seine Gefühle sprachen eindeutig für diesen Mann und für jeden anderen, der in diesem beschissenen Wüstenkrieg zu leiden hatte. Aber es kam ihm unendlich lächerlich vor, daß der französische Offizier, die Reporter und die Zuschauer so reuevoll, ja sogar überrascht schienen, daß ein Mensch getötet worden war.

Hatten sie *wirklich* geglaubt, daß die ganze Sache ein Nintendo-Spiel war?

Gary schnappte sich seine Cola und verließ kopfschüttelnd den Raum. Ihm fiel seine Mutter ein mit ihrem neuesten ständigen Seufzer: »Wo wird das wohl noch alles enden?«

Wie passend Gary Leger diese Worte auf einmal vorkamen, wo er voller Frustrationen steckte, die er nicht verstand, und sich nach etwas Spirituellem sehnte, das so weit weg und so unerreichbar zu sein schien.

Eingebettet in ein Bergtal zwischen den nordöstlichen Ausläufern des Dvergamal-Gebirges, war die Gnomensiedlung Gondabuggan normalerweise ein friedliches Städtchen, gesäumt von würfelförmigen, massiven Häusern mit Läden, die mit den phantastischsten, wenn auch meist nicht zu gebrauchenden Erfindungen vollgestopft waren. Die Stadt lag halb unter der Erde, in geglätteten Höhlen, und halb darüber, in gedrungenen Häusern, von denen gut die Hälfte Büchereien oder Lehrstätten waren. »Friedlich« und »wißbegierig«, diese beiden Worte hielten die Gnomen für die schönsten Komplimente.

Gondabuggan lag zu abgeschieden, als daß es noch unter dem Schutz von Faeries offizieller Landwehr stand, ja sogar zu abgeschieden, als daß ihm die einsiedlerischen Zwerge zu Hilfe eilen konnten, die mitten im Gebirge lebten. Trotzdem hatten die Gnomen hier draußen in der Wildnis jahrhundertelang überlebt, denn obwohl sie kein bißchen kriegerisch waren, wußten sie sich doch zu helfen.

Gerade hatten sie gewaltige Schirme aus jedem Gebäude emporgekurbelt, die die ganze Stadt mit einem Panzer aus schimmerndem Metall bedeckten. Darunter begannen sich große Zahnräder zu drehen, als das Wasser vom nahegelegenen Fluß heraufgepumpt wurde, durch verschiedene große Rohre hindurch, bis es schließlich hoch in die Luft gespritzt wurde.

Der Drache donnerte vorbei, und sein Feueratem wurde zu Dampf, als er auf die Gischt oder die nassen Regenschirme traf. Der mächtige Robert war darüber nicht bestürzt. Er wendete in einer langen Kurve, voller Zuversicht, daß er noch Flammen spucken konnte, wenn dieser Fluß längst ausgetrocknet war.

Ungefähr in der Mitte der kleinen, quadratisch angelegten Stadt klappte plötzlich ein Regenschirm zu, und als Robert auf die deutlich sichtbare Lücke zuhielt, erklang das *Wuusch!* dreier Katapulte. Der Drache wußte nicht, was das sollte; die Gnomen dort konnten ihn doch gar nicht sehen, warum also schossen sie?

Fast im selben Moment klappte der Schirm wieder auf, und der Schutzschild war wieder geschlossen.

Robert erkannte das Geheimnis der Katapulte, als er über

die Stelle hinwegflog, durch die Wolke von winzigen, stechenden Metallstückchen hindurch, die die Katapulte hoch in die Luft geschossen hatten. Die Splitter prasselten gegen seine Schuppen, stachen ihm in die Augen und schmolzen in der Hitze seiner sich blähenden Nüstern.

»Verfluchte Gnomen!« brüllte Robert und stieß wieder seinen tödlichen Atem aus. Die Flächen der Metallabschirmung, die nicht ausreichend befeuchtet waren, glühten auf, und das gesamte Tal in der nordöstlichen Ecke Dvergamals verschwand unter dichten Dampfwolken.

Robert hörte, daß mehrere Regenschirme zuklappten, hörte das Schwirren vieler Katapulte, und als er über die beschirmte Stadt hinwegraste, fühlte er überall das Beißen des rieselnden Metalls. Der große Wurm wand sich hin und her und schoß minutenlang höher und höher hinauf, Richtung Süden, und als er schließlich wieder niederstieß, war er nur noch ein kleiner schwarzer Fleck am dunstigen Horizont, der aber schnell näher kam.

»In die Pedale treten! Oh, treten, treten, treten!« flehte der Gnom Mugwiggen seine Einheit Zur Abwehr Physischer Übergriffe an. Einhundert Gnomen traten auf ihren feststehenden Fahrrädern mit ihren winzigen Beinen wie wild in die Pedale, ihr Atem kam in rhythmischen Schnaufern über die schmalen Lippen und platzte durch die Vollbärte. Schweißperlen kullerten einhundert gnomische Denkerstirnen und einhundert lange, spitze Gnomennasen hinab und sammelten sich in größer werdenden Pfützen unter den wirbelnden Rädern.

Mugwiggen schaute durch seinen »Hochgucker«, eine lange, senkrechte Röhre, die an beiden Enden in die Horizontale gebogen war und vollständig um die eigene Achse gedreht werden konnte. In dem dem Augenstück gegenüberliegenden

Winkel war ein Spiegel angebracht, der die Bilder von einem zweiten, im oberen Winkel angebrachten Spiegel einfing. Dieses gnomische Periskop verfügte noch über einige Schlitze, in die Vergrößerungsgläser eingesteckt werden konnten, aber angesichts des rasch größer werdenden Drachen am Horizont brauchte Mugwiggen in diesem Moment keine Zusätze.

Der Gnom ging vom Einstellwinkel des Periskops aus und schaute in die Karte, um herauszufinden, auf welchen Schutzschirm Robert wohl herunterschoß.

»Vierzehn-D!« rief er seinem jungen Assistenten zu, dessen Bart noch kaum den Hals bedeckte.

Der junge Gnom trug schwere Arbeitshandschuhe, die mit dem zähen Harz der Pweth-Pweth-Bäume gummiert worden waren. Er griff nach dem Ende des Kabels, in dem sich die Drähte der Trafos von einhundert Fahrrädern bündelten, und hielt es vor die entsprechende Buchse des Schaltkastens, mit dem jeder Schutzschirm über der Stadt verbunden war.

»Vierzehn-D!« brüllte Mugwiggen in ein Rohr, und in der ganzen Stadt hallten seine Worte aus dem Rufsystem wider und ermahnten die Gnomen in Sektor Vierzehn-D (und die in Dreizehn-D und Fünfzehn-D ebenfalls), sich in Sicherheit zu bringen. Dann schaute der Gnom wieder durch sein Periskop und blätterte in den Tabellen, mit denen er die Fluggeschwindigkeit des rasenden Drachen und die Zeit des Zusammenstoßes berechnen konnte.

Am südlichen Rand der befestigten Stadt ging Robert in den Sturzflug und kniff seine Reptilienaugen zu schmalen Schlitzen zusammen, um sie vor den Stichen des Flakgesplitters zu schützen. Wie von einem Katapult schoß der Drache plötzlich hinunter und hielt stracks auf den Schirm mit der Kennzeichnung »Vierzehn-D« zu.

»Dreizweieins!« schrie Mugwiggen hastig, als er begriff,

daß er mit seinen Berechnungen um einen Sekundenbruchteil zu langsam gewesen war. Aber sein Assistent reagierte blitzschnell und stopfte das Kabelende sofort in die Buchse.

Als Robert einschlug, fuhren rings um ihn herum Metallschilde nach oben. Zunächst ließ sich der mächtige Wurm davon nicht sonderlich beeindrucken, denn er wußte genau, daß er sich mit Leichtigkeit einen Weg durch diese dürftige Barriere bahnen und sie in harmlose Splitter zerfetzen konnte.

Was der vor Selbstbewußtsein strotzende Drache übersah, war der Lichtbogen, der aus der Spitze des Schutzschirmes schoß, doch als sich die Spannung über die Metallschilde entlud, bekam er den Schlag zu spüren.

Die Gnomen, die Vierzehn-D am nächsten waren, verloren ihr Gehör, als der Drache aufheulte, einige für immer. Im Umkreis einer Meile stürzten lose Felsen die Abhänge von Dvergamal hinab. Roberts infernalischer Schrei hatte sie losgebrochen.

Einhundert Gnomen traten wie wild in die Pedale und hielten die Spannung aufrecht, und dem zappelnden Drachen fuhr beißender Rauch aus den Nüstern, und seine ledernen Schwingen begannen zu schmoren.

Ein Heulen, ein Donnern von Metallplatten, und der Drache hatte sich losgerissen. Er war förmlich hinausgeschleudert worden, taumelte durch die Luft und zog ein ganzes Bündel von Rauchfäden hinter sich her. Zweihundert Fuß über Gondabuggan kam Robert wieder zu sich, machte stracks kehrt und verwandelte die Bresche in der Abschirmung in ein wildes Flammenmeer.

Eine Vielzahl von Schläuchen war schon auf die empfindliche Stelle gerichtet worden, so daß einem der aufsteigende Dampf jede Sicht nahm, aber trotzdem kam die Stadt nicht ohne Verluste davon. Mehrere Gebäude gingen in Flammen auf, und Metall zerschmolz und rann durch die Gassen.

»Welchen jetzt?« fragte Mugwiggens Assistent und hielt das Kabel empor.

Mugwiggen schüttelte hilflos den Kopf. »Ich kann in dem Rauch nichts sehen!« rief er verzweifelt und wähnte ihre schöne Stadt schon verloren.

»Feuer frei!« erscholl die Stimme des Bürgermeisters aus dem Rufsystem. Sofort vernahm man das Geräusch eines zuklappenden Regenschirmes, gefolgt vom *Wuuusch!* eines Katapultes. Ein lautes *Donkk!* ließ die Rohre erzittern, als das Geschütz ein Geschoß durch die Luft schickte, das einem Riesen als Speer hätte dienen können.

Aber Mugwiggen wußte, daß es nur ein Schuß ins Ungewisse war, ohne große Chancen, den schnell dahinfliegenden Drachen zu treffen. Der Gnom bewegte an dem Abakus, den er stets bei sich trug, ein paar Kugeln hin und her, und als er die sehr, sehr geringe Trefferchance ermittelt hatte, schüttelte er nur den Kopf, daß Flachsschopf und Flachsbart flogen.

Robert jedoch, der Hunderte von Fuß über der rauchbedeckten Stadt dahinzog, konnte auch nicht viel mehr als die Gnome sehen. Immer noch zitterten seine Muskeln von dem elektrischen Schlag, immer noch zogen seine Schwingen dunkle Rauchfäden nach.

Die (selbst für einfallsreiche Gnomen!) überraschend klug ersonnene Verteidigung hatte ihn erschöpft und weit stärker angeschlagen, als er es je gedacht hätte.

Wieder durchsiebte Flakgesplitter die Luft um ihn herum, und mehrere gewaltige Speere schossen aus dem Rauch empor, stiegen in den klaren, blauen Morgenhimmel hinauf, und einer von ihnen hätte beinahe Roberts langen Schwanz durchschlagen.

Für heute hatte der Drache genug. Kräftig schlug er mit den Flügeln und schoß von dannen, um sich viele Meilen weiter südlich einen Hochsitz zu suchen. Er würde nach Gondabuggan zurückkehren, wenn seine Wunden völlig verheilt waren, aber die Verteidigung der Gnomen würde dann immer noch geschwächt sein, das wußte er genau.

»Ich werde mich noch am Fleisch dieser mickrigen Gnome gütlich tun«, knurrte er, und zischend troff Speichel über die vielen dolchgroßen Fänge in seinem Maul. »Und an Menschenfleisch und Zwergenfleisch und Elfenfleisch ebenso! Oh, Kelsenellenelvial Gil-Ravadry, was warst du für ein Narr! Was warst du für ein Narr, den Dolch aus meinem Hort zu stehlen und mich damit zu befreien, während diese verfluchte Ceridwen gebannt ist!«

Trotz des unerwarteten Rückschlages brüllte der mächtige Wurm siegesgewiß, dann ließ er seine rauchenden Schwingen wirbeln und flog schnell wie der Wind zu den schützenden Gipfeln des Südens.

Auf einem Hochplateau vier Meilen südwestlich von Gondabuggan, einem abgeflachten erhobenen Steinfinger, ließ eine Handvoll Gnomen die Ferngläser sinken. Sie atmeten auf, doch ihre Erleichterung wurde durch die dunklen Rauchschwaden getrübt, die sich über dem fernen Städtchen mit dem weißen Dampf vermischten.

»Es will mir scheinen, als hätten wir den Wurm zurückgeschlagen«, sagte Gerbil Schinkenklopfer, ein drei Fuß großer, spitzbäuchiger Gnom, in dessen üppigem, grauem Bart orangene Strähnen blitzten. Seine strahlend blauen Augen leuchteten. »Ein dreifaches Hurra auf Gondabuggan!«

»Hurra! Hurra! Hurra!« riefen die anderen Gnomen auf sein Stichwort hin, drängten sich im Kreis zusammen, und jeder streckte eine Faust zur Mitte aus und reckte den Daumen empor.

Der Jubel endete so abrupt, wie er gekommen war, und ein jeder Gnom kehrte an seine Arbeit zurück.

»Zurückgeschlagen?« drang ein Ruf vom nächsten Plateau herauf, das fünfzig Fuß weiter westlich und dreißig Fuß tiefer lag. Die zwei Gnomen dort unten gaben das Daumen-hoch!-Signal zurück, riefen ein herzliches »Hurra!« und sausten zur anderen Seite ihrer Plattform, um die Meldung zur nächsten Gruppe weiterzugeben, die wiederum weiter westlich und weiter unten wartete. Und so wanderte der Siegesruf zur vierten und schließlich zur Plattform der fünften Gruppe hinab, die schon zweihundert Fuß weiter westlich und einhundert Fuß tiefer als der Wachtposten auf dem Hochplateau lag.

Natürlich waren diese fünf abgeflachten, nahezu gleichförmigen und gleichmäßig kleiner werdenden Säulen in den wilden Bergen ein befremdlicher Anblick – aber nur für denjenigen, der nicht wußte, daß die Gnomen mit ihren unglaublichen Maschinen und Sprengstoffen bei ihrer Entstehung nachgeholfen hatten. Gerbil hatte diese Säulen für seine neueste Erfindung gebraucht, und inzwischen war das Werk fertiggestellt, der GebirgsBote, ein langes Rohr, das von Finger zu Finger lief und auf jedem Plateau mit Metallwinkeln befestigt war. Es erinnerte an ein gigantisches Alphorn, aber es wurde nach vorne hin nicht breiter, und es schossen auch keine dröhnenden Töne daraus hervor, sondern Pakete.

In Gerbils ursprünglichem Antrag beim Ausschuß Zur Genehmigung Neuer Erfindungen hatte es geheißen, der GebirgsBote sei ein Langstrecken-Expreß-Paketdienst, mit dem die hauptsächlich von Menschen bewohnten Städte Drochit und Braemar im Westen Dvergamals erreicht werden konnten. In Wahrheit jedoch hatte Gerbil wie fast jeder Gnom seine Erfindung nur deshalb verwirklichen wollen, weil er sehen wollte, ob sie funktionierte. Die ersten Versuche waren wenig vielversprechend gewesen, die Testladungen waren in den Bergen verlorengegangen und nie wiedergefunden worden. Eine Ladung hatte sogar die Spitze der Stadtkapelle von Drochit abrasiert. Endlose Versuchsreihen und sorgfältige Berechnungen waren angestellt und die Sprengladungen immer genauer abgemessen worden; all das und die Erfindung der Antischwerkraftlösung hatten den Bibo (wie der Expreßdienst getauft worden war) doch noch sehr treffsicher gemacht, von Seitenwinden einmal abgesehen. Zum gegenwärtigen Zeitpunkt konnten die Gnomen einen Lieferball so präzise über die Vierzig-Meilen-Distanz nach Drochit schießen, daß er in acht von zehn Fällen auf einem Hang nördlich der Stadt ausrollte.

Aber noch kein einziges Mal war mit einem dieser drei Fuß durchmessenden Lieferbälle ein Lebewesen transportiert worden, geschweige denn ein Gnom.

»Ich bin so neidisch auf dich!« sagte die junge Budaboo zu Gerbil, als dieser sein Gepäck in der unteren Hälfte der aufgeklappten Metallkugel verstaute. Budaboo hatte bezaubernde Grübchen im Gesicht und, obwohl sie nur drei Fuß groß war, eine klassische Figur. »Du wirst der erste Bibonaut sein!«

»Wenn ich ihn doch erfunden habe«, sagte Gerbil bescheiden.

»Aber vielleicht wirst du sogar zermanscht, wie eine Fliege in einem von Yammers Klatschomaten!« piepste sie erregt und hüpfte auf und ab, daß ihre üppigen Brüste purzelten wie landende Lieferbälle. »Dann wird dein Name für immer in die *Annalen der Stolzen und Toten Erfinder* eingehen. In der Universität!«

»In der Tat«, sagte Gerbil ernst. Dann fiel ihm ein, daß er als junger Gnom ebenfalls gedacht hatte, diese Auszeichnung wäre das höchste aller gnomischen Ziele, und so rang er sich ein Lächeln ab.

»Oh, wie gern würde ich in allen Ehren zermanscht werden«, fuhr Budaboo fort.

Der stämmige Gerbil schaute sich das aufgeregte Mädel kurz über die Schulter an. Es war leicht zu erraten, worauf Budaboo mit ihrer lästigen Schwärmerei und Schmeichelei hinauswollte. Wie die meisten ihrer Altersgenossen war sie sehr ehrgeizig, und außerdem war sie mit einer Intelligenz gesegnet, die selbst bei diesem außergewöhnlich intelligenten Volk eine Ausnahme darstellte. »Du bleibst hier«, sagte Gerbil klipp und klar.

Niedergeschlagen ließ Budaboo die runden Schultern hängen und humpelte zu dem riesigen Armbrustbogen hinüber, um den Spannvorgang zu überwachen. Dieser Bogen war der eigentliche Abschußmechanismus.

Als Gerbil sich vollkommen sicher war, daß seine Reiseausrüstung, zu der auch ein Vierrad gehörte, gut verstaut war, griff er zu seinem Fernglas und schaute ein letztes Mal nach Gondabuggan hinüber. Der Dampf und der Rauch hatten sich verzogen, und der verbeulte Schutzschirm war deutlich zu sehen. An einem anderen Schirm waren die Metallplatten zerschmolzen. Mindestens eines der Steinhäuser unter der Öffnung war dem Erdboden gleichgemacht worden, denn verkohlte Balken ragten empor, aber soweit Gerbil aus der Entfernung sagen konnte, hatte es keine Toten gegeben. Natürlich konnte er sich dessen nicht sicher sein, und selbst wenn seine Hoffnungen sich bewahrheiteten, kam der gnadenlose Drache doch bestimmt bald zurück.

Gerbil schüttelte den Kopf, rief seine Kollegen herbei, zwängte sich in den restlichen freien Platz in der unteren Halbkugel und steckte sich einen flachen, angefeuchteten Mundschutz zwischen die Lippen.

Unter Budaboos Anleitung paßten die Gnomen die obere Hälfte der Kugel langsam ein – keine leichte Arbeit, denn die

Kugel bestand aus zwei Schalen. Eine harte Schale, um die Explosionen und den Aufprall zu überstehen, und eine bewegliche innere Schale, die den Inhalt vor Stößen schützen und davor bewahren sollte, wild umherzuwirbeln. Bei all den verzwickten Details und Berechnungen, die für den Gebirgs-Boten notwendig gewesen waren, hatte sich die Konstruktion der Lieferbälle als die härteste Nuß herausgestellt, und um sie zu knacken, hatte Gerbil die Hilfe der gesamten Akademie Zur Anwendung Physikalischer Gesetze in Anspruch nehmen müssen.

Mit einem abgedichteten, hohlen Röhrchen, das mit zwei Ohrhörern versehen war, lauschte Budaboo sorgfältig, ob alle sechs inneren Verschlüsse zuschnappten. Danach stellte sie die Uhr, die die Verschlüsse wieder öffnen würde, und gab drei Extraminuten hinzu, einfach um sicherzugehen, daß die Kugel nicht mehr am Hüpfen oder Rollen war, wenn sie aufsprang.

Einer der anderen Gnomen öffnete einen kleinen Deckel und schob ein Schlauchende zwischen die innere und äußere Hülle. Aufs Stichwort öffneten zwei Gnomen gleichzeitig Hähne in den angeschlossenen Schläuchen, während ein dritter sich auf einem Fahrrad mit dem Pumpen abrackerte. Die Flüssigkeiten vermischten sich und flossen in den Ball, verwandelten sich in einen schnell fest werdenden Schaum, der das Innere der Kapsel schützte und gleichzeitig die Zutat enthielt, dank derer der Ball länger in der Luft bleiben konnte.

Dann griffen die Gnomen zu flach auslaufenden Stangen und rollten den Ball eine Schräge hinauf. Er fand seinen Platz direkt vor der straff gespannten Sehne des Armbrustbogens. An der Sehne war eine Ledertasche befestigt, diese wurde halb um die Kugel geschlungen, und dann wurde das Startsignal weitergegeben. Die Paare von Gnomen auf jedem der tiefergelegenen Plateaus rannten umeinander, entzündeten Fackeln und steckten sie in die beweglichen Halterungen an jeder Seite des großen Rohres.

»Schwere Ladung«, bemerkte einer der Gnomen auf dem Hochplateau. »Gerbil hat ein bißchen zugelegt.«

»Die Sprengladungen sind entsprechend bemessen worden«, versicherte Budaboo ihm und sah zu dem Mann am Abzug.

»Zurücktreten!« rief der Schütze durch ein Horn, und die Gnomen auf den tieferen Plateaus huschten durch Falltüren unter die Erde.

Budaboo holte ihr Fernglas hervor und schaute nach den beiden Reihen von Fackeln, um sicherzugehen, daß der stürmische Wind keine einzige ausgeblasen hatte. Falls irgendwo auf der ganzen Länge des Bibos eine der paarweise angeordneten Sprengladungen nur auf einer Seite zündete, würde Gerbils Kugel einen unerwünschten Drall bekommen, durch den sie, wild herumwirbelnd, weit von der gewünschten Flugbahn abgebracht werden und womöglich stracks in eine Felswand knallen würde.

Als sie sah, daß alles in Ordnung war, gab sie dem Mann am Abzug freie Bahn. »Glücklicher Gerbil«, murmelte sie leise. Wie gern wäre sie selbst der erste Bibonaut geworden!

Der Mann zog an einem Hebel, und der riesige Bogen sirrte und schoß die Lieferkugel das Rohr hinab. Auf dem ersten Plateau begannen Glocken zu klingeln, die an dem Rohr angebracht waren, und die Stangen, die die Fackeln hielten, neigten sich und entzündeten die beiden Sprengladungen genau in dem Moment, als Gerbils Ball vorbeiflitzte. Bevor das Dröhnen der Explosionen auch nur abzuebben begann, gingen in rascher Folge die verbliebenen sechs Ladungen hoch, und mit einem markerschütternden *Twwuuusch!* raste der

Ball aus dem Bibo und verschwand auf seiner Reise durch Dvergamal rasch außer Sicht.

»Vierzig Meilen weit und drei Meilen tief, bis er über das Feld nördlich von Drochit hüpft«, bemerkte einer der Gnomen auf dem oberen Plateau.

»Es sei denn, ein Seitenwind drängt ihn ab und knallt ihn gegen eine Felswand«, fügte ein anderer hinzu.

»Glücklicher Gerbil«, murmelte Budaboo, und sie konnte nur hoffen, daß Gondabuggan erneut einen Boten brauchte, wenn Robert wiederkam.

Mit der Nase an der Windschutzscheibe

An jenem Abend Ende August erfuhr Gary Leger seine Portion Freiheit, als er in seinem Mustang mit heruntergeklapptem Faltdach nach Hause brauste, so daß ihm der Wind das glatte, schwarze Haar über die Wangen blies. Rick hatte seinen Report, und der Monat war abgeschlossen, und obwohl die kommende Woche hektisch zu werden versprach, mit Hunderten von Zahlen, die abgestimmt werden wollten, mit zwanzig Gängen zum Kopierer am Tag und mehreren Dutzend Anrufen von neugierigen bis wütenden Bezirksstellen-Leitern, mußte Gary wirklich nicht ausgerechnet jetzt darüber nachdenken.

Er hatte das Büro eine halbe Stunde später als üblich verlassen, und die meisten Pendler waren schon weit vor ihm. Die Route 2, die westlich aus Concord hinausführte, war leer genug, daß er die Zügel seines kraftvollen Mustangs lockerlassen konnte. Er legte den Kopf zurück, drehte die Anlage auf und sauste die linke Spur mit gemütlichen fünfundsiebzig Meilen hinunter, bei denen der 5-Liter-Achtzylinder noch kaum zu arbeiten anfing. Die Route 2 war zu beiden Seiten von Wald umgeben und zum Horizont hin, wo die Sonne bereits niedrig stand und die Wolkenstreifen in Myriaden von Farben tauchte, weit offen. Diese tägliche Pendelei erlaubte Gary immer wieder, vor sich hin zu träumen, und fast zwangsläufig trugen ihn diese Tagträume fünf Jahre in der Zeit zurück, zu der Reise, die ihn ins verzauberte Land von Faerie geführt hatte.

Ihm fielen Kelsey und Mickey wieder ein – wie sollte er Mikkey je vergessen? – und die Verfolgungsjagd durch Ceridwens Schloß und der Kampf mit dem mächtigen Drachen Robert. Er erinnerte sich, wie er verängstigt durch einen Wald namens Kuhknäuel gehetzt war, getrieben von einer Horde Goblins und mit mehr Leben erfüllt als je in der »wirklichen« Welt.

Everybody wants to rule the world, schmetterte das Radio. Es war ein alter Song von den Tears for Fears und einer von Garys absoluten Lieblingshits. Er begann mitzusingen, warf einen kurzen Blick aufs Armaturenbrett und nahm im Rückspiegel das Aufblitzen einer Lichthupe wahr. Als er hinsah, erblickte er einen roten Toyota, der ihm so dicht auf die Pelle gerückt war, daß nicht einmal mehr die Stoßstange von dem Ding zu sehen war!

Instinktiv auf die Lichthupe reagierend, sah Gary sofort zur rechten Spur hinüber und wollte das Auto vorbeiziehen lassen. Die Spur war absolut frei – warum, zum Teufel, war dieser Drängler nicht einfach rechts vorbeigefahren? –, und außerdem hatte er bereits achtzig drauf.

»Jesus«, flüsterte er und schaute wieder in den Rückspiegel. Der Anblick der jungen Frau in dem leuchtenden Toyota war beeindruckend. Sie preßte ihre Nase fast an die Windschutzscheibe und bedachte ihn offenbar mit einem Schwall von Flüchen, den sie ab und zu durch einen Stinkefinger ergänzte. Immer wieder betätigte sie ungeduldig die Lichthupe, und ihr Mund bewegte sich unaufhörlich, als rede sie mit ihm.

»Jesus«, murmelte Gary erneut und brachte den Mustang auf fünfundachtzig. Der Toyota blieb dran, er konnte kaum mehr als eine Autolänge von seiner Heckstoßstange entfernt sein. Normalerweise wäre Gary, der es so gut wie nie wirklich eilig hatte, einfach nach rechts gezogen und hätte den Toyota vorbeifliegen lassen.

Eine Fanfare gesellte sich zu den blinkenden Scheinwerfern, und der Toyota kam noch ein bißchen näher, als ob die Frau Gary einfach aus dem Weg schieben wollte.

Er nahm den Fuß vom Gas, ließ den Mustang auf fünfundsiebzig zurückfallen, auf siebzig.

Die Lippen hinter der Windschutzscheibe des Toyota bewegten sich noch wilder.

Sechzig.

Wie abzusehen war, scherte der Toyota nach rechts aus und beschleunigte.

»Everybody wants to rule the world«, sang Gary, und als der Kühlergrill des Toyota neben ihm war, schaltete er in den Dritten hinunter und gab dem Gaspedal einen leichten Tritt. Die eifrige Maschine antwortete mit einem Röhren, und der Wagen schoß nach vorn und hielt ohne Probleme mit dem Toyota mit.

Nun konnte er die kratzbürstige Frau auch hören. Sie beschimpfte ihn tatsächlich aus vollem Halse.

Und hoch mit dem Regler der Anlage, und hoch mit dem Tempo des Mustangs, so sausten sie Seite an Seite mit fünfundachtzig dahin.

»Du blödes Arschloch!« brüllte die Frau.

Gary schenkte ihr ein Die-Katze-hat-den-Kanarienvogel-gefressen-Lächeln, und als die Tachonadel an der Neunzig vorbeizitterte, schaltete er in den Vierten.

Der Toyota bremste ab, und Gary tat es ihm gleich, blieb Seite an Seite mit der Frau, hielt sie auf der rechten Spur fest, dort, wo eine solche Irre seiner Meinung nach auch hingehörte. Flüche und Stinkefinger wurden ihm aus dem offenen Seitenfenster des Toyota entgegengeschleudert.

»Everybody wants to rule the ROAD«, sang Gary in Abwandlung des Songs hinüber und nickte nach vorn, gab der Frau zu verstehen, daß sie auf einen alten Aspen zusauste, der perfekt in Schuß war – was auf einen Fahrer von der alten Schule hindeutete – und mit exakt fünfundfünfzig die Straße hinunterrollte.

Gary klemmte den Toyota hinter dem Aspen ein, und so zuckelten sie für eine halbe Meile dahin, bis hinter ihm eine Reihe anderer Autos auftauchte. Als die Frau begriff, daß sie eingeklemmt war, schlug sie mit beiden Händen ein paarmal frustriert auf das Lenkrad und begann wieder mit der Lichthupe, als hätte der gemütliche Aspen-Fahrer irgendeine Möglichkeit gehabt, ihr aus dem Weg zu gehen.

»Du blödes Arschloch!« schrie sie wieder Gary an, worauf er ihr eine Kußhand zuwarf, den Mustang in den Dritten schaltete und davonschoß. Er grinste, als er im Rückspiegel sah, wie Auto um Auto an der genervten Toyotafahrerin und dem gemütlichen Fahrer des Aspen vorbeizog.

Manche schönen Dinge des Lebens konnte man einfach nicht miteinander teilen.

Zwei Stunden später stand der Mustang ruhig in der Einfahrt seines Elternhauses in Lancashire, und Gary saß ruhig in seinem Schlafzimmer und erholte sich von dem langen Tag und der Heimfahrt. Im Hintergrund lief leise das Radio, und vor dem Fenster erscholl der typische Ruf einer Spottdrossel, die sich bestimmt darüber aufregte, daß die Sonne schon unterging, obwohl sie heute noch keine einzige Katze hatte ärgern können.

Gary ging hinüber zum Phonoschrank, zog die oberste Schublade auf und holte seinen wertvollsten Schatz heraus, eine zerlesene Ausgabe von J. R. R. Tolkiens *Der kleine Hobbit*. Langsam strich er mit den Fingerspitzen über den Buchdekkel, tastete nicht nur nach der Illustration, sondern auch nach dem Zauber des Buches. Er blätterte durch die ersten Seiten, Impressum, Vorwort von Peter S. Beagle und Inhaltsverzeichnis. Daran war nichts Ungewöhnliches, aber wenn man zur nächsten Seite umblätterte, erblickte man nicht den erwarteten Buchdruck, sondern handgeschriebene, altertümliche Runen, die noch nicht einmal ansatzweise zu entziffern waren. Das war Mickeys Werk, der Kobold hatte seine knubbelige Hand über dem Buch geschwenkt und damit das Schriftbild in eine Sprache verwandelt, mit der er etwas anfangen konnte.

Es klopfte an der Tür, und als Gary aus dem Fenster sah, erblickte er Dianes Jeep (seinen alten); sie hatte ihn vor den Büschen auf der Straße geparkt. Er stopfte das Buch in die Schublade zurück und knallte sie zu, gerade als Diane die Tür aufriß.

»Steckst du hier?«

»Komm rein«, antwortete er, und seine Hand lag immer noch auf dem Griff der Schublade. Als Diane das Zimmer durchquerte, um ihm einen Kuß zu geben, verfolgte er jede ihrer Bewegungen. Er beobachtete, wie das dunkelblonde Haar lässig ihre Schultern umspielte, sah ihre wehmütigen grünen Augen, die den seinen so sehr ähnelten, und ihr verschmitztes Lächeln, das sie ihm jedesmal zuwarf, wenn sie ihn erblickte, ihr Ich-hab-dich-Gary-Leger-Lächeln.

Und das stimmte.

»Was machst du so?«

Gary zuckte mit den Schultern. »Nur ein bißchen rumhängen und Musik hören.« Er steckte den Kopf unter der hochgeschobenen Fensterscheibe durch, brachte den Mund dicht an das Fliegengitter heran und rief: »Wann immer diese blöde Spottdrossel lange genug ihren Schnabel hält, daß man die Musik überhaupt hören kann!«

»Wollen wir uns nicht ein Eis holen?« fragte Diane, als er sich wieder zu ihr umdrehte. Wieder dieses verschmitzte Lächeln, und Gary begriff, daß sie mehr im Sinn hatte als nur Eiscreme.

Es kam Gary alles so absolut natürlich vor, alles war so, wie es sich für einen Burschen Anfang Zwanzig gehörte. Er hatte einen anständigen Job, der ihm mehr Geld einbrachte, als er brauchte, er hatte ein sicheres Zuhause und eine tolle Freundin. Er hatte einen gesunden Körper (den er jeden Tag trainierte), hatte seine kleinen glorreichen Momente auf dem Softballfeld und ein Auto, mit dem er Idioten auf der rechten Spur festnageln konnte.

Warum also war er nicht glücklich?

Er hatte es bequem, er war nicht so mit den Nerven runter wie die Frau in dem Toyota oder so viele seiner Kollegen, die eine Familie zu versorgen hatten und in diesen schlechten Zeiten ständig nach hinten gucken mußten, ob da etwa schon jemand auf ihren Job scharf war. Aber Gary konnte wirklich nicht behaupten, daß er glücklich war – und erst recht nicht, daß er begeistert war von den alltäglichen Herausforderungen und Vergnügungen, die das Leben ihm bot.

Die Antwort, und daran gab es nichts zu rütteln, lag in der Schublade des Phonoschranks, in der flüssigen Handschrift des Kobolds, mit dem er wieder einmal reden, in den Erinnerungen an eine Welt, die er wieder einmal durchwandern wollte. Er klopfte gegen die Schublade und zuckte mit den Schultern, dann folgte er Diane, um sich ein Eis zu holen.

Hoch flog der Biboball, und weit flog er, durch niedrig hängende Wolken und ein »V« sehr überraschter Gänse hindurch und an den hochgelegenen Türen der Bergtrollhöhlen vorbei. Die nicht sonderlich gewitzten Trolle kratzten sich die krumpeligen Schädel und schauten dem Geschoß verblüfft nach, das rasch außer Sichtweite verschwand.

Gerbil hatte keine Möglichkeit, aus dem fest verschlossenen und ausgeschäumten Lieferball hinauszusehen. Andernfalls wäre er womöglich vor Angst gestorben, als er sich dem Ende seines Fluges näherte und auf den Rand des Feldes nördlich von Drochit zuschoß. Die Ladung war tatsächlich schwer – zu schwer –, und so kam der Ball ein wenig zu flach hinein und hielt direkt auf den Felsgrat zu, hinter dem das Feld begann.

Pures Glück rettete Gerbil, denn der Ball verpaßte zwei Felsen nur haarscharf, knallte gegen das Erdreich zwischen ihnen, rutschte hindurch, wirbelte weiter durch die Luft und rollte schließlich unten auf dem Hang des langgestreckten Feldes aus.

Die beiden Hüllen der Kugel waren nicht miteinander verbunden, damit das Innere einigermaßen im Gleichgewicht blieb. Dennoch gab es keine gnomische Technologie, die dieses Gehüpfe und Getaumel großartig hätte abfedern können, und Gerbil biß sich trotz des gutsitzenden Mundschutzes mehrmals auf die Lippen, als er plappernd hundert verschiedene Gleichungen zugleich aufstellte, um seine Überlebenschancen zu ermitteln.

Gerbil hörte es platschen, und mit einem unvermittelten Ruck kam er kopfüber zum Halt, als der Ball in einer matschigen Pfütze steckenblieb.

»Oh, ich hoffe, ich hoffe, daß ich nicht untergehe!« drang die Stimme des Gnoms aus seinem Mundstück. Die folgenden Minuten, die er darauf zu warten hatte, daß die Zeitschaltuhr die Verschlüsse öffnete, kamen dem eingesperrten (und zunehmend unter Platzangst leidenden) Gnom wie eine Stunde vor. Kaum vernahm er das verräterische Klicken, da schob und drückte er schon mit den Beinen die beiden Halbkugeln auseinander, nur um rückwärts zu taumeln und das Hinterteil in den Matsch zu setzen.

Sofort war er wieder auf den Beinen und fummelte in den vielen Fächern des halb versunkenen Balles herum, um alle Einzelteile des Apparates, den er mitgenommen hatte, in Sicherheit zu bringen. Wieder war das Glück auf seiner Seite, denn nur wenige Augenblicke später erblickte er ein paar Drochiter, die mit ihrem Wagen die Straße herunterkamen, um die gnomische Lieferung in Empfang zu nehmen.

»Hatten gar keine Ahnung, daß ihr was schicken wolltet«, sagte ein Farmer, der älteste der sechs Drochiter, als er Gerbil erblickte.

»Hey, wie bist'n hierhergekommen?« fragte ein anderer.

»Der is in dem Ball geflogen!« vermutete ein dritter.

In den nächsten Minuten mußte der arme Gerbil unzählige dumme Fragen nach seiner Reise beantworten, derweil er die Männer beschwatzte, ihm bei seiner Bergungsaktion zu helfen. Bald war der trockene Boden neben der Pfütze mit Metallstangen bedeckt, mit Federn und einer Gangschaltung und einem Werkzeugkasten, und Gerbil mußte den Männern ständig auf die neugierigen Finger klopfen und ihre Wißbegierde barsch zurechtstutzen.

»Der Drache Robert ist los und in großer Wut«, sagte er schließlich in dem Durcheinander. Eigentlich hatte er diese Neuigkeiten bis zu seinem Treffen mit den Oberen von Drochit geheimhalten wollen, aber wenn diese einfältigen Männer hier nicht endlich seine Ausrüstung in Ruhe und ihn mit seiner Arbeit fertig werden ließen, war es bis zu dem Treffen nun wirklich noch lange hin.

Sechs Gesichter erbleichten, sechs Kinnladen fielen nach unten.

»Du«, sagte Gerbil zu dem ältesten und anscheinend hellsten Mann. »Gib mir immer das, was ich dir sage – und zwar zackig, denn wir haben keine Zeit zu verlieren!«

Die Farmer benahmen sich nun etwas gesitteter, und so machte Gerbils Arbeit gute Fortschritte, zumal alle Einzelteile sauber zusammenpaßten. Doch einen schrecklichen Moment mußte Gerbil noch durchstehen, dann griff er in die ausgebeulte Hosentasche eines jungen Mannes und hatte das fehlende Zahnrad gefunden.

»Dachte, damit könnt man gut auf Vögel schießen«, rechtfertigte sich der junge Mann und bekam vom ältesten einen Schlag auf den Hinterkopf.

»Was soll'n das werden, wenn's fertig is?« Diese Frage hörte Gerbil ungefähr fünfzigmal, während sich seine Konstruktion der Vollendung näherte. Er nahm an, daß diese Männer es leichter verstanden, wenn er es vorführte, als wenn er es erklärte, deshalb wartete er, bis alles fertig war, kletterte dann in den zurückgelehnten Sitz, hupte mit der kleinen Hupe, nahm den Lenker des vierrädrigen Dinges in die Hand und trat in die Pedale.

Für einen Augenblick kam er nicht voran. Eines der Räder wurde von einem halbversunkenen Stein blockiert und drehte im Schlamm durch. Gerade als die Farmer sich wie ein paar nicht allzu intelligente Bergtrolle die Köpfe kratzten und nähertraten, um herauszufinden, was der Gnom da wohl zu tun versuchte, überwand das Rad das Hindernis mit einem Ruck, und Gerbil rollte langsam durch das dichte Gras davon.

»Na, da gäb ich doch 'nen hübschen Goblin ab«, sagte einer der Männer.

»Wärst nie nich hübsch, wenn du'n Goblin wärst«, antwortete ein anderer.

Der erste verpaßte ihm einen Schlag auf den Hinterkopf, und sie hätten an Ort und Stelle eine allgemeine Keilerei angefangen, wenn Gerbil nicht gerade die Straße erreicht hätte und auf seinem Vierrad mit wild pumpenden Beinchen davongesaust wäre.

»Na, da gäb ich doch 'nen hübschen Goblin ab«, sagten die beiden Männer wie aus einem Munde, und die ganze Gruppe rannte zu ihrem Wagen. Sie wendeten ihn und schüttelten die Zügel und trieben das Pferd zum Galopp. Aber das geplagte Tier konnte es mit der Genauigkeit einer gnomischen Gangschaltung und den gutgeschmierten Achsen nicht aufnehmen, und so hängte Gerbil sie auf dem Weg nach Drochit immer mehr ab.

Schalk in den Augen

Kelsey stand auf einem flachen Hügel im Osten Dilnamarras und betrachtete die Sonne, die hinter dem kastenförmigen, gedrungenen Bergfried versank, der das schlichte Städtchen beherrschte. Die Wolken dahinter waren orange und rosa eingefärbt, und der ganze Dreck von Dilnamarra verschwand in den rosigen Schatten.

»Du begreifst es einfach nicht«, sagte der Elf zu Geno, der mit verschränkten Armen auf einem Stein saß und den schönen Anblick demonstrativ verschmähte.

Kelsey wandte sich um und sah dem Zwerg in die Augen. »Geldion glaubt, daß einzig und allein Pwyll für das Verschwinden der Rüstung verantwortlich ist. Damit hat Connacht endlich einen Grund gefunden, den lästigen Baron zu hängen.«

»Und was soll mich das angehen, du blöder Elf?« schnaubte Geno und spuckte aus. »Ich habe nie Geschäfte mit Pwyll gemacht. Und auch mit niemandem sonst in Dilnamarra. Ich hab keine Kundschaft dort, also werde ich zu dieser Hinrichtung gehen und mich amüsieren!«

Kelsey kniff die goldenen Augen zusammen, aber er verbiß sich eine scharfe Erwiderung, denn er wußte, daß ihn Geno nur zu einem Kampf provozieren wollte. »Sobald Baron Pwyll gehängt worden ist«, erklärte er, »wird Geldion einen gefälligen Baron ernennen, einen Mann, der ganz gewiß zu jedem Edikt Connachts nur blöde mit dem Kopf nicken wird.«

»Und, sind nicht alle Menschen blöde?« fragte Geno allen Ernstes.

»Nicht so blöde, wie du dich benimmst.«

Geno warf einen Blick auf die vielen Hämmer an seinem Gurt. Er fragte sich, wie viele er wohl auf den Weg bringen konnte, bevor Kelsey heran war.

»Denn es ist wirklich blöde, nicht darüber nachzudenken, was es heißt, einen Verbündeten wie Pwyll zu verlieren«, schwächte Kelsey seine Bemerkung ab, als er Genos Miene sah. Er konnte jetzt wirklich keine Reibereien brauchen, wo soviel auf dem Spiel stand. »Nur noch wenige der menschlichen Fürsten haben sich ihre Unabhängigkeit von Connacht bewahrt«, fuhr er fort. »Duncan Drochit und Badenoch von Braemar sind zwei davon, aber sie sind auch von Pwylls Beistand abhängig. König Kinnemore möchte vor allem Dilnamarra von Herzen gern in die Arme schließen, denn er sehnt sich nach einem Außenposten in der Nähe von Tir na n'Og, damit er die Tylwyth Teg im Auge behalten kann.«

»Klingt mir ganz nach einem Elfenproblem«, sagte Geno.

»Nicht ganz«, entgegnete Kelsey sofort. »Sollte Pwyll hängen und Dilnamarra fallen, dann könnte Kinnemore sich nach Osten wenden, nach Braemar und Drochit, und dann noch weiter nach Osten, zu den beiden anderen guten Völkern, die ihm schon immer ein Dorn im Auge gewesen sind.«

Geno schnaubte verächtlich. »Dieser schmierige König hat doch nie im Leben die Traute, in Dvergamal einzuziehen«, sagte er und winkte ab, als wollte er ein absurdes Argument vom Tisch fegen.

»Prinz Geldion schon«, sagte Kelsey ernst. »Und wenn nicht Geldion, dann ganz bestimmt Ceridwen, und die hält schließlich bei Kinnemore alle Fäden in der Hand.« Geno schwieg, und sein selbstgefälliges Zahnlückenlächeln schwand dahin.

»Und selbst wenn kein Krieg über die Zwerge und Gnomen kommt, so wird doch auf jeden Fall der Handel in Mitleidenschaft gezogen werden«, fuhr Kelsey fort und wandte sich dann so gelassen wieder dem Sonnenuntergang zu, als ob es an seinen Worten nichts mehr zu rütteln gab. »Wenn sie Pwyll gehängt haben, wirst du also vielleicht endlich einmal keine überfälligen Aufträge mehr haben, mein guter Schmied.«

Eine Zeitlang kaute Geno auf seiner Unterlippe herum, ohne daß ihm eine passende Entgegnung einfallen wollte. Er hätte natürlich brüllen können, daß er sich nicht um das Schicksal dieser lästigen Menschenbande schere; aber die Menschen waren bei weitem die zahlreichste von Faeries guten Völkern, sie zählten mehr Köpfe als die elfischen Tylwyth Teg von Tir na n'Og, die erdgeborenen Zwerge von Dilnamarra und die Gnome von Gondabuggan zusammen. Und während die Zahl der Elfen, Zwerge und Gnomen seit Jahrhunderten unverändert geblieben war, schienen sich die Menschen wie Kaninchen auf einer jagdfreien Weide zu vermehren, und jedes Jahr sprossen neue Dörfer aus dem Boden – neue Dörfer, die Metallwerkzeuge brauchten und Rüstungen und Waffen.

»Du hast eine Ahnung, wo die Rüstung zu finden ist?« Genos Frage war eher eine Vermutung.

»Ich habe eine Ahnung, wo man zuerst nachsehen sollte«, berichtigte Kelsey ihn. »Kommst du mit, oder wirst du in die Berge zurückkehren?«

»Verdammter Elf«, murrte Geno, der sich festgenagelt fühlte, und Kelsey lächelte, denn er wußte das Grummeln richtig zu deuten. Er hatte den rüden Zwerg erneut zu seiner Queste verpflichtet.

Kelsey schlug einen Kurs ein, der sie stracks nach Norden führte, und als wenig später hohe Bäume in Sicht kamen, fiel es Geno nicht weiter schwer, das Ziel des Elfen zu erraten.

»Nein, nein«, stotterte der Zwerg und bohrte die Absätze seiner Stiefel in die Erde. Er schüttelte den Kopf und die Hände und starrte zu den majestätischen Wipfeln hinauf. »Wenn du nach Tir na n'Og hineinspazieren willst, dann kannst du alleine gehen.«

»Ich brauche deine Hilfe«, erinnerte Kelsey ihn. »Und dein Volk braucht sie ebenfalls.«

»Aber warum der Wald?« fragte Geno schroff und auch ein

wenig zaghaft. »Wenn die Hexe die Rüstung hat, dann wäre es doch angebracht, nach Ynis Gwydrin zu gehen, und das liegt in der anderen Richtung.«

Kelsey kniff die Augen zusammen. Ihn überkam das bestimmte Gefühl, daß Geno lieber nach Ynis Gwydrin ging, zu Ceridwens scheußlicher Insel, als einen Spaziergang durch den Elfenwald zu machen.

Der Zwerg ignorierte seinen Blick. »Und wenn Kinnemore sich die Rüstung geschnappt hat«, fuhr er fort, »dann wird sie nach Connacht unterwegs sein, ebenfalls in der anderen Richtung. Wer wäre so blöd, etwas zu stehlen, das den Tylwyth Teg so wichtig ist, um es ihnen dann im Wald von Tir na n'Og direkt unter die Schnuppernasen zu halten?«

»Ja, wer wohl?« sinnierte Kelsey, und sein ironisches Lächeln gab Geno tausend Rätsel auf.

»Hast du das verdammte Zeug etwa?« überlegte der Zwerg plötzlich und schien nahe daran zu sein, mit seinen Kampfhämmern loszulegen.

Kelsey schüttelte den Kopf, daß ihm die goldene Mähne wild um die Schultern flog. »Ich nicht«, erklärte er. »Was immer ich vorhätte, ich würde nie so unbesonnen handeln, wenn soviel auf dem Spiel steht.«

Geno ließ sich Kelseys Worte durch den Kopf gehen, denn er ahnte, daß der Elf ihm ein, zwei Hinweise hatte geben wollen.

»Mickey McMickey!« rief er unvermittelt, und Kelsey stimmte ihm mit einem Nicken zu. »Aber was will der Kobold mit einer Rüstung anfangen, die fünfmal so groß ist wie er? Was will er mit einem Speer anfangen, den er nicht mal vom Boden hochbekommt?«

»Das sind genau die Fragen, die ich ihm auch stellen möchte, wenn wir ihn erst einmal gefunden haben.« Kelsey hielt inne und ließ seinen Blick vom nahen Wald zu Geno schweifen. »In Tir na n'Og.« Er bedeutete dem Zwerg zu folgen und marschierte davon.

»Verdammter Wicht«, meckerte Geno. »Ich werd's ihm heimzahlen, daß er mich hier mit reingeritten hat. Und zwar in Hämmern.«

»Vielleicht wirst du auch das Gefühl haben, daß du ihm zu Dank verpflichtet bist, wenn du erst einmal die sanften Pfade des Wunderwaldes entlangspaziert bist, Geno Hammerwerfer«, bemerkte Kelsey mit einiger Schärfe. Er glaubte nicht ernsthaft, daß ein Zwerg den Elfenwald verstehen oder liebgewinnen konnte, aber er war Genos Gegrummel über diesen Ort langsam leid. »Nur wenige Erdgeborene haben den Wald je gesehen, und das ist Jahrhunderte her. Vielleicht wird deine Angst davor …«

»Halt den Mund, und leg einen Zahn zu«, knurrte Geno.

Kelsey schwieg, eine bessere Antwort konnte er von dem griesgrämigen Zwerg wohl kaum je bekommen.

Als sie sich auf den Weg in den Wald machten, ließ das schiere Flirren der ursprünglichen Farben Kelseys Seele jubilieren, und Geno wußte gar nicht, wo er zuerst hinsehen sollte. Es war Frühsommer, und Tir na n'Og war vom Gesang des Lebens erfüllt, von Vogelgeschwätz und Bienengesumm, vom Geklopfe eines Kaninchens, vom Geplantsche eines Bibers und von dem anhaltenden Plätschern eines Dutzends tanzender Bäche. Für Kelsey und jeden anderen Tylwyth Teg war dies die Heimat, dies war Faerie in seiner kostbarsten, seiner natürlichsten, seiner reinsten Ausprägung. Für Geno aber, der sein Leben in den Steinhöhlen des zerklüfteten Dvergamalgebirges verbracht hatte, war Tir na n'Og ein fremder, ein abweisender Ort. In seiner Zwergenheimat waren Genos Ohren vom rhythmischen Schlag der Hämmer erfüllt, die auf glühendes Metall niedersausten, vom endlosen Getöse des Steinschlags. Tir na n'Ogs zartere, aber vielfältigere Geräusche verunsicherten ihn, und so war er beständig auf der Hut, behielt die knotigen Finger an den Hammergriffen und spähte mit seinen blauen Augen hierhin und dorthin und versuchte, das Unmögliche zu vollbringen und zu erkennen, was für Geschöpfe in der Nähe waren.

In den Ästen über ihren Köpfen flatterten Vögel und begleiteten jeden ihrer Schritte mit verräterischem Gekreisch.

»Sie teilen meinen Leuten unsere Anwesenheit mit«, erklärte Kelsey dem nervösen Zwerg. »Die Vögel sind die Wächter von Tir na n'Og.«

Er hatte gehofft, Geno mit dieser Erklärung etwas beruhigen zu können, aber wenn überhaupt, dann sah der Zwerg nur noch angespannter aus. Alle paar Schritte blieb er stehen und sprang herum, sah nach oben und rief: »Haltet den Schnabel!«, was die Vögel nur noch mehr aufregte. Als sich das Geschwätz über ihnen vervielfachte, war Kelsey froh, daß Geno hinter ihm lief und sein Schmunzeln nicht sehen konnte.

Auf einer kleinen Lichtung, die von riesigen Kiefern gesäumt war, erreichte der Vogelgesang einen neuen Höhepunkt, und Kelseys Schmunzeln wurde breiter.

»Ich hab euch gesagt, ihr sollt den Schnabel halten!« rief Geno entnervt, dann aber durchschaute er die Illusion. Die Vögel waren gar keine Vögel, sondern Tylwyth Teg, und zwar jede Menge Tylwyth Teg, die mit grimmigen Gesichtern und gezückten Bogen aus den Zweigen herabsahen.

»Oh«, machte Geno, und das sollte für die nächsten paar Stunden sein letztes Wort bleiben.

Nachdem sie die Lichtung hinter sich gebracht hatten, blieb Kelsey des öfteren stehen und zwitscherte etwas zu den Wipfeln hinauf, um nach dem Antwortzwitschern eine andere

Richtung einzuschlagen. Geno vermutete, daß der Elf durch irgendeine seltsame Geheimsprache Nachrichten über den Kobold erhielt, aber er fragte ihn nicht danach, er folgte ihm nur auf dem Fuße und hoffte, daß diese ganze Wanderei durch diesen fürchterlichen Wald bald zu Ende war.

Es war später Nachmittag, als Kelsey sich in ein Gebüsch kauerte und dem Zwerg bedeutete, neben ihn zu treten. Der Elf zeigte nach vorn, auf eine kleine Lichtung mit einem gewaltigen Baum in der Mitte, an dessen Stamm es sich der Kobold gemütlich gemacht hatte und einen juwelenbesetzten Dolch auf der Fingerspitze herumwirbeln ließ. Sein Haar und Bart waren braun und ergrauten bereits, und seine verschmitzten Augen schimmerten in der Nachmittagssonne wie Stahl. Auch sein Mantel war grau, und seine Kniehosen waren grün. Geistesabwesend ließ er den Dolch weiter herumwirbeln, die Klingenspitze auf der Fingerspitze, während er mit der anderen Hand eine langstielige Pfeife stopfte und sich in den Mundwinkel steckte. Und die ganze Zeit trommelte er mit den harten Absätzen seiner schwarzglänzenden Schnabelschuhe auf einer dicken Wurzel der riesigen Eiche einen fröhlichen Rhythmus.

Unter Zuhilfenahme von Mimik und Gestik bedeutete Kelsey dem Zwerg, daß er warten solle, bis der Elf in Position war, und dann stracks auf Mickey zupreschen müsse. Da er wußte, wie trickreich fliehende Kobolde sein konnten, und da er nichts lieber wollte, als rasch aus diesem Wald herauszukommen, nickte Geno bereitwillig, auch wenn es ihn mehr als nur ein wenig beunruhigte, als Kelsey hurtig ins Unterholz davonschlüpfte und ihn allein zurückließ.

Obwohl es Geno wie eine unermeßlich lange Zeitspanne vorkam, hielt Kelsey nur einen Moment später schon eine Hand aus dem Dickicht schräg hinter Mickey. »Verdammter

Wicht!« röhrte Geno und brach aus dem Unterholz, einen Hammer hoch erhoben, damit er ihn dem Kobold in den Weg werfen konnte, falls er zu fliehen versuchte.

»Ah, da bist du ja, mein Zwergenfreund«, sagte Mickey leichthin. Er war nicht einmal fassungslos oder überrascht genug, den wirbelnden Dolch fallenzulassen. »Hat dich bestimmt auch genug Zeit gekostet. Und dich auch, Kelsey«, sagte Mickey, ohne sich umzudrehen, nur einen Moment, bevor der Elf ihn am Kragen packte.

Kelsey und Geno sahen einander ungläubig an, und Kelsey ließ wieder los, der Zwerg hielt jedoch seinen Hammer weiter bereit. Der Elf nahm den Kobold näher in Augenschein; vielleicht war er ja bloß auf eine Illusion hereingefallen, und der echte Mickey McMickey stand irgendwo am Rande der Lichtung oder oben in der Eiche und lachte sich über ihre Verwirrung ins Fäustchen. Aber niemand im ganzen Land von Faerie, nicht einmal Robert oder Ceridwen, vermochte Illusionen so gut zu durchschauen wie ein Tylwyth Teg, und soweit Kelsey sagen konnte, saß Mickey wirklich vor ihnen.

»Du hast uns erwartet?« fragte Kelsey unsicher.

»Ich hab euch herbestellt, oder etwa nicht?« gab Mickey verstimmt zurück.

»Dann warst du es, der die Rüstung und den Speer gestohlen hat«, grollte Geno.

Mickey sah hinter sich zum Rand der Lichtung und deutete mit dem Kinn auf die mit Blättern bedeckten Artefakte, die an einem Baumstamm ordentlich aufgebaut waren.

Erneut packte Kelsey ihn am Kragen und riß ihn so hart auf die Füße, daß ihm der juwelenbesetzte Dolch entglitt. »Weißt du eigentlich, was du da angerichtet hast?«

»Ich hab euch beide hierherbekommen, so, wie ich es brauchte«, antwortete Mickey leichthin.

»Geldion ist nach Dilnamarra aufgebrochen«, grollte Kelsey und ließ ihn unsaft frei. »Connacht macht Pwyll für den Diebstahl verantwortlich, und so werden sie den Baron morgen mittag hängen. Bevor du das nächste Mal eine Tür aufreißt, solltest du dich etwas mehr darum kümmern, was dahintersteckt.«

»Und du solltest dich um den Osten kümmern, Kelsenellenelvial Gil-Ravadry!« gab Mickey wütend zurück, und sein ungewohnter Ton und die Verwendung von Kelseys vollständigem Namen (den er bislang angeblich nicht einmal hatte aussprechen können) nahmen dem Elfen den Wind aus den Segeln. Verwundert sah er zu, wie Mickey den Dolch aufhob und ihn ihnen mit einer Miene entgegenstreckte, als wäre damit alles erklärt.

Aber für die beiden sah der Dolch in seiner Hand einfach nur deplaziert aus, erstens, weil Kobolde nur selten bewaffnet waren – und zu diesen wenigen Anlässen griffen sie üblicherweise zu einer Schleuder oder einem Knüppel –, und zweitens, weil die für Menschen bestimmte Waffe in der Hand des winzigen Kobolds aussah, als wäre sie ein Kurzschwert.

»Kümmere dich um den Osten, Kelsenellenenen ... Kelsey«, sagte Mickey erneut, »wo Robert vielleicht schon die Flügel schlägt.«

»Der Drache ist für einhundert Jahre auf seine Burg verbannt worden«, begann Kelsey, aber während er den Dolch noch anstarrte, begann er zu begreifen. »Wo hast du den eigentlich her?«

»Gary Leger«, sagte Mickey.

»Steingeblubber«, entfuhr Geno der schlimmste aller Zwergenflüche.

»Es ist nicht seine Schuld«, erklärte Mickey. »Er hat ihn aus dem Turm, nicht aus der Schatzkammer, und er wollte ihn nicht stehlen, sondern damit kämpfen.«

»Aber der Diebstahl hebt den Bannspruch über Robert auf«, sagte Kelsey. »Und da Ceridwen verbannt ist und den Drachen nicht abschrecken kann …«

»Ist der Wurm vielleicht längst in der Luft«, schloß Mickey. »Also hab ich euch hier zusammengebracht, damit wir ihn zurück in sein Loch stopfen.« Mickey dachte dabei allerdings weniger an Robert als vielmehr an seinen kostbaren Topf voll Gold. Noch bevor die Freunde auch nur einen Fuß in die Burg gesetzt hatten, hatte er dem Drachen den Topf verschachert, damit sein Leben verschont blieb. Mickey hielt es jedoch nicht für ratsam, den anderen dieses kleine Detail mitzuteilen; er zog es vor, der Sache den Anstrich von Selbstlosigkeit zu verleihen, denn damit entsprach sie dem ehrenhaften Kelsey wesentlich mehr.

»Wenn der Drache das Fehlen des Dolches bemerkt hat, dann wird er sich nicht so einfach wieder in sein Loch stopfen lassen«, gab Kelsey zu bedenken, indem er spöttisch Mickeys Worte benutzte.

»Oh, du solltest wirklich besser die Bannregeln büffeln, bevor du dich mit mir herumstreitest«, antwortete Mickey. »Wenn wir den Dolch zum Daumen des Riesen zurückbringen, bevor die Jahreszeiten wechseln, dann ist Robert verpflichtet zurückzukehren.« Diese Lüge klang einleuchtend, und er hoffte, daß sie ihn ein Stück näher an seinen Topf voll Gold heranbrachte.

Skeptisch legte Kelsey die helle Stirn in Falten. Seit Jahrhunderten hatte er unter seinen Leuten gelebt, und die Tylwyth Teg zählten zu den gebildetsten Völkern, was überlieferte Vorschriften anging, aber von einer solchen Regel hatte er noch nie gehört.

»Das stimmt«, fuhr Mickey fort und sog an der Pfeife, um sein Lächeln zu verbergen. Kobolde waren die geschicktesten

Lügner auf der ganzen Welt, aber die Tylwyth Teg waren die Geschicktesten darin, diese Lügen zu durchschauen.

»Ich habe noch nie von dieser Regel gehört«, sagte Kelsey.

»Wenn Robert das Fehlen des Dolches noch nicht bemerkt hat und wir ihn zurückbringen, dann haben wir nichts Schlechtes getan«, sagte Mickey. »Und wenn er es schon bemerkt hat, selbst wenn er seine Schwingen schon ausgebreitet hat, dann ist er verpflichtet zurückzukommen.«

»Und wenn du dich irrst?«

Mickey zuckte mit den Schultern. »Hast du einen besseren Plan? Willst du losziehen und dem Drachen eine reinhauen?«

»Steingeblubber«, fluchte Geno erneut.

Kelsey war Mickey auf den Leim gegangen und hielt den Mund. Ganz gewiß wollte er nicht mit dem Drachen kämpfen, wenn es sich irgendwie vermeiden ließ.

»Also hab ich euch hier zusammengebracht«, nahm Mickey den Faden wieder auf. »Es ist unsere eigene Schuld, daß Robert sich draußen herumtreibt, und einzig und allein unsere Aufgabe, ihn wieder dorthin zu stopfen, wo er hingehört.«

»Du hättest fragen können«, grummelte Geno, aber auch er klang fügsam, auch er war ihm auf den Leim gegangen.

»Ich mußte euch alle auf einen Haufen kriegen«, argumentierte Mickey. »Und ich wußte doch nicht einmal, wo ihr steckt. Ich dachte mir, laß doch Pwyll für dich auf die Jagd gehen, und er scheint seine Sache gut gemacht zu haben.«

Geno grummelte und senkte den Blick. Er zog es vor, seine Erinnerungen an den wilden Kampf in der Schenke zum Schlummernden Wicht in Braemar für sich zu behalten.

»Zu welchem Preis?« herrschte Kelsey ihn an. »Deine Spielchen haben ihn in große Gefahr gebracht.«

Eine Zeitlang kaute Mickey auf dem Mundstück seiner langstieligen Pfeife herum und dachte nach. »Dann werden wir den guten, dicken Baron einfach mitnehmen«, beschloß er und lächelte erneut sein breites, strahlendes Lächeln.

Mickeys entschlossene Zuversicht nahm Kelsey den Wind aus den Segeln und beendete die Debatte – fürs erste. »Und was wird aus der Rüstung?« hakte Kelsey nach, entschlossen, doch noch einen Fehler in Mickeys schlichten Gedankengängen zu finden.

»Ach, die werd ich schon früh genug füllen«, antwortete der Kobold, und in seinen grauen Augen blitzte der Schalk. »Da mach dir mal keine Sorgen.«

Ein Klicken an der Fensterscheibe

Diane lag quer über dem Bett, Gary saß davor auf dem Boden, und beide waren müde, denn es war fast Mitternacht. Die Kerzen waren weit heruntergebrannt, und leise lief Fleetwood Macs *Tusk.* Stevie Nicks war mitten in den schwermütigen Zeilen von *Storms.*

Every night that goes between.
I feel a little less.

Der junge Mann hatte das Gefühl, daß sie nicht nur zu ihm sang, sondern über ihn. Die traurige Wahrheit sang sie, denn er begann wirklich immer weniger zu empfinden, mit jedem Tag, der fern von Faeries verzauberten Landschaften verstrich. Gary erinnerte sich so lebhaft an alles, erinnerte sich an Mickey und Kelsey und an den mürrischen Geno. Erinnerte sich an die pulsierenden Farben von Tir na n'Og und die dreckstarrenden Gassen von Dilnamarra. Nacht für Nacht hatte er Faerie vor Augen, wenn er in den Schlaf hinüberdämmerte, und meist gurrte dann genau diese CD sanft in seinen müden Ohren.

»Sie bombardieren Bagdad wieder!« rief sein Vater, der gerade die Spätnachrichten sah, von unten herauf.

Diane schüttelte empört den Kopf. Sie gehörte zu den wenigen Leuten in Garys Bekanntenkreis, die sich offen gegen den Krieg aussprachen. Man konnte ihr jedes Argument für diesen Krieg vorhalten, von den Ölreserven bis zur Notwendigkeit, den Terrorismus zu bekämpfen, und sie lächelte nur und sagte: »Wenn sich eines Tages die Historiker damit befassen, werden sie feststellen, daß dieser Krieg hätte vermieden werden können wie jeder andere auch.« Und kein Argument konnte diese Ansicht erschüttern.

Eine Frau mit Rückgrat, und genau das liebte Gary am meisten an ihr.

»Die basteln sich ihren eigenen Robert«, sinnierte er laut und dachte dabei an die Medien, die – wahrscheinlich mit voller Unterstützung der Regierung – den Führer der feindlichen Nation als den schlimmsten Kriminellen seit Adolf Hitler ausgemacht hatten. In dieser Welt gab es keine Drachen, keine richtigen, aber es sah ganz so aus, als ob die Leute von Zeit zu Zeit einen brauchten, also bastelten sie sich einen. Gary Leger dagegen war einem Drachen begegnet, einem richtigen, und seine Angst davor, jemals wieder einem begegnen zu müssen, überwog seine allzu menschliche Abenteuerlust bei weitem.

»Was?« fragte Diane. »Was für ein Robert?«

Gary tat sich mit einer Antwort auf diese einfache Frage sehr schwer. Er hatte schon oft daran gedacht, Diane von seiner Reise zu erzählen, ihr das Buch zu zeigen und darauf zu vertrauen, daß sie ihm glaubte. »Nichts«, sagte er schließlich. »Nur ein böser König, über den ich mal irgendwo gelesen habe.«

Diane gab sich mit seiner Antwort zufrieden, denn sie war bereits wieder am Dösen. Es zählte nicht gerade zu ihren Angewohnheiten, in Garys Zimmer einzuschlafen, aber die Tür stand offen, und seine Eltern störte es nicht, und die leise Musik war so einladend …

Irgend etwas schlug ans Fenster und riß Diane aus dem Schlaf. Die Kerzen waren erloschen, die Digitaluhr zeigte 2:30 an. Das Zimmer lag still und dunkel da, abgesehen von dem schwachen Licht der Straßenlaternen, das durch das Rollo am Vorderfenster drang. Als sich ihre Augen daran gewöhnt hatten, konnte Diane Garys Umrisse erkennen; er lehnte noch in genau derselben Stellung am Bett wie zuvor.

Plick!

»Gary«, flüsterte Diane. Sie streckte sich und rüttelte ihn kurz an der Schulter, darauf schüttelte er den Kopf und ließ ihn nach hinten aufs Bett sinken.

»Hm?« fragte er schläfrig.

Plick!

»Das Fenster«, sagte Diane. »Da klickt ständig was ans Fenster.«

»Hm?« Er rieb sich den Schlaf aus den Augen und schaute zum Fenster, genau als es erneut klickte. »Ist bestimmt bloß ein Eichhörnchen auf dem Dach«, sagte er ziemlich laut, als mit den Worten auch ein Gähnen hochkam. Er stand auf und ging hinüber, um einen mutigen Eindruck zu machen. Er zog das Rollo nach hinten und sah hinaus, aber der Vorgarten und die Straße schienen leer zu sein.

»Da ist nichts«, sagte er in entschiedenem Ton und drehte sich zu Diane um.

Plick!

Diane tastete nach dem Lichtschalter, und Gary schob erst das Rollo hoch und dann, kaum daß die müden Federn den alten Stoff aufgerollt hatten, die untere Hälfte des Fensters. »Nicht das Licht anmachen!« sagte er, denn wenn es erst einmal eingeschaltet war, konnte er draußen gar nichts mehr erkennen. Da nichts zu sehen war, schob er das Fliegengitter ebenfalls nach oben und lehnte sich hinaus. Mit den Händen auf dem Fensterrahmen inspizierte er den Vorgarten.

»Da draußen ist nichts ...«, wollte er protestieren, aber mitten im Satz blieb ihm die Stimme weg. Im Holz des Fensterrahmens steckten lauter winzige Pfeile.

»Das gibt's nicht«, hauchte er. Ihm schossen tausend Gedanken gleichzeitig durch den Kopf. Konnte es wahr sein? Waren die Waldmännlein wirklich zurückgekehrt, um ihn zu holen? Er wußte instinktiv, daß dies ein Hinweis war, ein Zeichen, das wahrscheinlich bedeutete, daß er wieder in den Wald hinterm Haus gehen sollte, zu derselben Stelle, von der aus er zum ersten Mal in das Märchenreich mitgenommen worden war.

»Was gibt's nicht?« drängte Diane und trat ein wenig näher an das Fenster.

Es wird Zeit, ein paar Sachen auf den Tisch zu packen, dachte Gary. Jetzt konnte er es ihr erzählen, jetzt konnte er es ihr glaubhaft machen, ohne daß ihre störrische rationale Seite noch etwas einzuwenden haben konnte.

»Komm her«, sagte er. Er zeigte auf die kleinen Pfeile, und Diane beugte sich über den Rahmen und schüttelte den Kopf.

»Eine Art Schrotkugeln?« fragte sie.

»Pfeile«, korrigierte er.

Diane sah ihn ausdruckslos an, dann nahm sie die Pfeile erneut in Augenschein. »Wer kann denn mit einem so kleinen Bogen schießen?« fragte sie ungläubig, dann aber nickte sie.

»Oh, mit einem Blasrohr?« Ihr waren Garys Geschichten über seine Blasrohrschlachten im Büro wieder eingefallen.

»Nein«, erwiderte er geheimnisvoll, um die Spannung zu erhöhen, damit die endgültige Antwort Diane nicht allzusehr umwarf.

»Mit einer – wie heißen sie noch – mit einer Armbrust?«

»Nee.« Gary war sehr darum bemüht, sich die Aufregung nicht anmerken zu lassen. »Mit einem Langbogen.«

Diane sah wieder zu dem winzigen Pfeil, die Stirn verwirrt in Falten gelegt. »So'n langer Bogen kann das aber nicht gerade gewesen sein«, sagte sie mit einem Grinsen.

Am liebsten wäre Gary gleich zu seinem Phonoschrank gegangen und hätte ihr das verwandelte Exemplar des *Kleinen Hobbits* gezeigt, die flüssige Handschrift des Kobolds, um dann mit allen seinen Erlebnissen herauszuplatzen.

Laß es langsam angehen, bremste er sich. Er erinnerte sich noch gut an seine eigenen Zweifel, die er selbst nach der Entführung durch die Waldmännlein gehabt hatte, selbst nach seinem ersten Tag im Land von Faerie. Gary hatte das ganze Abenteuer erlebt, und dennoch hatte er lange gebraucht, bis er glauben konnte, daß es wirklich geschehen war – selbst später, als er im Wald hinterm Haus wieder aufgewacht war, hatte ihm nur das immer noch verwandelte Buch bewiesen, daß es nicht nur ein Traum gewesen war.

Aber er mußte es Diane begreiflich machen. Es war wichtig für ihn, lebenswichtig, daß jemand anders, und vor allem Diane, seiner Geschichte Glauben schenkte und ihn vielleicht sogar bei einem weiteren Abenteuer begleitete. Er holte tief Luft, machte das Licht an, holte das Buch aus dem Phonoschrank und drückte es ihr in die Hand.

»Ja«, drängte sie, da sie nicht verstand.

»Schlag es auf!«

Sie riß die Augen auf, als sie die flüssigen Runen und die merkwürdige Seitenaufteilung erblickte, die ihren Vorstellungen von einem gedruckten Buch so wenig entsprachen. Völlig verwirrt sah sie Gary an und schüttelte den Kopf.

»Ich hab es einem Professor auf dem College gezeigt«, erklärte er. »Dr. Keough, der sich in irischer Geschichte besser auskennt als jeder andere hier. Soweit er sagen kann, ist es Gälisch, aber eine Art, die er vorher noch nie gesehen hat. Er konnte nicht einmal beurteilen, ob es eine abgeleitete Form oder eine reine ist.«

Das verschlug Diane den Atem. »Du hast Tolkien auf Gälisch? Das muß eine Sammlerausgabe sein, die muß doch ein Vermögen wert sein.«

»Es ist keine Sammlerausgabe«, antwortete Gary. »Aber sie ist wahrscheinlich mehr als ein Vermögen wert.«

»Wie meinst du das?«

»Sieh dir den Anfang an.« Er ging an sein Bücherbord und holte den zweiten Band der Reihe heraus, schlug das Impressum auf. »Derselbe Verlag, die gleiche Ausgabe, sogar die gleiche Auflage«, sagte er und zeigte Diane die übereinstimmenden Angaben in beiden Büchern.

Erneut blätterte sie durch die Seiten, auf der Suche nach des Rätsels Lösung, und Gary fragte sich, ob es jetzt der richtige Moment war, ihr alles zu erzählen. Er hatte Vertrauen zu ihr; selbst wenn sie ihm nicht glauben wollte, so würde sie ihn doch auf keinen Fall auslachen, wenn sie erst einmal merkte, daß er es ernst meinte. Als er nach der passenden Einleitung suchte, schossen ihm die verrücktesten Ideen durch den Kopf. Er sah seinen Namen in fetten Lettern auf den Titelblättern der Boulevardzeitungen:

Mann aus Lancashire von Feen entführt

Gary Leger: So schwängerte mich der Kobold

Selbst in dieser schwierigen Situation mußte er lachen, und Diane sah von dem Buch auf.

»Was ist los?« wollte sie wissen. Es war das perfekte Stichwort, aber wieder wußte Gary nicht, wo er beginnen sollte.

»Ich kann es nicht erzählen«, gab er zu. Er sah wieder zum offenen Fenster. »Aber ich glaube, ich kann es dir zeigen.«

Sie eilten durch das Haus, durch die Vordertür, und Gary zog Diane vorwärts, die Straße hinab und auf die schwarze Reihe von Bäumen, das kleine Wäldchen, zu.

»Wenn du rumkuscheln willst, hätten wir dann nicht den Wagen nehmen können?« fragte Diane und wehrte sich gegen sein eiliges Gezerre. Ihr gefiel der Anblick der dunklen und bedrohlichen Bäume gar nicht.

»Das hier ist besser als rumkuscheln«, antwortete Gary aufgeregt, ohne über seine Worte nachzudenken.

Diane riß sich los und blieb mitten auf der Straße stehen. Gary drehte sich um. Sie stand da, die Arme vor der Brust verschränkt, klopfte mit einem Fuß auf den Asphalt und sah zur Seite. Selbst im schwachen Licht der entfernten Laternen konnte ihm ihr böses Gesicht nicht verborgen bleiben.

»Was ist?« fragte er verdutzt.

»Besser als rumkuscheln?« fragte Diane, wobei sie jede Silbe deutlich betonte.

»Nein, nein«, stammelte er. »Du kannst das nicht verstehen, aber komm weiter, dann verstehst du es!«

»Besser als rumkuscheln?« fragte sie noch einmal, aber dann ließ sie sich doch von Garys übersprudelndem Enthusiasmus anstecken, und so akzeptierte sie seine Hand erneut und folgte ihm die Straße hinab, hinein in den Wald.

Es war rabenschwarz dort drinnen, aber Gary kannte den Weg, er war praktisch in diesem Wald aufgewachsen. Sie liefen bis ans Ende der Sackgasse, folgten dann einer Feuerschneise, und bald waren sie in den Blaubeeren hinter der weiten Lichtung auf dem Hügel, von dem aus man die Fläche überblicken konnte, die für die neue Grundschule abgeholzt worden war.

Die Aussicht war herrlich dort, der Himmel war von schimmernden Sternen übersät, und Diane blieb stehen und sog den Anblick in sich auf.

Dies war die Stelle, an der Gary den Feenring gesehen hatte, aber seine erste Begegnung mit dem Waldmännlein hatte woanders stattgefunden. Er ließ Diane die herrliche Aussicht einen Moment lang genießen, sah sich derweilen ein bißchen um und hielt nach den verräterischen Lichtern der tanzenden Feen Ausschau.

»Komm weiter«, sagte er schließlich und griff wieder nach ihrer Hand. »Dort unten.« Er folgte erneut dem Pfad, der in eine kleine, dichtbewachsene Senke hinunterführte.

Diane wehrte sich und schlug nach einer Mücke, die sie in den Nacken gestochen hatte. »Was ist los?« fragte sie erneut. »Was hat das alles mit diesen Pfeilen und dem Buch zu tun?«

»Ich kann es dir nicht erklären. Du würdest es nicht glauben ... nicht verstehen. Nicht jetzt. Aber wenn du einfach mitkommst, wirst du es selber sehen können.«

»Warum such' ich mir auch immer die Spinner aus«, murmelte sie, griff nach seiner Hand und folgte ihm den Trampelpfad hinab.

Sie kamen zu einem Moosbett – Diane mußte Gary glauben, daß dort ein Moosbett war, denn sie konnte es nicht sehen. Er ließ sich fallen und zog an ihrer Hand und klopfte auf den Boden, um ihr zu bedeuten, daß sie sich neben ihn setzen sollte.

Mehrere Minuten verstrichen in völliger Stille, ohne daß etwas geschah, vom anwachsenden Gesumm der Mücken einmal abgesehen, die ihr Blut rochen und sie hungrig umschwärmten.

»Und?« drängte Diane.

»Pst!« machte Gary.

»Ich werde bei lebendigem Leibe aufgefressen«, protestierte sie.

»Pst.«

Und so saßen sie in der Stille, von dem enervierenden Gesumm und vereinzelten Klatschern einmal abgesehen. Langsam gewöhnten sich ihre Augen an die Dunkelheit, und sie konnten einander wenigstens als schwarze Umrisse ausmachen. Diane schmiegte sich an Garys Schulter, und er nahm sie automatisch in den Arm.

»Wir hätten den Wagen nehmen sollen«, flüsterte sie.

»Pst.« Gary klang langsam angestrengter und ungeduldiger, und die aufsteigende Enttäuschung war ihm deutlich anzuhören.

Aus den Minuten wurde eine Stunde, eine kühle Brise strich über sie hinweg, und Diane kuschelte sich enger an Gary. Mit einer Drehung ihres Kopfes brachte sie ihren Mund an Garys Hals heran und gab ihm einen langen Kuß, dann strich sie ihm mit den Lippen sanft über das Ohr.

»Bißchen Eiskrem gefällig?« fragte sie neckisch.

Gary seufzte und entzog sich ihr, so daß sie sich aufsetzen mußte.

»Willst du, daß sie uns zugucken?« fragte er scharf.

Diane zuckte zurück.

»Ja, was?« fragte Gary.

»Wer denn?«

»Sie!« fauchte er und zeigte in die Dunkelheit. Er schüttelte den Kopf und schloß die Augen. Als er die Pfeile gesehen hatte, hatte er wirklich gehofft … aber jetzt?

Er wünschte sich so sehr, daß es wahr war, daß die Waldmännlein zurückgekommen waren, um ihn mitzunehmen – und Diane ebenfalls – zu neuen, edlen Abenteuern. Um ihn fortzubringen aus der Welt der Monatsabschlüsse und der Highway-Spielereien.

Diane sah sich verwirrt und ein wenig erschreckt um. »Wer?« fragte sie erneut.

»Die Waldmännlein«, flüsterte Gary ohne Umschweife.

Diane schwieg für lange Zeit. »Waldmännlein«, sagte sie dann, und ihre Stimme klang mindestens eine Oktave tiefer.

»Feen!« fauchte Gary sie an, sauer über den deutlichen Zweifel in ihrer Stimme, sauer über seinen eigenen.

»Wovon, zum Teufel, sprichst du überhaupt? Und warum kommt es mir so vor, als ob ich dir immer wieder die gleichen Fragen stelle und nie irgendeine richtige Antwort bekomme?«

»Weil ich es nicht erklären kann!« rief er frustriert.

»Versuch es.«

»Dieses Buch«, begann Gary, nachdem er tief Luft geholt hatte, um seine Gedanken zu ordnen und seine Nerven zu beruhigen. »Es ist nicht so gedruckt worden, wie es jetzt aussieht. Es hatte ein normales, ein total normales Schriftbild.«

»Und wie hat es sich dann verändert?« Ihr offensichtlicher Zweifel tat ihm im Herzen weh.

»Ein Kobold hat seine Hand darüber geschwenkt.«

»Ach, komm!«

»Ich verarsch dich nicht«, sagte Gary. »Deshalb hab ich dich hierhergebracht. Du glaubst mir nicht, du kannst mir gar nicht glauben. Verdammt, ich hab's selber nicht geglaubt – bis ich das Buch gesehen habe.«

Diane wollte etwas fragen, aber dann hielt sie inne und reckte die Hände in einer Geste der Ergebenheit.

»Man muß es selber sehen«, sagte Gary. »Sonst kann man es nicht glauben.«

Es sprach für Diane, daß sie ihm nichts mehr entgegenhielt, daß sie ihm nicht sagte, daß er übergeschnappt war, und nicht aufstand, um zu gehen. Sie nahm seine Hand und zog ihn wieder neben sich.

»Gib mir nur diese eine Nacht«, bat er sie. »Danach werde ich es vielleicht erklären können.«

Diane zog ihn näher und legte ihm wieder den Kopf auf die Schulter. Ihr Seufzen klang resigniert, aber sie blieb, wo sie war, und Gary begriff, daß sie zu ihm hielt, trotz der Mücken und trotz der Tatsache, daß er anscheinend völlig den Verstand verloren hatte.

Einige Zeit später wurde Gary von zartem Gesang geweckt, kurz vor Anbruch der Dämmerung.

»Diane«, flüsterte er und stupste sie an. Sie rührte sich nicht.

Der Feengesang wurde mit der Brise herübergeweht und war zu leise, als daß Gary einzelne Worte ausmachen konnte, aber er glaubte ohnehin nicht, daß er die altertümliche Sprache verstehen würde.

»Diane.« Er gab ihr einen kräftigeren Stoß, aber noch immer erwachte sie nicht.

»Na, komm«, sagte er so laut, wie er es wagte, und strich ihr mit der Hand den Rücken entlang. Als er den winzigen Pfeil in ihrer Schulter spürte, hielt er abrupt inne.

»Oh, nein«, stöhnte er, und Diane antwortete prompt mit einem Schnarchen. Die Männlein hatten sie betäubt.

Gary erhob sich in die Hocke und sah die flackernden Lichter, winzig wie Glühwürmer, oben am Rande der Senke, bei den Blaubeerbüschen. Halb ging er den Hang hinauf, halb kletterte er, und mit jedem Schritt wurden die Lichter und der Gesang deutlicher. Und dann sah er sie, die im Kreis tanzenden Feen, kleine Elfenpuppen, kaum einen Fuß groß. Sie wirbelten und hüpften herum, drehten anmutig kleine Pirouetten und sangen dazu mit ihren piepsenden und doch wohlklingenden Stimmen. Dies war das Tor in das verzauberte Land.

»Tritt ein«, erklang eine zirpende Stimme, und die Worte kamen so schnell hintereinander, daß Gary einige Zeit brauchte, um sie zu erkennen. Er sah nach unten und erblickte ein kleines Männlein neben sich.

»Ihr seid meinetwegen gekommen?« fragte Gary, aber es klang bereits wie eine Feststellung.

»Tritt ein!«

»Warum habt ihr so lange gebraucht?« wollte er wissen. Er wünschte sich, sie wären Stunden früher gekommen. Das Männlein antwortete mit einem skeptischen Blick, und erst da wurde ihm klar, daß die wenigen hundert Yards vom Haus bis hierher für ihre winzigen Beine Meilen gewesen sein mußten.

Gary sah hinter sich, wo Diane geräuschvoll schlummerte. Er brauchte sie als Zeugin, als Gefährtin.

»Tritt ein!« Das Piepsen klang mit jedem Mal dringlicher.

»Nicht ohne sie«, sagte er und wandte sich von der Senke wieder zu dem Männlein um. Er sah, daß es etwas in den Händen hielt, aber er konnte in der Dunkelheit nicht recht erkennen, was. Sein Gedächtnis verriet ihm, was ihm seine Augen nicht verraten konnten, aber da stach ihm der Pfeil schon in die Wade, und es war zu spät.

»Verdammt«, stöhnte er, tastete nach dem Pfeil und riß ihn heraus. Nur einen Moment später sah er alles doppelt, tanzten vor seinem trüben Auge zwei Feenringe.

»Verdammt«, sagte er wieder, und irgendwie war er plötzlich auf den Knien. »Diane?«

»Nur du!« sagte das Männlein entschieden. Er konnte es nicht mehr sehen.

»Verdammt!« Aber auch wenn er noch protestierte, krabbelte Gary notgedrungen , doch langsam auf den Feenring zu. Dort angekommen, brach er zusammen. Vom Schlafmittel aller Kräfte beraubt, vermochten ihn seine Beine nicht länger zu tragen.

Für den Rest des Weges brauchten sie das auch nicht mehr.

Die Rettung

Kaum hatte er die Augen geöffnet und die herrliche Dämmerung erblickt, da wußte er, daß Diane nicht mehr an seiner Seite war. Die Farben, die so lebhaft waren, daß es fast in den Augen schmerzte, sagten ihm, daß er wieder im Märchenreich von Faerie war, und so überraschte es ihn kein bißchen, als er im nächsten Moment Mickey McMickey, Kelsey und Geno erblickte. Sie starrten ihn an, wie er da auf einem Flekken dichten Grases in den Blaubeeren lag.

Immer noch von dem Feengift mitgenommen, streckte er sich und gähnte und quälte sich langsam hoch.

»Keine Zeit zum Schlafen, Junge«, sagte Mickey. »Baron Pwyll soll am Mittag aufgeknüpft werden, und wir müssen dich noch in die Rüstung kriegen und dann zack, zack nach Dilnamarra.«

Garys Gesicht verlor jeden Ausdruck, als er verwirrt versuchte, diesen plötzlichen Ansturm von Neuigkeiten zu verdauen. Der Baron … die Rüstung … Dilnamarra …

Geno packte ihn bei der Schulter, und mit einer Kraft, die weit über das hinausging, was einem vier Fuß großen Körper zuzutrauen war, riß, ja schleuderte er Gary auf die Füße.

»Kommt das davon, wenn man Steine ißt?« fragte Gary beeindruckt, als er sich erinnerte, was Mickey ihm über die Kraft der Zwerge erzählt hatte.

»Jetzt hat er's kapiert«, sagte Mickey mit einem Grinsen. »Guter Junge.«

»Mein Willkommen, Gary Leger«, fügte Kelsey feierlich hinzu, und nach allem, was Gary über Kelseys unnahbares Wesen wußte, war dies die wärmste Begrüßung überhaupt.

Für einen Moment sah der junge Mann sich einfach nur um, badete in den urwüchsigen Farben von Faerie und erfreute sich an dem endlosen Gesang, der ihm ans Ohr zu dringen schien, immer knapp unter der Wahrnehmungsebene. Zu Hause in seiner eigenen Welt war Musik ein wichtiger Bestandteil von Garys Leben, aber selbst die besten Stücke, die die tiefsten Empfindungen bei ihm auslösten, kamen an die geheimnisvollen und ewigen magischen Klänge nicht heran, die die klare Luft von Faerie erfüllten.

Er wurde aus seinen Tagträumen gerissen, als Mickey ihn am Gürtel zog und auf Kelsey und Geno deutete, die schon aufgebrochen waren.

Als sie an der riesigen Eiche ankamen und die Rüstung hervorholten, war Gary plötzlich erleichtert, daß Diane nicht hatte mitkommen können. In der Krone dieses Baumes lebte Leshiye, die Waldnymphe, ein hinreißendes und überaus verführerisches Geschöpf, mit dem Gary auf seiner ersten Reise eine höchst vergnügliche Zusammenkunft erlebt hatte. Ohne es verhindern zu können, ließ er seinen Blick die weitgefächerten Äste hinaufwandern und hielt sich eine Hand hinters Ohr; vielleicht konnte er so einen Hauch ihres bezaubernden, lockenden Gesanges erhaschen.

Jemand klopfte ihm auf die Schulter, und als er sich umdrehte und Kelsey ansah, begegnete er dem unerbittlichsten Blick, den er je gesehen hatte. Kelsey war es gewesen, der genau diesen Baum hatte erklimmen müssen, um Gary aus Leshiyes zärtlichen, aber schließlich tödlichen Armen zu befreien. Der Elf war damals sehr wütend gewesen, gefährlicher hatte er nie wieder ausgesehen, und der Blick, mit dem er Gary jetzt bedachte, war eine mehr als deutliche Mahnung, sich um die Tagesgeschäfte zu kümmern und jeden Gedanken an sinnliche Vergnügungen auf später zu verschieben.

»Warum geben wir die Rüstung nicht einfach zurück, anstatt den da hineinzustecken?« fragte Geno unvermittelt. Die drei sahen ihn an. »Geldion würde Pwyll in Ruhe lassen, und ich könnte wieder nach Hause.«

»Aber dann würde Geldion die Artefakte nach Connacht bringen«, sagte Mickey. In Wirklichkeit war der Plan des Zwerges sehr einleuchtend, aber Mickey durfte es nicht dazu kommen lassen, wenn er seinen Topf voll Gold je wiedersehen wollte. Als er sich noch grämte, daß Geno mit seinem Pragmatismus womöglich alles kaputtgemacht hatte, bekam er unerwartete Unterstützung von Kelsey.

»Wir dürften den Speer und die Rüstung mehr als nötig haben, falls es zum Kampf mit Robert kommt«, sagte er.

Geno schnaubte. »Sollen Geldion und Pwyll doch eine Armee ausheben, um mit dem Drachen zu kämpfen.«

Als die Situation so plötzlich an einem seidenen Faden hing, zerbiß Mickey sich fast die Lippen.

»Nein«, sagte Kelsey knapp, und der Kobold hatte alle Mühe, einen Seufzer der Erleichterung zu unterdrücken. »Robert fällt in unsere Verantwortung, denn es waren unsere Handlungen, die ihn über das Land gebracht haben. Es dürfte doch nicht allzu schwer sein, die Waffe in seinen Hort zurückzubringen und ihn damit zu zwingen, die Bannregeln erneut anzuerkennen.«

»Der Drache ist frei?« fragte Gary ungläubig.

»Eine Kleinigkeit«, sagte Mickey und rückte den Tam-o'-Shanter zurecht.

Gary sah ihn an und zuckte fragend die Achseln, aber der Kobold hielt nur einen Finger an die Lippen und bat ihn so um geduldiges Schweigen.

»Deine Verantwortung, Elf!« bellte Geno und stieß einen seiner Knubbelfinger in Kelseys Richtung. »Das war deine Queste, nicht meine, und du bist es, der die Verantwortung für den Diebstahl trägt!«

»Was?« wollte Gary von Mickey wissen, indem er lautlos die Lippen bewegte, obwohl er allmählich zu verstehen glaubte. Das Wort »Diebstahl« ließ ihn vermuten, daß Mickey dem Drachen etwas gestohlen und damit den Bann gebrochen hatte. Die Vorstellung, daß seine Freunde irgendwie einen Drachen auf das Land losgelassen hatten, war niederschmetternd, und er wäre auch nicht schlimmer enttäuscht gewesen, wenn er sofort wieder in den Wald hinter seinem Elternhaus hätte zurückkehren müssen.

»Unsere Verantwortung«, berichtigte Kelsey den Zwerg sofort. »Und so werden wir es auch gemeinsam zu Ende bringen; wir werden den Wurm in sein Loch zurückstopfen und vielleicht auch die eine oder andere Sache am Wegesrand in Ordnung bringen.« Auf einmal lächelte Mickey erleichtert. Es war ihm tatsächlich gelungen, an Kelseys hochentwickeltes Ehrgefühl zu appellieren.

»Schöne Worte, Elf«, sagte Geno mit grimmiger Miene. »Hoffentlich erinnerst du dich noch an sie, wenn du dem wütenden Drachen gegenüberstehst.« Aber trotz seines Gegrummels griff er als erster nach einer Metallplatte.

Während die anderen Gary die prächtige Rüstung anlegten, spürte er ihr Gewicht immer stärker. Bei seinem ersten Besuch in Faerie, als er die Rüstung zum ersten Mal hatte tragen müssen, war sie ihm unförmig und er sich in ihr schwerfällig vorgekommen. Aber nun, wo er die letzten fünf Jahre damit verbracht hatte, seine Muskeln zu trainieren und sich auf eine Rückkehr vorzubereiten, wußte sein Körper etwas mit ihr anzufangen. Als das letzte Stück Metall festgeschnürt war, fühlte Gary sich nicht schlimmer beladen als in Ledermantel und Winterkleidung.

Er nahm den riesigen, verzierten Helm und klemmte ihn sich unter den Arm. Der Helm war das einzige Stück, das ihm nicht recht passen wollte – Cedric mußte wirklich einen Riesenschädel gehabt haben –, und es gab keinen Grund, ihn sich jetzt schon aufzusetzen. Dann ging Gary zu dem Speer hinüber und sah ihn eine ganze Weile nur an und badete im Anblick seiner Pracht. Er war lang, größer als Gary, und aus schwarzem Metall gefertigt, mit einer flachen Spitze, die sich nach hinten verbreiterte und auf jeder Seite in einem Zacken auslief, so daß er eher wie ein verdrehter Dreizack aussah. Der Speer schien hundert Pfund zu wiegen, aber er war so gut ausbalanciert und mit einem so starken Zauber belegt, daß Gary ihn mit Leichtigkeit fünfzig Fuß weit hätte werfen können.

»So sehen wir uns wieder, junger Sproß«, erklang die Stimme des beseelten Speeres in seinem Kopf. Gary erwiderte den Gruß in Gedanken, und von diesem Moment an kommunizierten der Speer und er wieder miteinander, als wären sie nie voneinander getrennt gewesen, kommunizierten auf einer unterbewußten Ebene, wo sie in unlösbarer Verbindung standen. In dieser telepathischen Verbindung hatte Gary zu kämpfen gelernt, hatte gelernt, Faerie mit den Augen von jemandem zu sehen, der dort

aufgewachsen war, hatte gelernt, sich sein Vorgehen im Kampf schnell zu überlegen und es präzise auszuführen, ganz wie die Situation es verlangte. Der Speer hatte Gary einen anderen Bezugspunkt vermittelt, hatte ihn gelehrt, auf seine eigenen Instinkte zu vertrauen. Als Ceridwen sie in dem Berg unter Roberts Burg abgefangen hatte und alles verloren schien, hatte Gary auf diese Instinkte gehört und ihr den Speer in den Bauch geschleudert, hatte die Gefährten damit allesamt gerettet und die Hexe auf ihre Insel verbannt.

»Geh vor«, sagte Gary zu Kelsey und griff nach dem herrlichen Speer. Der Elf schüttelte den Kopf, legte einen seiner schlanken Finger an die Lippen und stieß einen schrillen Pfiff aus, und einen Moment später kamen drei Pferde und ein kleines Pony auf die Lichtung geprescht, schüttelten die Mähnen und schnaubten so wild, daß Gary fast erwartete, daß den mächtigen Streitrossen Flammen aus den Nüstern schössen. Alle vier waren strahlend weiß und trugen ein Schmuckgeschirr, an dem goldene Schellen melodisch klingelten. Unter den glatten, fein gearbeiteten Sätteln lagen wertvolle Decken aus Purpurseide.

»Ein bißchen laut, findest du nicht?« fragte Mickey den Elfen.

»Die Schellen erklingen nur, wenn man es ihnen befiehlt«, antwortete dieser. »Kein Reittier bewegt sich so leise wie ein Roß aus Tir na n'Og, und kein Reittier läuft dabei so schnell.«

»Wohl kaum«, grummelte Geno und bedachte das Pony mit einem verächtlichen Blick.

Kelsey und Mickey sahen den Zwerg verständnislos an; sie hatten keine Ahnung, was in ihm vorging, bis das Pony zu ihm hinübertänzelte und der barsche und furchtlose Zwerg einen Satz nach hinten machte und die Hand an den Griff eines Wurfhammers legte.

»Er fürchtet sich vor Pferden«, kicherte Mickey, aber ein einziger Blick von Geno schloß ihm die Lippen fest um den langen Stiel der Pfeife.

»Dilnamarra ist Meilen entfernt«, sagte Kelsey zu Geno. »Wir haben nicht die Zeit, zu Fuß zu gehen. Du bist doch bestimmt schon früher geritten.« Der Pferderücken war das gebräuchlichste Transportmittel in Faerie.

»Du bist auf dem Riesen geritten, als ich ihm das Aussehen eines Esels gegeben habe«, fügte Mickey hinzu.

»Ich bin neben ihm hergelaufen«, stellte Geno prompt richtig.

»Ich kann nicht reiten«, sagte Gary unvermittelt und sah seine Freunde schuldbewußt an. Er kam sich unglaublich dumm vor. Fünf lange Jahre hatte er sich auf den Fall vorbereitet, daß es ihn erneut nach Faerie verschlug, und er hatte nicht ein einziges Mal daran gedacht, eine Reitstunde zu nehmen!

»In meiner Welt sind Pferde nicht gerade üblich«, versuchte er zu erklären.

»Und als du letztes Mal hier warst, hast du auch keine Ahnung vom Kämpfen gehabt«, erinnerte Mickey ihn. »Du hast es gelernt, Gary Leger, und so wirst du es auch diesmal lernen. Und außerdem brauchst du dir keine Sorgen zu machen, ich werde mit dir im Sattel sitzen.«

Gary sah das Pferd skeptisch an, das neben ihn getreten war, dann aber zuckte er mit den Schultern und nickte Mikkey zu. Er setzte sich den hinderlichen Helm auf, griff nach dem Sattel und steckte einen Fuß in den Steigbügel.

»Von der linken Seite«, wies Kelsey ihn an.

»Oh-oh«, murmelte Mickey.

Mit einer einzigen fließenden Bewegung war der Elf im Sattel und hielt die Zügel seines Pferdes in der Hand. Gary hatte ein wenig mehr zu kämpfen – die Beine ließen sich in der Rüstung nicht weit genug spreizen, um mit einem Schwung aufzusitzen –, aber irgendwie kam er in den Sattel, und Mickey schwebte empor und machte es sich zwischen ihm und dem muskulösen Pferdenacken bequem.

»Der Junge kriegt's hin«, sagte Mickey zu Geno. »Hast du etwa weniger Mumm in den Knochen?«

Geno packte das Pony am Zaumzeug und zog ihm den Kopf herunter, bis sie Nüster an Nase dastanden. Mehrmals setzte er zum Sprechen an, aber anscheinend wußte er nicht, was man so zu einem Pony sagte. »Benimm dich!« bellte er schließlich. Es war zum Totlachen, aber seine Freunde verkniffen sich schnell ihr Gekicher, als er sie ungnädig ansah.

Als der Zwerg es endlich auf den Ponyrücken geschafft hatte, nickte Kelsey ihnen allen zu, schnappte klackend mit den Kiefern, und die Rosse preschten davon. Mit donnernden Hufen brachen sie durch das dichte Buschwerk, mit fröhlich klingelnden Schellen, und doch kam es dem erstaunten Gary so vor, als würde nicht ein Zweiglein geknickt.

Die wilde Hatz durch Tir na n'Og zählte zu den aufregendsten Erlebnissen, die Gary je mitgemacht hatte. Die Rosse schienen außer Kontrolle zu sein und nur ihrem eigenen freien Willen zu folgen. Einmal hielt sein Tier stracks auf den Stamm einer breiten Ulme zu, den Kopf in vollem Galopp gesenkt. Gary schrie auf und hielt sich einen Arm vor die Augen. Mickey lachte, und im letzten Moment wich das Pferd aus, zog nur eine Handbreit an dem Baumstamm vorbei. Gary rückte seinen Helm zurecht, dann blickte er zurück. Dicht hinter ihm war Geno. Sein Pony hatte denselben Weg genommen, und der Zwerg hatte wohl versucht abzuspringen, denn er hatte alle Mühe, wieder aufrecht in den Sattel zu kommen, und fluchte in einem fort.

»Im Sattel ducken«, rief Kelsey, als er sah, daß Gary aufrecht saß, und der junge Mann beugte sich vor, soweit es ging. Dennoch fühlte er nicht nur einmal einen tiefhängenden Ast über seine Schulter wischen, und der lange Speer schnitt eine Spur in das niedrige Laubwerk.

Auf einmal vernahm Gary den Gesang von fließendem Wasser irgendwo vor ihnen. Im nächsten Moment drehte sich der Helm auf seinem Kopf herum, und er hatte das Gefühl zu fliegen, und dann hörte er das Geräusch des Wassers hinter ihnen rasch leiser werden.

»Unglaublich«, murmelte er und rückte den Helm zurecht.

»Das ist das Tolle daran«, antwortete Mickey prompt. Er saß immer noch bequem in der Beuge zwischen Gary und dem Pferdehals. »Sag, Junge, du hast mir nicht zufällig ein neues Buch mitgebracht, oder?«

Gary lächelte und schüttelte den Kopf. Am liebsten hätte er ihm einen ganzen Stapel mitgebracht, zumindest den Rest von Tolkiens Zyklus, schon allein, um sich die Kommentare anhören zu können, die der Kobold beim Lesen vor sich hin brabbelte – denn er hielt die Bücher für auf Fakten gestützte historische Romane. Als Gary begriff, daß sie das aus der Perspektive eines Einwohners von Faerie durchaus sein konnten, mußte er erneut lächeln.

Wenig später hatten sie Tir na n'Og hinter sich gelassen und donnerten über die heckengesäumten Felder, daß die zahlreichen Schafe und »Hochland-Viecher«, wie Mickey die Hochlandkühe nannte, die Köpfe hoben und ihnen nachsahen.

Gary nahm sie nur als seltsame, verschwommene Flecken wahr; die Meilen flogen ebenso zügig unter ihm dahin, als ob er auf der Route 2 von der Arbeit nach Hause fuhr. Aber selbst mit heruntergeklapptem Faltdach kam der Mustang nicht gegen die Aufregungen an, die dieser Ritt auf einem fast wilden

Pferd bot, auf einem Tier, dem Gary vielleicht gut zureden, aber niemals etwas befehlen konnte.

Einige Zeit später kam über den Hügeln der einzelne Steinturm in Sicht, der Baron Pwyll als Bergfried diente; er erhob sich weit über die niedrigen Holz- und Strohhütten Dilnamarras. Auf ein Kommando von Kelsey hörten die magischen Schellen auf zu klingeln, und der Elf bremste ab und schlug ein langsameres Tempo an.

Auf der schlammigen Kreuzung im Zentrum des kleinen Dorfes drängte sich eine Menschenmenge um den Galgen, zu dem gerade ein zitternder und jammernder Pwyll gezerrt wurde.

Kelsey führte die Freunde zum Fuße eines flachen Hügels, wo sie die Pferde zurückließen, um sich allein weiter anzuschleichen. Einhundert Fuß von der Menge entfernt blieben sie hinter einer Hecke an der Nordstraße stehen. Der Galgen war genau zwischen ihnen und dem viereckigen Turm.

»Wir sind wirklich keinen Moment zu früh gekommen«, sagte Mickey. »Aber wie sollen wir dort hinein- und wieder herauskommen?«

»Wären wir zu Fuß gegangen, hätten sich diese Sorgen fast von alleine erledigt«, grummelte Geno. Kelsey und Mickey starrten ihn zornig an.

»Es gibt eine Menge Soldaten da unten«, bemerkte Gary.

»Tja«, stimmte Mickey zu, »und die meisten von ihnen tragen die Farben Connachts.« Er tätschelte Garys Hand, die sich fest um den prachtvollen Speer geschlossen hatte. »Wir brauchen ein paar gute Tricks, keine Waffen«, sagte er, und Gary nickte und lockerte den Griff.

»Was für Tricks, Kobold?« fragte Geno schroff. »Der Dicke hängt doch am Galgen, bevor du auch nur bis zehn gezählt hast.« Das war nur zu wahr; während sie sich noch heranschlichen und nach einem Plan suchten, hatte Prinz Geldion schon ein Pergament entrollt und las es vor, und ein Trupp seiner Männer stieß und trat den unwilligen Pwyll die Stufen hinauf.

»Wird die Menge uns helfen?« fragte Gary eifrig und hatte schon eine edelmütige Revolte vor Augen, die er selbst anführte, gekleidet wie Cedric Donigarten, der berühmteste aller Helden von Faerie.

»Keine Spur«, antwortete Mickey, und Garys Tagträume zerplatzten. »Das ist gemeines Volk, und da wirst du keine Spur von Mut finden, sich gegen Connacht zu stellen, selbst wenn du dreimal die Rüstung ihres guten, alten Helden trägst.«

»Du schleichst dich bis an den Baron heran«, sagte Kelsey unvermittelt zu Geno und spannte dabei seinen Bogen. »Meine Pfeile werden nicht zum ersten Mal einen Strick durchtrennen.«

Geno lachte ihn aus.

»Geldion und seine Männer werden glauben, daß Pwyll hängt«, sagte Kelsey ungerührt zu dem Zwerg. Er drehte sich fragend zu Mickey um, und dieser begriff, welche Rolle ihm der Elf zugedacht hatte.

Mickey sah skeptisch zum Galgen, wo gerade ein Soldat Pwyll die Schlinge um den Hals legte. Wenn er seinen Topf voll Gold gehabt hätte, die Quelle seiner magischen Energien, dann hätte er den Neugierigen einen Toten vorgaukeln können, dessen Anblick sie eine Woche lang gefesselt hätte. Aber er besaß den wertvollen Topf nicht mehr, und ohne ihn war es schon schwer genug, eine Illusion zu schaffen, die auch nur die Hälfte der Menge zum Narren halten konnte.

Trotzdem antwortete er: »Was Besseres fällt mir auch nicht ein«, rieb die rundlichen kleinen Hände aneinander und legte sich einen Zauberspruch zurecht.

Geno hörte nicht auf, skeptisch zu grinsen und den Kopf zu schütteln.

»Wenn du Angst hast, dann laß mich das machen«, sagte Gary und wich erschreckt zurück, als der Zwerg ihn anstarrte, erst fassungslos, dann wütend und dann entschlossen. Mit einem Grollen war Geno auf und davon, huschte von Busch zu Busch zu einem Wassertrog, der nur ein paar Fuß hinter der letzten Reihe von Zuschauern stand. Dort angekommen, spuckte der Zwerg in die Hände und spannte wie eine pirschende Katze seine kräftigen Beine an, bereit, im rechten Moment loszurennen.

Gary zwinkerte Mickey schelmisch zu. »So bringt man einen Zwerg auf Trab.«

»Schön, dich wieder dabeizuhaben, Junge«, gab der Kobold mit einem Kichern zurück.

Gary war der nächste, der den Schutz der Hecke verließ. Den Speer in der Hand, schlich er näher an die Menge heran. Er hörte Kelsey leise pfeifen, und als er nach hinten sah, standen die Pferde neben dem Elf. Dann wandte Gary seine Aufmerksamkeit wieder der Szene vor ihm zu und trat so dicht an die aufgeregt wartende Menge heran, wie es nur ging. Er sah, wie dick der Strick war, und begann, an Kelseys Plan zu zweifeln, begann zu bezweifeln, daß irgendein Pfeil, ganz gleich, wie perfekt er auch gezielt war, dieses Henkerseil glatt durchtrennen konnte. Er hörte, wie Geldion die Verlesung des Todesurteils beendete und Pwyll einen Dieb und einen Verräter der Krone schimpfte.

»Und wir pflegen Verräter zu hängen!« rief der Prinz. Eine unverblümte Mahnung an jeden, der es hören wollte. »Vollstrecker!«

Den dicken Lippen des Verurteilten entfuhr ein Wimmern, als die Hand des Henkers zu dem langen Hebel an der Seite der

Plattform wanderte. Und dann geschah alles auf einmal, und es wirkte wie ein Paukenschlag. Da war Geno, der über den Trog sprang, mitten durch die Zuschauer pflügte und sich mit seinen breiten Schultern eine Schneise schlug. Da war ein Pfeil, der über ihm die Luft zerschnitt, gerade als die Falltür sich öffnete. Und da war Gary, der plötzlich merkte, daß er den magischen Speer instinktiv hinter dem Pfeil hergeschickt hatte.

Der Pfeil traf den Strick und schnitt einen Strang sauber entzwei. Aber das Henkerseil hielt, und es hätte Pwyll sicher den Hals gebrochen, wenn Garys Speer die Arbeit nicht vollendet hätte. Die breite Spitze rasierte den Strick regelrecht ab.

Durch die Menge ging ein Brüllen und Ächzen.

Baron Pwyll spürte unvermittelt einen scharfen Ruck; es fühlte sich an, als ob ihm der Kopf abgerissen werde, und dann stürzte er hinab, und als er noch fiel, sah er sich selbst am Galgen baumeln!

»Ich bin tot!« schrie er und war überrascht, daß er noch eine Stimme hatte. Er krachte auf den Boden, doch gleich darauf erhob er sich wieder und schien zu schweben, direkt unter seinem eigenen Leichnam.

»Schön wär's«, nickte Geno und grunzte unter dem immensen Gewicht des Barons, während er ihn wegtrug.

Der arme, verwirrte Pwyll wußte nicht, was er davon halten sollte, er konnte sich nicht entscheiden zwischen dem, was ihm seine Sinne sagten, und dem, was ihm seine Augen, was ihm Mickeys Illusionen sagten.

Hinten in der Menge riß Gary die Augen auf, denn er hatte von alldem nichts mitbekommen. Ekel und Entsetzen stiegen in ihm auf, als er auf den Baron starrte, der sich am Strick drehte. Dann aber entdeckte er Geno, der hinter dem Galgen hervorschoß und einen zweiten Pwyll in den Armen hielt, und ihm fielen die besonderen Fähigkeiten des Kobolds wieder ein.

Da durchschaute er die Illusion, sah das durchtrennte Seil, sah den flüchtenden Zwerg und den Speer, der zwanzig Fuß hinter dem Galgen in der Erde steckte. Dennoch bewegte sich niemand, jeder war von der Illusion geblendet; selbst Geldion hatte niemandem befohlen, sich dem fliehenden Zwerg in den Weg zu stellen.

Verwirrtes Gemurmel und warnende Rufe begannen durch die Menge zu wogen. Oben auf der Plattform sahen Geldion und seine Männer sich um und versuchten herauszufinden, was die Aufregung sollte, denn für ihre Augen hing Pwyll direkt unter ihnen, ganz wie es sein sollte.

Als ihm jemand auf die Schulter klopfte, wäre Gary fast aus der Rüstung gefahren. Aber es war nur sein Reittier, das auf den Vorderbeinen kniete und ängstlich den Kopf hochwarf. Gary hatte kaum sein Bein über den Rücken des Pferdes bekommen, da flog es auch schon los und schoß wie ein Pfeil an der Menschenmenge entlang.

Mehr und mehr Leute begannen, die Täuschung zu durchschauen. Sie zeigten mit ihren Fingern hierhin und dorthin, vor allem aber nach Nordosten. Prinz Geldion sah durch die Falltür hinab und schrie vor Schreck auf.

»Cedric Donigarten ist gekommen!« rief ein Dorfbewohner, als er den Reiter in der Rüstung erblickte.

»Wehe Connacht!« rief ein anderer.

»Tötet ihn!« schrie Geldion. Seine Stimme überschlug sich dabei, und Speichel flog von seinen dünnen Lippen. »Man hat uns hereingelegt! Mit Zauberei, mit Teufelszeug!«

»Game over«, flüsterte Gary, beugte sich vor und trieb sein Roß an Mickey und Kelsey waren schon zu Geno gestoßen, Mickey saß oben hinter Kelsey. Der Zwerg hievte Pwyll auf das letzte Pferd, dann hetzte er zu seinem Pony.

Der Bolzen einer Armbrust prallte von Garys Schulterschutz ab. Aber vor ihm war der Weg frei; bis auf einen einzelnen Soldaten, der aus dem offenen Tor des Bergfrieds gelaufen war, um den Speer aus dem Boden zu ziehen.

»Verdammt«, grollte Gary, und sein Streitroß schien seine Gedanken gelesen zu haben, denn es hielt direkt auf den Mann zu. Gary nahm an, er müsse den Mann über den Haufen rennen, dann wenden und beim zweiten Vorbeiritt nach dem Speer greifen.

»Eilt euch, junger Sproß!« hallte es in seinem Kopf, und er sah begeistert und entsetzt zugleich, wie ein Blitz reiner Energie aus dem Schaft des Speeres schoß, der den Soldaten ein Dutzend Fuß weit schleuderte und den Speer hoch in die Luft fliegen ließ.

Gary fing die Waffe im Flug auf und hörte den Entsetzensschrei des Soldaten, als das Pferd auf ihn zuschoß. Aber das Geschöpf von Tir na n'Og war intelligent und beileibe kein Untier, und so sprang es leichtfüßig über den Mann am Boden hinweg, landete weit hinter ihm und preschte in einer scharfen Wende von dem besetzten Bergfried fort, hinter den fliehenden Gefährten her.

Gary hielt sich fest, als hinge sein Leben davon ab, und das tat es wohl auch, denn als das Pferd seine Geschwindigkeit steigerte, flog er mehr, als daß er im Sattel saß. Er hörte das Schwirren, als ein zweiter Bolzen an ihm vorbeischoß.

»Zu den Pferden! Zu den Pferden!« gellte der Schrei eines Soldaten über den Lärm der aufgeregten Dörfler hinweg, gellten Prinz Geldions wütende Befehle, gellten plötzlich die Hörner.

Wieder schoß ein Bolzen an Gary vorbei, und er beugte sich, so tief es ging, um ein möglichst kleines Ziel abzugeben. Vor sich sah er eine Staubwolke, und als sein schwitzendes

Roß allmählich zu den Gefährten aufschloß, hörte er hinter sich den Tumult rasch leiser werden.

Dann holte er Geno und Pwyll ein, und trotz aller Gefahr hätte er fast laut aufgelacht, als er sah, daß der Baron immer noch die Schlinge um den Hals trug. Drei lange Sätze brachten ihn an den beiden vorbei, nach vorn neben Kelsey und Mickey.

»Die Illusion hat nicht gehalten!« warf der Elf dem Kobold vor.

»Hab nie behauptet, daß sie hält«, antwortete Mickey beiläufig und paffte seine langstielige Pfeife – was Gary sehr verwegen vorkam, so in vollem Galopp. Dann begriff er, daß der Kobold hinter seiner Fassade von Sorglosigkeit sehr angespannt war, und genau wie Kelsey kam es ihm merkwürdig vor, daß Mickey, der schon Illusionen geschaffen hatte, die einen Drachen für mehrere Minuten genarrt hatten, nicht in der Lage gewesen war, die Menge länger als ein, zwei Augenblicke zu täuschen.

»Sie kommen!« rief Geno hinter ihnen Kelsey hielt sein Pferd an, und die anderen taten es ihm gleich. Sie sahen zum inzwischen fernen Bergfried im Norden zurück, sahen die Staubwolke, die sich zu erheben begann, und hörten das dumpfe Trappeln unzähliger Hufe.

»Wie kommt's eigentlich, daß uns jedesmal, wenn wir Dilnamarra verlassen, ein Prinz im Nacken sitzt?« fragte Gary.

»Oh, mei«, ächzte Pwyll völlig aufgelöst. Er hatte sich bei dem Versuch, die Schlinge von seinem Hals zu bekommen, fürchterlich verheddert. »Jetzt steck ich aber tief in der Klemme.«

Gary fiel die Kinnlade hinab, und Geno schnaubte.

»Tiefer als ein Gehängter?« fragte Mickey ebenso fassungslos.

»Fürchtet euch nicht«, versicherte Kelsey ihnen allen und wandte sein Pferd wieder der freien Straße nach Süden zu. »Kein Reittier kann den Pferden von Tir na n'Og das Wasser reichen!«

Der Elf gab Mickey zu Gary hinüber und trieb sein Tier an. Geno flog auf seinem Pony vorbei, und Pwyll folgte gleich danach.

»Lust auf ein kleines Wettrennen, Junge?« fragte Mickey und machte es sich vor ihm bequem.

»Hab ich denn eine Wahl?« antwortete Gary lächelnd.

Mickey lugte um ihn herum nach Norden, wo Geldions Reiterei herangestürmt kam. »Nein«, sagte er leichthin und paffte schon wieder seine Pfeife. Gary ließ die Zügel locker, und das mächtige Roß aus Tir na n'Og spritzte davon.

Ein Gefühl von Stärke

Vielleicht vierzig Drochiter, die meisten von ihnen Torfstecher, hatten sich auf der Weststraße versammelt, um die Abfahrt des merkwürdigen Gnomen mitanzusehen. Gerbil hatte Duncan Drochit, dem Herrn der Stadt, die schlechten Neuigkeiten gebracht, daß der mächtige Drache Robert seine Schwingen wieder ausgebreitet hatte und im Begriff war, das ganze Land in Finsternis zu tauchen. Im Gegenzug hatte auch der Gnom Neues erfahren, nämlich daß Cedrics Speer gerichtet worden war und anschließend jemand die Artefakte gestohlen hatte.

Es bedurfte nicht viel Kopfzerbrechens, um eins und eins zusammenzuzählen und zwischen den beiden ungewöhnlichen Ereignissen eine Verbindung zu vermuten; besonders da es den Berichten zufolge Roberts Feueratem gewesen war, in dem man den Speer zusammengeschmiedet hatte. Und so hatte Gerbil Duncan Drochit das Versprechen abgenommen, Braemar zu alarmieren, und fuhr nun statt nach Süden westwärts, nach Dilnamarra, wo man vielleicht ein wenig Licht in das Rätsel bringen konnte, warum der schreckliche Wurm so plötzlich wieder aufgetaucht war.

Das Vierrad wurde beständig schneller, trotz des Schlammes, den der morgendliche Regen hinterlassen hatte, und trotz des schweren Proviantkorbes, der hinter dem Sitz festgezurrt war. Aber schon hundert Fuß außerhalb der Stadt mußte Gerbil halten und warten, bis ein Schäfer seine Herde über die Straße getrieben hatte, eine allzu bekannte Szene, die sich in den nächsten Stunden viermal wiederholte, so daß der arme, nervöse Gnom nur langsam vorankam. Dann hatte er die Farmen in der Nähe der Stadt endlich hinter sich, und in der wilderen Region zwischen Drochit und Dilnamarra ging es wesentlich besser voran.

»Ich muß mir etwas einfallen lassen, wie man diese Straße glätten kann«, sagte sich der leicht zu zerstreuende Erfinder, während er mit seinen kleinen Beinen unermüdlich in die Pedale trat, wobei die holperigen Karrenwege das Vierrad schlittern und schlackern ließen. Und so verbrachte er die nächsten Stunden damit, über eine Ausweitung des GebirgsBoten nachzudenken, und darüber, wie man ein besseres Straßennetz anlegen oder vielleicht auch einfach das Vierrad verbessern könnte, zum Beispiel mit stärkeren Stoßdämpfern und einem zusätzlichen Gang für Fahrten im Schlamm.

Die Verfolger fielen immer mehr zurück, aber sie gaben nicht auf, und so hetzten die fünf Gefährten die Straße nach Süden hinab. Bald gelangten sie an einen Kreuzweg, in dessen vier Gabelungen Masten aufgestellt waren, an denen zerfaserte Leichen hingen, am Hals aufgeknüpft und kaum noch als Menschen erkennbar.

Genau dieser Ort hatte sich unauslöschlich in Garys Gedächtnis eingebrannt als die vielleicht schlimmste Erinnerung, die er mit Faerie verknüpfte. Er erinnerte sich an genau diese Masten und – das begriff er erst einen Moment später – an genau diese Männer, die dort aufgeknüpft hingen!

Zwar waren ihre Leiber noch mehr aufgebläht, zwar hatten die Aasvögel in ihnen herumgepickt, und ein Leichnam war so stark verwest, daß er jeden Moment herunterfallen konnte, aber es waren dieselben Männer, wie Gary zu seinem Entsetzen und seiner Verwirrung feststellen mußte. Mitten auf dem Kreuzweg riß er an den Zügeln, daß sein Reittier mit einem Aufbäumen stehenblieb.

»Wie lange?« fragte er Mickey.

»Sie lassen sie hängen, bis sie von alleine runterfallen«, sagte der Kobold grimmig.

»Nein, ich meine, wie lange ist es her, daß ich aus Faerie weg bin?«

»Oh.« Mickey begann leise zu zählen und sah Kelsey an. »Einen knappen Monat.«

»Einen Mondzyklus«, stimmte der Elf zu.

»Warum fragst du, Junge? Wieviel Zeit ist bei dir denn vergangen?«

»Fünf Jahre«, hauchte Gary.

»Ich fand doch gleich, daß du irgendwie alt aussiehst«, sagte Geno trocken. »Und wir werden alle alt aussehen, wenn wir noch länger hier in diesem wunderbaren Duft herumstehen.«

»Und Prinz Geldion immer näher kommt!« fügte Pwyll furchtsam hinzu und wischte sich den Schweiß aus dem verschmierten Gesicht.

»Recht habt ihr«, sagte Mickey. »Weiter geht's.«

»Die Straße nach Connacht ist sicher gesperrt«, sagte Kelsey. »Also geht es ostwärts, nach Drochit und Braemar.«

»Recht hast du«, sagte Mickey, und auch er sah nun ängstlich nach Norden zurück, wo Geldion jeden Moment auftauchen mochte. »Weiter geht's.«

Kelsey wandte sein Reittier nach links, Richtung Osten, und wollte es gerade antreiben, da sagte Gary Leger mit fester Stimme: »Nein!«

»Nein?« wiederholte Geno ungläubig.

»Wir sind hier schon einmal vorbeigekommen und haben diese Männer nicht runtergeholt«, erklärte Gary. »Weil Geldion ansonsten gewußt hätte, daß Kelsey hier vorbeigekommen ist.« Er sah dem Elfen in die Augen. »Denn wer außer einem Tylwyth Teg hätte den Mut, rechtmäßig aufgeknüpfte Verbrecher vom Galgen zu holen?«

»Wir haben keine Zeit«, mischte Mickey sich ein, der begriffen hatte, worauf Gary hinauswollte. Aber er mußte feststellen, daß der Elf bereits beim Ehrgefühl gepackt worden war.

Kelsey stieg ab, ein ingrimmiges Funkeln der Entschlossenheit in den goldenen Augen.

»Wir machen die Zeit wieder gut«, sagte Gary. Er hievte ein Bein über den Sattel und ließ sich zu Boden gleiten. »Ich reite hier nicht durch und lasse diese armen Männer hängen, wenn sie gar nichts verbrochen haben – wie du selbst erzählt hast.«

»Ihr dürft sie nicht herunterholen!« Der Baron kreischte sogar. »Es ist ein Verbrechen gegen Connacht, auf das der Tod steht!«

»Durch Hängen?« Garys Stimme zitterte kein bißchen. »Also,

falls man mich erwischt und aufknüpft, hoffe ich, daß jemand das für mich tut, was ich jetzt für diese Männer tun werde.«

Der edelmütige Kelsey nickte in völligem Einverständnis.

»Wir haben eine halbe Stunde Vorsprung, Elf«, sagte Geno pragmatisch. »Keine Zeit, um Gräber auszuheben.«

»Nicht einmal flache?« fragte Kelsey bittend, und Geno zuckte mit den Schultern und sprang vom Pony. Er winkte Pwyll, ihm zur Hand zu gehen. Der Baron schien zu zögern und machte keine Anstalten, ebenfalls abzusteigen, bis Geno zu ihm hinüberstiefelte und ihm unter vier Augen gut zuredete – mit Hilfe von diversen todernst gemeinten Drohungen selbstverständlich.

Kelsey hangelte sich die Masten empor und kümmerte sich um die Stricke, während Gary die verwesenden Leiber mit dem unteren Ende des Speeres sanft zu Boden geleitete. Gerade als sie die vier Männer in flachen Gräbern beerdigt hatten, kam auf der Straße wieder die Staubwolke in Sicht, nur wenige Minuten hinter ihnen.

»Zeit, die Flatter zu machen«, sagte Mickey, der die Wolke als erster erspäht hatte. Im nächsten Moment waren alle im Sattel, Pwyll starrte unter lautem Gejammer voller Entsetzen nach hinten, und weiter ging es Richtung Osten. Der Elf übernahm die Führung.

»Du hast ein bißchen zugelegt in deinen fünf Jahren, Junge«, sagte Mickey und kniff Gary in das sehnige Handgelenk. »An Kraft und an Würde zugleich, scheint's.«

»*Wohlgetan, junger Sproß*«, fügte Cedrics Speer auf telepathischem Wege hinzu.

Gary nahm beide Komplimente gern an. Daß er an Kraft zugelegt hatte, lag auf der Hand, und es wurde immer deutlicher, daß er auch an Charakterstärke und Selbstvertrauen gewonnen hatte. Als er das erste Mal in Faerie gewesen war, hatte er Kelseys Beweggründe nicht verstanden, er war ihm so nobel und unnahbar vorgekommen. Wie ein Sklave war der Elf in seinen Handlungen unumstößlichen Prinzipien und inneren Werten verpflichtet, und das war Gary zwar nicht völlig fremd, aber auch nicht gerade normal vorgekommen, war er doch in einer Welt der materiellen Besitztümer aufgewachsen, in einer Welt, der seiner Meinung nach jede Spiritualität längst abhanden gekommen war.

Zu Hause konnte er sich mit diesem Mangel abfinden, konnte sich auf der Route 2 Spielchen mit durchgeknallten Fahrern liefern, konnte sich an den Witzeleien über den neuesten Feind beteiligen, den neuesten »gebastelten Robert«, und hatte keine andere Wahl, als den »Fortschritt« zu akzeptieren, der unaufhaltsam den Wald hinterm Haus verschlang und darüber hinaus die Lebensqualität überall herabsetzte.

Anders in Faerie. Hier waren die Übel mit grobem Strich gezeichnet, deutlich erkennbar, und sie verpesteten eine Luft, die viel zu klar war, als daß man sie mit Rauch schwängern durfte. Als die Truppe die Oststraße hinunterpreschte und die Pferde immer schneller wurden, als er den mächtigsten und legendärsten aller Speere fest in der Hand hielt und ihnen ein böser Prinz samt seinen Soldaten auf den Fersen war, nur Minuten hinter ihnen, da empfand Gary Leger ein Gefühl von Euphorie und Rechtschaffenheit.

Ein Gefühl von Stärke.

»Er wird wieder Ärger machen!« schnarrte die Hexe mit dem Rabenhaar, als sie in ihre Kristallkugel starrte, in der ein winziger Gary Leger mit Kelsey und den anderen in wildem Ritt gen Osten flog und sich immer mehr von dem Kreuzweg entfernte.

»Ärger für Lady?« fragte Geek, der Goblin, und breitete die

spindeldürren Arme in einer Geste der Überraschung aus. »Wer könnte der meistmächtigsten Lady Ärger machen?«

»Mein lieber Geek«, schnurrte Ceridwen und wandte sich auf den Satindecken ihres federweichen Bettes mit einem entwaffnenden Lächeln langsam zu ihm um. Dann wedelte sie kurz mit ihrer Hand und erwischte ihn an der Schläfe, so daß er mehrere Fuß weit flog, bevor er sich um einen mit Schnitzwerk verzierten Nachttisch wickelte und wimmernd zu Boden ging. Als Alice, Ceridwens Schmuselöwe, plötzlich neben ihm aus dem Schlaf hochschreckte, krabbelte Geek jedoch hurtig ans Fußende des Bettes zurück.

»Du blöder Goblin«, fauchte die Hexe und blickte zwischen ihm und ihrem allzeit hungrigen Schoßtier hin und her. Als Geek begriff, mit welchem Gedanken sie spielte, krabbelte er winselnd unter das Bett. »Genau der kann mir Ärger machen, der es schon einmal geschafft hat!« sagte sie mehr zu sich selbst als zu dem untergetauchten, zitternden Goblin. Ihr tat schon der Bauch weh, wenn sie nur an diesen furchtbaren Tag im Berg unter Roberts Burg dachte. Sie hatte sie alle in der Hand gehabt, jeden einzelnen von ihnen, bis dieser verdammte Gary Leger diesen scheußlichen Speer geworfen hatte.

Natürlich hatte Ceridwen keine tödlichen Verletzungen erlitten. In Faerie konnte die Hexe nicht wirklich getötet werden. Aber Garys Tat hatte sie besiegt und sie für einhundert Jahre nach Ynis Gwydrin verbannt, auf ihre Insel.

Und Lady Ceridwen war keine geduldige Hexe.

Wieder sah sie in ihre Kristallkugel, die immer noch auf den Kreuzweg eingestellt war. Weitere Reiter erschienen auf der Bildfläche, hielten an, um die Spuren zu untersuchen, und nahmen dann unter der Führung von Prinz Geldion die Verfolgung wieder auf.

Ceridwen verzog die Lippen zu einem bösen Lächeln. »Geldion«, schnurrte sie, und dann fuhr sie mit der Hand kurz über die Kugel und verwandelte das Bild in ein rauchiges Nichts.

»Geek!« rief sie und schnippte mit den Fingern. Irgend etwas knisterte, gleichzeitig blitzte und flackerte es unter dem Bett, und Geek rollte hervor und rieb sich den schmorenden Hintern. »Geh Akk Akk holen«, wies Ceridwen ihn an. Akk Akk war der Anführer der riesigen Flederaffen, die in den Höhlen tief unter Ynis Gwydrin hausten.

Geek schauderte. Er hatte nicht gern mit Akk Akk zu tun und auch mit keinem anderen der unberechenbaren und selbst nach Goblinmaßstäben dummen Flederaffen. Bisher hatte Akk Akk noch jedesmal versucht, an Geeks langen und spitzen Ohren zu knabbern, wenn er mit einem Auftrag kam.

Als Ceridwen ihn zornig ansah, begriff der Goblin, daß ihre Privatgemächer nicht gerade der rechte Ort waren, darüber nachzudenken, ob man einem ihrer unumstößlichen Befehle nun gehorchen wollte oder nicht. Ihre eisblauen Augen blitzten bereits gefährlich, und sie schnippte erneut mit den Fingern. Geek schrie erschreckt auf, sprang dann davon, hüpfend und springend und vollauf damit beschäftigt, die plötzliche Glut an seinem Hinterteil auszuklopfen.

Kaum war er verschwunden, befahl die Hexe ihrer Schlafzimmertür, sich zu schließen. »Wollen wir doch mal sehen, wer diesmal den Sieg davonträgt, meine liebe Alice«, sagte sie zu ihrem Schoßtier, das inzwischen das Aussehen einer gewöhnlichen Hauskatze angenommen hatte und sich auf seinem Schlafplatz im Kreise drehte, um die Kissen zurechtzutreten. »Wollen wir doch mal sehen, ob Gary Leger und seine bejammernswerten Freunde auch noch entkommen können, wenn ich die Verfolgung in die Hand nehme.«

Sie lächelte, wie sie es seit einem Monat nicht getan hatte.

Es gab immer ein paar Möglichkeiten, einen Bannspruch aufzuheben. Robert hatte einen gefunden und war frei, und wenn Gary Leger zurückgekommen war, dann konnte sie vielleicht auch einen Ausweg finden.

Wieder blitzten ihre Augen. Ein erneutes Wedeln ihrer trügerisch zarten Hand und ein sanfter Gesang brachten ein neues Bild in der Kristallkugel hervor, den Thronsaal auf Burg Connacht, wo König Kinnemore, ihr zuverlässiger Handlanger, saß und wartete.

Kelsey führte sie die breite Straße hinab, hinein in den dichten Wald von Kuhknäuel. Nur ein Stück weiter drinnen hielt er an, um sich zu orientieren, dann nickte er und lenkte sein Roß zum Straßenrand, zu einem schmalen Pfad, der im Dickicht des Unterholzes kaum zu sehen war. Er stieg ab und bedeutete seinen Freunden vorbeizureiten, dann nahm er einen breiten Ast und verwischte damit sämtliche Spuren, die auf den Pfad hindeuteten.

»Das sollte Geldion erst einmal ein wenig beschäftigen«, sagte er, als er wieder bei den anderen war.

»Selbst wenn Geldion an uns vorbeireitet«, sagte Gary ernst, »wird er immer noch auf der Straße bleiben. Können wir es uns leisten, ihn die ganze Zeit bis zu den Bergen direkt vor der Nase zu haben?«

Kelsey nickte. Er konnte Garys überraschend logischen Einwendungen nur zustimmen. »Wir werden nicht auf der Straße bleiben. Wir werden parallel zu ihr reiten, so kommen wir bei den Bergen südlich von Braemar heraus.«

»Wo ich mich verabschieden werde«, warf Geno ein.

Gary setzte zu einer Erwiderung an, aber Mickey tätschelte ihm die Hand und flüsterte, daß der Streit die Mühe nicht wert sei.

»Dort werden wir die Berge zunächst südwärts und dann ostwärts umgehen«, fuhr Kelsey fort, »damit folgen wir unserem alten Kurs durch die Crahgs und zum Daumen des Riesen.«

»Falls euch vorher nicht der wilde, haarige Haggis erwischt«, warf Geno mit einem niederträchtigen Grinsen ein, einem Grinsen, das sich in schallendes Gelächter verwandelte, als er sah, wie bleich Baron Pwyll geworden war.

Selbst als Kelsey wieder die Führung übernahm und sie weiter den schmalen Pfad hinabritten, wollte Genos Gelächter nicht abebben. Kurze Zeit später hörten sie Geldions Trupp in wildem Galopp die Hauptstraße entlangpreschen, und sie atmeten alle auf.

Aber ihre Erleichterung war nicht von Dauer, denn Prinz Geldion schoß plötzlich ein Gedanke durch den Kopf, ein Bild, das ihm ein spähender Falke geschickt hatte, der in den Diensten einer Hexe stand, die mehr als einhundert Meilen entfernt auf ihrem Inselschloß lebte. Bald hörten die Gefährten das unmißverständliche Klipp-Klapp von Pferdehufen hinter sich auf dem Pfad.

»Woher weiß er das?« fragte Mickey ungläubig.

»Glückssache«, sagte Kelsey grimmig, bevor jemand auf schlimmere Gedanken kam. Wenig später verzweigte sich der Pfad, und der Elf führte sie nicht weiter ostwärts, sondern schlug einen südöstlichen Kurs ein.

»Wo geht's denn jetzt hin?« flüsterte Gary Mickey zu, als der Pfad einen Bogen beschrieb und sie plötzlich wieder zurück nach Westen ritten.

»Keine Sorge, Kelsey kennt den Wald besser als jeder andere.«

Das war alles, was Mickey antwortete. Gary mußte sich damit zufriedengeben, aber ein ernster Unterton ließ ihn alarmiert aufhorchen. Er vermutete, daß der Kobold mehr über ihren neuen Kurs wußte, als er zu sagen bereit war.

Und so war es auch. Mickey wußte, daß der Pfad, dem sie folgten, sie in den südwestlichen Zipfel des kleinen Waldes führte, an einen Ort voller nebelverhangener Niederungen und bodenloser Sümpfe. Und dort hausten schreckliche Ungeheuer, die es durchaus zu schätzen wußten, wenn sie ihr Abendessen geliefert bekamen.

Geister im Walde

Was vom Galopp auf einer breiten Straße zu einem Trab auf dem schmalen Pfad geworden war, wurde bald zu einer Zokkelei auf einem gewundenen und kaum erkennbaren Weg um dampfige, feuchte Sumpflöcher herum. An die Stelle des Vogelgezwitschers trat das entnervende Gesumm von Schnaken und Stechmücken, und das Kristallblau des Himmels war hinter tiefhängendem Nebel verschwunden.

»Ein verwunschener Ort«, sagte Gary, und selbst sein Flüstern schien zu ihm zurückgeworfen zu werden.

»Eher ein verfluchter«, setzte der Baron mit schweißglänzendem Gesicht hinzu. Er starrte aus weit aufgerissenen Augen hierhin und dorthin, als erwartete er, im nächsten Moment von einem hervorspringenden Ungeheuer an der Kehle gepackt zu werden.

»So übel nun auch wieder nicht«, sagte Mickey, der Gary nicht beunruhigen wollte. »Es ist ein ruhiges Plätzchen, auch wenn's so aussieht, als ob es in jedem Winkel spukt.«

Die drei bemerkten kaum, daß Kelsey und Geno ein ganzes

Stück voraus stehengeblieben waren. Der Elf hatte sein Pferd zur Seite gelenkt, um das Gelände vollständig überblicken zu können. Er saß im Sattel und schüttelte den Kopf, dann blinzelte er und verzog die Lippen, als ob er gerade herzhaft in eine Zitrone gebissen hätte.

»Was ist los?« wollte Mickey wissen.

»Ich hätte nicht geglaubt, daß Geldion uns hierher folgt«, gab Kelsey zu. »Mit den trügerischen Sumpflöchern haben selbst die Pferde von Tir na n'Og ihre Schwierigkeiten. Der Prinz wird sicherlich etliche Männer verlieren.«

Gary sah sich verwirrt um. »Woher weißt du, daß er uns folgt?« Er hatte nichts bemerkt, was darauf hindeutete.

Kelsey legte einen Finger an die Lippen, und für einen Moment waren die Gefährten völlig still. Zuerst nahm Gary nur das endlose Gesumm der Insekten wahr und ab und zu das leise Wiehern eines der Reittiere, dann aber erklang das unmißverständliche, wenn auch entfernte Geräusch von Pferdehufen auf weicher Erde.

»Jede Wette, daß unser guter Geldion ein zusätzliches Paar Augen hat, die ihm den Weg weisen«, sagte Mickey zu Kelsey, und dieser brauchte ihn nicht erst zu fragen, wen er damit meinte.

Der Elf wandte sich mit seltsam klickenden Lauten an seinen Hengst und zog an den Zügeln, um ihn wieder zurück auf den Pfad zu führen. Er hatte vorgehabt, die Sumpflöcher zu umgehen und sich vor Sonnenuntergang wieder wohlbehalten dem Wald zuzuwenden. Nun aber ritt er, obwohl die Sonne schon tief im Westen stand, weiter in den Sumpf hinein.

»Verdammte Elfenohren«, flüsterte Mickey Gary zu. »Wenn er nicht angehalten und Geldions Pferde gehört hätte, wären wir vor der Dunkelheit hier raus gewesen.«

»So übel ist's hier nun auch nicht«, zitierte Gary ihn.

»Glaub da nur schön weiter dran, Junge.« Der Kobold steckte sich erneut eine Pfeife an, und Gary entging der ernste und bange Ausdruck nicht, der ihm dabei übers Gesicht huschte.

Bald nach Sonnenuntergang stand schon der Mond am Himmel, und so wurde es im Sumpf nicht allzu dunkel. Der über den Boden kriechende Nebel schien von innen heraus zu glühen, und hart hoben sich die gereckten Äste abgestorbener Bäume von ihm ab, während er dahinwirbelte und Gestalten annahm, die nur in der Vorstellungskraft verängstigter Wanderer einen Namen hatten.

Kelsey war froh über das Glühen, weil sie dadurch besser vorankamen, Gary aber wäre vollkommene Dunkelheit lieber gewesen. Mickey tat nur so, als ob er schliefe; Gary sah des öfteren, wie er mit einem halb geschlossenen Auge unter dem Tam-o'-Shanter hervorlinste. Selbst Geno schien furchtsam, er hielt einen Hammer so fest gepackt, daß die Knöchel seiner Hand ganz weiß waren. Und der arme Pwyll erlitt mehrere Anfälle von Schüttelfrost und Gejammer, die ihn sicher völlig entkräftet hätten, wenn Geno nicht jedesmal prompt neben ihn geritten wäre und ihm etwas ins Ohr geflüstert hätte – Drohungen wahrscheinlich.

Aber Gary konnte es dem Baron kaum übelnehmen und ihm Charakterschwäche vorwerfen, da es auch für ihn so aussah, als ob es hier »in jedem Winkel spukte«, wie Mickey sich ausgedrückt hatte. Fledermäuse waren in großer Zahl unterwegs, sie kreischten und quietschten und schossen von hier nach dort und taten sich an den Insekten gütlich. Die schmatzenden Geräusche, mit denen sich die Pferdehufe aus dem zähen Schlamm lösten, kamen Gary wie das Schlagen eines Herzens vor – oder wie das Gesabber und Gegurgel eines keuchenden Ghouls.

Als sie einen Tümpel passierten, versuchte Gary, den Nebel mit den Augen zu durchdringen. In dem stehenden Gewässer schienen die Überreste eines knorrigen Baumstammes zu treiben. Ein Ast ragte empor, nur ein Stück über der Wasseroberfläche, und seine Zweige erinnerten an die verdorrten Finger einer uralten Leiche. Es war bloße Einbildung, sagte Gary sich hartnäckig immer wieder, aber dieser Gedanke verlor jede Überzeugungskraft, als die merkwürdigen Zweige sich plötzlich zu einer hochgereckten Faust ballten.

»O nein«, hauchte Gary.

»Was ist los, Junge?« fragte Mickey und riß die grauen Augen weit auf.

Gary rührte sich nicht, sondern klammerte sich nur an den Zügeln seines Pferdes fest, das unruhig stehenblieb.

Der Arm kam immer weiter aus dem Wasser heraus.

»Was ist los?« fragte Mickey wieder, ängstlicher diesmal.

Garys Antwort bestand aus einer Reihe tiefer Atemzüge, mit denen er vergeblich versuchte, seine Nerven zu beruhigen.

»Oh, Kelsey«, stieß der Kobold schließlich leise hervor, als er keine richtige Antwort bekam.

Baron Pwyll sah sich nervös um, weil er vermutete, daß sie ein Problem mit ihrem Pferd hatten. Dann folgte er mit den Augen Garys starrem Blick auf den Tümpel. Sofort erkannte er den Arm, und dann sah er auch einen Kopf bis zu den Brauen aus dem Wasser ragen, einen Schädel mit verfilztem, schmierigem Haar und vielen offenen Wunden. »Geister!« wollte Pwyll rufen, aber er brachte nicht mehr als ein »GAAA!« heraus.

Gleich darauf wurde der dicke Baron fast aus dem Sattel geschleudert, denn Kelsey war eilig zurückgeritten, hatte ihm die Zügel aus der Hand gerissen und war losgeprescht, was das Zeug hielt. Geno handelte ebenso geistesgegenwärtig, er galoppierte auf seinem Pony an Pwyll und Kelsey vorbei – und war mehr als nur ein wenig beunruhigt, als die Hufe durch fußtiefes Wasser platschten – und schnappte sich dann die Zügel von Garys Pferd.

Gary hatte nicht mehr mitansehen müssen, wie auch das Gesicht des ghoulischen Geschöpfes aus dem Sumpf auftauchte, dafür stellte er es sich nun in hundert Variationen vor, und keine davon war sonderlich angenehm. Die Gefährten hetzten so rasch dahin, wie Kelsey den Weg sehen konnte, und als sich ihre Aufregung ein wenig gelegt hatte, erwartete sie schon der nächste Schrecken, denn nicht weit hinter ihnen erklang plötzlich das Geschrei ihrer Verfolger. Kelsey bog in ein Dickicht von Büschen ab und hielt an, um sich zu orientieren; die anderen folgten ihm dichtauf, eifrig bemüht, eng beisammenzubleiben.

»Sie folgen uns sogar durch die Nacht«, flüsterte Mickey Kelsey zu. »Kennst du jemanden, der durch die Niederungen reiten würde, ohne daß ihn jemand hineingehetzt hat?«

»Wir sind hineingehetzt worden, und ich hab keine Lust hierzubleiben«, mischte Gary sich ein.

»Die Hexe«, vermutete Geno, und Pwyll ächzte dazu.

»Unsere Verfolger werden gelenkt, soviel steht fest«, gab Kelsey zu. »Vielleicht von Ceridwen, aber wie dem auch sei, ich glaube nicht, daß wir sie abschütteln können.«

»Wir können sie abschütteln«, sagte Geno ingrimmig, zog einen Hammer heraus und ließ ihn in die offene Hand klatschen.

»Prinz Geldion hat mindestens zwanzig Männer dabei«, entgegnete Pwyll.

»Zwanzig Geister mehr, die hier herumspuken können.« Geno schleuderte den Hammer hoch in die Luft und fing ihn mit einer leichten Bewegung seiner knubbeligen Hand wieder auf.

»Mehr als zwanzig, würd ich mal schätzen«, sagte Mickey und zeigte mit dem Kinn nicht nach hinten, wo die anderen hinschauten, sondern zur Seite. Hinter dem Nebel und den Bäumen zog sich eine Kette von Fackeln hin, mindestens zwei Dutzend Männer zogen langsam an ihnen vorbei.

»Die sind schon neben uns«, sagte Geno. Seine Verblüffung war nur zu deutlich.

»Und hinter uns sind noch viel, viel mehr als zwanzig, wenn ihr mich fragt«, sagte Mickey. Kelsey fuhr sich mit den schlanken Fingern durch das dichte und lange goldene Haar, dann griff er zu seinem Langbogen und sah Mickey fragend an. »Ich kann vielleicht dafür sorgen, daß sie langsamer werden«, antwortete dieser. »Aber verjagen kann ich sie auf keinen Fall.« Damit wandte er sich zu den Soldaten um, die an ihnen vorbeizogen, und schloß die Augen. Er begann zu singen und die Hände in der Luft zu schwenken.

Eine zweite Kette von Fackeln wurde sichtbar, ein ganzes Stück vor der ersten.

»Da sind sie!« erscholl plötzlich ein Ruf, gefolgt von einem Schrei aus vielen Kehlen und dem plötzlichen Donnern galoppierender Pferde. Die Fackelketten verschmolzen zu einem Gewirr von Lichtern. Pferde wieherten unwillig, als sie plötzlich gezügelt wurden, und dann erklangen mehrere Plumpser, ganz so, als seien Pferde und Reiter gestürzt.

»Irrlichter!« erhob sich ein Schrei über den allgemeinen Tumult.

»Keine echten«, sagte Mickey zu seinen Freunden und nahm einen langen Zug aus der Pfeife. »Aber irre machen sollen sie sie schon.«

Bald darauf waren die Soldaten in wilder Flucht. Die meisten ritten, aber einige Männer mußten auch laufen, und es brannten nur noch halb so viele Fackeln wie zuvor. Obwohl er die Gefährten augenscheinlich nicht sah, platschte ein Reiter quer durch die Sumpflöcher auf das Gebüsch zu, in dem sie sich versteckten. Was er rief, klang sehr nach Pwylls Versuchen, das Wort »Geister« auszusprechen, und für ein so hohes Tempo in einem so trügerischen Gelände sah er eindeutig viel zu oft nach hinten.

Das Pferd geriet in tieferes Wasser und überschlug sich, und der Reiter wirbelte durch die Luft. Er krachte heftig in einen abgestorbenen Baum und fiel platschend ins Wasser, sprang aber sofort wieder auf die Füße, und während er noch versuchte, das Blut und den Schlamm aus den Augen zu bekommen, rannte er schon weiter.

»Die haben genausoviel Angst wie wir«, sagte Gary und mußte grinsen, als ihm eine Idee kam.

»Wie du«, berichtigte Geno ihn barsch.

»Um so besser«, antwortete Gary.

»Was meinst du damit, Junge?« fragte Mickey, aber er mußte sich noch gedulden, denn die fliehenden Reiter waren inzwischen zum Haupttrupp gestoßen, und so waren hinter ihnen plötzlich die Geräusche vieler Pferde zu hören, die rasch näher kamen.

»Macht, daß ihr wegkommt!« rief Kelsey, und das ließen sie sich nicht zweimal sagen.

Sie donnerten dahin, und Gary Leger kam auf seine Idee zurück. »Als ich ein Junge war, haben wir zu Halloween immer fürchterliche Streiche gemacht«, sagte er.

»In der Nacht vor Allerheiligen?« fragte Mickey.

Gary nickte. »Jeder hatte Angst«, erklärte er und grinste, »bloß die Kinder nicht, die den Spuk ausgeheckt hatten.«

Mickey nahm einen langen Zug aus der Pfeife, und als er

begriff, worauf Gary hinauswollte, rollte er mit den Augen. Sein Grinsen war auf einmal noch breiter als Garys.

»Ich hab doch gesagt, erst die verdammten Käfer rausschütteln!« meckerte Geno, als der dicke Baron ihm einen hohlen Ast über den ausgestreckten Arm stülpte. Sofort zog Pwyll den Ast wieder herunter und wischte ein paar Käfer zur Seite, dann stülpte er ihn dem Zwerg erneut über.

»Nicht so laut!« befahl Kelsey. Seine Stimme klang dumpf, denn er hatte sich das Hemd hoch über den Kopf gezogen und fest zugeknöpft.

»Kannst du sehen?« fragte Gary ihn.

»Gut genug.«

»Gut genug, um reiten zu können?«

Der »Elf-ohne-Kopf« zog den Spalt zwischen zwei Knöpfen auseinander und funkelte Gary an. »Setz mich einfach aufs Pferd«, grollte er, und als er auch noch angegrinst wurde, wurde er noch nervöser.

»Das klappt schon«, sagte Gary beruhigend.

Kelsey nickte, wobei sein eingezwängter Oberkörper verrückt mitwackelte. Obwohl er unruhig war – weil er Angst hatte –, stand er doch hinter Garys Plan, denn mit seiner Hilfe konnten sie vielleicht Geldion entkommen, ohne sich erst ein erbittertes Gefecht leisten zu müssen. Gary führte ihn zu seinem Pferd, half ihm in den Sattel, und schon bald sah es so aus, als ob Kelsey sich an seine Rolle gewöhnt hätte.

»Perfekt!« erklärte Baron Pwyll, nachdem er Geno ein Stück von einem verrotteten Baumstumpf über den Kopf gestülpt und es mit Zweigen verziert hatte.

»Jetzt bist du dran, Junge«, sagte Mickey und hüpfte zu Gary hinüber. Der Kobold trug ein gekrümmtes Stück Rinde vor der Brust, eine improvisierte Schale, die mit einer Art goldglänzendem Schlamm gefüllt war.

»Was ist das?« fragte Gary.

»Etwas, das dich wie ein Geist glühen läßt.« Mickey schmierte eine dünne Schicht Schlamm auf die Hüftplatte der Rüstung, und fürwahr, die Stelle nahm einen unheimlichen, goldglühenden Ton an.

»Der Feind ist nahe«, verkündete Kelsey. Er trat seinem Pferd in die Flanken und schlug sich in die Büsche, um Geldions Truppe zu umgehen. Pwyll ergriff die Zügel der anderen drei Reittiere und entfernte sich, wandte sich jedoch noch einmal ermahnend zu Geno um: »Daß du mir ja wie ein Baum ausschaust!«

»Hier wird Geno die Stellung halten«, sagte Mickey zu Gary. »Und Kelsey wird die Soldaten von rechts angreifen. Zur Linken gibt es eine Furt durch den Sumpf, die Geldion vielleicht kennt.«

»Geh voraus«, sagte der glühende Krieger zu dem Kobold.

Wenig später lag die ganze Gegend still da, von einem Schlurfen einmal abgesehen, als der Baum Geno vorsichtig versuchte, eine bequemere Haltung einzunehmen. Nur die Spitzen seiner schweren Stiefel schauten unter dem Baumstumpf hervor, der ihn von den Knöcheln bis zu den Achseln bedeckte, und er konnte mit seinen Stummelfingern nicht einmal die Enden der Äste erreichen, die Pwyll ihm über die Arme gestülpt hatte. Und, was am schlimmsten war, er konnte auch kaum etwas sehen. Selbst wenn es ihm gelang, durch einen Riß in seinem hölzernen Helm einen Blick zu werfen, hatte er immer noch eine Menge dichter Zweige vor der Nase. Er hatte Angst, auszurutschen und hilflos wie eine Schildkröte auf dem Rücken zu liegen, bis sich (hoffentlich) einer der anderen um ihn kümmern konnte.

»Blöder Plan«, murmelte er, und dann hielt er den Atem an, denn ein Trupp Soldaten war auf dem Pfad erschienen.

Als sein Pferd durch das dichte Gehölz trabte, mußte Kelsey schwere Schläge von den tiefhängenden Ästen einstecken. Dennoch blieb er problemlos im Sattel, die starken Beine um den Pferderücken geklammert, den Langbogen und einen Pfeil in der Hand.

»Such mir eine breite und sichere Bahn«, flüsterte er seinem Roß zu, als die Fackeln von Geldions Truppe in Sicht kamen. Gary hatte gesagt – und Kelsey teilte die Einschätzung –, daß er nur dann eine Chance auf Erfolg hätte, wenn er schnell käme und schnell ginge, so daß die Soldaten keine Gelegenheit bekämen, ihn richtig in Augenschein zu nehmen.

Augenblicke später lauerte er geduldig in einem Wäldchen vor einem freien Feld, und Geldions Soldaten kamen auf einem Pfad heran, der kaum zwanzig Fuß entfernt vorbeiführte.

Kelsey hielt sein Pferd bis zum allerletzten Moment zurück, dann erst ließ er es aus dem Wäldchen herausplatzen, und wie Gary ihm geraten hatte, ächzte er und stöhnte, was das Zeug hielt.

»Da ist einer von ...«, brüllte ein Soldat, aber sein Geschrei ging mitten im Satz in ein unverständliches Gurgeln über, als ihn ein Pfeil in die Hüfte traf.

Die ganze Reihe von Soldaten stieß einen Kriegsschrei aus und wirbelte herum, um anzugreifen und der rasch dahinsausenden Erscheinung den Weg abzuschneiden. Kelsey dachte schon, das Spiel wäre aus. Blindlings schickte er einen Regen von Pfeilen durch die Luft, ohne jede Ahnung, wie viele – wenn überhaupt – trafen, denn er konnte nur wenig sehen und konzentrierte sich darauf, hinter dem freien Feld einen Fluchtweg ausfindig zu machen.

Die Soldaten hetzten ihre Reittiere durch das dichte Buschwerk, zuerst ordentlich nebeneinander, doch dann bröckelte die Kampflinie langsam ab, bis die verbliebenen Männer, die sich plötzlich in vorderster Front wiederfanden, verwundert erst nach hinten schauten und dann nach vorn, um zu sehen, was ihre sonst so eifrigen Kameraden hatte bremsen können.

»Hey, der hat ja keinen Kopf!« erklang ein Schrei – einer erst, dann viele.

Kelsey hörte die Rufe durch sein hochgezogenes Hemd und grinste. Er legte vor sich den Bogen auf den Sattel und zog mit einer kraftvollen Bewegung sein verzaubertes Langschwert, und die runengeschmückte Klinge erglühte in einem beißenden Blau, das das innere Feuer des Elfen widerspiegelte. Hart riß er an den Zügeln, und der Hengst blieb mit einem Aufbäumen stehen und wandte sich zu den Soldaten um.

»Erklingt!« befahl Kelsey den Schellen, und ein tausendstimmiges Glockenspiel begleitete seinen Angriff.

»Er hat keinen Kopf!« rief wieder einer der Soldaten.

»Gebt mir meinen Kopf zurück!« antwortete Kelsey mit einer klagenden, singenden Stimme, ganz wie Gary ihm geraten hatte.

Unter den vorderen Soldaten war auch der Anführer der Truppe, sein Pferd stand Kelsey genau im Weg. Jetzt kaute der Mann auf seiner Unterlippe und fummelte ängstlich und verzweifelt am Heft seines Schwertes herum. Er hörte, wie seine wunderschöne Kampflinie zerfiel, und hatte keine Ahnung, was er tun sollte.

»Gebt mir meinen Kopf zurück!« ertönte Kelseys unheilschwangeres Grollen erneut.

»Wenn jemand das verdammte Ding hat, dann soll er's

rausrücken!« rief ein Soldat am anderen Ende der aufgelösten Linie voller Verzweiflung.

»Hey«, sagte der Anführer plötzlich und richtete sich im Sattel auf. »Wenn er keinen Kopf hat, wie kann er dann sprechen?« In der Gewißheit, die List durchschaut zu haben, wandte er sich erst zur einen, dann zur anderen Seite um.

Doch er mußte feststellen, daß er allein auf weiter Flur stand.

»Ich hab deinen verdammten Kopf nicht!« kreischte er, als der Reiter näher kam, und dann warf er mit dem Schwert nach ihm und machte kehrt und galoppierte davon, und ganz wie seine desertierenden Männer flüchtete er schreiend aus dem »Sumpf der kopflosen Reiter«!

»Sie waren hier«, sagte ein Kundschafter zu einem Soldaten und untersuchte den Platz, an dem sich die fünf Freunde getrennt hatten. »Und es ist noch nicht allzulange her.« Er bückte sich, um im Nebel den Boden bei einem kleinen Baum zu untersuchen. Der Soldat schaute ihm dabei über die Schulter.

Plötzlich schlug dem stehenden Mann irgend etwas kräftig auf den Hinterkopf.

»Wer?« stammelte er und fuhr herum.

»Was hast du?« fragte der Kundschafter und drehte sich zu ihm um.

»Etwas hat mir auf den Kopf gehauen.«

»Das ist hier gruselig genug, auch ohne daß du dir was einbildest«, schimpfte der Kundschafter. »Paß bloß auf!«

Sein Kamerad zuckte mit den Schultern und rückte die Mütze zurecht, dann schaute er dem anderen wieder beim Spurenlesen zu.

Erneut schlug ihm etwas kräftig auf den Hinterkopf, sogar noch kräftiger als zuvor.

»Autsch«, sagte er, taumelte seinem Kameraden ins Kreuz und hielt sich den Kopf.

»Was ist denn?« rief der Kundschafter entnervt.

»Etwas hat mir auf den Kopf gehauen«, protestierte der Mann, und die Tatsache, daß seine Mütze fünf Fuß weit von den beiden entfernt lag, bestätigte seine Erklärung.

Der Kundschafter zog ein Kriegsbeil aus dem Gürtel und bedeutete seinem Kameraden, auf der einen Seite um den kleinen Baum herumzugehen, während er sich die andere vornahm.

So sprangen sie gemeinsam um den Stamm herum, nur um sich auf der anderen Seite Auge in Auge gegenüberzustehen, einen der beiden tiefhängenden Äste zwischen sich.

»Hier ist nichts«, sagte der Kundschafter trocken.

»Ich sag dir doch«, begann der andere Mann, aber er brach mitten im Satz ab, als der Baum mit zuckenden Ästen und raschelnden Zweigen plötzlich zu beben begann.

»Was, beim haarigen Haggis?« fragte der Kundschafter und kratzte sich am Kopf.

Geno riß seinen Arm, seinen Ast schnell nach hinten und schlug dem Kundschafter die Nase platt, dann ließ er ihn mit aller Kraft nach vorn schießen und erwischte den unglückseligen anderen Mann unterm Kinn, so daß er ein Stück durch die Luft flog. Der Mann landete im Schlamm und machte sich keuchend und krabbelnd davon.

Der Baum wirbelte herum und baute sich vor dem Kundschafter auf. Der aber war so leicht nicht einzuschüchtern. Er wischte sich über die Oberlippe und besah sich wütend das Blut. »Verfluchter Geisterbaum!« brüllte er, und sein Beil fuhr in den zersplitternden Stamm hinein und kam erst so dicht vor Genos Gesicht zum Halt, daß der Zwerg die rasiermesserscharfe Klinge mit der Zunge berühren konnte.

Rasch drehte Geno sich hin und her, immer wieder hin und her, und schmetterte seine hochgereckten Äste dem Kundschafter gegen die Arme und Schultern. Der Mann ließ sein Beil Beil sein und gab Fersengeld, doch er kam dabei ins Straucheln und fiel der Länge nach hin. Geno, der ihn gerade hatte verfolgen wollen, trat ihm auf die Beine und schlug ebenfalls hin.

Der Baumzwerg begrub den Kundschafter unter sich, drückte ihn tief in den weichen Dreck.

»Und nun?« murmelte er leise, als er hilflos auf dem Bauch lag und der vor Angst verrückte Mann strampelnd versuchte, unter ihm hervorzukommen. Erneut schüttelte Geno sich, wackelte hin und her und schlug mit seinen weitgespreizten Armen auf den Mann ein. Um die Wirkung zu erhöhen, fügte er noch ein geisterhaftes Jammern hinzu.

Doch als der Kundschafter sich freistrampelte, verfluchte Geno seine Verkleidung, denn es war klar, daß er so eingezwängt nicht allzu schnell wieder auf die Beine kommen konnte, daß er dem Mann am Boden erst einmal hilflos ausgeliefert war.

Doch dem Kundschafter war das nicht klar, und er hatte auch längst die Nase voll. Kaum war er schlammspuckend wieder auf die Füße gekommen, da nahm er die Beine in die Hand und folgte seinem längst verschwundenen Kameraden.

Er sah nicht ein einziges Mal nach hinten – und wenig später quittierte er seinen Dienst als Kundschafter und wurde Korbflechter.

Mit gebührendem Respekt näherten sich die fünf Soldaten der Furt und dem geisterhaft schimmernden, beeindruckenden Rittersmann; die Waffen blankgezogen, sahen die fünf einander immer wieder hilfeflehend an.

»Du stehst nur da und wartest, daß wir dich holen kommen, was?« sagte einer der Soldaten, während sie näherkamen.

»Ich bin der Geist des Cedric Donigarten!« dröhnte Gary Leger zu ihnen hinüber, breitbeinig stand er da, den wundersamen Speer zwischen den Füßen fest in den Boden gepflanzt.

Zwei Soldaten wichen zurück, zwei waren schon fast dabei, ihnen zu folgen, der fünfte aber, ein übel aussehender Mann mit der grünen Mütze eines Waldläufers auf dem Kopf, lachte laut auf. »Ach, der bist du, ja?« fragte er zwischen den Lachern. »Dann bist du also nicht dieser Gary-Leger-Bursche aus Bretaigne, von hinter den Cancarron-Bergen? Du weißt, wen ich meine, diesen Burschen, der so gut in die Rüstung vom alten Donigarten paßt.«

»Das wird eng, Junge«, flüsterte Mickey, der sich hinter Gary auf einem niedrigen Ast versteckt hatte.

Mickey hatte den Sprecher erkannt, und nun erkannte auch Gary ihn. Er gehörte zu Prinz Geldions Leibwache, zu den Männern, die dabeigewesen waren, als Gary gemeinsam mit Kelsey und Mickey zum ersten Mal im Bergfried gewesen war, um die Rüstung von Baron Pwyll zu bekommen, noch bevor die Queste überhaupt erst begonnen hatte. Gary fürchtete schon, daß Mickey recht haben könnte und das Spiel vorbei war, da gab ihm das Geflüster hinter dem selbstsicheren Soldaten neue Hoffnung.

»Das ist doch kein Mensch, du Witzbold«, sagte einer der Männer und zog sich weiter zurück. »Guck, wie er glüht.«

»Mondschlamm«, sagte der Gerissene. »Das ist ein Mann in einer eisernen Rüstung, mehr nicht, der hat kein bißchen mehr von einem Geist als ich. Erkennt ihr denn nicht wenigstens Cedrics Speer, wenn ihr schon die Rüstung nicht erkennt?«

»Ich bin der Geist des Cedric Donigarten!« dröhnte Gary erneut. »Ich bin unbesiegbar!«

»Das wollen wir doch mal sehen«, sagte der Gerissene und kam ein paar Schritte näher, und zwei seiner Kameraden kamen zögernd mit.

Gary Leger riß den Speer aus dem Boden und hielt ihn sich waagerecht vor die Brust. »AN MIR KOMMT NIEMAND VORBEI!« verkündete er mit einem gewaltigen Baß, und die beiden zögernden Soldaten hielten inne. Ihr gerissener Kamerad blieb stehen und starrte sie ungläubig an.

»Oh, das ist gut, Junge!« flüsterte Mickey von hinten.

»Monty Python«, flüsterte Gary über die Schulter. »Die Ritter der Kokosnuß. Sobald er zuschlägt, laß meinen Arm abfallen.«

Mickey wollte wissen, was er damit meinte, aber da kamen die Männer schon heran, mit blankgezogenen Klingen. Der Gerissene schoß vor und griff an, heftig wie ein Gewitter, und Gary ließ den Speer im Kreis wirbeln, um die wohlüberlegten Streiche zu parieren. Dem Soldaten wurde es rasch zuviel, und er antwortete mit einem geradlinigen Ausfall.

Gary sprang zur Seite und schlug die Klinge mit der Speerspitze nach unten, dann machte er einen Schritt nach vorn, brachte seinen Körper neben den seines vorgebeugten Gegners und schlug ihm mit dem langen Schaft des Speeres gegen die Schläfe.

»Ich bin unbesiegbar!« verkündete Gary erneut, eine Hand in die Hüfte gestemmt, während der Soldat sich ein paar Schritte zurückzog und den Kopf schüttelte, um wieder klar sehen zu können.

»Zu fünft kriegen wir …«, begann der Soldat, doch er

mußte feststellen, daß zwei der Männer sich längst abgesetzt hatten. »Zu dritt kriegen wir ihn!« verbesserte er sich. »Kommt mit, sage ich, oder fürchtet den Zorn des Prinzen!«

Die beiden sahen einander zweifelnd an. Der unerschütterliche Waldläufer schlug mit dem Schwert leicht gegen die Klinge eines der Männer. »Ich sag es nicht noch einmal«, erklärte er ruhig.

Gemeinsam griffen sie Gary an, und nur dank seines gelungenen Zusammenspiels mit dem prächtigen Speer, dank der Lektionen, die er unterbewußt von ihm erhalten hatte, war es ihm möglich, den Reigen mitzutanzen und die ersten Attakken abzuwehren. Zu seinem Glück waren die Manöver seiner Gegner nicht gut aufeinander abgestimmt, obwohl sie ihn ganz schön auf Trab hielten. Blitzschnell schlug er mit dem Speer ihre Waffen zur Seite, brachte ihn dann rasch nach oben, um einen Abwärtsschlag zu blocken, und dann wieder nach links, um einen Schwertstich abzulenken.

Er hatte keine Ahnung, wie lange er das durchhalten konnte. Wieder wehrte er das Schwert zur Linken ab, dann wieder das zur Rechten, und als er den Speer nach vorn brachte, um sich gegen den Ausfall des Gerissenen zur Wehr zu setzen, sah er eine Lücke in ihrer Deckung.

Auf einmal hatte er die Chance, dem Mann den Speer durch die Brust zu treiben, und wenn dieser Anführer erst einmal tot war, würden die beiden anderen bestimmt kehrtmachen und fliehen. Aber bevor er zustieß, machte Gary sich klar, was das bedeutete, und versuchte mit der Vorstellung zurechtzukommen, daß er einen Menschen umbringen mußte.

Sein Zögern kostete ihn die Chance, die Lücke zu nutzen, und beinahe auch den Kampf, denn der Mann zur Linken kam hartnäckig wieder heran, und sein Schlag ging nur ins

Leere, weil der Speerschaft ihn gerade noch ausreichend ablenkte.

Der Mann sprang zurück und schrie erfreut auf, und der Gerissene wandte sich zu ihm um und schlug ihm triumphierend auf die Schulter.

Gary hatte nicht die geringste Ahnung, worüber sie so entzückt waren – bis er den gepanzerten Arm sah, der zu seinen Füßen lag.

»Gut!« rief er und bemühte sich, seinen Schock zu überwinden und sich an seinen Auftrag an Mickey zu erinnern. Mit dem Arm, den seine Gegner für den verbliebenen hielten, reckte er den mächtigen Speer hoch in die Luft. »Greift an!«

Die drei Soldaten sahen einander an und runzelten die Stirn, dann sahen sie wieder zu dem hartnäckigen Ritter hinüber.

»Na, kommt schon!« knurrte Gary sie an und fuchtelte mit dem Speer herum.

»Gib auf«, antwortete der Gerissene und fügte bissig hinzu: »Du einarmiger Geist.«

»Ah, das ist nur ein Kratzer«, erklärte ihm Gary. »Das ist bald verheilt, und wenn mir das Blut auch noch sosehr aus der Schulter SPRITZT.« Er hatte eine starke Betonung auf den fehlenden Schaueffekt gelegt, und wie aufs Stichwort schoß ihm ein wahrer Blutschwall aus der Schulter und prasselte auf den Boden.

»Macht nichts, es gibt Schlimmeres«, erklärte Gary den fassungslosen Männern ruhig.

»AAAAH!«

Plötzlich kam sich der Waldläufer ganz einsam und verlassen vor, und selbst ihm war die Lust zu diesem Kampf vergangen. Gary fuchtelte wieder mit dem Speer herum, und der Mann machte einen Schritt nach vorn, dann aber sah er nach unten zu Garys Füßen, und ihm fielen fast die Augen aus dem Kopf. Hastig drehte er sich um und rannte davon.

Als Gary zu Boden sah, machte sein Magen einen Satz, denn da war sein abgehackter Arm, der ihn beim Fußgelenk gepackt hatte und nun versuchte, wieder an seinen Platz zu klettern.

»Hör auf, das reicht«, flüsterte Gary streng und würgte im Takt mit dem vergnügten Gekicher des Kobolds.

»Oh, das war ein genialer Plan, Junge«, gratulierte Mickey und kam aus seinem Versteck, und im stillen gratulierte er sich selbst zu dieser ziemlich simplen Illusion. »Unsere Tricks haben Prinz Geldion und seinen Männern Beine gemacht, aber feste!«

»Wenn die anderen auch so erfolgreich waren, sollten wir jetzt gut vorankommen«, stimmte Gary zu. Nachdem das Bild seines abgehackten Arms verflogen war, bekam er wieder Luft.

»So«, begann Mickey in aller Ernsthaftigkeit. »Ritter kenne ich natürlich und Kokosnüsse, aber jetzt sag mir mal, wer oder was dieser Bursche namens Monty Python sein soll.«

Gerbils Fahrt

Als Mickey und Gary zu Geno kamen, war er halb in der weichen Erde versunken. Er stieß Flüche aus und spuckte Schlamm, und über ihm stand hilflos Baron Pwyll. Es brauchte einige Anstrengungen – der Zwerg schien aus Blei zu sein, so schwer war er –, aber nachdem sie seine Arme von der Verkleidung befreit und die Äste als Hebel benutzt hatten, schafften Gary und Pwyll es schließlich, den grantigen Baumzwerg aufrechtzuwuchten.

»Blöder Plan«, grollte er und schlug heftig auf seine borkige Verkleidung ein, bis sie entzweibrach. Er stieg aus ihr heraus und wischte sich den Schlamm vom Körper, schnipste sich ein paar verwirrte Insekten von den Armen und Schultern und verspeiste diejenigen, die zu lecker aussahen, als daß er ihnen widerstehen konnte. Doch selbst das Mahl konnte seine Laune kaum bessern.

»Blöder Plan«, sagte er erneut, und bevor Gary überhaupt reagieren konnte, machte der Zwerg einen Satz und verpaßte ihm einen Stoß in die Seite, daß er der Länge nach in den Schlamm schlug.

»Es hat doch funktioniert!« protestierte der erschreckte junge Mann lauter, als es gut gewesen wäre. Sofort waren alle vier still und horchten ängstlich, was seinem Ausruf folgen mochte. Aber kaum hatten sie aufgehört, selber Lärm zu machen, da hörten sie nur die allgemeine Aufregung, die Garys Plan verursacht hatte. Rufe und Schreie drangen durch den nächtlichen Nebel, Warnungen vor Geistern, vor kopflosen Reitern und vor den bösen Bäumen selbst. Wenige Augenblicke später wurde der Erfolg erneut bestätigt, denn Kelsey kam herangeritten, den Kopf vom hochgeschnürten Hemd befreit, ein breites Grinsen im hellen Gesicht.

»Sie sind in vollständiger Auflösung begriffen«, sagte er.

»Blöder Plan«, murmelte Geno. Sein Atem roch nach Käfern.

»Der Prinz ließ sich von den Behauptungen der Zurückgekehrten nicht überzeugen«, erklärte Kelsey. »Er schob alles auf Dämonenzauber und erklärte, daß wir für unsere teuflischen Tricks auf jeden Fall hängen würden.«

»Also sind sie uns immer noch auf den Fersen?« vermutete Mickey.

Kelseys Grinsen wurde breiter, und er schüttelte den Kopf. »Trotz all seiner Entschlossenheit war der Prinz schließlich doch sehr beeindruckt von einem Trick, der gar nicht von uns stammte.«

Der Elf machte eine Pause, um sie raten zu lassen, und Mikkeys Grinsen kam dem seinen gleich, als er begriff. »Geldion ist an den Ghoul in dem Tümpel geraten«, sagte der Kobold.

Kelsey lachte laut auf. »Offenbar hat Prinz Geldion ihn eine Illusion genannt, einen Zaubertrick. Als der Ghoul aus dem Schlamm stapfte, ging Geldion sogar auf ihn zu, um seinen Männern zu beweisen, daß es sich nur um ein Bild handeln könne und nicht um etwas Greifbares. Er hat seine Torheit mit einem bösen Schmiß bezahlt.«

Als Kelsey weiter berichtete, daß die Reiterei von Connacht sich aus dem Sumpf zurückgezogen habe und somit weit abgeschlagen sein würde, wenn sie den Wald von Kuhknäuel erst einmal hinter sich gebracht hätten, hörte Gary nur mit einem Ohr zu, obwohl es willkommene Neuigkeiten waren. Statt dessen dachte er an das Ungeheuer, an den untoten Ghoul, der aus dem Wasser gestapft war, ein augenscheinlich nur zu echtes Ungeheuer. Nachdem ihre Tricksereien nun vorbei und sie nicht mehr unmittelbar bedroht waren, stellten sich ihm die Nackenhaare auf. Worüber, zum Teufel, waren sie eigentlich so erfreut? Sie waren mitten in einem Geistersumpf, mit Ghouls und allem Drum und Dran, in einer finsteren Nacht.

Sein Herzschlag beruhigte sich kein bißchen, als eine staksige, schiefe Gestalt langsam durch den glühenden Nebel näher kam.

»Wo sind die Pferde?« fragte er laut genug, daß das Gespräch abbrach.

»Ich hab sie ein Stück weiter vorn angebunden«, erklärte Baron Pwyll. »Konnte sie doch in dieser üblen Gegend nicht frei herumlaufen lassen.«

»Dann sollten wir sie besser holen«, schlug Gary vor, und er nickte nach vorn, um den verwunderten Blicken der anderen eine Richtung zu geben. Eine der seltenen Windböen klärte die Sicht für einen Moment, und Gary klappte der Unterkiefer hinunter. Er sah die Kreatur, den fürchterlich verfaulten Leichnam eines vor langer Zeit verstorbenen Mannes, mit lose herabhängenden Hautfetzen und einem in den Kopf zurückgerollten Auge, und zu seinem Entsetzen erkannte er den Toten.

»Dad«, hauchte er. Er brachte das Wort kaum heraus.

»Wir wollten eh gerade gehen«, hörte er Mickey sagen, und einen Moment später packte Kelsey ihn an der Schulter. Doch Gary ließ sich nicht mitziehen. Er blieb stehen, das heißt, er blieb mit den Füßen stecken. Kelsey rief um Hilfe, und Geno kam herbei, legte seine starken Arme um Garys Beine und befreite ihn aus dem Sumpf. Bald waren sie dem Nachtgeschöpf entkommen, hatten es im wirbelnden Nebel zurückgelassen, aber der schreckliche Anblick wollte nicht aus Garys Gedanken weichen, und sein trockener Mund wollte lange kein einziges Wort hervorbringen. Auch nicht, nachdem sie wieder in den Sätteln waren, auch nicht, nachdem sie sich ihren Weg über die schlammigen Pfade gebahnt hatten, auch nicht, nachdem sie den Sumpf und damit zugleich den Wald hinter sich gebracht hatten.

Mickey, der wieder in dem Winkel zwischen Gary und dem Pferdehals saß, erkannte rasch den wahren Grund der Verstörtheit seines Freundes. »Du kanntest den Geist«, vermutete er, denn er kannte die Tricks der Nachtgeschöpfe nur zu gut.

Gary nickte bloß, denn er bekam noch immer kein Wort über die Lippen; sie waren vom Anblick seines Vaters als Leiche wie versiegelt.

»So was tun die einem an«, erklärte Mickey, der genau begriff, was geschehen war, und Gary zu helfen versuchte. »Diese Geister sind raffiniert, Junge. Sie gucken dir in den Kopf und schnappen sich das, womit sie dich am besten kriegen.«

Gary nickte nur, und Mickey, der sich außerstande sah, mehr für ihn zu tun, verfiel in Schweigen. Seine Worte hatten Gary durchaus ein wenig erleichtert, aber das Bild verfolgte ihn weiter, mächtig und erschreckend zugleich. Ein großer Teil von Gary wollte dieses Abenteuer plötzlich Abenteuer sein lassen und in die andere, die wirkliche Welt zurückkehren, einfach um sicherzugehen, daß dem geliebten Vater nichts zugestoßen war.

Am nächsten Tag schafften sie ihre Strecke ohne Unterbrechung und brachen dann am darauffolgenden Morgen früh auf. Die ganze Zeit liefen die Pferde aus Tir na n'Og auf leichten Hufen durch das niedrige Gestrüpp neben der Oststraße. Um herauszubekommen, ob der Drache bereits außerhalb seiner heimatlichen Berge gesichtet worden war, wollte Kelsey zu der kleinen Farmer- und Bergarbeitersiedlung Braemar reiten – es sei denn, Prinz Geldion war vor ihnen dort angelangt.

Dank seiner scharfen Augen erkannte der Elf, der erneut die Führung übernommen hatte, weit voraus irgend etwas Ungewöhnliches auf der Straße, irgend etwas, was mit dem Prinzen zusammenhängen mochte. Er ritt noch ein Stück weiter von der Straße fort und bedeutete den anderen, sie sollten ihm folgen.

»Was ist denn los da vorn?« fragte Mickey und starrte nach Osten, die Augen mit der Hand gegen die spätmorgendliche Sonne abgeschirmt.

Die Antwort gab ein entfernter Schrei.

»Der verfluchte Prinz«, murmelte Geno.

»Oder jemand in Schwierigkeiten«, sagte Gary. Er sah Kelsey an, und am liebsten hätte er ihm die Erlaubnis abgerungen, hinzureiten und zu sehen, was dort los war.

»Das ist nicht unsere Angelegenheit«, sagte der Elf jedoch kühl, aber Gary sah, wie er unvermittelt zusammenzuckte, als erneut ein Schrei die Luft zerriß.

»Und ob sie das ist«, sagte Gary und ließ die Zügel schnalzen, daß sein Pferd an Kelsey vorbeisetzte. Ein Pfiff und ein einziges Wort des Elfen stoppten das Tier so unvermittelt, daß Gary fast aus dem Sattel geschleudert worden wäre und Mikkey tatsächlich abgeworfen wurde. Er klappte einen Regenschirm auf, den er irgendwie irgendwoher geholt hatte, und schwebte langsam auf die Wiese hinab, einen unglücklichen Ausdruck auf dem engelhaften Gesicht.

Kaum hatte Gary gesehen, daß Mickey nichts passiert war, da wandte er sich wieder zu Kelsey um. »Du fühlst dich also nicht verpflichtet, dir das anzusehen?« fragte er frei heraus.

Kelsey antwortete nicht sofort – was Gary einigermaßen überraschte. »Ich scheue mich, weiterzureiten«, erklärte er dann ruhig. »Für uns steht zuviel auf dem Spiel, als daß wir einen Zusammenstoß mit Prinz Geldion riskieren können.«

»Na, du brauchst gar nicht weiterzureiten, Elf«, sagte Geno plötzlich und zeigte nach vorn zur Straße. »Sieht so aus, als ob der Kampf zu uns kommt.«

Und so war es. Als Gary sich wieder nach vorn wandte, sah er über der Straße eine Staubwolke, die sich in ihre Richtung bewegte. Darüber flatterte ein Schwarm seltsamer, häßlicher Lebewesen, die wie bösartige Affen aussahen, mit dunklem Fell, mit viel zu großen Augen und roten Mäulern, aus denen lange Reißzähne hervorstachen. Die Wesen ließen sich von ledrigen Fledermausflügeln tragen, die eine Spannweite von zwölf Fuß hatten, und selbst auf diese Entfernung konnte Gary die krummen Klauen an ihren Füßen erkennen.

Die Straße stieg vor den Gefährten an, und aus diesem Blickwinkel konnten sie nicht erkennen, was dieser fürchterliche Schwarm eigentlich jagte. Auch wenn noch kein Hufgetrappel zu hören war, so vermutete Gary doch, daß es sich um einen Reiter handelte, denn wer oder was auch immer es war, es bewegte sich sehr schnell.

»Das sieht mir mehr nach Ceridwens Werk aus als nach dem von Prinz Geldion«, sagte Mickey.

»Das kann leicht aufs gleiche herauskommen«, gab der Elf zurück; aber seine gepreßte Stimme und die Tatsache, daß er seinen Bogen bereits spannte, zeigten deutlich, daß er denjenigen, der dort auf der Straße in Bedrängnis war, nicht einfach seinem Schicksal überlassen würde, wer immer es auch sein mochte.

»Ihr habt doch wohl nicht vor, diese ungeheuerlichen Dinger anzugreifen!« sagte Baron Pwyll mit bleichem Gesicht.

»Such dir doch 'nen Stein zum Drunterkrabbeln«, sagte Geno, der bereits drei Hämmer zugleich jonglierte, und ritt auf seinem Pony an dem dicken Mann vorbei.

Gary gefiel, was er da hörte; ihm gefiel, daß die Gefährten, ja selbst der mürrische Geno, sich um etwas sorgten, das über ihre eigenen Angelegenheiten hinausging. Wie oft hatte er in seiner eigenen Welt von Leuten gehört, die woanders hinschauten, wenn jemand in Schwierigkeiten war!

»Ich bleib hier unten, Junge«, sagte Mickey wider Erwarten. Gary starrte ihn enttäuscht, ja ungläubig an.

»Ich würde dich beim Kämpfen nur behindern«, erklärte der Kobold. »Ich tu, was ich kann, da mach dir mal keine Sorgen, aber ich hab schon immer besser aus der Entfernung gekämpft«.

Ein plötzlicher Knall lenkte ihre Aufmerksamkeit wieder auf das näher kommende Kampfgeschehen. Ein Gewimmel von wirbelnden Geschossen – die Gary an die Scheiben einer Kreissäge erinnerten – stieg hoch in die Luft, und das in einer solchen Vielzahl von Winkeln, daß viele der Affenmonster nicht ausweichen konnten. Zweien wurden die Flügel gestutzt, und ein drittes bekam ein Geschoß mitten ins Gesicht und stürzte außer Sichtweite.

»Es ist ein Gnom«, rief Geno ihnen zu, der inzwischen die Höhe der Straße erklommen hatte, und schon bei dieser Feststellung ging er in einen wilden Angriff über. Gary erreichte mit seinem Pferd die Straße und donnerte hinterdrein, holte den Zwerg auf seinem Pony rasch ein, während Kelsey in vollem Galopp an der Straße entlangritt, die Schenkel fest um den Pferdeleib, die Finger fest um Pfeil und Bogen geklammert.

Gary war mit einem Kobold gereist und hatte gegen zwölf Fuß große Trolle und einen mächtigen Drachen gekämpft, und dennoch konnte er den Anblick, der sich ihm jetzt bot, kaum glauben. Wie Geno erklärt hatte, war es ein Gnom, ein Geschöpf, das irgendwie an einen stämmigen Zwerg erinnerte, aber von zarterer Gestalt war und ein Gesicht hatte, das nicht aus Granit gemeißelt zu sein schien. Der Gnom saß zurückgelehnt in einem Vehikel, das an zwei nebeneinandermontierte Fahrräder erinnerte, und vor dem Bauch hatte er einen Lenker und neben sich zwei Armaturenbretter voller Hebel. Er betätigte einen, und Gary sah, wie an der Seite des linken Vorderrades eine Feder hochschnellte und eine Handvoll weiterer Scheibengeschosse hoch in die Luft geschleudert wurde.

Ein Affenmonster, das den Gnom im Tiefflug attackieren wollte, bekam die ganze Ladung ab; Gesicht, Flügel, Bauch, alles wurde in Fetzen gerissen. Aber es waren immer noch zwei Dutzend Affen übrig, und sie begannen, ihre Sturzflüge auf den Gnom miteinander abzustimmen.

Die Ungeheuer bemerkten erst, daß der Gnom ein paar unerwartete Verbündete gefunden hatte, als ein Pfeil durch die Luft flog und sich tief in die Flanke eines Affen senkte. Ein zweiter Pfeil folgte rasch, dann ein dritter, und beide trafen ebenfalls. Schrill schrien die Ungeheuer auf und sahen erst zur Seite, wo der Elf ritt, und dann nach vorn, auf den edlen Rittersmann und den Zwerg, die Seite an Seite heranpreschten, den langen Speer und den harten Hammer kampfbereit.

Mit ein paar Schreien rief der größte der Flederaffen seine Artgenossen sofort wieder zur Ordnung; ein kleiner Haufen machte sich auf, den Elf zu verfolgen, ein zweiter nahm sich zusammen mit dem Anführer den Gnom vor, und der größte Haufen hielt entschlossen auf die ankommenden Reiter zu.

»Halt dich gut fest!« rief Geno Gary zu. »Sie werden versuchen, dich vom Sattel zu ziehen!« Damit schleuderte der Zwerg seinen ersten Hammer, aber der vorderste Affe war flink genug, dem auszuweichen. Auch Geno wich aus, er trennte sich absichtlich von Gary und ritt die gegenüberliegende Böschung in der Hoffnung hinab, die Ungeheuer durcheinanderzubringen. Doch sie waren nicht so dumm, wie er dachte, denn während ein paar ihm tatsächlich folgten, hielten die meisten weiterhin direkt auf Gary zu.

Dieser hielt den großen Speer fest vor sich und widerstand dem Impuls, ihn dem nächsten Monster ins Gesicht zu werfen. Verlier nicht die Nerven, sagte er sich, vertraue auf deine Rüstung und dein Pferd und zeige die Kampfkunst, die Donigartens Speer dich gelehrt hat.

Trotzdem hielt sich Gary Leger schon für verloren, als das geflügelte Dutzend näher kam. Die Monster waren größer, als er aus der Entfernung vermutet hatte, jedes einzelne wog bestimmt zwischen fünfzig und achtzig Pfund, und sie waren überraschend beweglich und flink, hatten lange, spitze weiße Zähne und krumme Klauen, mit denen sie ihn ganz bestimmt vom Pferd reißen konnten, wie Geno gesagt hatte. Gary fiel plötzlich ein, wie er als Junge bei seinem besten Freund einen Waschbären unter der Veranda in die Enge getrieben hatte. Er hatte sich ein paar Arbeitshandschuhe angezogen und war unter die Veranda geklettert, um das Tierchen zu fangen, einen von diesen süßen kleinen Waschbären, wie er sie sooft im Fernsehen gesehen hatte. Als sich das wilde Tier auf die Hinterbeine gestellt und seine beeindruckenden Zähne gefletscht hatte, war der kleine Gary schlau genug gewesen, auf der Stelle kehrtzumachen und sich ganz rasch wieder in den Garten zurückzuziehen.

Wie kommt's, daß ich heute nicht so schlau bin? fragte er sich, doch dann war es nicht mehr an der Zeit, sich Fragen zu stellen, denn die Affen waren da. Gary duckte sich in den Sattel und stieß mit dem Speer nach dem vorderen, der aber machte eine komplette Rolle in der Luft, um dem Stoß auszuweichen, und bekam nur einen Kratzer ab.

Während Gary unter ihnen hindurchritt, versuchte er, die Waffe wieder gerade nach vorn zu bringen, aber er steckte schon mitten im Schlamassel. Irgend etwas stieß ihm gegen die Schulter, dann versetzte ihm ein Flügel einen Schlag, daß sich sein Helm verdrehte und er nichts mehr sehen konnte, und sein Pferd wieherte laut auf, als ihm eine Klaue eine tiefe Kratzwunde in den muskulösen Nacken schlug.

Trotzdem war der erste Zusammenstoß nicht so schlimm gewesen, wie Gary befürchtet hatte, er hatte nur halb soviel einstecken müssen, wie zu erwarten gewesen war. Er schaffte es, wieder aufrecht in den Sattel zu gelangen, und schaffte es, den Helm zurechtzurücken. Dann warf er einen Blick hinter sich. Die meisten Affen waren zur Seite ausgewichen, nun flatterten sie in einiger Entfernung auf der Stelle und schauten erstaunt zu ihm herüber.

Kein Wunder, denn rechts und links neben ihm ritten zwei exakte Spiegelbilder seiner selbst, komplett mit Speer und Rüstung.

Gary war so überrascht, daß er beinahe blindlings in das Vehikel des Gnomen hineingeritten wäre. Als er seine fünf Sinne wieder beisammen hatte, erkannte er seine Begleiter als eines von Mickeys Kunststücken, und wich gerade noch rechtzeitig aus.

Die sechs Affen, die Kelsey nacheilten, begegneten einer fast schon massiven Wand von Pfeilen, die der rasch dahinreitende Elf so schnell abschoß, daß nur noch die Bewegung seiner Hände zu erahnen war. Doch der Boden neben der Straße war uneben, und so wurde Kelsey hin und her geworfen, und viele seiner Schüsse gingen ins Leere.

Er erzielte drei Treffer, zwei davon in dasselbe Tier, das sofort abstürzte. Die restlichen fünf jedoch kamen hartnäckig näher, selbst dasjenige, dem ein Pfeil in der Schulter steckte. Über dem Peitschen ihrer Fledermausflügel waren ihre kampfeslustigen Schreie zu hören, und dann waren sie auch schon über ihm und setzten zu einem Sturzflug an, die Fänge unheilverkündend aufgerissen.

Sein Pferd galoppierte mit einer so jähen Kehrtwendung auf die Affen zu, daß er sich mit Armen und Beinen festklammern mußte, um im Sattel zu bleiben. Doch die Affen waren nicht minder überrascht, denn das Pferd senkte den Kopf und preschte geradewegs unter ihnen hindurch, während sie für ihre Attacke noch zu hoch flogen.

Sofort riß Kelsey an den Zügeln, so daß sein Pferd mit einem Aufbäumen stehenblieb, und während es sich noch umdrehte, legte er schon einen Pfeil auf die Sehne, um den Ungeheuern ein paar Treffer zu verpassen, bevor sie wenden und ihn wieder auf irgendeine geordnete Weise angreifen konnten.

Die fünf Affen, die sich dem kleinsten der neuen Feinde widmen wollten, waren mehr als überrascht, als plötzlich ein Hagel von fliegenden Hämmern auf sie zuschoß – es schienen mindestens zwanzig zu sein. Metall wickelte sich in ledrige Flügel ein, und Metall zerschmetterte Knochen und schlug einem Affen alle Vorderzähne aus dem aufgerissenen Maul.

Das Pony folgte willig Genos Schlachtruf und machte kehrt. Der Zwerg grinste sein spitzbübisches Zahnlückengrinsen, nahm die Zügel entschlossen in eine Hand und stellte sich aufrecht in den Sattel, die kurzen Beine sprungbereit.

Der Affe, der am nächsten war, hatte sich gerade erst von der Hammerattacke erholt, als er schon wieder verblüfft die Augen aufriß, denn diesmal kam ihm nicht bloß ein Hammer entgegen, sondern gleich der ganze Hammerwerfer selbst.

Geno knallte mitten in das Ungeheuer hinein, schlang die kräftigen Arme um seinen Leib und drückte zu, so fest er konnte. Der Affe trat und biß um sich und wollte mit den Flügeln schlagen, doch selbst wenn sie nicht in der steinharten Umklammerung gesteckt hätten, hätten sie Genos beachtliches Gewicht nicht ausgleichen können. Abwärts ging es, und Geno ruckte herum, so daß das Tier unter ihm war.

Sie schlugen auf, und der Affe rührte sich nicht mehr. Geno kullerte von dem zusammengedrückten Ding hinunter und warf sich herum. Gerade noch rechtzeitig, denn der nächste Feind kam in rasendem Sturzflug heran.

»Auffangen!« rief Geno artig und schleuderte ihm einen Hammer entgegen. Das Knacken, mit dem der Schädel des Affen brach, war laut wie ein Peitschenknall, und aus dem gezielten Sturzflug wurde das Plumpsen eines Mehlsackes.

Der dritte Flederaffe war so schlau, wieder abzudrehen, der letzte der Truppe jedoch hielt weiter auf Geno zu. Aber er flog längst nicht mehr, er lief, und während der eine Flügel sauber angelegt war, schleifte der andere, der beim ersten Angriff zerschmettert worden war, unsanft über den Boden.

Geno wollte nicht aufhören, spitzbübisch zu grinsen. Immer wieder warf er den Hammer mit einer Hand in die Luft, während er die Ungeheuer mit der anderen Hand zum Spielen einlud.

Ein Affe hielt im Sturzflug auf das Vierrad zu – und Gary hielt den Gnom, der bereits eine Kratzwunde quer über der Stirn hatte, schon für verloren. Ein Hebelzug, und ein metallener Regenschirm öffnete sich schräg nach oben, und das Affenmonster prallte harmlos zur Seite ab.

Von der anderen Seite kam jedoch schon ein zweiter Affe, und Gary sah, wie der Gnom panisch nach einem anderen, genau gegenüberliegenden Hebel griff. Er zog daran, und irgend etwas klickte, aber es geschah gar nichts – abgesehen davon, daß der Gnom an Farbe verlor, als er zu dem herabstürzenden Affen hochsah.

Rein instinktiv schickte Gary seinen Speer durch die Luft. Er spießte den Affen auf und riß ihn bis weit hinter das schneller werdende Vierrad mit sich.

Einen Sekundenbruchteil später schoß Gary auf seinem Pferd an dem Gnom vorbei und konnte gerade noch dessen hochgereckten Daumen erkennen. Das Pferd raste den Hügel hinauf, und Gary beugte sich tief zur Seite, um den Speer wieder aufzuheben, der mitsamt der toten Beute auf dem Kamm lag. Als Gary näher kam, sah er, daß der Speer knapp unterhalb seiner Reichweite lag, und so beugte er sich noch ein Stückchen tiefer.

Ein Stückchen zu tief.

In den nächsten scheußlichen Sekunden war die Welt für ihn nichts mehr als ein wildes Gewirbel, begleitet vom Klirren der Rüstung, und er schlug auf und schlug auf und schlug auf. Als er schließlich zum Halt kam, fand er sich am Fuße des Hügels wieder. Er hörte sein Pferd wiehernd rufen, es mußte auf der anderen Seite des Hügels sein, über und hinter ihm. Obwohl er sich in diesem Moment der Verwirrung nur schwerlich an das Scharmützel erinnern konnte, nur schwerlich daran denken konnte, daß es noch einige Ungeheuer zu besiegen galt, kämpfte er sich instinktiv auf die Füße.

Er hatte es schon halbwegs geschafft, da schien die Erde plötzlich zum Leben zu erwachen, schien sich vorzustülpen und ihn verschlingen zu wollen.

Plötzlich sprang Geno mit federnden Beinen in den näher kommenden Affen hinein. Sie schlangen die Arme umeinander und rollten über den Boden, und jeder biß dem anderen fest ins Genick. Genos Kiefer waren nicht so stark wie die des Affen, aber dafür war sein Nacken hart wie Granit, und das glich einiges wieder aus.

Er blickte an der Schulter des Affen vorbei und sah, daß dessen Kumpan heranrauschte. Den Mund voll Affenfleisch, grinste der Zwerg und wartete, bis der ahnungslose Angreifer heran war, dann riß er sich mit einem Arm los und stellte ihm einen Hammer in den Weg.

Der Affe taumelte zu Boden, betäubt, aber nicht tot, und Geno zog ihn mit dem freien Arm prompt ins Getümmel.

Wild rollten sie umeinander, die Affen kratzten und bissen, und Geno boxte und trat und biß und hämmerte und tat alles, was Erfolg versprach. Zwergenblut und Affenblut vermischten sich mit Erde und überzogen die drei mit einer dicken Schicht.

Geno packte einen Affen beim Nackenfell und zog sich den Kopf quer über die Brust, dann ging er wieder in die Rolle. Mit einem Ruck schaffte er es, die Stirn des kopfüberhängenden Affen fest in den Boden zu rammen. Ächzend zwang er das Gewirr von Körpern erneut in eine Rolle, und der Affe kreischte verzweifelt auf, als sein Kopf nach hinten knickte und die Nackenwirbel auseinanderbrachen.

Mit überraschender Kraft wand sich das Tier noch aus Genos eisernem Griff, doch für diesen Flederaffen war der Kampf vorbei, er zitterte noch einmal, und dann war er tot.

Damit blieb nur noch ein Affe übrig, und als Geno sich ihm widmen wollte, mußte er feststellen, daß das Biest die Pause genutzt und sich in seinen rechten Unterarm verbissen hatte, der bereits blutete. Der Zwerg grunzte und spannte die Muskeln an, und sein Schmiedearm wurde hart und dick und zwang die Kiefer des Affen auseinander.

Fassungslos riß das Tier die Augen auf.

»Meinst du etwa, das tut weh?« fragte Geno ungläubig. Er sah das Tier an, dann zog er seinen freien linken Arm vor die Brust. »Das tut nicht weh«, erklärte er und streckte den kleinen und den Zeigefinger aus. »Aber das hier!«

Und damit trieb er dem Affen die Finger in die Augen, und der ließ von seinem Unterarm ab. Sofort zog der Zwerg den Arm zurück, ballte die Faust und schlug sie dem Tier mitten ins Gesicht.

Der Affe schien regelrecht auf die Füße zu springen, dann aber stand er nur benommen da, und als der Zwerg ihm nachsetzte und erneut einen Haken landete, machte er nicht einmal mehr einen Versuch zur Flucht. Er wankte, aber er stand immer noch. Doch dann zerschmetterte Geno ihm mit der Stirn die Nase, und nun schlug der Affe mit den Flügeln.

Aber er sollte sich nicht mehr in die Luft erheben, denn da war diese kräftige kleine Hand und hielt ihn bei der Kehle gepackt.

Geno besah sich den blutenden Unterarm und fragte sich, ob er vielleicht eine Weile mit der Schmiedearbeit aussetzen mußte.

»Das hättest du besser nicht getan«, erklärte er dem halb ohnmächtigen Tier, und dann drückte diese kräftige kleine Hand fest zu

In einer Spanne von sechs Sekunden und nach der gleichen Anzahl schwirrender Pfeile waren von fünf Flederaffen nur noch zwei übrig.

Kelsey ließ den Bogen fallen und zog das Schwert, trat seinem Reittier in die Flanken und stürzte sich ins Gefecht. Die Affen kamen jetzt gleichzeitig auf ihn herunter, einer auf jeder Seite.

Im letzten Moment wich Kelsey nach links aus, um beide rechts von sich zu haben, aber die Affen parierten seinen Zug genauso flink. Unverzagt stach der Elf mit seinem Schwert nach dem linken Ungeheuer. Wie abzusehen gewesen war, spreizte das Ding erschrocken die Flügel und wich aus, und Kelsey fuhr mit dem Schwert nach rechts, wehrte eine vorgereckte Klaue ab und nahm dabei gleich den halben Fuß mit.

Wohl ahnend, daß der linke Affe nach ihm griff, ließ er sich weiter nach rechts fallen, so daß er nun an der Flanke des Pferdes hing und die gekrümmten Klauen ins Leere griffen.

Im Gegensatz zu Gary purzelte Kelsey nicht vom Pferd. Die Tylwyth Teg wurden in ganz Faerie als die besten Reiter gerühmt, und Kelsey wurde diesem Ruf vollauf gerecht. Er rutschte bis unter den Bauch des Hengstes, mitten zwischen die galoppierenden Beine, zog sich auf der anderen Seite wieder hinauf und riß an den Zügeln, um zu wenden. Den ersten Durchlauf hatte er gewonnen, aber die Flederaffen kamen bereits für den zweiten Angriff heran.

Stets zu Diensten! Er trat seinem Pferd in die Flanken. Wieder versuchten die Affen, ihn von beiden Seiten anzugreifen, und diesmal ritt er direkt zwischen ihnen hindurch, ließ sein Schwert nach links fahren, dann nach rechts und noch einmal nach links, und alles ging so schnell, daß er nur eine kleine Schramme am Unterarm einstecken mußte.

Und diesmal arbeitete der scharfe Verstand des Elfenkriegers noch schneller, denn als er sein Pferd bereits wohlvorbereitet dem dritten Angriff entgegentrieb, waren die Flederaffen gerade einmal beim Wenden.

Wieder galoppierte Kelsey an sie heran, dann jedoch schwang er ein Bein über den Pferderücken und stützte sich nur noch auf einen Steigbügel, so daß ihn sein Pferd gegen den rechten Affen abschirmte. Wieder hatte Kelsey die Reaktionen seiner Gegner perfekt vorausgeahnt. Der Affe zur Linken hatte keine Lust, sich dem Elf allein zu stellen, und wich in einem weiten Bogen aus, während der zur Rechten auf das Pferd zuhielt, da er den Elf mit seinen Kumpanen beschäftigt wähnte.

Kelsey machte eine Finte nach links, dann sprang er zurück auf den Pferderücken, das Schwert entschlossen nach vorn gerichtet. Als die Klinge in die Brust des Affen fuhr, schien sie plötzlich fünfzig Pfund mehr zu wiegen, aber Kelsey schaffte es, sie festzuhalten, und nahm den aufgespießten Affen mit.

Dicht hinter ihm erklang ein Schrei, und er wußte, daß der andere Affe erneut kehrtgemacht hatte. Wie er so bäuchlings auf dem Pferderücken lag, während sein Schwert in einem toten Gegner steckte, war Kelsey in keiner beneidenswerten Lage.

Da er kaum eine andere Wahl hatte, wuchtete er die Affenleiche nach hinten. Sie rutschte von der Klinge direkt in die Flugbahn des nacheilenden Angreifers hinein, und bis dieser sich von ihr freigestrampelt hatte, war seinem Angriff jeder Schwung genommen. Als er wieder kampfbereit war, war Kelsey es ebenfalls. Er wendete sein Pferd ein weiteres Mal und trieb es zum Galopp. Plötzlich allein, wollte der Affe jedoch nichts mehr mit ihm zu tun haben und schlug wild mit den Flügeln, um sich in Sicherheit zu bringen.

Die Elfenklinge fuhr durch einen Flügel, und aus der Flucht wurde ein unbeholfenes Geflatter. Der Flederaffe fiel ein Stück ab und stieg erneut auf, drehte sich um die eigene Achse und überschlug sich, und schließlich flatterte er zu Boden. Voller Schrecken lief er davon, aber seine Geschwindigkeit war keine Herausforderung für Kelseys kraftvollen Hengst. Das Tier rannte ihn über den Haufen, daß die Knochen unter den trommelnden Hufen zermalmt wurden.

Mit zerschmettertem Rückgrat lag der Flederaffe hilflos im Dreck und sah sterbend zu, wie Kelsey ein weiteres Mal wendete.

Aber Kelsey hatte nicht die Zeit, dem unglücklichen Tier den Rest zu geben. Ein Stück entfernt trottete Garys Pferd reiterlos auf der Straße herum, und der Gnom fuhr mit seinem merkwürdigen Vehikel mitten in eine Horde von bestimmt einem Dutzend schnappender und geifernder Monster hinein.

Sein eigener Bogen lag etliche Yards entfernt auf der Erde.

Gary hatte Gerbil gerettet, aber der Gnom wußte, daß es sich nur um einen Aufschub handelte. Immer noch war eine

Handvoll dieser Ungeheuer hinter ihm her, und nun kamen von vorn auch noch welche, der Haufen nämlich, der den Ritter gejagt hatte.

»Verflixt und zugenäht!« rief der Gnom, »verflixt und zugenäht!« Wie wild trat er mit seinen winzigen Beinen in die Pedale und fuhrwerkte gleichzeitig an dem klemmenden Schirmhebel herum.

»Sieht nicht gut aus«, murmelte Mickey McMickey, der aus einiger Entfernung zusah. Es kam ihm wie eine seltsame Mutprobe vor, als der Gnom vor dem einen Haufen mit Höchstgeschwindigkeit floh und ihnen ein größerer Haufen ebenso schnell entgegenkam.

Die Affen schrien, Gerbil kreischte, und im letzten Moment vor dem Zusammenstoß packte der Gnom das Steuerrad mit beiden Händen, riß es heftig herum, so daß das Vierrad zu schleudern begann und die rutschenden Räder eine gewaltige Staubwolke aufwirbelten.

Als die beiden Trupps zusammenstießen, betätigte Gerbil einen Hebel, der seinen Sitz bis zum tiefsten Punkt zwischen den großen Rädern rutschen ließ.

Die Affen krachten ineinander, krachten in das Vierrad und dann gegen den armen Gerbil. Die ganze Horde lag reglos da – es sah wie eine Massenohnmacht aus – und das abgebremste Vierrad rollte nur langsam darunter hervor. Die Affen rafften sich wieder auf, und nun war ihnen der Gnom hilflos ausgeliefert.

Doch auf einmal flogen Netze über die Straße und legten sich über die Meute. Die Affen strampelten und kreischten und hätten sich bis zum kompletten Chaos miteinander verknotet, wenn Mickeys Kräfte nicht am Ende gewesen wären. Er konnte die Illusion nicht aufrechterhalten, und die Netze lösten sich auf.

Aber die Pfeile und Hämmer, die plötzlich auf die Affen niedergingen, waren nur zu wirklich. Der Gnom mochte hilflos oder gar ohnmächtig sein, der grimmige Elf auf seinem leuchtend weißen Hengst jedoch war es nicht, und ebensowenig war es der Zwerg, der wild lachend herangerannt kam und Hammer um Hammer warf.

Ein Hammer und ein Pfeil trafen den Anführer der Horde zur selben Zeit und trieben ihm die Luft aus der Lunge und das Blut aus dem Hals.

Die neun Affen, die noch fliegen konnten, taten es, und immerhin kamen sieben von ihnen davon, die anderen beiden fielen Kelseys Pfeilen zum Opfer. Die drei restlichen Affen stellten sich dem angreifenden Zwerg in einer gemeinsamen Verteidigungslinie entgegen … und wurden von ihm augenblicklich niedergemacht.

Braemar

Gemütlich wanderte der riesige, rotbärtige Mann den steinigen Bergpfad hinab, das gewaltige Schwert lässig über die Schulter gelegt. Unter ihm lag das schlafende Städtchen Gondabuggan, es kuschelte sich unter dem aufsteigenden Nebel in das abgelegene Tal.

Robert packte den Schwertgriff fester. Er haßte es, in dieser einengenden Menschengestalt unterwegs zu sein, viel lieber ritt er draußen auf den hohen Winden, in vollkommener Freiheit und mit der ganzen Kraft des Drachengeschlechts.

Aber Robert lebte schon seit vielen Jahrhunderten, und so stand seine Klugheit seiner Kraft in nichts nach. Er hegte den

Verdacht, daß die erfinderischen Gnomen die Nachricht von seinem Kommen bereits verbreitet hatten und die rauhbeinigen Zwerge von Dvergamal ebenso wie die mickerigen Menschen hinter den Bergen schon mitten in den Schlachtvorbereitungen steckten. Und trotz der erfreulichen Tatsache, daß seine Erzrivalin Ceridwen auf ihre Insel verbannt war, wollte Robert es nicht an der nötigen Vorsicht fehlen lassen.

Wenn er das Land beherrschen wollte, mußte er es Dorf für Dorf aufrollen, und Gondabuggan hatte einfach das Pech, seinem Hort am nächsten zu liegen.

Obwohl er in seiner Menschengestalt steckte, verfügte Robert immer noch über die scharfen Sinne des Drachengeschlechts, und so witterte er lange, bevor sie auf ihn aufmerksam wurden, nicht nur die gnomischen Wachposten, sondern auch einen anderen Geruch. Mit dem hatte er nicht gerechnet. Er verbarg sich hinter einer Felsnase, die vielleicht fünfzig Fuß von den Gnomen entfernt war, und spitzte die Ohren.

»Kinnemores Heer zieht in die Schlacht, heißt es«, sagte ein Zwerg.

»Das ist wirklich verblüffend«, antwortete ein Gnom aufgeregt. »Wirklich verblüffend!«

»Ist doch klar!« antwortete der Zwerg. »Kinnemore mischt sich andauernd in alles ein, und diesmal ist er ja auch selbst betroffen. Der Speer und die Rüstung des Cedric Donigarten sind gestohlen worden, und zwar von dem Elf, der Robert besiegt hat, mit der Unterstützung von Geno Hammerwerfer, versteht sich, und diesem Helden aus Bretaigne. Kinnemore ist nervös, und das ganze Land versinkt im Chaos!«

»Wirklich verblüffend!« sagte der Gnom wieder. »Die Vorstellung, daß Gerbil Schinkenklopfer einfach so durch die Berge geflogen ist! Wirklich verblüffend!«

»Oh, er wird bestimmt in die Annalen eingehen!« stimmte ein zweiter Gnom zu und klatschte dabei in die Hände.

Der Zwerg stöhnte verzweifelt auf. »Die Artefakte und das Heer des Königs sind wohl wichtiger!«

»Das will ich meinen«, ertönte eine dröhnende Stimme, und ein riesiger, muskulöser Mann mit rotem Haar und rotem Bart trat hinter einem Felsen hervor. »Erzähl mir von den Artefakten und dem Heer des Königs.«

Eine Stunde später war Robert wieder ein Drache und segelte gemütlich auf den warmen Aufwinden dahin, die Klippen am östlichen Rande Dvergamals entlang. Er wartete darauf, daß sich die Mahlzeit setzte – Zwerge waren immer so schwer verdaulich! Die Nachricht von den Ereignissen im Westen hatte Gondabuggan fürs erste gerettet, denn Robert verstand nun, daß hinter ihnen mehr steckte als nur die Tatsache, daß er frei und Ceridwen verbannt war.

Er wußte ebensogut wie jeder andere, daß Kinnemore Ceridwens Marionette war und ihm durchaus Ärger machen konnte, wenn die Hexe nur richtig an den Fäden zog. Und dann wanderten da zum ersten Mal seit Jahrhunderten wieder Helden durch das Land, zum ersten Mal seit den Tagen des Cedric Donigarten. Die Drachen, deren Macht ebensosehr auf Einschüchterung beruhte wie auf tatsächlicher Kraft, hatten für Helden nichts übrig.

Gondabuggan würde warten müssen.

Benommen öffnete Gerbil die Augen und blickte in das feingeschnittene Gesicht eines goldhaarigen, goldäugigen Elfen, der sich über ihn beugte. Auf dem rechten Vorderrad seines Gefährts saß ein Kobold, paffte eine langstielige Pfeife und brabbelte etwas vor sich hin, während er zu ihm hinuntersah.

Rasch nahm Gerbil Haltung an und setzte sein bestes Seid-gegrüßt-werte-Gäste-Lächeln auf.

»Gerbil Schinkenklopfer aus Gondabuggan, stets zu Euren Diensten«, sagte er so höflich, wie es nur ging, und meinte jedes Wort ernst, denn diese Leute hatten ihn vor dem sicheren Untergang bewahrt. »Ich bete, daß niemand aus Eurer höchst hilfreichen Gesellschaft zu schlimm verletzt worden ist.«

»Das Jüngelchen da hat ein paar Dellen, das ist alles«, antwortete Mickey und zeigte zu Gary hinüber, der auf der Straße kniete, derweil Geno und Baron Pwyll damit beschäftigt waren, eine arg mitgenommene Schulterplatte auszubeulen.

»Die Rüstung«, hauchte Gerbil, und seine blauen Gnomenaugen begannen zu leuchten. Auf einmal nickte er heftig mit dem Kopf, als ob ihm plötzlich alles klargeworden sei. »Oh, ich sage euch, daß ich schon dachte, Sir Cedric höchstselbst sei zu meiner Rettung herbeigaloppiert! Natürlich, natürlich, ich kenne mich da schon aus, doch, doch. Menschen leben gar nicht so lange, und Cedric ...«

»Natürlich«, sagte Mickey. »Aber ich stimme dir zu, daß der Junge in der Rüstung eine gute Figur macht.«

»Ja«, sagte Gerbil aufgeregt. »Ja. Deshalb bin ich doch nach Westen gegangen, wißt ihr, weil sich die Kunde verbreitet hat, daß die Rüstung und der Speer abhanden gekommen ... oder besser, gestohlen worden sind.«

»Und warum sollte das einen Gnom aus Gondabuggan kümmern?« fragte Kelsey ernst.

»Wegen gar nichts und allem zugleich«, antwortete Gerbil. »Wie ihr wißt, war es Robert der Reizbare, der geholfen hat, den Speer zu richten.«

Kelsey und Mickey sahen einander an. Sie verstanden nicht, was für eine Verbindung es da geben sollte, jedenfalls nicht, soweit es Gondabuggan betraf.

»Nun ja, die verschwundenen Artefakte könnten vielleicht ein paar Hinweise darauf geben, warum Robert die Schwingen ausgebreitet hat, um es mal so zu sagen«, fuhr Gerbil nach einer Weile fort. »Die beiden Ereignisse geschahen zu kurz hinter ...«

»Was weißt du über den Drachen?« unterbrach Kelsey ihn streng. Wie fast jeder Einwohner von Faerie wußte auch der Elf, daß ein Gnom stundenlang in der Gegend herumphilosophieren konnte, wenn man ihm nicht auf die Sprünge half, und nach dieser Andeutung von Gerbil glaubte der Elf nicht, sich stundenlang gedulden zu können.

»Was ich weiß?« stutzte Gerbil. »In der Tat, was weiß ich denn? Natürlich hängt das hauptsächlich vom Thema ab. Über Sprengstoffe zum Beispiel ...«

»Über den Drachen«, schränkte Kelsey ein.

»Er war über Gondabuggan, das weiß ich!« sagte Gerbil. »Vor ...« Er machte eine Pause und zählte mit den dicken kleinen Fingern, um eine präzise Auskunft geben zu können. »Vor gerade einmal einundfünfzig Stunden.«

»Was meinst du mit ›Er war über Gondabuggan‹?« fragte Mickey. »Hat er die Stadt angegriffen, oder was?«

Gerbil nickte rasch. »Mit Feuer und Klaue!« antwortete er. »Natürlich ist es genau das, was man von einem Drachen erwarten muß, es sei denn, er gehört zur Gattung der Seeungeheuer. Dann besteht der voraussichtliche Angriffsmodus aus ...«

»Bist du dir sicher?«

»Bin ich – wenn die Abhandlung über Drachen stimmt«, antwortete Gerbil.

»Doch nicht, was die Wasserdrachen angeht!« schimpfte Mickey. »Bist du dir sicher, daß Robert über deiner Stadt war, vor gerade einmal einundfünfzig Stunden?«

»Ich habe es natürlich mit meinen eigenen zwei Augen gesehen«, erklärte Gerbil. Er nickte den drei anderen zu, als sie neben Kelsey traten. »Oh, er kam mit wahrer Sturmgewalt herunter, fauchend und trampelnd«, fuhr der Gnom fort, und seine Aufregung schien mit der Zahl der Zuhörer zu steigen. »Wir haben ihn in Schach gehalten, aber ich würde meinen, daß Robert noch nicht mit Gondabuggan fertig ist. Oh, wehe meinem Volke!«

Die anderen begannen zu tuscheln, und Pwylls Kommentare klangen wie immer sehr verzweifelt. Kelseys Blick aber wurde hart, ihm kam Gerbils schreckliche Geschichte nicht ganz glaubwürdig vor.

»Du bist vor zwei Tagen noch in Gondabuggan gewesen und hast Roberts Angriff miterlebt?« fragte er. Kaum hatte er es so auf den Punkt gebracht, da verstummte auf einmal auch Mickey, denn er teilte jetzt Kelseys Zweifel.

Gerbil zählte rasch noch einmal mit den Fingern. »Einundfünfzig Stunden« nickte er.

»Da hast du ein ansehnliches Stück Weg hinter dich gebracht in diesen einundfünfzig Stunden, guter Gnom. Selbst wenn du schönes Wetter hattest und dein ...« Der Elf sah das merkwürdige Vehikel an.

»Vierrad«, erklärte Gerbil.

»Und dein Vierrad schnell ist, so liegt der Gnomenpaß doch viele Tagesreisen von Drochit entfernt, und selbst von Drochit braucht man noch einen Tag bis hierher.«

»Oh, in den Bergen konnte ich natürlich nicht das Vierrad nehmen«, erklärte Gerbil. »Da gibt's schließlich zu viele Steine, und die Wege sind zu schmal! O nein, ich bin nicht gefahren. Ich bin geflogen.«

»Auf Roberts Rücken wohl?« fragte Mickey sarkastisch.

»Mit dem GebirgsBoten«, sagte Gerbil prompt. »Das ist eine lange, absteigende Röhre, die an exakt bemessenen Punkten ...«

»Ich weiß von eurem Bibo«, versicherte Mickey ihm. »Willst du mir weismachen, du bist in eine von diesen Kugeln geklettert und hast dich quer durchs Gebirge schießen lassen?«

»Bis in das Feld nördlich von Drochit.« Gerbil lächelte stolz. »Wenn es mich zerschmettert hätte, wäre ich natürlich in die *Annalen der Stolzen und Toten Erfinder* eingegangen.« Der Gnom gab einen langen Seufzer von sich. »Aber zur Zeit bin ich wohl besser am Leben«, räumte er ein. »Wo schließlich der Drache frei herumfliegt.«

Der verwirrte und neugierige Gary hielt das Geschwafel nicht länger aus. »Wovon sprecht ihr?« fuhr er dazwischen.

»Es handelt sich um eine große Kanone«, antwortete Mickey, bevor der Gnom in einen längeren Vortrag verfallen konnte. Mickey kannte sich in Garys Welt besser aus als die anderen, er hatte schon oft Leute von dort entführt, und so wußte er, mit welchen Worten er den Bibo beschreiben mußte, damit Gary ihn verstand.

»Und er ist in eine hohle Kugel geklettert und hat sich über die Berge schießen lassen?« fragte Gary ungläubig.

»So in etwa.« Mickey, der mehr über Robert erfahren wollte, wandte sich wieder zu dem Gnom um, aber Gary gab sich noch nicht zufrieden.

»Wie weit?« fragte er.

»Die Entfernung ist nie gemessen worden«, erklärte Gerbil erfreut. »Meine Berechnungen ergaben vierzig Meilen, mit einer Ungenauigkeit von siebenhundert Fuß.«

Das mußte Gary erst einmal verdauen. In seiner Welt gab es Schlachtschiffe, die Zwei-Tonnen-Projektile mehr als zwanzig Meilen weit schießen konnten, aber die Behauptung, daß man eine Kugel mit einem lebenden Gnom darin doppelt so weit schießen und der Gnom dann noch lebend herausklettern konnte, war vollkommen lächerlich. Als Gary sich wieder in das Gespräch einschalten wollte, war Gerbil gerade dabei, Roberts Attacken gegen Gondabuggan zu beschreiben und zu berichten, wie die Gnomen einen Wall aus Wasser errichtet und metallene Regenschirme ausgefahren hatten, um sich zu verteidigen.

»Unmöglich«, sagte Gary, kaum daß der Gnom einmal Luft holen mußte.

»Aber beileibe nicht«, antwortete Gerbil sofort. »Schirme aus sauber übereinandergelegten Platten wie dieser hier.« Er griff nach einem Hebel für die kleineren Ausführungen, über die sein Vierrad verfügte.

»Doch nicht die Regenschirme«, erklärte Gary. »Es ist unmöglich, eine Kugel so weit zu schießen.«

»Unmöglich?« rief Gerbil und warf die Arme in einer Geste der absoluten Entrüstung empor. »Unmöglich?«

»Sag nie wieder ›unmöglich‹ zu einem Gnom«, flüsterte Mickey Gary zu. »Das bringt sie allesamt völlig aus dem Häuschen.«

Und wirklich, Gerbil Schinkenklopfer war jetzt nicht mehr zu bremsen. Hätte Gary Leger seine Mutter mit tausendundeinem Schimpfwort beleidigt oder sein Volk einen Haufen Dummköpfe genannt, wäre der stolze Erfinder des Bibos nicht mehr aus der Haut gefahren als jetzt. Er warf Gary einen Haufen Zahlen an den Kopf, gefolgt von einem Haufen Flüche über diese hohlköpfigen, dummdreisten, sonderschulverdächtigen Menschen, die nichts, aber auch gar nichts kapieren.

»Ich glaub einfach nicht, daß man ein Geschoß so weit schießen kann«, begann Gary. Er wollte darlegen, daß die Geschwindigkeit und der Aufprall jeden Passagier zwangsläufig umbringen müßten. »Wie weit oben war die Kanone? Diese Kugel müßte doch eine irrsinnige Geschwindigkeit draufhaben ...«

»Zweihundertzweiundsiebzig Meilen pro Stunde«, sagte Gerbil stolz. Er sah Kelsey verstohlen an. »Zweihundertdreiundsiebzig, und sie trifft den Überhang beim Paß des Pferdezähnigen Menschenfressers.«

Geno ruckte an Kelseys Hemd. »Ich hab mal gesehen, wie eine den erwischt hat«, sagte er. »Es war Nacht, und die Funken waren meilenweit zu sehen!«

Kelsey nickte, er bezweifelte die Geschichte nicht mehr; Gary aber schüttelte den Kopf, es war ihm unmöglich, auch nur ein einziges Wort zu glauben, selbst mitten in diesem Land der Unmöglichkeiten.

»Aber die Landung«, sagte er, ohne recht zu wissen, wie er seine umherschwirrenden Gedanken zu einem sinnvollen Satz bündeln sollte.

»Natürlich war das Zielgebiet ein abschüssiges Feld an einem Hang« fuhr Gerbil dazwischen. »Überwiegend Torf, dazu ein paar Kuhfladen. Der Trick ist, daß die Ventile in genau dem richtigen Moment genau die richtige Menge Antischwerkraftlösung freisetzen, verstehst du? Das bremst den Flug und sorgt für eine sanfte Landung.«

»Antischwerkraftlösung?« entfuhr es Gary.

»Ein Flugzauber«, erklärte Mickey rasch.

»Das glaub ich nicht.«

»Du glaubst auch nicht an Kobolde, Junge«, sagte Mickey. »Schon vergessen?«

Gary fiel keine passende Entgegnung ein, also wandte er sich wieder Gerbil zu, denn passende Fragen hatte er mehr als genug.

»Er wird nie um eine Antwort verlegen sein«, sagte Mickey, als Gary den Mund öffnete. »Er ist schließlich ein Gnom.«

Garys Entschlossenheit ließ nach. »Die richtige Menge zur richtigen Zeit?« fragte er resigniert.

»Richtig!« rief Gerbil stolz und strahlte übers ganze Engelsgesicht, wie nur ein Gnom strahlen kann, dessen Erfindung gerade anerkannt worden ist. Gary Leger beließ es dabei. Er saß einfach nur da und hörte zu, wie dieser faszinierende kleine Kerl seine Geschichte zu einem Ende brachte. Anschließend richtete Gerbil sich kerzengerade auf und sah sich um, als ob er keine Ahnung hätte, wohin es nun gehen solle oder von wo er gekommen war.

»Was waren das für scheußliche Dinger?« fragte er.

»Schätze, ein paar zurechtgehexte Mißgeburten«, sagte Mickey und sah dabei ernst zu Kelsey hinüber. Hatte Ceridwen ein weiteres Mal ihre Klauen ausgestreckt? Das fragten sich beide, und natürlich stand die Antwort schon fest.

»Ich glaube nicht, daß uns der reine Zufall zusammengeführt hat«, sagte Kelsey zu dem Gnom. »Du dürftest es im günstigsten Falle schwer haben, nach Dilnamarra zu gelangen.«

»Nun ja, ich glaube nicht – nicht im geringsten, daß ich jetzt noch dorthin muß, auch wenn ich gern mit dieser dicken Marionette gesprochen hätte, mit diesem Baron Pwyll, um zu sehen, was sich aus dem Diebstahl so für Schlüsse ziehen lassen«, antwortete Gerbil. Dann aber sah er Gary genauer an, der ja offenkundig im Besitz der gestohlenen Stücke war, und schluckte vernehmlich.

»Sprich doch einfach mit der dicken Marionette«, schlug Mickey vor und grinste verschmitzt. »Schließlich ist sie bloß ein paar Schritte entfernt.«

»Stets zu Diensten«, sagte Pwyll trocken, und Gerbil mußte erneut schlucken. Aber Pwyll nahm es ihm nicht wirklich übel, und so erledigten sie die längst überfällige Prozedur, sich einander vorzustellen, ohne weitere Peinlichkeiten.

Kelsey hatte längst daran gedacht, nach Gondabuggan zu

gehen, und in diesem Falle konnte der Gnom ihnen eine große Hilfe sein. Kobolde kamen wunderbar mit Gnomen aus, Zwerge ebenfalls, und so lächelte selbst der grummelige Geno warm, als er dem kleinen Mann die Hand gab.

Bald war es beschlossene Sache, daß Gerbil kehrtmachen und mit ihnen zusammen gen Osten ziehen sollte. Der Gnom dachte lange über diesen Vorschlag nach, sah immer wieder nach Osten, nach Westen, als könne er sich nicht recht entscheiden, aber als Mickey ihn schließlich an den Luftangriff erinnerte, nickte er und wendete sein Vierrad.

Spät am nächsten Nachmittag gelangten sie auf einem Kamm an, und unter ihnen lag Braemar, eine kleine Stadt aus wenig mehr als zwei Dutzend zumeist einzimmeriger Steinhäuser. Hier gab es keinen Bergfried wie in Dilnamarra, sondern nur ein großes, zweistöckiges Haus, das Mickey die »Speichen-Klammer« nannte, die Radnabe. Es stand inmitten einer Ansammlung von Stadthäusern, man konnte eine Hufschmiede sehen und andere Werkstätten, einen Lebensmittelladen, einen Laden für Siedlerbedarf und natürlich die berüchtigte Schenke zum Schlummernden Wicht, in der Geno von Pwylls Männern überwältigt worden war. Hinter diesem Zentrum erstreckten sich mauergesäumte Weiden, auf denen Schafe und Hochlandkühe grasten, und hier und dort stand eines der üblichen gedrungenen Steinhäuser mit dickem, strohgedecktem Dach.

»Wir werden bestimmt einen Aufruhr verursachen, wenn wir da einfach so reinspazieren«, sagte Mickey. »Vor allem, wenn sich da unten ein paar von Geldions Leuten rumtreiben.«

Kelsey konnte dem Kobold nur zustimmen und sah sich grübelnd um. Er hatte keine Ahnung, wie Braemar die beunruhigenden Neuigkeiten aufnehmen würde. Badenoch, der Stadtherr, war einer der wenigen unabhängigen Barone von

Faerie und hatte sich oft genug auf Pwylls Seite gestellt, wenn Connacht ihn mit einer Gesandtschaft beehrt hatte.

Aber gewiß würde ihr Trupp einige Aufmerksamkeit auf sich lenken, denn zu verschieden waren die Gefährten. Geno konnte relativ unbemerkt hineingelangen, denn Zwerge waren in Braemar gar nicht so ungewöhnlich, und selbst wenn man ihn erkannte, konnte er einfach erzählen, daß er Pwylls bescheuerten Soldaten entkommen sei. Gerbil war bereits in der Nachbarschaft Drochit gewesen, die zwanzig Meilen weiter nördlich lag, und außerdem bekam Braemar des öfteren von Gnomen Besuch. Ein Tylwyth Teg jedoch war so fern von Tir na n'Og kein gewohnter Anblick, jedenfalls nicht in den Tagen der Regentschaft König Kinnemores. Trotzdem rechnete Kelsey für seine Person nicht mit allzu großen Schwierigkeiten.

Die beiden Menschen waren in diesem freundlichen Städtchen sicherlich mehr als willkommen; erkannte man Pwyll allerdings, würde die Nachricht von seiner Ankunft geschwind in aller Munde sein. Und die Rüstung war natürlich berühmter als alles andere in Faerie, und so würde Gary wohl auf Schritt und Tritt von einer neugierigen Menge begleitet werden. In diesen düsteren Zeiten waren nur wenige Ritter unterwegs, und selbst der wohlhabendste von ihnen besaß keine Rüstung, deren Handwerkskunst sich mit der des legendären Cedric Donigarten messen konnte. Wenn Gerbils Bericht stimmte, hatte sich die Kunde von dem Diebstahl schon bis in den Norden verbreitet, und damit war zweifellos auch bekannt, daß Kinnemore die Rüstung zurückhaben wollte. Wer weiß, vielleicht waren schon Freunde der Krone oder gar unabhängige Kopfjäger in der Gegend und warteten nur darauf, Kinnemores Auszeichnungen und seinen Goldsegen empfangen zu können.

Die größten Schwierigkeiten jedoch würde wahrscheinlich Mickey bekommen. Braemar war hauptsächlich von Menschen bewohnt, und nur wenige Menschen kamen beim Anblick eines Kobolds nicht gleich auf die Idee, ihn einzufangen und den berühmten Topf voll Gold zu kassieren. Mickey wagte sich nur selten in eine Stadt hinein und niemals ohne vernünftige Tarnung. Allerdings hatte Kelsey leider den Eindruck, daß seine Illusionszauber in letzter Zeit ziemlich nachgelassen hatten.

»Ich glaube nicht, daß Geldion schon hier ist«, sagte der Elf schließlich. »Und ich möchte gern mehr über Roberts Schritte erfahren. Vielleicht ist er auch schon auf dieser Seite der Berge gesichtet worden, und wenn nicht, so werden wir Vorräte brauchen, um Dvergamal sicher durchqueren zu können.«

Mickey nickte, obwohl er mit dem Elf nicht übereinstimmte– jedenfalls nicht, was die geplante Reiseroute betraf. Kelsey sprach davon, den Wurm zu jagen, Mickey aber wollte nur zum Daumen des Riesen, Roberts Burg, und seinen wertvollen Topf voll Gold zurückholen.

»Dann gehen nur zwei hinein«, schlug der Kobold vor. »Geno und Gerbil – und vielleicht noch …« Er sah zu Pwyll, schüttelte dann aber den Kopf. »… Gary. Aber laß den Speer und die Rüstung hier, Junge. Die wirst du in diesem friedlichen Städtchen wirklich nicht brauchen.«

Als Geno seine beiden Gefährten eine Stunde später durch die unbefestigten Straßen von Braemar führte, wurden nur wenige Augenpaare mit mehr als flüchtigem Interesse auf sie gerichtet. Es war viel Volk unterwegs, die meisten aber hatten es eilig, und nur ein paar stellten ihnen Fragen wie: »Habt ihr von dem Drachen gehört?« oder »Guter Gnom, weißt du, ob Gondabuggan noch steht?«

Mit diesen Leuten hätte Gary sich gern ausführlicher unterhalten – schließlich waren sie aus diesem Grunde hier –, aber Geno wehrte jedes vertraulichere Gespräch rüde ab; meist, indem er dem jeweiligen Fragesteller vor die Füße spuckte. Unbeirrt hielt er auf das große Gebäude in der Mitte zu, auf die »Radnabe«. Gary nahm an, daß er zu Lord Badenoch vordringen wollte, und so stritt er sich nicht mit dem Zwerg. Doch der lief endlich am Hauptgebäude vorbei und betrat ein langgestrecktes, flaches Haus direkt daneben. Gary konnte mit den Runen auf dem Schild über der weitgeöffneten Tür nichts anfangen, wohl aber mit dem Gemälde, das ein kleines Männlein darstellte, das sich friedlich auf einem Grasflecken mit Klee zusammengerollt hatte. Das mußte die Schenke zum Schlummernden Wicht sein.

Es herrschte ein reges Treiben; Männer und Frauen, zumeist aus der Stadt, aßen zu Abend und ergingen sich in Spekulationen über den Drachen und die verschwundene Rüstung.

»Wo setzen wir uns hin?« fragte Gary, aber als er nach rechts und links schaute, mußte er feststellen, daß er längst allein war. Gerbil hatte sich zur Seite gewandt, um mit dem großen, dürren Schankwirt zu reden, und Geno bahnte sich seinen Weg zu einem weit entfernten Tisch, an dem bereits drei Zwerge saßen, indem er hinderliche Leute einfach zur Seite schaufelte. Gary wollte ihm schon folgen, als ihm einfiel, was er über das Benehmen von Zwergen gelernt hatte – am wahrscheinlichsten war, daß die vier ihn einfach packten und rauswarfen, sobald er den Mund aufmachte. Es war wohl klüger, sich einen eigenen Tisch zu suchen.

Er schlängelte sich an der Längsmauer entlang, bis er weit hinter der Bar einen runden Tisch für vier Personen fand, auf dem noch immer das Geschirr der letzten Benutzer stand. Gary schaute sich um, sah, daß niemand etwas gegen seine

Wahl einzuwenden hatte, und setzte sich mit dem Rücken zur Wand. Um in dem Trubel seine Freunde ausfindig zu machen, mußte er sich ganz schön den Hals verrenken.

Geno saß immer noch bei den Zwergen, anscheinend waren es Freunde von ihm, und es sah ganz so aus, als wäre das Abenteuer für ihn bereits beendet. Er war immer nur ein widerwilliger Reisegefährte gewesen; wenn er wirklich ein paar Genossen gefunden hatte und beschloß, mit der Queste fertig zu sein, dann konnten ihn weder Kelseys Schwert noch Mikkeys Tricks hier herausbekommen.

Auf der anderen Seite des Ganges erkannte er Gerbil, der auf dem Tresen saß und entspannt mit dem Wirt plauderte; um sie herum drängten sich neugierige Zuhörer. Gary nahm an, daß sie etwas über den Drachen erfahren wollten, und Gerbil andererseits wollte bestimmt herausfinden, was aus seiner Heimatstadt geworden war.

»Das is mein Dad«, erklang plötzlich eine süße Stimme neben Gary.

Der ließ sich so rasch zurückplumpsen, als habe ihn gerade jemand beim Lauschen ertappt – zu rasch, denn er drohte mitsamt Stuhl umzukippen. Neben ihm stand eine junge Göttin von allerhöchstens zwanzig Jahren, die ihn geschickt bei der Schulter packte und ihm half, sein Gleichgewicht wiederzuerlangen. Ihr Haar schimmerte rot, und sie hatte einen Teint von solcher Frische, daß ihn kein Make-up der Welt noch hätte verbessern können. Ihre Augen leuchteten unschuldig wie die eines Kindes, und Gary überkam das Gefühl, daß sie auf einer Wiese voller Wildblumen großgeworden war und nie etwas anderes als die schlichte Freude der wärmenden Sonnenstrahlen genossen hatte.

»'tschuldige, daß ich dich erschreckt hab.« Sie stapelte das schmutzige Geschirr auf ein Tablett. »Ich heiß Constance, und der, der da mit deinem kleinen Gnomenfreund spricht, is mein Dad.«

»Oh«, antwortete Gary und versuchte, das alles erst einmal zu verdauen. Er hielt ihr die Hand hin, sah gerade noch rechtzeitig den Straßenstaub und wischte ihn an der Hose ab, dann streckte er sie ihr erneut entgegen. »Schön, dich kennenzulernen, Constance«, sagte er lahm und lächelte gezwungen. Er war immer noch verlegen.

»Ich hab dich noch nie hier gesehen. Bist du auf der Durchreise, oder suchst du Schutz vor dem Drachen?«

»Was weißt du von dem Drachen?« Es gelang ihm nicht, seine Nervosität zu verbergen. »Ist er hier gesehen worden?«

»Manche sagen, daß sie ihn gesehen haben, aber ich glaube, die wollen sich bloß wichtig machen«, sagte sie und zwinkerte ihm verschmitzt zu. Das Zwinkern ging ihm durch und durch. Sie war wunderschön, und obwohl sie höflich war und ihn in keiner Weise anmachte, so schimmerte doch auch etwas Wildes durch, das einem schon den Kopf verdrehen konnte.

»Die einzige halbwegs glaubwürdige Nachricht kommt aus Drochit«, fuhr Constance fort. »Da soll ein Gnom gewesen sein und erzählt haben, daß Robert Gondabuggan angegriffen hat. Dann soll er weiter nach Westen gezogen sein, der Gnom, nach Dilnamarra. Er will wohl mit dem dicken Pwyll reden und rauskriegen, was mit Donigartens Rüstung ist. Denn das soll beides irgendwie zusammenhängen, sagt man.«

Gary nickte und tat, als ob das alles neu für ihn wäre.

»Wie auch immer, es ist jedenfalls ganz schön aufregend, hm?« fragte sie, und als er zustimmend nickte, hätte ihn ihr Lächeln fast vom Stuhl gefegt. »Und wer bist denn du?«

Im ersten Moment bekam er nicht einmal mit, daß sie ihm

eine Frage gestellt hatte. »Gary Leger«, antwortete er dann, ohne nachzudenken.

»Ein seltsamer Name«, sagte sie leichthin und zog die schöne Stirn in Falten, als müsse sie nachdenken, wo sie den Namen schon einmal gehört hatte.

»Aus Bretaigne, von hinter den Cancarronbergen«, fügte er rasch hinzu. Das war die Geschichte, die Mickey sich damals für ihn ausgedacht hatte.

»Aah«, lächelte Constance. »Dann bist du derjenige, der in Dilnamarra war, wegen der Rüstung!«

Da begriff Gary plötzlich, welchen Fehler er gemacht hatte. Es war ganz und gar nicht gut, in irgendeine Verbindung mit den Ereignissen in Dilnamarra gebracht zu werden – nicht, solange ihnen Prinz Geldion auf den Fersen war.

»Nein«, sagte er, verzweifelt um einen gleichgültigen Tonfall und eine glaubhafte Geschichte bemüht. »Das war jemand anders, ein Cousin – glaub ich jedenfalls, denn ich hab ihn nie kennengelernt.«

Ihr skeptischer Blick zeigte nur zu deutlich, wie lächerlich das klang. »Oh«, machte sie nur.

»Jawohl, ich hab ihn nie kennengelernt«, wiederholte er und sah sich nach Geno und Gerbil um; am liebsten wäre er im Erdboden versunken.

»Was hättest du denn gern?« fragte sie ganz unerwartet und lächelte so natürlich und verlockend wie zuvor.

Gary konnte nur stammeln.

»Die Lauchsuppe wärmt einen wunderbar durch«, schlug sie vor.

»Ist mir recht«, antwortete er, und Constance wandte sich zum Gehen. Auf einmal fiel ihm ein, daß es Schwierigkeiten geben konnte, und er erwischte sie gerade noch beim Ellenbogen.

Sie drehte sich so abrupt zu ihm um, daß er sie rasch wieder losließ. »Entschuldige bitte.« Sie schien es ihm aber nicht übelgenommen zu haben. »Entschuldige, aber ich hab gar kein Geld.«

»Oh.« Jetzt war sie wirklich verblüfft. »Du bist auf Reisen und hast nicht einen Penny dabei?«

»Meine Freunde ...«, begann er, aber dann wußte er nicht recht, was er sagen sollte.

»Geh sie fragen«, schlug Constance vor. »Und wenn sie nichts für dich haben, werd ich mit meinem Dad reden. Er wird dir schon irgendeine Arbeit verpassen, da mach dir mal keine Sorgen. Ich hab noch nie erlebt, daß er jemanden mit leerem Magen weggeschickt hat!« Sie wandte sich ab und sprang davon, ein junges Fohlen auf einer offenen Weide, und Gary sank völlig entzückt gegen die Lehne.

Aber sein Lächeln sollte ihm rasch wieder vergehen – als er feststellen mußte, daß da jemand ein auffälliges Interesse für ihn bekundete. Vier Männer, die wie die Stadtleute hier gekleidet waren, aber lange Dolche im Gürtel trugen, sahen mit grimmigen, unrasierten Gesichtern zu ihm herüber. Als Constance an ihnen vorbei wollte, hielten sie sie auf und stellten ihr ein paar Fragen, und dabei schauten sie die ganze Zeit zu ihm herüber. Er kam sich vor wie auf dem Präsentierteller.

Sie ließen Constance ohne Zwischenfall weitermachen und plauderten ein Weilchen miteinander, als ob alles ganz normal und selbstverständlich sei. Aber ab und zu sah einer von ihnen hinüber und faßte ihn, den Fremden, fest ins Auge.

Die Minuten verstrichen, und Gary fühlte, wie die Spannung zunahm. Er kam sich furchtbar einsam und gefährlich fehl am Platze vor, und die ganze Stadt schien ihm plötzlich gar nicht mehr so gastfreundlich zu sein. Er fragte sich, was er nur tun konnte, und erst in diesem Moment wurde ihm klar, daß er den beseelten Speer und die Rüstung nicht mitgenommen hatte.

»Wo bleibst du denn, Geno«, murmelte er. Hoffentlich kamen ihm die Zwerge zu Hilfe, wenn die Schlägerei losging. Aber zu seinem Schrecken war deren Tisch leer, und Geno und seine Freunde waren verschwunden. Gary stöhnte leise; er konnte nur vermuten, daß Geno sich abgesetzt und ihn im Stich gelassen hatte.

Inzwischen starrten ihn die vier Männer unverwandt an, und alle seine Instinkte rieten ihm, die Beine in die Hand zu nehmen und um sein Leben zu laufen. Und dann begannen die Männer miteinander zu flüstern und standen auf.

Doch plötzlich legte ihm jemand die Hand auf die Schulter, und Gary wäre zu Boden gegangen, wenn Geno ihn nicht gepackt und aus dem Stuhl gerissen hätte.

»Komm«, sagte der Zwerg, und Gary konnte auch gar nichts anderes tun, als ihm gebückt zu folgen, denn Geno hielt seine Schulter immer noch fest gepackt. Sie stürzten auf eine Seitentür zu, die von Gerbil aufgehalten wurde und in einen Anbau mit den Privatzimmern führte.

»Da kommen welche«, sagte Mickey, der am Rande des Felsvorsprunges saß, und Kelsey und Baron Pwyll krochen neben ihn.

Mickey zeigte zur Straße hinab, aber es war offensichtlich, wen er damit gemeint hatte. Sechs Reiter näherten sich der Stadt, und alle waren sie entweder mit einem Langbogen oder mit einem gegürteten Schwert bewaffnet.

»Es ist wohl damit zu rechnen, daß die Leute aus der ganzen Umgegend in die Stadt strömen und kampfbereit sind«, murmelte Kelsey, während er grübelte, was die Ankunft der Männer wohl zu bedeuten hatte – falls sie überhaupt etwas zu bedeuten hatte. »Vielleicht hat Lord Badenoch selbst zu den Waffen gerufen.«

Mickey nickte hoffnungsvoll, aber Baron Pwyll war nicht überzeugt. »Selbst dann kann er diesen Trupp nicht erwartet haben«, flüsterte er. »Da, der Mann, der sie anführt.« Er zeigte auf einen kräftigen, breitschultrigen Mann mit einem buschigen, schwarzen Bart. Der Fremde ritt einen gewaltigen Rotschimmel und trug keinen Bogen, sondern hatte sich ein enormes Breitschwert auf den Rücken geschnallt, dessen Knauf sogar noch seinen Kopf überragte.

»Ihr kennt ihn?« fragte Mickey.

»Das ist Rotarm«, erklärte Pwyll. »Er heißt so wegen einer Verletzung, die er sich beim Schwertkampf zugezogen hat und die einen geringeren Mann sicher umgebracht hätte. Nach allem, was ich gehört habe, ist er einer von Geldions Lakaien.« Der Baron schüttelte den Kopf. »Nein, die kommen bestimmt nicht, weil Badenoch zu den Waffen ruft.«

Mickey und Kelsey tauschten ernste Blicke aus, und beide sahen unvermittelt zu der leeren Rüstung hinüber, die hinter ihnen im Buschwerk versteckt lag.

Ausritt um Mitternacht

»Wach auf.« Das Flüstern, mit dem ein wiederholtes Schulterklopfen einherging, klang scharf und drängend. Gary hatte es sich jedoch gerade in einem wunderbaren Traum gemütlich gemacht, in dem er zusammen mit Diane durch den schönen Tir na n'Og spazierte und sogar ein paar seiner Freunde dabeihatte, um ihnen die andere Seite von Gary Leger zu zeigen, die heldenhafte Seite.

»Wach auf!« Diesmal wurde dem Befehl Nachdruck verliehen, indem irgend jemand Gary an die Wange schnipste. Er öffnete die Augen und machte die Umrisse von Gerbil neben sich aus. Der Gnom schien Angst zu haben, aber Gary hatte keine Ahnung, was nun wieder los sein sollte. Der Raum lag vollkommen still da, und die Nacht hinter dem hochgeschobenen Fenster war dunkel. Es gab keinen Mond in dieser Nacht, nur Stille.

Gary reckte sich; der Raum hatte nur ein Bett, und das hatte Geno in Beschlag genommen – unverständlicherweise, denn der Zwerg hatte die Decken zur Seite geschlagen und sich auf die bloßen Latten gelegt. Gary war an die Wand gelehnt auf dem Fußboden eingeschlafen. Sein Gähnen klang dem armen, empfindsamen Gerbil auf einmal viel zu laut, und so hielt ihm der Gnom den Mund zu.

Gary schob ihn fort. »Was?« fragte er leise, aber bestimmt.

Gerbil sah nervös zur Tür. »Man hat uns entdeckt, das könnte jedenfalls sehr wohl möglich sein«, antwortete er. Gary setzte sich aufrecht hin und rieb sich den Schlaf aus den Augen, während Gerbil auf einen Stuhl kletterte und wagemutig den Leuchter entzündete, der auf dem kleinen Schreibtisch stand. Erst im schwachen Kerzenschein stellte Gary fest, daß Geno gar nicht mehr im Zimmer war.

Im Flur war Lärm zu hören, ein Poltern und mehrere dumpfe Schläge. Gerbil hüpfte vom Stuhl und trippelte zur Tür hinüber, dann sah er Gary kurz an und griff vorsichtig nach dem hohen Knauf.

Die Tür wurde aufgestoßen, und der arme Gerbil hing plötzlich in der Luft, während er sich am Knauf festhielt und mit den Beinen strampelte.

»Das Fenster!« rief Geno und stürmte ins Zimmer. Schlitternd kam er zum Halt, wirbelte herum und schlug mit dem Hammer zu. Gary stöhnte, als er hörte, wie die Kniescheibe von Genos Verfolger zu Bruch ging. Der Mann heulte auf und schlug der Länge nach hin, die Hände um das Knie geklammert.

»Das Fenster!« rief Geno wieder, packte Gerbil bei der freien Hand und riß ihn vom Türknauf los. Sofort zog der Gnom eine Flasche vom Gürtel, öffnete sie mit den Zähnen und schüttete sich den Inhalt auf die Kleidung.

»Wirf mich!« bat er Geno, und der hatte bereits selbst mit dem Gedanken gespielt. Mit einem Arm wirbelte der kräftige Zwerg den fünfundsiebzig Pfund schweren Gnom einmal, zweimal über dem Kopf herum und schleuderte ihn dann durch den Raum.

Gary wollte seinen Augen kaum trauen, als er sah, wie Gerbil rasch an Schwung verlor, und es so aussah, als werde er im nächsten Moment auf den Boden krachen. Und doch schwebte er weiter, drehte ein paar perfekte Saltos, die in einem zeitlupenhaften Kopfsprung endeten, mit dem er durch das offene Fenster verschwand, ohne den Holzrahmen auch nur zu streifen.

Geno wandte sich wieder dem Flur zu und sah sich drei weiteren Gegnern mit gezückten Dolchen gegenüber – es handelte sich um die Truppe, die Gary in der Schenke gesehen hatte.

»Das Fenster!« brüllte der Zwerg ihn an. Gary sah hinaus, und dann sah er verwundert wieder zu Geno, denn soviel Selbstlosigkeit hatte er ihm gar nicht zugetraut. Geno hatte sich zu gar nichts verpflichtet, weder dazu, auf ihn aufzupassen, noch überhaupt zur Teilnahme an dieser ganzen Reise. Und dennoch war er hier, kämpfte wie ein Berserker und wollte, daß Gary sich absetzte, während er den Feind in Schach hielt.

Da erst begriff Gary richtig, wie dringlich die ganze Angelegenheit war und in welch verzweifelte Situation der gefürchtete Drache ganz Faerie gebracht hatte. Aber der junge Mann beschloß, den Zwerg nicht im Stich zu lassen. Vielleicht zum ersten Mal in seinem Leben – nein, zum zweiten Mal, wenn er seinen ersten Trip nach Faerie mitzählte – nahm Gary Leger an etwas teil, was über sein eigenes, kleines Leben hinausging. Und darum wollte er sich neben Geno stellen und zur Not mit bloßen Fäusten gegen die Dolchschwinger kämpfen.

»Einen Moment … beim Fenster.«

Der stumme Ruf erklang in seinem Kopf, und er erkannte die Stimme sofort. Er hatte keine Ahnung, wie Cedrics Speer dorthin gekommen war, jedenfalls lag er jetzt auf den Rosensträuchern unterm Fenster und wartete nur auf ihn.

Geno beschrieb mit seinem schweren Hammer einen weiten Bogen, doch er kam an die drei flinken Männer nicht heran, die sich vor ihm verteilt hatten. Und kaum war die Waffe an ihnen vorbeigesaust, da brachten sie ihre Dolche auch schon nach vorn. Geno aber kam mit einem Rückhandschlag, und so mußten sie erneut nach hinten springen.

Diesmal jedoch ließ Geno den Hammer los. Hart wirbelte er einem Mann gegen die Brust und trieb ihm die Luft aus der Lunge. Dabei taumelte der rückwärts, krachte gegen die Tür und sackte benommen zu Boden.

Einer seiner Kumpane knurrte, als die Waffe an ihm vorbeiflog, und machte einen wilden Ausfall. Doch schneller, als er gedacht hatte, zog Geno einen weiteren Hammer hervor und zerschlug ihm damit die Finger.

Der Dolch, an dessen Klinge Zwergenblut klebte, fiel zu Boden. Geno hatte nur einen Kratzer abbekommen, aber als der verwundete Mann sich zurückzog, wartete schon der vierte der Truppe, in jeder Hand eine Klinge wurfbereit über dem Kopf.

Geno stürmte voran und wollte den Messerwerfer über den Haufen rennen, wurde aber von dem Mann behindert, der neben ihm stand. Der Zwerg blockte einen der Dolche ab, der andere aber fuhr ihm tief in den Schenkel. Mordlustig sah er den Werfer an, nur um festzustellen, daß dieser bereits weitere Dolche gezückt hatte.

Geno ließ sich zur Seite fallen, reckte den Hammer schützend empor, und irgendwie schaffte er es tatsächlich, den tödlichen Waffen zu entgehen. Doch nun war er ungeschützt, hatte keinen sicheren Stand mehr, und da war ja nicht nur der unverletzte Angreifer, sondern da kam auch derjenige, der gegen die Tür geknallt war; und selbst der Mann mit den gebrochenen Fingern hielt wieder auf ihn zu.

Doch dann sauste die gewaltige schwarze Spitze eines riesigen Speeres zwischen den Gegnern durch die Luft und zwang die drei Männer zurück. Jetzt kam Gary Leger mit grimmigem Gesicht, er ließ seine mächtige Waffe wild hierhin und dorthin tanzen und nutzte ihre Länge voll aus, so daß die Männer mit ihren viel kürzeren Waffen nicht mehr an Geno oder ihn herankonnten.

»Das Fenster!« rief der junge Held seinem Zwergenfreund zu.

Plötzlich torkelte ein fünfter Mann ins Gemenge; Gary riß rasch den Speer zurück, um ihm nicht den Bauch aufzuschlitzen. Aber das hätte auch nichts mehr gemacht, denn der Mann sah Gary aus gebrochenen Augen an und fiel um. Ein Elfenpfeil steckte ihm im Rücken, direkt unter dem Schulterblatt, und es sah ganz so aus, als stecke die Spitze in seinem Herzen.

Gary drehte sich der Magen um, aber er schluckte tapfer und hielt an seiner wilden Verteidigung fest.

Geno gab ihm einen Klaps auf den Hintern und machte sich davon. Mit einem langen Schrei spurtete er durch den Raum und hechtete durch das Fenster in die Nacht hinaus.

Gary hörte Pwyll kreischen und vermutete, daß das Zwergengeschoß den dicken Baron wohl nur knapp verfehlt hatte.

»*Hoch!*« Die Warnung des beseelten Speeres kam gerade noch rechtzeitig. Gary riß seine Spitze nach oben und wehrte damit einen fliegenden Dolch ab. Instinktiv riß er den Speer zur anderen Seite, um seine Flanke zu schützen, und grinste wütend, als die Spitze einem heranspringenden Mann tief ins Fleisch fuhr. Gleich darauf fiel der Mann, schrie vor Qual auf, und Gary brüllte ebenfalls, nur um die Schreie zu übertönen.

»Nein!« knurrte er, als sein Blick wieder auf den Mann fiel, den Kelseys Pfeil getroffen hatte. Still lag er da, in der unmißverständlichen Friedlichkeit des Todes. Garys Abscheu war zu nichts nütze und machte ihn hilflos, und als er das begriff, begrub er seine Schwäche unter der Hülle schierer Wut.

Mit neuer Wildheit schoß er auf einmal nach vorn und trieb die verbliebenen Männer zurück. Mitten im Schlag stoppte er und täuschte einen kurzen Stoß an, der den vordersten Mann zwang, den Bauch einzuziehen und auf Zehenspitzen zurückzuspringen, wodurch er im nächsten Moment nach hinten umkippte und gegen seine Kumpane prallte.

Gary drehte sich um und rannte zum Fenster. Trotz seines Ekels konnte er sich ein Grinsen nicht verkneifen, denn er fühlte sich an alte Filme mit Errol Flynn erinnert. Als er nahe beim Fenster war, brachte er die Spitze des Speeres nach unten, um mit einem verwegenen Stabhochsprung nach draußen zu gelangen.

Aber seine Berechnungen waren nicht annähernd korrekt,

denn die Spitze des verzauberten Speeres wurde tief in die Dielen getrieben, blieb dort stecken und raubte ihm den Schwung. Bis der Schaft senkrecht stand, ging es hoch in die Luft, dann aber flog er nur noch abwärts, und am Schluß fand Gary sich hinter der feststeckenden Waffe auf den Knien wieder.

Er sah, wie sich seine Feinde bei der Tür sammelten, und die sahen ihn und begriffen rasch, in welcher Klemme er steckte.

Er riß und zerrte an dem Speer, bog den metallenen Schaft zu sich, aber es wollte ihm nicht gelingen, die Spitze aus dem Holz zu lösen. Er wollte fliehen, wollte durch das Fenster hechten, aber er konnte den Speer doch nicht zurücklassen – nicht in den Händen dieser Männer, die ganz offensichtlich für Prinz Geldion arbeiteten.

Aber dennoch, welche Wahl hatte er? Drei der grausamen Männer kamen näher, und wahrlich, sie geiferten beim Gedanken an einen so leichten Mord, und der vierte hüpfte auf seinem gesunden Bein hinterdrein. Bis zum allerletzten Moment zerrte Gary kräftig an dem Schaft, dann ließ er ihn mit einem Aufschrei los.

Mit äußerster Wucht federte der Speer in die andere Richtung. Der vorderste Mann hielt sich schützend einen Arm vor den Leib und heulte auf, als der Knochen brach und die zersplitterten Enden aus dem Fleisch ragten, direkt vor seinen ungläubigen Augen. Der Mann floh, rannte stracks in einen Kumpanen hinein, und die beiden taumelten und stürzten über den Mann mit der zerschmetterten Kniescheibe.

Gary konnte es kaum glauben. Nun wollte er den Speer doch nicht aufgeben, und gleichzeitig mit dem letzten verbliebenen Mann erreichte er die zitternde Waffe. Doch dann sprang er rasch zurück, denn irgend etwas hatte ihm in die Seite geschlagen.

Als er nach unten schaute, hielt er vor Erstaunen in der Bewegung inne. Da war ein Loch in seiner Kleidung, und Blut durchnäßte den zerfetzten Stoff über der Hüfte.

Ich habe einen Dolchstoß abbekommen! Dieser Gedanke schoß ihm durch den Kopf, erschreckte und verwirrte ihn, denn eigentlich fühlte es sich nur so an, als ob er einen Schlag erhalten hätte; der Schmerz war dumpf und nicht allzu stark. Dennoch war der Anblick mehr, als Gary ertragen konnte, und er hörte auf zu denken und bekam auch den Urschrei schieren Überlebenswillens nicht mehr mit, der ihm aus der Kehle drang.

Sein Gegner war gut ausbalanciert, geduckt stand er da, den blutverschmierten Dolch zum Stoß bereit. Er riß die Waffe hoch, um Garys wütenden linken Haken abzuwehren, aber Gary stöhnte nicht einmal auf, als Faust und Arm über die Klinge streiften, sondern schlug dem überraschten Mann mitten ins Gesicht. Dann setzte er mit der rechten Faust nach, sie kam noch über die hochrollende Schulter hinweg und hatte damit freie Bahn bis zum Kinn.

Den nächsten linken Haken versuchte der Mann nicht einmal mehr abzuwehren, und Gary donnerte ihm die Faust gegen das Kinn, so daß sein Kopf nach hinten kippte.

Dies war der reinste Straßenkampf und kein sportliches Boxturnier; der wildgewordene Gary sah nicht richtig, zielte nicht richtig, sondern drosch einfach nur drauflos, links, rechts, links, rechts. Sein eigenes Gebrüll bewahrte ihn davor, weder die kräftigen Schläge hören zu müssen noch die Knochen, die in Knöcheln und Kiefern zugleich knackten.

Der Mann fiel nach hinten, aber Gary schlug weiter zu; vier seiner Schwinger fuhren durch die leere Luft, bevor er auch nur begriff, daß er seinen Gegner niedergeschlagen hatte. Schließlich fand er seine Selbstbeherrschung wieder und sah den Mann am Boden liegen. Mit unbeholfenen Bewegungen versuchte sein Gegner aufzustehen, dabei schien er sich nicht einmal mehr daran erinnern zu können, wo er war und wer er war. Irgendwie kam er auf alle viere, und Gary wollte ihn schon niedertreten, da purzelte er von allein auf die Seite, lag reglos da und ächzte.

Gary griff sich an die Seite. Als er die Hand wieder hochnahm und das viele Blut auf ihr sah, wimmerte er. Alles war in wenigen Sekunden geschehen – die anderen drei Männer hatten sich noch nicht einmal entwirrt. Gary bückte sich nach dem Speer, umklammerte den Schaft mit seinen schmerzenden Händen und zog mit aller Kraft.

Das Hin- und Herschwingen hatte die Speerspitze gelokkert, und jetzt kam sie leichter aus dem Fußboden, als Gary vermutet hatte. Den Speer unvermittelt in der Hand, stolperte er nach hinten gegen die Fensterbank und dann mit einer Rolle rückwärts aus dem Fenster. Seine Schuhspitzen zerschlugen die Unterkante des hochgeschobenen Fensterrahmens mitsamt der Scheibe, dann landete er auch schon mit voller Wucht in dem dornigen Rosenbusch.

»Verflucht!« ächzte er und sah aus seinem natürlichen Gefängnis empor. Einer der Männer beugte sich aus dem Fenster – hatte dann aber plötzlich einen Hammer mitten im Gesicht und fiel wieder ins Zimmer zurück.

»Wurde ja auch Zeit, Junge«, hörte Gary den Kobold. Er wollte sich nach ihm umsehen, aber die Dornen, die ihm im Nacken steckten, belehrten ihn eines Besseren.

Und schon waren Baron Pwyll und Gerbil zur Stelle, um ihn zu befreien, während Geno mit einem Hammer in der Hand das Fenster im Auge behielt.

»Dann mal los«, sagte Mickey. »Wir sollen Kelsey unten auf der Südstraße treffen, und er wird garantiert nicht in die Hände klatschen, wenn wir uns verspäten!« Hinter ihm wieherten die

Reittiere unruhig, ohne jedoch auszubrechen. Garys Pferd hatte einen großen Sack auf den Rücken geschnürt bekommen, darin klapperten die Einzelteile von Cedrics Rüstung.

Schließlich bekamen sie Gary aus den Dornen heraus – Geno schleuderte noch rasch einen Hammer ins Zimmer, um die letzten beiden hartnäckigen Verfolger zu beschäftigen – und eilte zu den Reittieren. Pwyll hob Gerbil auf sein Pferd, aber der schien nicht sonderlich begeistert von einem so riesigen Tier zu sein. Doch bevor der kleine Gnom überhaupt ein Bein hinübergeschwungen hatte, zeigte er die Straße hinab und flüsterte: »Ärger, o ja.«

»O ja«, wiederholte Gary. Ein kurzes Stück hinter der Schenke säumte ein halbes Dutzend Reiter die Straße. Sie sahen zu den Freunden herüber und schienen fast amüsiert zu sein. Einer der Männer trug eine komplette Metallrüstung in der Art von Cedric Donigarten und eine lange Lanze mit einem Banner, auf dem der Löwe und das Kleeblatt von Connacht prangten. Über seiner Schulter war ein gewaltiger Schwertknauf zu sehen, den Mickey und Baron Pwyll schon kannten.

»Ergebt euch oder ihr seid des Todes!« rief der Ritter.

»Fünf gegen sechs«, murmelte Geno hämisch. »Wenn der verfluchte Elf hier wäre, sogar Gleichstand.«

»Ich glaub, Kelsey hat schon alle Hände voll zu tun«, sagte Mickey.

»Tja«, antwortete der Zwerg, ohne im geringsten beeindruckt zu sein. »Dann wird Kelsey wohl den ganzen Spaß verpassen.«

»Nicht so hastig«, flüsterte Mickey von seinem Platz vor Garys Sattel aus. »Ich kenne diesen Ritter, und ich weiß genau, daß er vor kurzem noch nicht in dieser Rüstung gesteckt hat, als er nämlich in die Stadt geritten ist.«

»Na und?« Genos Frage spiegelte keinerlei Unsicherheiten, keinerlei Ängste wider.

»Er hat Freunde hier. Mehr Freunde, als wir hier sehen können, da bild dir mal nichts ein.«

»Bogenschützen in der Hecke«, flüsterte Gary und machte eine Kopfbewegung nach rechts, und noch während er sprach, erklangen mehrere Männerstimmen im Gelände hinter ihnen.

Baron Pwyll ächzte.

»Hast du vielleicht irgendeinen Trick auf Lager?« fragte Gary den Kobold.

Der zuckte mit den Achseln. »Meine Zauberkraft ist momentan nicht so toll«, antwortete er aufrichtig. »Und selbst wenn alle anderen drauf reinfallen, der Ritter ganz bestimmt nicht.«

Gary hatte ganz den Eindruck, als ob sie nicht viel anderes tun konnten, als sich zu ergeben. Doch damit wäre Baron Pwyll auf jeden Fall verloren, und als Garys Blick auf den wertvollen Speer fiel, begriff er, daß der Preis noch weit höher sein mochte.

»Ergebt euch, oder ihr bekommt die Spitze meiner Lanze zu spüren!« bellte der Ritter. »Ich habe weder die Zeit noch die Geduld, länger zu warten!«

Gary rief sich alles ins Gedächtnis, was er über Ritterlichkeit und deren Ehrenregeln wußte, denn es war offensichtlich, daß dieser Mann von Ehrgefühl bewegt wurde, so verschroben es auch sein mochte. Gary lächelte breit; was seine Freunde brauchten, war ein Ablenkungsmanöver. Er hob Mickey vom Pferd und setzte ihn auf dem Boden ab.

»Klettere zu Geno rauf«, erklärte er leise. »Ihr werdet schon sehen, wann es losgeht.«

»Was hast du vor?« fragte Mickey. Er klang nicht sonderlich begeistert.

Aber Gary schenkte ihm keine Beachtung mehr, sondern stieg bereits auf sein Pferd.

»Meine Freunde werden sich ergeben«, rief er zu dem Ritter hinüber.

»Sobald Gnomen fliegen können«, grollte Geno, aber Gerbil machte ihm mit einem Grinsen klar, wie schwach der Spruch inzwischen war.

»Aber vorher, Herr Ritter, müßt Ihr mich im Ehrenkampf schlagen«, beendete Gary seinen Satz. Er konnte das Gesicht hinter dem Visier nicht sehen, aber er vermutete, daß das Metall ein breites Grinsen verbarg.

»Mein lieber Gary Leger aus Bretaigne«, begann der Ritter, und er kicherte bei jedem Wort und schob langsam das geschlitzte Visier nach oben.

»Diesen Typen entgeht aber auch gar nichts«, flüsterte Gary überrascht.

»Du hast dich von deinem Stolz blenden lassen«, fuhr der Ritter fort. »Hast du denn völlig vergessen, daß du gar keine Rüstung trägst?« Seine Kameraden brachen in Gelächter aus – in ein viel zu lautes Gelächter, erkannte Gary, und das zeigte deutlich, welchen Respekt sie vor diesem Mann hatten. Einer von ihnen ritt jedoch neben dem Ritter und flüsterte ihm etwas ins Ohr, was er ganz offensichtlich gar nicht gern hörte.

»Ich weiß!« brüllte er und stieß den Mann beiseite.

»Sie wollen ihn lebend bekommen«, hörte Gary Mickey flüstern. Der Kobold flüsterte Geno noch mehr zu, aber Gary konnte nur den Namen »Ceridwen« ausmachen.

»Wie heißt eigentlich der Ritter?« flüsterte er nach hinten.

»Seinen richtigen Namen kenne ich nicht«, sagte Baron Pwyll. »Aber er wird Rotarm genannt.«

»Ob ich das vergessen habe?« fuhr Gary den Ritter an. Er reckte den Speer des Cedric Donigarten. »Guter Rotarm, hast du denn völlig vergessen, daß mein Speer leichter durch deine bejammernswerte Rüstung fahren wird, als deine

Lanze mir auch nur die Haut ritzt?«

Das Gelächter brach abrupt ab.

»Meinen Dank, junger Sproß«, erscholl es in Garys Kopf.

»Nichts zu danken«, flüsterte Gary der beseelten Waffe zu.

»Jüngelchen«, warnte Mickey.

»Sind diese Pferde eigentlich so schnell, wie Kelsey gesagt hat?« fragte Gary leise.

»Schneller«, antwortete der Kobold.

»Dann macht euch bereit, es zu beweisen. Diese Typen – und die Bogenschützen auch – werden sich mehr für den Zweikampf als für euch interessieren. Besonders Rotarm.«

»Jüngelchen«, sagte Mickey erneut, doch der Zwerg zog ihn schon aufs Pony. Es war klar, was Gary vorhatte.

»Jüngelchen«, hauchte Mickey, der sich damit gar nicht anfreunden wollte.

»Dann mal gute Reise in die Unterwelt«, sagte Geno gelassen. »Obwohl ich den Speer wirklich ungern verliere.«

»Hey, Geno«, sagte Gary und grinste ebenso gehässig wie der Zwerg. »Schlürf doch 'nen Teich leer.«

»Danke. Das hab ich schon öfters gemacht. Gibt nichts Besseres nach einem heißen Tag am Schmiedeofen.«

Gary band den Sack mit der Rüstung los und reichte ihn Pwyll, der fast vom Pferd fiel, als er ihn nahm. »Ach, bevor ich's vergesse«, sagte Gary zu dem Zwerg, »wie hast du den Gnom so weit werfen können?« Das mußte er unbedingt noch wissen, bevor er sich auf seinen vielleicht letzten Ritt machte.

Gerbil antwortete: »Antischwerkraft ...«

»Schon gut«, schnitt Gary ihm kopfschüttelnd das Wort ab, eine Hand erhoben.

»Ich warte, Gary Leger aus Bretaigne!« grollte Rotarm und ritt ein Stück näher, was ihn noch größer und mächtiger erscheinen ließ.

»Wir werden sterben, allesamt«, murmelte Pwyll.

Gary ignorierte den düsteren Baron und ritt langsam vorwärts. Er betrachtete Rotarm, die Straße und die Felder und wußte, daß sein Entschluß purer Verzweiflung entsprang. Vielleicht hatte Baron Pwyll recht, jedenfalls soweit es Gary betraf, aber selbst wenn, Gary wollte nicht verzweifeln. Wieder fühlte er sich als Teil einer größeren Sache, und wenn nur sein Tod seinen Freunden die Flucht ermöglichte, dann sollte es eben so sein. Gary hielt inne, als er die Konsequenzen erwog; in seiner eigenen Welt war ihm noch niemals so zumute gewesen.

Dann senkte er den mächtigen Speer.

»Falls ich gewinne, dürfen meine Freunde frei ihrer Wege gehen«, erklärte er.

»Wie du wünschst«, gab Rotarm sofort zurück, und Gary wußte, daß der großspurige Ritter kein Wort ernst gemeint hatte – und ohnehin nicht glaubte, daß Gary gewinnen könnte.

Dies war wohl die schwerste Sache, die er je gemacht hatte, etwas, das gegen seine stärksten Überlebensinstinkte verstieß. Aber er biß die Zähne zusammen und trat seinem Pferd in die Flanken, befahl den Schellen zu klingeln und donnerte die Straße hinab. Das Donnern der Hufe verdoppelte sich, als Rotarm ebenfalls angriff, seine lange, tödliche Lanze treffsicher auf Gary gerichtet.

Gary wechselte auf die linke Seite der Straße, fort von den Bogenschützen, preßte den Speer mit dem linken Arm an den Körper und hielt die Zügel fest in der rechten Hand. Erst im Galopp merkte der junge Mann, daß er wirklich ernst verletzt sein mochte, und seine zerschlagenen Hände schmerzten so übel, daß er fürchtete, den Speer vielleicht gar nicht mehr halten zu können. Er versuchte, die plötzlich so scharfen Schmerzen zu unterdrücken, und hielt den Blick fest nach vorn gerichtet.

»Oh, kühner Sproß!« erklang ein Schrei des Speeres in seinem Kopf, ein Schrei, der zeigte, wie aufregend der Speer es fand, wieder einmal einen Zweikampf zu führen.

»Ach, halt die Klappe«, grollte Gary vor lauter Angst; er verzog das Gesicht und versuchte, das Gleichgewicht zu halten, so gut es ging, versuchte, den Speer auf eine Weise nach vorn zu halten, die einigermaßen nach einer Attacke aussah.

Die beiden Gegner näherten sich einander, die Waffen nach vorn gereckt, auch wenn Garys langsam absank, die Elfenschellen klingelten, und die Pferde schnaubten vor Anstrengung. Mit grimmigem Gesicht donnerte Gary vorwärts und röhrte vor Wut und vor Schmerzen.

Und dann, im letzten Moment, wich er dem Ritter aus, bog von der Straße ab und verschwand in wildem Galopp in der Dunkelheit.

»Junger Sproß!« protestierte der Speer.

»Halt die Klappe!« brüllte Gary.

Rotarm brauchte einen Moment, bis er begriff, was gerade geschehen war. »Falschspieler!« brüllte er dann hinter den leiser werdenden Elfenschellen her. »Feigling! Bringt ihn um! Bringt sie alle um!« Wütend sah der Ritter zur Schenke, vor der Garys Freunde hätten stehen müssen. Die Illusion eines Pferdes und eines Ponys verblaßte eben.

Die überraschten Bogenschützen schossen Gary ein paar Pfeile hinterher, dann kamen sie aus dem Gebüsch und kratzten sich an den Köpfen.

Der Wind, der Gary ins Gesicht wehte, schmeckte so sehr nach Freiheit, daß er die Schmerzen fast auslöschte. Gary hatte die Feinde überlistet, indem er ihr striktes Festhalten an überlieferten Regeln gegen sie verwandt hatte; es war klar gewesen, daß sie sich nicht einmal vorstellen konnten, daß jemand einen Ehrenkampf einfach abbrach. Aber Gary war keiner von denen, die Ehre mit Dummheit verwechselten. Er hatte keine Rüstung an, ja, er hatte nicht einmal einen Schild, mit dem er Rotarms tödliche Lanze hätte abwehren können.

Nicht allzuweit entfernt schwirrte ein Pfeil durch die Luft, aber das Hufgetrampel weit hinter ihm machte ihm mehr Sorgen. Er duckte sich tief in den Sattel, befahl den Schellen zu schweigen und verließ sich ganz auf sein Roß.

Kelsey hatte nicht gelogen; während Gary über die hügeligen Felder flog, wurden die Geräusche seiner Verfolger rasch leiser. In der Ferne erklangen Elfenschellen. Das mußten seine Freunde sein. Jedenfalls schien auch sein Reittier das zu denken, denn es gehorchte Gary nicht länger, sondern hielt auf das Klingeln zu. Einige Augenblicke später tauchte eine dunkle Linie vor ihnen auf, wahrscheinlich eine Mauer. Ganz gleich, was Gary davon halten mochte, das Tier zog das Tempo noch an und wich nicht zur Seite aus.

Im Fernsehen sah Springreiten immer ganz einfach aus. Und tatsächlich flog das Pferd aus Tir na n'Og einfach über die niedrige Mauer hinweg, mehr als ein Dutzend Fuß weit.

Aber dann mußten sie landen, und ab diesem Moment hatte Gary geradezu ehrfürchtigen Respekt vor den eleganten Springreitern im Fernsehen. Als die Vorderhufe den Boden berührten, schoß er erst nach vorn, fast über den Kopf des Pferdes hinweg, und dann hart nach unten, natürlich nicht bis auf den Boden, sondern nur auf den Pferderücken, der ihm plötzlich entgegenkam.

Ihm blieb die Luft weg, und er dachte schon daran, seine Kehle abzutasten, einfach nur um zu sehen, ob seine Hoden wirklich bis ganz nach oben geschossen waren.

Als er Kelsey und die anderen einholte, hing er immer noch vornübergebeugt auf dem Hals seines Tieres.

»Gut gemacht!« rief Baron Pwyll sichtlich erleichtert und

schlug Gary kräftig auf die Schulter. So benommen und verletzt, wie er war, wäre der junge Mann fast vom Pferd gefallen; aber Geno war schon zur Stelle und riß den Baron grob zurück.

Verwirrt schauten die anderen zu, wie Gary sich abmühte, im Sattel zu bleiben. »Ich glaube, ich brauch ein bißchen Hilfe«, erklärte er, und diesmal fiel er tatsächlich hinunter, mitten zwischen sein Pferd und das von Baron Pwyll, und die Kleidung über der Stichwunde starrte von frischem Blut.

Das Ende der Spiritualität

»Warum hast du ihn hergebracht?« Die Stimme war weit entfernt, aber Gary erkannte, daß es Kelseys war, und der Elf klang nicht gerade fröhlich.

»Hab ich dir doch schon gesagt«, antwortete Mickey. »Hier geht's um mehr als deinen Speer und deine Rüstung, sogar um mehr als Robert.«

»Verschone mich mit deinem rätselhaften Geschwätz«, sagte Kelsey.

»Er hat uns da rausgeholt«, gab Baron Pwyll zu bedenken.

»Er hat sich entehrt, und uns ebenfalls!« fauchte Kelsey.

Gary hatte versucht, seine müden Augen davon zu überzeugen, daß sie sich öffnen mußten, hatte versucht, seinen dahingestreckten, erschöpften Körper zu drehen, damit er aufstehen und an dem Gespräch teilhaben konnte. Nun aber begriff er, worüber seine Freunde redeten, über wen sie redeten, und war nicht mehr so erpicht darauf.

»Du hast doch wohl nicht erwartet, daß der Junge wirklich kämpft«, sagte Mickey. »Er hatte nicht mal die Rüstung an!«

»Er hat den Ritter herausgefordert«, erklärte Kelsey, und seine Worte klangen so endgültig, als würde ein Nagel in Gary Legers Sarg getrieben. »Wie ein Ehrenmann.«

»Er hat den Ritter hereingelegt«, stellte Mickey klar. »Wie ein kluger Mann. Übrigens bist du der einzige hier, der sauer darüber ist. Selbst Geno, der immer für einen Kampf zu haben ist, findet, daß er dem Jungen seinen Dank schuldet.«

»Zwerge verwechseln Ehre nicht mit Dummheit«, erklang eine weitere Stimme, Genos Stimme, aus einer anderen Richtung. »Das ist eine elfische Angewohnheit – und eine menschliche, wenn man mal davon absieht, daß du einem Menschen ohnehin nie trauen kannst, nicht einmal, wenn er dir sein Wort gibt.«

Gary blinzelte und öffnete die Augen. Er lag flach auf dem Rücken, tief in ein dickes Bett aus weichem Klee versunken, und über ihm blinkte der überwältigendste Sternenhimmel, den er je gesehen hatte. Zu seiner Linken sah er die Pferde und Geno und Gerbil, die mit dem Vierrad angefahren kamen. Zu seiner Rechten saßen die übrigen Gefährten an einem heruntergebrannten Feuer. Eifrig kratzte Baron Pwyll die letzten Essensreste aus einem kleinen Napf.

»Lebt er noch?« fragte Geno mit seiner üblichen Direktheit, als Gerbil und er an Garys Füßen vorbeikamen.

»Aber ja«, sagte Mickey. »So schlimm ist die Wunde nicht, und die Salbe sollte sie sauber heilen lassen.«

Instinktiv tastete Gary danach. Ein Breiumschlag bedeckte seine Wunde, und der heftige Schmerz war zu einem fernen, dumpfen Ziehen abgeklungen.

»Habt ihr irgendwelche Anzeichen dafür gefunden, daß wir verfolgt werden?« fragte Kelsey.

»Massen davon«, antwortete Geno mit einem Kichern. »Aber alle führen in die falsche Richtung. Nach Mickeys Pferdeglöckchen hinten im Norden hat Geldions Meute die Fährte prompt verloren.«

Gary hatte genug von Mickeys Tricks gesehen und gehört, um begreifen zu können, was geschehen war. Rotarm und seine Häscher waren nun wahrscheinlich schon zwanzig Meilen entfernt und jagten immer noch nicht vorhandenen Schellen über die dunklen Weiden nach.

»Dann können wir uns weiter nach Süden wenden«, folgerte der Kobold. »Nach Osten«, sagte Kelsey unbeirrt. Es folgte eine lange Pause, als die anderen auf seine Erklärung warteten. Gary wollte sie ebenfalls hören.

»Wir werden Dvergamal durchqueren«, entschied der Elf. »Der Drache ist zuletzt bei Gondabuggan gesehen worden. Vielleicht ist er immer noch dort, aber vielleicht haben ihn deine Leute« – Gary wußte, daß damit Geno gemeint war – »auch schon in den Bergen gesehen.«

»Oja, oja, ein guter Plan«, übertönte Gerbil Baron Pwylls Protestgestotter. »Falls Robert immer noch über meiner Stadt ist, dann wird es ihn doch sehr überraschen, eine ganz frische Truppe von Helden zu erblicken, die es mit ihm aufnehmen wollen! Oh, ihm werden die Drachenaugen aus dem Kopf fallen!«

»Wenn der Wurm immer noch über deiner Stadt ist, dann ist sie längst keine Stadt mehr«, warf Geno ein, und aus seinem Tonfall schloß Gary, daß der Zwerg nicht einmal ansatzweise von Kelseys Vorhaben begeistert war.

»Hast du eine bessere Idee?« fragte der Elf, der anscheinend das gleiche dachte.

»Ich denke nur, daß uns die Jagd nach einem Drachen – nach einem Drachen, der fliegen kann – in den Bergen nur müde machen wird. Mehr nicht. Und wo wir gerade dabei sind: Wer hat eigentlich behauptet, daß unser Plan darin besteht, diesem verfluchten Wurm hinterherzurennen?«

»Wir haben nicht die Zeit, zu seinem Hort zu gehen«, erklärte Kelsey mit fester Stimme.

»Man fängt einen fliegenden Drachen nicht, indem man in einem Gebirge herumklettert!« widersprach Geno erneut.

»Er hat recht«, mischte Mickey sich ein. »Wir werden Robert nie erwischen, wenn wir nur dorthin gehen, wo er zuletzt gesehen worden ist. Wir werden verkohlte Bäume und verkohlte Knochen finden, das allemal.«

Gerbil stöhnte auf.

»Aber nicht einmal einen Zipfel seiner Schwanzspitze«, schloß Mickey.

Gary wagte einen Blick in die Runde und sah, daß Kelsey aufsprang und sichtlich verärgert davonstapfte.

»Und außerdem«, sagte Geno barsch, »treibt sich der Drache gar nicht mehr bei Gondabuggan herum.«

Kelsey blieb stehen. »Woher weißt du das?«

»Die Erdgeborenen haben ihn gesehen«, erklärte der Zwerg. »Er ist gefährlich gut gelaunt über die Gipfel von Dvergamal geschossen. Zum ersten Mal seit Jahrhunderten treibt Robert sich frei herum, während Ceridwen auf ihre Insel verbannt ist. Er hat sich eine Menge anzuschauen, Elf, und eine Menge zu erobern. Hat er die Stadt der Gnomen zerstört? Fliegt er demnächst in die Crahgs und wählt sich aus der Meute von Monstern, die dort herumschleichen, ein paar Verbündete aus? Oder zieht er stracks gegen Connacht, um die Burg mitsamt dem König niederzubrennen? Robert weiß ebensogut wie wir, daß Kinnemore Ceridwens Marionette ist. Die Hexe ist verbannt, und wenn er jetzt auch noch den Thron umwirft, wer sollte ihn dann noch aufhalten?«

Wie berechtigt klang jede einzelne seiner Fragen, und wie hoffnungslos kam Kelsey sich angesichts ihrer Aufgabe nun vor. Er schaute nicht länger finster drein, sondern entsetzt und mutlos. Schließlich wandte er sich ab und starrte verzweifelt in die schwarze Nacht hinaus.

»Wir kriegen ihn schon«, sagte Mickey. »Aber nicht, indem wir dorthin gehen, wo er gewesen ist – sondern indem wir uns dorthin wenden, wo er garantiert sein wird.«

Kelsey wandte sich wieder zu ihnen um und kniff die Augen zusammen; selbst im schwachen Licht der Glut leuchteten sie golden, und für Gary drückten sie halb Zorn und halb Verblüffung aus.

»Oh, wir gehen schon nach Osten, wie du sagst«, fuhr Mikkey fort und zündete seine langstielige Pfeife an. »Aber zuerst gehen wir mal südlich um die Berge herum.«

»Zum Daumen des Riesen«, sagte Kelsey.

Wieder ächzte Pwyll, und die Glut zischte auf, als sie von einem Strahl Zwergenspucke getroffen wurde.

»Drachen mögen es ganz und gar nicht, wenn jemand hinter ihrem Rücken in ihrem Hort herumwühlt«, sagte Mickey mit einem hinterhältigen Grinsen. »Wenn Robert merkt, daß wir dort sind, wird er so schnell zurückgerauscht kommen, wie ihn seine flatternden Flügel nur tragen können. Und wenn er sieht, was wir ihm mitgebracht haben, muß er für die nächsten hundert Jahre zu Hause bleiben.«

»Was ihr ihm mitgebracht habt«, korrigierte Geno.

»Du hast beschlossen, uns nicht zu begleiten?« fragte Kelsey.

»Ich habe nie beschlossen, euch überhaupt zu begleiten!« erklärte der Zwerg. »Ich bin nach Osten gegangen, weil ich im Osten zu Hause bin und weil ich von diesem blöden Prinzen wegwollte – und von Euch!« Er zeigte mit einem seiner Stummelfinger auf Pwyll. »Glaubt bloß nicht, daß ich vergessen habe, wer mich in diesen ganzen Schlamassel reingeritten hat!«

Der furchtsame Baron erblaßte.

»Ach, was für ein großes Getue«, sagte Mickey, und Gary

erwartete fast, daß Geno aufspringen und durch die Glut getrampelt kommen würde, um dem Kobold den Hals umzudrehen. Geno bekam vor Wut einen roten Kopf, aber er blieb sitzen.

»Du bist hier, weil du plötzlich mittendrin gesteckt hast, soviel ist mal klar«, fuhr Mickey fort. »Aber du bist dabeigeblieben, weil du wußtest, daß du dabeizubleiben hast. Wie unser Freund Gerbil hier. Der täte nichts lieber, als zurück nach Gondabuggan zu seinen Leuten zu gehen, aber das wird er nicht tun, solange ihn unsere besten Pläne woanders hinführen.«

»Nur zu wahr, will ich meinen. Meine ich«, sagte der Gnom und strich sich über den grauen Bart, der im Schein des Feuers mehr orangene Strähnen offenbarte, als Gary vorher gesehen hatte. »Will ich?«

Wieder bedachte Geno die Glut mit einem Strahl Spucke, daß es zischte, mehr aber setzte er den klugen Überlegungen des Kobolds nicht entgegen. Dabei wußte er mehr als die anderen; er wußte, daß Prinz Geldion und seine Männer nur ein winziger Teil der Truppen waren, die von Connacht heranzogen. Seine Trinkgesellen im Schlummernden Wicht hatten ihm erzählt, daß das königliche Heer im Nordosten quer über die Felder marschierte, um eine Verteidigungslinie zwischen Connacht und Braemar zu errichten.

»Also nach Süden und nach Osten«, stimmte Kelsey zu. »Zum Daumen des Riesen, um den Wurm anzulocken und festzunageln.«

Dem zuckenden Mund des Barons entschlüpfte eine Reihe von glucksenden Geräuschen, ein hörbarer Protest gegen den augenscheinlich selbstmörderischen Kurs.

»Ihr könnt ja hierbleiben und auf Geldion warten«, sagte Geno und knuffte Pwyll am Arm. Noch einmal spuckte er aus, und dann legte er sich hin und rückte sich einen Stein als Kissen zurecht. »Seid eh zu fett und zu träge.«

Gary schüttelte den Kopf und wollte die Hände im Nacken verschränken, doch er mußte feststellen, daß er lediglich den rechten Arm anheben konnte; seine verbundene linke Seite war zu steif. Er zog eine Grimasse und ließ den linken Arm, wo er war. Hoffentlich war die Wunde verheilt, bevor er in den nächsten Kampf verwickelt wurde.

Bei diesem Gedanken sah er zur Rüstung hinüber, die zu seinen Füßen aufgehäuft lag. Der lange, schwarze Speer lehnte an ihr. Gary stützte sich vorsichtig auf einen Ellenbogen und tippte mit einem Zeh an die Waffe.

Ein blauer Funke sprang aus dem Schaft, sengte seinen Zeh an und schoß ihm durch den Körper, daß ihm das dichte, schwarze Haar für einen Augenblick zu Berge stand.

»Hey!« schrie er auf.

»Feigling!«

Diese Reaktion raubte Gary jedes Quentchen Energie. Ausdruckslos starrte er die mächtige Waffe an; er war jetzt verwirrt und betrübt.

»Ich bin kein Feigling«, sagte er leise, in Gedanken aber protestierte er lautstark.

Er wartete, doch der Speer wollte ihn nicht mit einer Antwort beehren.

»Probleme?« fragte Mickey und hüpfte herbei, um sich neben ihm in den Klee zu setzen.

Gary sah zu dem Speer hinüber. »Hat mir 'nen Schlag verpaßt, das Scheißding.«

»Feigling!«

»Ich bin kein Feigling!« knurrte Gary.

»Ah«, murmelte Mickey. »Der stolze Speer fand es nicht gut, daß du vor Rotarm davongelaufen bist.«

»Ich bin nicht davongelaufen«, fauchte Gary giftiger, als er gewollt hatte. »Ich meine … ich wollte bloß … wir wollten doch bloß da weg.«

Mickey bremste ihn mit einem leisen Pfiff und einer wissenden Geste. »Ich weiß, was du gemacht hast, Junge, und was mich angeht, so hast du alles richtig gemacht. Der Speer hat Stolz im Leibe, das ist alles, und er geht nicht gern einem Kampf aus dem Weg, ganz egal, ob er nun notwendig ist oder nicht.«

»Feigling!«

Gary knurrte den Speer an, und ihm schoß die Vorstellung durch den Kopf, das Ding einfach in eine der bodenlosen Schluchten Dvergamals zu werfen. Der Speer antwortete ihm mit dem Bild, wie er selbst in den Abgrund fiel, wie er an den steilen Klippen vorbeisauste und die ganze Zeit der Speer hinter ihm hersauste, um ihn aufzuspießen.

Und dann wurde die Verbindung unterbrochen und war einfach tot. Verwundert sah Gary sich um; er ahnte, was geschehen war, konnte sich aber nicht sicher sein. Hatte der Speer ihn verstoßen? Würde er sich morgen früh seinem Griff entziehen, und nur morgen früh oder gleich für immer?

»Wie stur kann so eine Waffe eigentlich sein?« fragte Gary den Kobold.

»Hängt ganz vom Schmied ab.«

»Dann dürften wir Probleme kriegen.«

Mickey nickte und nahm einen langen Zug aus der Pfeife, dann blies er einen großen Rauchring, der sich über Gary hinwegdrehte und schließlich auf die Spitze des mächtigen Speeres sank

»Tu, was du für richtig hältst«, sagte Gary zu dem Speer und ließ sich wieder in den Klee sinken, eine Hand unterm

Kopf und den wunderbaren nächtlichen Himmel von Faerie über sich. Tausende von Sternen blickten zu ihm herab und zogen an seinem Herzen. Auf einmal wollte er dort hinauffliegen, wollte hinaus ins Weltall sausen und im Himmel herumtollen.

»Einfach schön«, stimmte Mickey zu, als er Garys entspannte Miene sah.

»Besser als alles, was ich in meiner Welt je gesehen habe«, sagte Gary.

»Derselbe Himmel.«

Gary schüttelte den Kopf. »Nein!« sagte er nachdrücklich, und dann brauchte er einen Moment, um herauszufinden, wo diese feste Überzeugung hergekommen war. »Er ist anders«, sagte er dann. »Vielleicht gibt es in meiner Welt zu viele Städte, zu viele Laternen.«

»Sind die denn die ganze Nacht durch an?«

»Die ganze Nacht durch. Und das dämpft das Sternenlicht gewaltig. Und dann kommt bestimmt noch die Luftverschmutzung hinzu.« Gary lachte resigniert und hilflos auf. Es war nur zu wahr, wahr und traurig zugleich, und darüber hinaus war zu befürchten, daß die Sterne in seiner Welt selbst dann nicht so hell wie hier leuchten würden, wenn es keine Laternen und keine Luftverschmutzung gäbe. Denn es gab noch einen tieferen Grund.

»Es ist anders«, sagte er. »Wir sehen die Sterne und all so was mit anderen Augen.« Ja, das war es. Nicht nur der tatsächliche Anblick des nächtlichen Himmels war völlig anders, sondern auch die Sichtweise.

»Wir haben Wissenschaften und Wissenschaftler, die alles erklären können«, erklärte er dem zweifelnd dreinblickenden Kobold. »Manchmal glaube ich, daß das das ganze Problem ist.« Wieder entfuhr ihm ein Lachen. Er dachte an den Niedergang der Religion, denn mit jedem erklärten Geheimnis starb der Glaube ein bißchen mehr. Ihm fiel das Grabtuch von Turin ein, von dem man lange geglaubt hatte, daß es einst wirklich den Leichnam Christi bedeckt habe. Vor ein paar Tagen erst hatte er in einer Sendung auf PBS gehört, daß Wissenschaftler das Tuch auf etwa tausend Jahre *nach* Christi Geburt datiert hätten.

Wissenschaft und Religion prallten zwangsläufig aufeinander, und Gary begann erst jetzt zu begreifen, daß seine Leute sich gar nicht wirklich bemüht hatten, sie miteinander zu versöhnen. Die Religion hielt an überkommenen Mythen fest, und die Wissenschaft zerschmetterte sie alle erbarmungslos. Mit anscheinend unbestreitbarer Logik.

»Alles erklären können«, sagte er wieder, und wieder lachte er, diesmal so laut, daß er die Aufmerksamkeit von Kelsey und Pwyll auf sich zog, die immer noch beim Feuer saßen. »Mickey? Weißt du eigentlich, wie es ist, sterblich zu sein?«

»Wovon sprichst du?« fragte der Kobold ernst. Er war aufrichtig bemüht, diese ganze Angelegenheit zu verstehen, die seinen Freund offensichtlich betrübte.

»Sterblich«, wiederholte Gary. »Weißt du, wenn du die ganzen Geheimnisse wegerklärst, dann erklärst du auch das Spirituelle weg, den Glauben, daß es noch etwas gibt, was über die materielle Existenz hinausgeht.«

»Das ist eine dumme Art zu leben.«

Gary lachte erneut. Da konnte er nicht widersprechen. Aber er konnte dem auch nicht entkommen, das war ganz klar. Er war ein Produkt seiner Welt, das Produkt einer Zeit, in der die Wissenschaft die Oberhand gewonnen hatte, in der kein rechter Ausgleich zwischen materiellen Wahrheiten und spirituellen Bedürfnissen geschaffen worden war. »Es ist zum

Verzweifeln ...« Gary suchte nach Worten. »Wenn die Welt so umfassend erklärt wird, daß kein Raum mehr bleibt ...« Er ließ den Gedanken in der Schwebe und schüttelte nur den Kopf.

»Du meinst, deine Wissenschaftler haben auf alles eine Antwort, ja?«

Vielleicht nicht für meine Reise hier, dachte Gary. Was, zum Teufel, dieser Ort namens Faerie letztendlich auch sein mag.

»In meiner Welt gibt es keine Magie«, sagte er ernst.

»Oh, da täuschst du dich aber.« Mickey piekte ihm mit dem Stiel der Pfeife in die Schulter. »Da täuschst du dich wirklich. Da gibt es genug Magie, das laß dir gesagt sein – deine Leute haben bloß verlernt, sie zu sehen!«

»Keine Magie«, sagte Gary endgültig und blickte wieder zu dem unglaublichen Himmelszelt hinauf.

»Können deine ach so klugen Wissenschaftler denn erklären, warum dein Herz einen Satz macht, wenn du zu den Sternen schaust?« fragte Mickey süffisant, und er schnipste direkt vor Garys Nase mit den Fingern.

»Doch wohl nicht!« fuhr er fort, als der junge Mann ihn ungläubig anstarrte. »Das kann dir deine Wissenschaft nicht erklären – noch lange nicht. Das ist eine Magie, die alle miteinander teilen – niemals wird ein Mensch oder ein Wicht, ja nicht einmal ein Zwerg zu den Sternen hinaufschauen können, ohne die Anziehungskraft der Magie zu spüren.«

Gary hatte seine Zweifel, was Mickeys Sicht der Dinge anging, aber irgendwie brachten ihm die Worte auch Erleichterung. Ihm fiel eine Zeile aus einem Song ein, einem ruhigen Song von dem eindringlichen *Tusk* Album. »Oh what a wonderful night to be«, zitierte er halb singend, halb sprechend. »Stars must be my friends to shine on me.«

»Ah, der Barde McVie«, sagte Mickey mit sichtlichem Wohlgefallen.

Gary blieb die Antwort in der Kehle stecken. Der Barde McVie!

Woher, zum Teufel, kannte Mickey …

Er schüttelte den Kopf und ließ einen Schrei heraus, der Mickey zusammenzucken und Kelsey auf die Füße springen ließ. Als der Elf sah, daß nichts los war, daß kein Feind in der Nähe war, warf er den beiden einen vernichtenden Blick zu und setzte sich wieder.

»Was?« begann Mickey, aber Gary unterbrach ihn mit einer Handbewegung.

»Zerbrich dir nicht den Kopf.« Mehr zu sagen, hielt er in diesem Moment für unnötig.

»Wie du wünschst, Junge.« Mickey sprang auf. »Dann gönn dir mal ein bißchen Ruhe. Wir haben morgen einen weiten Weg vor uns.«

Noch lange sah Gary zu den Sternen hinauf und dachte angestrengt nach. Der Barde McVie? Als er zum ersten Mal nach Faerie gekommen war, hatte er den *Kleinen Hobbit* dabeigehabt, und Mickey hatte angedeutet, daß der Autor J. R. R. Tolkien wohl auch einmal in Faerie gewesen war und daß die Bücher, die Gary für Fantasyromane hielt, ebensogut tatsächliche Abenteuer dieses außergewöhnlichen Mannes schildern mochten – oder Abenteuer, die ihm ein anderer Besucher von Faerie berichtet hatte oder sogar jemand vom Feenvolk selbst.

Nun hatte sich der Kobold darüber versehentlich noch mehr verraten. Konnte es sein, daß viele Künstler – die Bildhauer und die Maler, die Musiker, die solche eindringlichen Songs verfaßten, die Autoren fantastischer Werke – tatsächlich in dieses Reich übergewechselt waren und ein kleines Stück davon mit nach Hause gebracht hatten, um es mit einer Welt zu teilen, die jedes Bißchen davon so bitter nötig hatte? Waren die Künstler in Garys Welt Menschen, die die

Magie hinter dem trüben Schleier erspüren konnten, Menschen, die die Sterne trotz der Straßenlaternen sehen konnten?

Das war eine beruhigende Vorstellung, und sie geleitete den erschöpften und verwundeten jungen Mann in einen tiefen Schlaf hinüber, den er bitter nötig hatte.

Zur Schlacht gerüstet

Mickeys Salbe wirkte Wunder, und so schmerzte Garys linke Seite fast überhaupt nicht mehr, als er am nächsten Morgen erwachte, obwohl dicke, graue Wolken am Himmel hingen und die Luft schwer von Feuchtigkeit war. Als er aufstand und sich streckte, spürte er ein unangenehmes Ziehen um die Narbe herum, und als ihm Geno und Baron Pwyll die Rüstung anlegten, ein allgemeines Wundsein, aber beides ließ sich aushalten.

Die meiste Zeit schaute er zu dem Speer hinüber, der nun flach im Gras lag. Auch jetzt hatten sie keine geistige Verbindung miteinander, jedenfalls keine, die Gary bewußt wahrnehmen konnte. Es kam ihm vor, als ob der Speer über etwas brüte – und als ob er es gar nicht schätzte, daß Gary gerade die Rüstung angelegt wurde, die doch ebenfalls Cedric Donigarten gehört hatte. Es sah ganz so aus, als müßte er sich nach einer neuen Waffe umsehen.

Noch quälender war die Tatsache, daß ihm Kelsey, der ihn ja ebenfalls einen Feigling genannt hatte, nun die sprichwörtliche kalte Schulter zeigte. Während Gary mit der Rüstung beschäftigt war, sah der Elf mehrmals zu ihm herüber, und jedesmal sah er Gary nur kurz in die Augen, um sich gleich darauf brüsk abzuwenden.

Nicht, daß Gary zu dieser Zeit sonderlich von Kelsey begeistert gewesen wäre. Er hatte immer noch die Szene im Schlummernden Wicht vor Augen, den Mann, der ins Zimmer gestolpert war und einen Elfenpfeil tief im Kreuz stecken gehabt hatte. Die Notwendigkeit zu kämpfen und die Konsequenzen, die einem drohten, wenn man verlor, leuchteten Gary durchaus ein, aber er hatte das Gefühl, als hätte Kelsey genau denselben Sieg erringen können, wenn er dem Mann nur ins Bein oder vielleicht in die Schulter geschossen hätte. Gary wußte nur zu gut, welch ein großartiger Schütze Kelsey war; wenn der Pfeil dem Mann im Herzen gesteckt hatte, dann nur, weil der Elf es so gewollt hatte.

Schließlich hatten sie Gary die Rüstung komplett angelegt, und er schwenkte die Arme hin und her, um den Sitz noch etwas zu verbessern. Kelsey ging zu den Pferden, und als er an Gary vorbeikam, warf er ihm erneut einen zornigen und bedrohlichen Blick zu.

»Mußtest du sie unbedingt umbringen?« fragte Gary, ohne nachzudenken, nur aus dem Impuls heraus, Kelsey seine wertende Haltung irgendwie heimzuzahlen.

»Wovon redest du?« fragte der Elf, und er sah tatsächlich verwirrt aus. Mickey und Gerbil, die beim Vierrad standen, und Pwyll und Geno, die bereits die Pferde sattelten, sahen Gary an.

Er versuchte, die Blicke zu ignorieren und sich auch von Kelseys Getue um Ehrbarkeit nicht beeindrucken zu lassen. »Von den Männern im Gasthof. Du hast sie mit Absicht umgebracht.«

»Vielleicht hätten wir erst mit ihnen plaudern sollen«, spottete Kelsey und baute sich vor ihm auf.

»Du hättest sie nicht umzubringen brauchen«, sagte Gary zornig.

»Sie haben uns angegriffen«, erinnerte Kelsey ihn spitz, und dann schnaubte er verächtlich und wandte sich ab, als ob ihm das Thema keine weitere Erörterung wert war.

»Ich bin kein Feigling!« knurrte Gary ihm nach. Und was er dann tat, tat er, ohne auch nur im geringsten an die Konsequenzen zu denken. Er schlug Kelsey mit den Händen auf den Rücken und stieß zu, so fest er konnte.

Kelsey flog ein paar Fuß weit, dann schlug er der Länge nach hin. Er war flink genug, sich über die Schulter abzurollen und den Schwung auszunutzen, und so war er sofort wieder auf den Beinen und wirbelte herum. Im nächsten Augenblick aber hatte er das Schwert gezogen, holte zum Streich aus und stürmte heran.

Gary zuckte nicht einmal mit der Wimper, denn er hatte nicht das Gefühl, daß Kelsey ihn umbringen wollte. Instinktiv blockte er das Schwert mit dem Unterarm ab, und es kam nur eine Handbreit vor seiner Kehle zum Halt. Für einige Zeit sahen Kelsey und er sich einfach nur an. Er hatte pochende Schmerzen im Arm, wahrscheinlich blutete es unter der Rüstung, aber er wich nicht zurück, sondern schob die Klinge sogar knurrend weiter fort.

»Ich bin kein Feigling.«

»Aber anscheinend ein bißchen dumm im Kopf«, sagte Kelsey drohend. Gary hörte, wie Mickey nach Luft schnappte, und hielt den Atem an.

Er hielt Kelseys Blick stand, ohne mit der Wimper zu zukken oder sich zu rühren; er drückte einfach nur den Arm gegen die Klinge, während die Sekunden langsam verstrichen.

»Du bist geflohen«, sagte Kelsey schließlich.

»War es nicht Kelsey, der in Dilnamarra unsere Flucht vor Geldion angeführt hat?«

»*Ich* habe niemanden zum Ehrenkampf herausgefordert!«

Der Elf riß sein Schwert zurück und schob es so rasch in die Scheide, daß Gary der Bewegung kaum folgen konnte.

»Zum Teufel mit deiner Ehre«, sagte er, ohne zu zögern. »Ich mußte meine Freunde da rauskriegen. Ihre Leben waren mir mehr wert als irgendwelche falschen Ehrbegriffe. Nenn mich einen Feigling, wenn du es unbedingt brauchst, aber du weißt es besser, Kelsenellenenen ... wie, zum Teufel, du noch mal heißt.«

Für einen kurzen Moment wurden die Züge des Elfen weicher. Doch dann schien er seinen Ausrutscher zu bemerken, denn schon als er zu seinem Pferd ging, schaute er wieder finster drein.

Erst da bemerkte Gary, daß er zitterte – nicht vor Angst, sondern vor Zorn.

»Ich warte, junger Sproß«, erklang ein Ruf in seinem Kopf, ein wenig widerwillig zwar, aber seine mutigen Worte hatten offenbar nicht nur Kelseys Vorwürfe zunichte gemacht. Er ging zu dem Speer und hob ihn unsanft auf, und unter den Blicken der überraschten Freunde schlenderte er zu seinem Pferd hinüber. Er setzte Mickey hinauf, dann hob er seinen Fuß zum Steigbügel.

Das weiße Roß scheute zurück, und Gary begriff, daß es in seiner Empfindsamkeit auf Kelseys Gefühle reagiert hatte.

»Sag dem blöden Pferd, daß es sich benehmen soll«, verlangte er. Der Elf sah ihn böse an und schwieg, aber als Gary es erneut versuchte, scheute das Tier nicht mehr zurück.

Auf Genos Drängen schlugen sie ein gemächliches Tempo an. Kelsey hatte nichts dagegen einzuwenden, denn er wollte soviel wie möglich über Robert in Erfahrung bringen, bevor sie auch nur in die Nähe vom Daumen des Riesen kamen. Dabei ritten sie vorwiegend nach Süden, immer an den hochgetürmten Felsklippen Dvergamals entlang, und nur ein paarmal verließen sie die schützenden Schatten, um zu einsamen Gehöften zu reiten und zu erfahren, ob es Neuigkeiten gab.

Den größten Teil der Strecke legten sie schweigend zurück, ein jeder in seinem eigenen stillen Wirbel von Sorgen und Betrachtungen gefangen. Gerbil wußte nicht einmal, ob Gondabuggan überhaupt noch stand, Baron Pwyll fürchtete um seinen Hals, und Kelseys edle Züge waren von der gewaltigen Verantwortung umwölkt. Geno sah sich ständig um, als ob er nur darauf warte, schon im nächsten Moment von Robert oder irgendeinem anderen Scheusal angefallen zu werden, und als Gary ihn dabei beobachtete, begriff er, daß Geno nicht eines wunden Hinterns wegen für ein langsameres Tempo plädiert hatte.

Und Gary Leger? Er selbst war mehr als genug mit der Ungeheuerlichkeit der Situation beschäftigt, in der er steckte, mit der unglaublichen Gefahr, die weit über alles hinausging, was ihm je in seiner eigenen Welt gedroht hatte. Doch war auch der seltsame Hang wieder da, das alles einfach nur ruhig mitzumachen, einfach nur zu begleiten; erneut hatte er das Gefühl, Teil eines größeren Ganzen zu sein, das Gefühl, daß jede seiner Aktionen, welchen Preis sie ihn auch kosten mochte, eine gewaltige Auswirkung auf irgend etwas hatte, das wichtiger war als sein eigenes Leben.

Wichtiger als sein eigenes Leben!

Aber so war es, er wußte genau, daß es so war. Er fragte sich, wie viele Bewohner seiner eigenen Welt jemals so etwas gefühlt hatten. Er dachte an die Kampfhandlungen zu Hause, an die selbstmörderischen Fanatiker, die sich mit den Vereinigten Staaten und ihren Verbündeten angelegt hatten. Waren sie wirklich so selbstlos, vertrauten sie wirklich so sehr auf ihre Religion, daß sie selbst vor dem Tod keine Angst mehr hatten?

Dieser Gedanke ließ ihn gefrieren. Menschen, die so fanatisch waren, machten ihm angst. Und gleichzeitig beneidete er sie, denn was auch immer man von ihrem Glauben und ihren Gesetzen halten mochte, ihr Lebensziel war umfassender als sein eigenes, umfaßte mehr als die nächsten fünfzig oder sechzig Jahre oder wie lange er sonst noch zu leben hatte.

Doch dann schaute er seine fünf Gefährten der Reihe nach an, und seine Beklommenheit wich einem Lächeln. Er sah Gerbil an, der gemütlich in die Pedale des Vierrades trat, und fühlte Sympathie für ihn; hoffentlich bewahrheiteten sich seine Sorgen um sein Heimatland nicht. Er sah Geno an, der sich erneut umschaute, und wußte genau, daß der Zwerg irgend etwas vorhatte. Kelsey gegenüber empfand er Mitgefühl, der Elf war so edelmütig und so stolz und hatte doch unabsichtlich auch den Grund für diesen schrecklichen Konflikt geliefert.

Auf Mickey ruhte Garys Blick sehr lange. Lässig an den erhobenen Pferdenacken gelehnt, saß der Kobold ihm gegenüber und hielt die Pfeife zwischen den Zähnen, obwohl sie nicht brannte. Gary hatte genau denselben entrückten Ausdruck schon einmal in Mickeys grauen Augen gesehen, genau dieselbe Traurigkeit und Sehnsucht.

»Woran denkst du?« fragte er ihn schließlich.

»An längst vergangene Zeiten«, antwortete Mickey leise. »Als all die guten Völker wie ein einziges waren. Vielleicht gibt es heute nicht mehr genug wahrhaft Böses in der Welt, Junge.«

Gary fand diese Bemerkung befremdlich, vor allem, wenn man bedachte, in welcher Gesellschaft Mickey gerade war: zwei Menschen, ein Elf, ein Zwerg und ein Gnom, und alle ritten sie Schulter an Schulter auf ein gemeinsames Ziel zu.

»Schaut ganz so aus, als wären sie alle wieder vereint«, sagte er.

Mickey zuckte die Achseln und schwieg.

»Warum hast du mich hergeholt?« fragte Gary geradeheraus, und nun erst sah ihn der Kobold direkt an. »Ich muß das wissen.«

Mickey grinste breit. »Ich brauchte einen Körper, der mir diese Rüstung herumträgt«, spöttelte er. »Konnte sie schlecht im Gebüsch liegenlassen und hatte auch keine Lust, sie in einen Sack zu packen und selbst zu tragen!«

»Nein«, sagte Gary ernst und düster. »Das ist noch nicht alles.«

»Na ja, du hast dich schon mal mit dem Drachen rumgeschlagen ...«

»Auch das ist noch nicht alles«, unterbrach Gary ihn. »Ich könnte vielleicht ganz hilfreich sein, was Robert angeht, aber nicht hilfreich genug, als daß es die Mühe wert ist, daß du mich herübergeholt hast.«

»Dann willst du gar nicht hier sein?« fragte Mickey ruhig.

»Das hab ich nicht gesagt«, antwortete Gary rasch, damit der trickreiche Kobold nicht weiter vom Thema ablenken konnte.

Mickey tat einen tiefen Seufzer und verschränkte die Hände hinter seinem wolligen Nacken, so daß ihm der Tam-o'-Shanter fast über die strahlend grauen Augen gerutscht wäre. Er sah zum Himmel hinauf. Gary wartete geduldig, denn er begriff, daß der Kobold nur bemüht war, seine Worte sorgfältig zu wählen.

»Du weißt, daß es um mehr als den Drachen geht«, begann Mickey. Er bedeutete Gary, das Pferd zu zügeln, um ein wenig Abstand zwischen sie und die anderen zu bringen. »Du weißt, daß sich bei deinem letzten Besuch üble Dinge zwischen Connacht und Dilnamarra angekündigt haben.«

Gary nickte. Er erinnerte sich nur zu gut an die Konfrontation zwischen Baron Pwyll und Prinz Geldion, als sie zum ersten Mal wegen der Rüstung gekommen waren, was ihm

Jahre her zu sein schien – und von seinem Standpunkt aus war es ja auch so!

»Und so, wie es um Dilnamarra steht, steht es jetzt auch um Braemar«, fuhr Mickey fort. »Um Drochit und um einige andere kleine Städte, die sich bisher gegen die langen Finger von König Kinnemore haben wehren können.«

»Kinnemore ist Ceridwens Marionette«, sagte Gary. Das hatte er oft genug gehört.

Mickey nickte. »Tja, und jetzt, wo Robert sich frei herumtreibt und Ceridwen auf ihrer Insel festsitzt, ist sie gezwungen, ihre Trümpfe auszuspielen, Junge. Also alles, was sie auf Lager hat«, erklärte er mit Worten, die Gary nicht fremd waren. »Deshalb wollte sie die Rüstung bekommen, und als die nicht mehr zu haben war, Pwyll. Und bevor das alles zu Ende ist, wird sie noch viel mehr haben wollen, Junge, und der gierige Robert ebenfalls.«

Gary lehnte sich zurück. Natürlich hatte er genau das erwartet, sowohl wegen Roberts Angriffen als auch wegen der Hartnäckigkeit von Prinz Geldion. Aber es von Mickey in so einfachen Worten zu hören, warf ihn fast um. Hier fand ein Tauziehen statt zwischen Ceridwen und ihrem Marionettenkönig auf der einen und dem Drachen auf der anderen Seite, und in der Mitte hingen all die einfachen Leute von Faerie fest. Und dazu die Zwerge, die Gnomen, die Tylwyth Teg, ja sogar die Kobolde.

»Deshalb sind Geno und Gerbil dabei«, sagte Mickey, der ihm an der Nasenspitze ansah, was er dachte. »Obwohl der kleine Mann alles noch nicht so recht begreift. Und du, Junge, hast deine Rolle gespielt, die Dinge bis zu diesem Punkt voranzutreiben, und so gibt es vielleicht ein paar Dinge mehr, die du tun kannst. Ich fand es nur recht und billig, daß du mithilfst, die Geschichte zu einem Ende zu bringen.«

Gary war sich gar nicht so sicher, daß ihm das Ende gefiel, auf das diese Geschichte zusteuerte, sowohl um seiner selbst als auch um der guten Völker von Faerie willen; und doch erklärte er mit einem Nicken sein Einverständnis, schließlich wollte und mußte er mithelfen, daß für diese Geschichte ein Ende geschrieben wurde.

Ungeduldig rutschte der Hauptmann in seiner Rüstung im Sattel des gepanzerten Schlachtrosses hin und her und sah seinen dünn bekleideten Untergebenen an, auf dessen vorgestrecktem Arm ein großer, schwarzer Vogel hockte. Mit einem heiseren Schrei, der die Morgenluft erzittern ließ, hob die Krähe ab und flog wild flatternd davon, und bald war sie nur noch ein schwarzer Fleck vor dem unheilschwangeren Grau des schweren Himmels.

»Was hat der verfluchte Vogel gesagt?« fragte der Hauptmann, der sichtlich nur wenig begeistert war, mit übernatürlichen Geschöpfen zu tun zu haben. In den Edikten seines verehrten Königs war Zauberei als dämonisch geächtet worden, und hier war es, das Heer von Connacht, und sprach mit den Vögeln!

»Daß wir nicht direkt nach Braemar ziehen sollen«, sagte der Untergebene. »Der gesetzlose Pwyll bewegt sich mit seiner Bande von Abtrünnigen südlich um die Berge herum, und sie haben die Artefakte dabei. Wir sollen gen Osten ziehen und sie abfangen. König Kinnemore hat befohlen, daß sie die Crahgs nicht erreichen dürfen.«

Der großgewachsene, aufrechte Hauptmann machte ein finsteres Gesicht. »Der gesetzlose Pwyll«, dachte er; diese Bezeichnung wollte ihm nicht recht schmecken. Wie etliche seiner Soldaten war er von Dilnamarra nach Connacht gekommen, und wie sie hatte er den Baron trotz seiner polterigen Art und seinem Hang zur Bequemlichkeit nie anders als großzügig erlebt.

Aber Kinnemore war König, sein König, und stand damit in den Augen dieses bescheidenen Mannes nur eine Stufe unter dem Herrgott selbst.

»Was ist mit Prinz Geldion?« fragte der Hauptmann.

»Der Prinz und seine Streitmacht bewegen sich westlich von den Gesetzlosen. Wir werden sie auf dem Schlachtfeld wiedersehen.«

Der Hauptmann nickte und bedeutete seinen Feldwebeln, das Heer weiterziehen zu lassen. Zwar hatte er aus abergläubischen Gründen nicht gern mit übernatürlichen Geschöpfen zu tun, aber wenn man es pragmatisch sah, erwiesen sich die Krähenboten als unermeßlich wertvoll für das Gelingen der Mission und damit als unermeßlich wertvoll für den König.

»Freunde von dir?« wandte Gerbil sich an Geno, nachdem sich die Gefährten zu einem Mittagsmahl niedergelassen hatten. Der Gnom zeigte über das Lager, die angebundenen Pferde und das Vierrad hinweg zu den Ausläufern der Berge, wo ein Trupp Zwerge in voller Kampfkleidung unterwegs war. Im Gänsemarsch kamen sie einen schmalen Pfad herab, gleich unter den tiefhängenden Auslegern der dicken, grauen Wolken. Vor einem Felsen kauerte Kelsey mit dem Bogen in der Hand. Mickey war nirgendwo zu sehen, aber Gary kannte ihn gut genug, um zu wissen, daß er die marschierenden Zwerge längst gesehen hatte.

»Ich geh mal lieber zu ihnen rüber«, sagte Geno trocken. »Bevor sich der Elf eine Tracht Prügel einhandelt.« Er sprang auf und fegte sich die Zwiebackkrümel ab, doch dann sah er einen besonders großen auf dem Boden liegen, hob ihn gierig auf und stopfte ihn sich zusammen mit einer ordentlichen Portion Erde in den Mund.

Es kam Gary reichlich merkwürdig vor, daß Geno von der Ankunft der Zwerge gar nicht überrascht zu sein schien.

»Pack diesen mickerigen Bogen weg!« fuhr Geno Kelsey an und kickte im Vorbeigehen einen Stein zu ihm hinüber. Dann begrüßte er die Zwerge, und sie verschwanden allesamt hinter einer Hügelkuppe.

Sichtlich besorgt kam Kelsey zum Lager zurück, und gleich danach erschien auch Mickey.

»Was ist los?« fragte der Kobold, als er die Unruhe in Kelseys Augen sah.

»Vielleicht haben wir gerade Genos Unterstützung verloren«, antwortete der Elf. »Wenn das mal alles ist.« Die Art, wie er sich ständig umsah, ließ erkennen, daß er jeden Moment mit der Attacke der Zwergentruppe rechnete. Es dauerte nur einen Augenblick, und schon schossen auch die Blicke des furchtsamen Barons hierhin und dorthin, und dabei sah er noch ängstlicher drein als Kelsey.

»Die Zwerge sind uns nicht feindlich gesinnt«, sagte Mikkey ruhig. »Das wirst du bald sehen, mein Freund. Die Zwerge sind uns nicht feindlich gesinnt, und Geno wird uns nicht verlassen.«

»Woher willst du das wissen?«

Mickey nickte zu der Kuppe hinüber, wo Geno gerade wieder aufgetaucht war und zum Lager zurückgestapft kam. Von seinem Anblick beruhigt, nickte Kelsey ebenfalls, und Pwyll stieß einen tiefen Seufzer der Erleichterung aus. Gary warf ihm einen verwunderten Blick zu und fragte sich nicht zum ersten Mal, wie Pwyll überhaupt je hatte Baron werden können.

»Sie sind unterwegs, um nach dem Drachen zu suchen, nicht?« fragte Kelsey hoffnungsvoll.

»Zwerge sind viel zu schlau, um irgendwelchen Drachen hinterherzurennen«, grollte Geno.

»Und du?« fragte Gary, der den deutlichen Bruch in Genos Argumentation entdeckt hatte. Denn hatte er sie schließlich nicht schon einmal bis in Roberts Hort begleitet?

»Halt die Klappe!« kam die Antwort, die zu erwarten gewesen war.

Gary tat es.

»Warum dann?« fragte Kelsey, und es kam Gary vor, als ob der Elf die Antwort bereits kannte, und zwar schon die ganze Zeit.

»Ich habe es in Braemar erfahren«, sagte Geno. »Im Schlummernden Wicht, von ein paar Freunden.«

»Was erfahren?« mischte Gerbil sich ein und zupfte an seinem orangegesträhnten grauen Bart herum. Seine Angst war deutlicher zu sehen als je zuvor.

»Au, es geht um König Kinnemore!« jammerte Baron Pwyll, der in der Landespolitik bewandert war. Er warf die Hände nach oben, und dann tanzte er doch wahrhaftig im Kreise herum und jammerte, daß sie allesamt verloren seien.

Geno nickte grimmig. »Aus Südwesten kommt eine Streitmacht heran. Nach einigen Berichten fünfhundert Mann stark, nach anderen noch viel größer.«

Das erschien Gary einleuchtend, da er wußte, wie versessen Ceridwen und ihr König darauf waren, die Rüstung und den Speer des Cedric Donigarten in die Finger zu bekommen. Er hatte jedoch keine Ahnung, wie Genos Volk da hineinpaßte. »Und warum sind die Zwerge unterwegs? Machen sie sich dermaßen Sorgen um uns? Um ihn?« Er zeigte auf Baron Pwyll.

»Sie wollen sich ein bißchen um Ceridwens Königsmarionette kümmern«, sagte Geno.

Gary sah Mickey an, der nur die Achseln zuckte und nickte; er schien von der plötzlichen Wendung der Ereignisse nicht im mindesten überrascht zu sein. Mehr als je zuvor begriff Gary, warum Mickey ihn zurück nach Faerie gebracht hatte, und obwohl er gerade fürchterliche Angst bekam, konnte er Mickeys Entscheidung mehr als je zuvor gutheißen.

Er hatte geholfen, die Dinge bis an diesen Punkt voranzutreiben, im guten wie im schlechten, genau wie Mickey gesagt hatte. Und so fühlte er sich nun verpflichtet, die Geschichte zu einem Ende zu bringen.

Im guten wie im schlechten.

»Lord Duncan Drochit und Badenoch von Braemar sollten informiert werden«, sagte Kelsey. »Wenn eine so große Streitmacht unterwegs ist, wird sie sich vielleicht nicht mit Baron Pwyll und den Artefakten begnügen wollen.«

Der Baron steigerte sein zunehmend lästiger werdendes Gejammer zu ungeahnten Höhen.

Geno nickte Kelsey ernst zu und zeigte zurück nach Norden, wo sich gerade eine Staubwolke zu erheben begann.

»Der König ist gekommen!« schrie Baron Pwyll auf. »Oh, wehe ...«

»Halt die Klappe«, bellte Geno ihn an.

»Badenoch und Drochit«, überlegte Kelsey. »Mit der kombinierten Streitmacht beider Städte.«

»Was noch nicht mal ein Drittel von dem ist, was Connacht geschickt hat«, antwortete Geno grimmig. »Und beritten sind sie mit Ackergäulen und bewaffnet mit Heugabeln und Holzhackeräxten.«

Gary sah an seiner Rüstung und seiner mächtigen Waffe hinab und konnte sich nur zu gut vorstellen, was diese armselig ausgestatteten einfachen Bauern auf dem Schlachtfeld zu erwarten hatten.

Baron Pwyll jammerte und jammerte, und Gary lief ein Schauer den Rücken hinab.

Halt die Luft an, Junge

Wenige Stunden später hatten sie das Lager der zusammengewürfelten Bürgerwehren erreicht. Es lag oben an einem Hang, der zu den wogenden Hügeln im Südwesten hinabführte. Trotz Genos Versicherungen, daß alles an den Reden seiner Zwergenfreunde unbedingt wahr sei, hielt Kelsey sie aus dem Ring von Bauernsoldaten heraus, da ungewiß war, wo die Grenzlinien der Allianzen wirklich verliefen. Wenn auch sämtliche Berichte und Erfahrungen dafür sprachen, daß Duncan Drochit und Lord Badenoch freundlich gesinnt waren, konnten die Freunde in diesen wirren und gefahrvollen Zeiten gar nicht vorsichtig genug sein, wo doch so viel vom Gelingen ihrer Queste abhing.

Umgekehrt schienen auch die Lagerwachen nicht zu wissen, was sie von den Reitern halten sollten. Sie lugten herüber und hielten ihre Mistgabeln und Äxte fest gepackt. Schließlich kam ein Trupp Zwerge von den Felsausläufern herabmarschiert, und Geno, Kelsey und Gerbil schlossen sich ihnen an, um mit den Führern der Volkswehr zu verhandeln.

»Das wird schon alles glattgehen«, sagte Mickey zu Gary und Baron Pwyll, dessen Schicksal ja vielleicht auf des Messers Schneide stand. »Wir wollen alle dasselbe, wollen alle Connacht und den Drachen aufhalten.«

»Wenn Badenoch und Drochit es nur nicht für sicherer halten, mich an Prinz Geldion auszuliefern«, sagte Pwyll düster, doch zugleich mit einer Andeutung von Schicksalsergebenheit, die Gary von ihm gar nicht gewohnt war.

»Sie werden Euch nicht ausliefern«, sagte er entschieden, um Pwyll zu beruhigen.

»Ihr solltet mehr Vertrauen in Eure Freunde setzen«, fügte Mickey hinzu. »Wie oft haben Badenoch und Drochit auf Euren Beistand zählen dürfen, und ist es dabei nicht auch meistens um die hexenpolierte Krone gegangen?

Pwyll nickte, machte aber immer noch ein ernstes Gesicht. »Vielleicht wären wir alle besser dran, wenn ich mich Prinz Geldion einfach ergebe, sobald er hier ist«, sagte er mit überraschender Selbstlosigkeit.

»Wir alle?« witzelte Mickey. »Ihr ganz bestimmt nicht, Baron, es sei denn, Ihr tragt lieber geknüpfte als geknöpfte Kragen.«

Pwyll zuckte mit den Schultern, aber er schien unverändert dazu entschlossen. Es kam Gary vor, als trüge der Mann einen inneren Kampf aus, Vernunft gegen Feigheit, als prüfe er, ob er mutig genug sei, seine eigenen Bedürfnisse, ja selbst sein eigenes Überleben hintenanzustellen. Vielleicht war er insgeheim mit einer eigenen Tagesordnung beschäftigt, die ihn dem Prinzen förmlich entgegentrieb.

»Und außerdem«, fuhr Mickey fort, der anscheinend zu denselben Schlüssen gekommen war, »will Geldion ja nicht wirklich Euch in die Finger kriegen.«

Erstaunt zogen die beiden Männer die Augenbrauen hoch. »Dann vielleicht den Speer und die Rüstung?« fragte Gary.

»Die auch, schätze ich.« Mickey sah Gary ernst an. »Aber eigentlich will er dich kriegen, Junge, und das können wir nicht zulassen.«

Gary war nahe daran zu fragen, was, zum Teufel, Geldion ausgerechnet mit ihm wolle, doch statt dessen dachte er die

Dinge lieber im stillen durch. Er brauchte sich nur ins Gedächtnis zu rufen, wer dem König und damit Prinz Geldion die Hand führte. Die schöne, rabenhaarige Ceridwen. Und Gary war es gewesen, der ihr einen Speer in den Bauch geschleudert und sie damit für hundert Jahre auf ihre Insel verbannt hatte.

Der Gedanke daran war wahrhaftig ungemütlich, und für den Rest des Tages sollte er ihm schwer aufs Gemüt drücken, selbst als ein Trupp Männer aus dem Lager geritten kam und die drei Gefährten hineinbat.

Baron Pwyll wurde sofort zu den Gesprächen zwischen Kelsey, Badenoch und Drochit hinzugerufen. Die Schultern gestrafft, schritt er munter aus; offensichtlich hatte ihn die Zuversicht wieder.

»Er hat daran gedacht, sich Geldion zu ergeben«, sagte Gary zu Mickey, obwohl er wußte, daß der das längst begriffen hatte.

»Der wird dich noch zum Staunen bringen«, sagte Mickey. »Pwyll hat sich mehr als alle anderen Fürsten Kinnemore widersetzt. Allein die Tatsache, daß sich Geldion höchstpersönlich die Mühe macht, nach ihm zu suchen, ist dafür Beweis genug.«

Gary nickte, aber er hatte große Mühe, seine Ansichten über den dicken Baron – der die meiste Zeit mit weichen Knien herumzulaufen schien – mit dem Respekt in Einklang zu bringen, den ihm Freund und Feind entgegenbrachten. Auch die beiden Wachen vor dem Kommandozelt strahlten übers ganze Gesicht, als sie Pwyll erblickten, ganz so, als sähen sie schon ihre leibhaftige Rettung nahen. Und als er zwischen ihnen hindurchging, standen sie sogar stramm.

Gary seufzte. Der Baron mußte in jungen Jahren irgendwie wesentlich beeindruckender gewesen sein, anders war das nicht zu erklären. Als Gary sich umdrehte, sah er Mickey auf eine kleine Kochstelle zuschlendern, an der sich Gerbil, Geno und ein paar Zwerge versammelt hatten.

Rasch sah er zu, daß er Mickey wieder einholte. »Was ist mit dem Kleinen?« hörte er ihn fragen. Ein Blick zu Gerbil machte klar, warum Mickey gefragt hatte. Der Gnom hielt den Kopf gesenkt, und sein Gesicht, das sonst immer so fröhlich aussah, war von Schmerz erfüllt.

»Man spricht von großen Opfern auf der Seite von Gondabuggan«, klärte Geno sie auf. Der bartlose Zwerg sah Gerbil überraschend mitfühlend an. »Aber die Gnomen haben es dem Drachen gezeigt!« fügte er aus vollem Herzen hinzu. »Sie haben ihn in die Berge zurückgetrieben, und nun darf er sich ein paar prächtige Wunden lecken.« Aufmunternd gab er Gerbil einen Klaps, der jedoch ohne sichtbare Wirkung blieb.

»Aber um welchen Preis«, sagte ein zweiter Zwerg. Sein langer, blauer Bart war hinter der goldenen Schnalle seines breiten, juwelenbesetzten Gürtels festgesteckt. »Ein ganzer Stadtteil liegt in Schutt und Asche, und es hat etliche Tote gegeben. Und wenn er es auch nicht mehr auf die Stadt abgesehen hatte, soll Robert noch einmal zurückgekommen sein.«

»Im Randgebirge wird eine Gnomenpatrouille vermißt«, fügte Geno hinzu. »Und einer von meinen Leuten.«

Gary fühlte sich von Schuldgefühlen zu Boden gedrückt. Er hatte kräftig mitgeholfen, in Roberts Hort einzudringen, und das hatte den Drachen doch schließlich hervorgelockt. Und er war es gewesen, der Ceridwen gebannt hatte, eine gute Tat zwar, aber andererseits war damit das Gleichgewicht der Kräfte zerstört worden. Nur deshalb hatte Robert der Reizbare sich überhaupt so weit aus seiner heimatlichen Höhle heraustrauen können.

Außerdem mochte Gary den kleinen Gerbil, und wenn der ein typischer Vertreter seines Volkes war, wie sich aus Mikkeys Erzählungen schließen ließ, dann war der Verlust, den Gondabuggan erlitten hatte, ein Verlust für die ganze Welt.

»Sie wollen uns aus dem Kampf heraushalten, falls es dazu kommt«, wechselte Geno ausdrücklich das Thema. »Wenn Geldion uns den Weg abschneidet, sollen wir ausweichen, während Badenoch und Drochit ihn in Schach halten.«

Mickey nickte und schien einverstanden. Gary jedoch wollte der Plan überhaupt nicht schmecken.

»Wir wollen doch alle dasselbe«, sagte er zornig. »Wie könnt ihr überhaupt daran denken, euch mit dem Prinzen zu schlagen, während der Drache frei herumfliegt? Warum vergessen wir unsere Privatfehden nicht einfach mal und gehen alle zusammen gegen den Drachen vor?«

Einen Augenblick lang herrschte Schweigen. Sein einfacher Vorschlag schien sie allesamt sprachlos gemacht zu haben. Deshalb glaubte er zuerst, damit vielleicht etwas erreicht zu haben, dann aber wurde ihm klar, daß die Kluft zwischen Connacht und den umliegenden Fürstentümern so tief war, daß es einfach nichts zu sagen gab.

»Wer kümmert sich um den Drachen?« fragte Mickey Geno.

»Da bleibt alles beim alten«, antwortete der Zwerg. »Aber wir nehmen vielleicht noch ein paar von meinen Leuten mit, und sie werden Pwyll vielleicht bitten hierzubleiben.«

»Das wird ihm aber gar nicht gefallen«, sagte Gary sarkastisch.

»Und der Kleine«, fuhr Geno fort und verpaßte Gerbil erneut einen Klaps, »soll selbst entscheiden. Vielleicht will er ja zurück nach Gondabuggan, um bei den Aufräumarbeiten zu helfen.«

»Nein«, sagte Gerbil nachdrücklich, und als er den Kopf hob, sahen sie Entschlossenheit in seinen Augen aufblitzen. »Nein, nein! Ich will ihm sein Zuhause abfackeln, wie er meines abgefackelt hat. Das will ich! Paß bloß auf, du widerlicher Wurm!« rief er aus. »Wenn du nur halb so schlau bist, wie die Legenden erzählen, dann wirst du aufpassen. Oder du hast zum ersten und letzten Mal einen wütenden Gnom in deinem Nest gehabt! Und überhaupt ein Nest gehabt! O ja!«

Gary konnte den plötzlichen Zornesausbruch kaum fassen. So langsam wurde ihm klar, warum Geno dem Gnom gegenüber soviel Sympathie hegte. Zwerge liebten solche Tiraden. Da hoben sie auch schon ihre Humpen und riefen einen Toast auf Gerbil aus.

»So ein Gnom ist schwer in Rage zu bringen, aber wenn, dann wird er bissig wie ein tollwütiger Hund«, flüsterte Mikkey Gary zu. Das wollte der junge Mann nicht bestreiten. Wie Gerbil so dastand, den Fuß auf einem Holzscheit, mit stolz erhobenem Kopf, konnte er einem glatt vier Fuß groß vorkommen.

Als sie ihre Reittiere einen Kamm hinauflenkten und Gerbil kräftig in die Pedale treten mußte, war nur ein Zwerg bei ihnen: Geno. Vom Kamm aus war das Tal zu sehen, in dem die gegnerischen Kräfte aufeinanderprallen würden. Kelsey und Geno ritten zu einem Gebüsch, das einen guten Blick über das Feld bot, während Gary, mit Mickey vor dem Sattel, zurückblieb, und Gerbil eine ebene und abgelegene Fläche suchte, auf der er sein Vierrad abstellen konnte. Angesichts dessen, was sich politisch und militärisch abspielte, hatten die Stadtoberen die Gefährten eindringlich zu Schnelligkeit und Schläue ermahnt. Nur dann hätten sie überhaupt eine Chance, bis zum Daumen des Riesen vorzustoßen. Im selben

Atemzug jedoch hatten Badenoch, Drochit, Pwyll und der Zwergenvertreter Kervin beschlossen, daß die Gefährten nicht von weiteren Zwergen begleitet werden sollten. Die Verantwortung sollte allein auf denen lasten, die den Dolch gestohlen hatten, von Gerbil einmal abgesehen, der auf seiner Teilnahme einfach bestanden hatte. Und so grummelte Geno, der auf ein wenig Zwergengesellschaft gehofft hatte, immer noch säuerlich vor sich hin.

Baron Pwyll war von den Lords gebeten worden, bei ihnen zu bleiben – sie waren damit seiner Bitte ein wenig zuvorgekommen –, um ihnen Rat und Beistand bei dem Versuch zu gewähren, Connacht auf der einen und Robert auf der anderen Seite abzuwehren. Damit blieb eines der Pferde aus Tir na n'Og übrig, fiel Gary auf. Vielleicht hätten sie es als Austauschpferd mitnehmen sollen. Er wollte schon danach fragen, doch dann bekam er die Antwort von allein, denn das stolze Tier kam heran und trug einen kleinen, aber muskelbepackten Mann auf seinem Rücken. Der Mann hatte einen unglaublich vollen schwarzen Bart und Arme, die so dick waren wie Garys Oberschenkel. Er trug ein ärmelloses Wams und einfache Kniehosen (die er fast sprengte), und über eine Schulter hatte er sich einen gewaltigen Hammer gelegt. Seine Haut war dunkelbraun, an manchen Stellen sogar schwarz, wo sich feine Aschekörner tief ins Fleisch gegraben hatten. Der Bart und das kräftige, kurzgeschnittene Haupthaar starrten vom Staub und Schweiß eines harten Tagwerks.

»Da bist du ja«, rief Kelsey ihm entgegen, er hatte ihn also offensichtlich erwartet. Auch Geno und Mickey begrüßten den neuen Mitstreiter, nur Gerbil war so sehr von seinen Grübeleien vereinnahmt, daß er von allem nicht das geringste mitbekam.

Der Mann wollte schon auf den Kamm hinauf, da fiel sein Blick auf Garys Rüstung, und er ruckte kräftig an den Zügeln. Prompt wandte sich das Pferd um und trabte zu Gary hinüber. »Cedric«, sagte der Mann. Er streckte ihm die schwielige Rechte entgegen und lächelte, daß die schiefen Zähne nur so blitzten.

»Cedric?« wiederholte Gary.

»Cedric der Schmied«, antwortete der Mann. »Die besten Hufeisen auf der ganzen Welt.«

»Gary Leger«, antwortete Gary, und als der Mann ihm erfreut die Hand schüttelte, wäre er fast vom Pferd gerissen worden.

»Ist mir eine Ehre, Speerträger«, dröhnte Cedric, und seine deutliche Bewunderung überraschte Gary. Der Schmied ließ seine Hand wieder los – unbewußt wischte Gary sich den Ruß am Sattel ab – und riß das Pferd herum. Er nickte Gary noch einmal zu, dann ritt er langsam zum Kamm hinauf, wo Kelsey und Geno warteten.

»Dort auf dem Feld wird es losgehen«, erklärte er laut, dann hatte er die beiden erreicht, und seine Worte drangen nicht mehr bis zu Gary herunter.

»Er heißt Cedric?« fragte Gary den Kobold.

»Jeder Schmied heißt Cedric – jeder menschliche jedenfalls. Zum Gedenken an Donigarten. Du wirst nie wieder einen loyaleren Verbündeten erleben, Junge. Denn du trägst den Speer und die Rüstung seines Idols. Deshalb hat er auch das Pferd bekommen. Cedric wird jederzeit für dich, den Speerträger, in den Tod gehen, und er wird dabei noch lächeln. Solange er nur für deine edle Sache sterben darf.«

In Garys Ohren klang das verrückt, und er war sich gar nicht so sicher, daß es ihm wirklich gefiel, einen so todesmutigen Begleiter zu haben. Er wollte seine Zweifel schon äußern, doch dann hielt er lieber den Mund. Was er hatte sagen wollen, kam ihm plötzlich herablassend vor. Wer war er denn, daß er die Motive eines anderen in Frage stellen durfte? Wenn Cedric der Schmied bereit war, mit einem Lächeln für die edle Sache zu sterben, dann war er ein nobler Mann, und Gary war nicht mehr als ein Dummkopf, wenn er dieses Ehrgefühl durch dumme Fragen verwirren wollte.

»Gut, ihn dabeizuhaben«, sagte Mickey, und Gary nickte ernst.

Plötzlich sahen sie Kelsey den Arm ausstrecken und nach unten auf das Feld zeigen, und Mickey bat Gary hinüberzureiten, damit sie die Ankunft Geldions mit ansehen konnten.

Der Prinz kam von Südosten herein, und die Truppen Connachts folgten ihm in der vollendeten Schlachtordnung einer gut geführten Armee. Geldion ritt seinen Reihen auf einem schwarzen Pferd voraus und wurde dabei auf beiden Seiten von drei Soldaten flankiert. Rotarm gehörte nicht zur Leibwache, und er war auch nirgendwo in den vorderen Reihen zu sehen. Gary hatte keine Ahnung, was er davon halten sollte.

Daher wandte er seine Aufmerksamkeit statt dessen dem Prinzen zu. Geldion sah keineswegs hoheitsvoll aus, sondern eher ausgezehrt. Seine Haut war von dem langen Ritt verbrannt und lag straff über den Knochen. Sein abgetragener, brauner Wetterumhang war nur am Hals zugeknöpft, und darunter trug er eine Rüstung, die schon sehr viele Schläge abbekommen hatte. Schwert und Dolch jedoch steckten in juwelenbesetzten Scheiden, und Mickey versicherte Gary, daß der Prinz im Umgang mit beiden Waffen wohlgeübt war.

Als Antwort auf Geldions kühnen Auftritt ließen auch Badenoch und Duncan Drochit ihre Pferde aus den bunt zusammengewürfelten Reihen traben. Kervin, der Zwergenführer, lief neben ihnen her.

»Wir sind froh, Euch zu sehen, Prinz«, hörten die Freunde

Badenoch ausrufen. Der Lord hatte den Wind im Rücken, und so waren seine Worte gut zu verstehen. »Froh, daß Connacht uns in dieser schweren Lage zur Seite steht. Denn der mächtige Robert hat die Schwingen schon ausgebreitet und schickt sich an, das ganze Land zu verwüsten.«

Geldion ruckte im Sattel zurück und kam Gary ein wenig überrascht vor.

»Wollt Ihr uns wirklich mit Euren Truppen nach Braemar begleiten?« Badenochs Tonfall war alles andere als feindselig.

»Will Geldion sich etwa mit uns verbünden?« flüsterte Gary. Für einen Moment glaubte er, seine Worte von vorhin würden wahr werden und alle, die eben noch Feinde gewesen waren, würden sich Schulter an Schulter dem gemeinsamen Feind entgegenstellen und stärker sein, als sie einzeln je gewesen wären.

»Badenoch will Geldion zwingen, den ersten Schritt zu tun«, erklärte Kelsey voller Ingrimm. Gary war nicht wenig überrascht, daß der Elf wieder mit ihm sprach, und natürlich war er auch froh darüber. »Die Lords täuschen Freundschaft vor, damit Geldion keinen Vorwand für seinen Angriff geliefert bekommt.«

Der Prinz saß im Sattel und sah die Lords mißtrauisch an. Sein Vater hatte ihm von einer Verschwörung berichtet und hatte sogar angedeutet, daß geächtete Zauberkräfte im Spiel seien, um die kleineren Städte gegen Connacht aufzuwiegeln. Was jetzt geschah, wollte dem Prinzen von Faerie nicht recht schmecken. Er war die linke Hand des Königs und der loyalste seiner Söhne, doch als der legendäre Speer des größten aller Helden gerichtet worden war, hatte auch Geldions Herz einen Satz gemacht, und nicht so sehr vor Wut. Sein Vater jedoch war förmlich explodiert, eine Tatsache, die den Prinzen überrascht hatte – und verwirrt.

Diese Verwirrung sollte ihn jedoch nicht davon abhalten,

die Befehle König Kinnemores auszuführen. Nicht im geringsten. Er würde diesem Gary Leger aus Bretaigne niemals erlauben, sich mitsamt dem gerichteten Speer abzusetzen, und wenn er ihn eigenhändig töten mußte!

»Wir mögen wohl nach Braemar reiten«, antwortete er mit seiner schrillen Stimme. »Aber nicht, um irgend etwas gegen Robert zu unternehmen. Der Drache ist nur eine unserer Sorgen. Und nicht die gewichtigste.«

»Aber sicher ist der Drache ...«, begann Badenoch, doch der für seine Ungeduld bekannte Prinz schnitt ihm hastig das Wort ab.

»Ich verlange die Auslieferung des Geächteten Pwyll und der gestohlenen Artefakte!« rief der Prinz. »Und dann gibt es da noch einen jungen Mann, einen gewissen Gary Leger aus dem Lande Bretaigne jenseits der Cancarronberge. Er ist ein Spion und möchte die wertvollen Stücke in sein Heimatland schmuggeln.«

»Na, das ist vielleicht ein Trick«, bemerkte Mickey leise. Geldions Lüge schien ihn kein bißchen zu überraschen.

»Wo, zum Teufel, liegt dieses Bretaigne eigentlich?« fragte Gary ihn.

»Hinter den Cancarronbergen«, kam die unvermeidliche Antwort. Gary hatte keine Ahnung, wo diese Berge sein mochten, und war damit um keinen Deut schlauer.

»Seid Ihr Euch dessen so sicher?« fragte Badenoch. »Ist es nicht Gary Leger gewesen, der Kelsenellenelvial Gil-Ravadry ...«

»Welch geschickte Zunge!« rief Mickey aus und zwinkerte Gary zu. »Er hat den verfluchten Namen richtig herausgebracht!« Der Kobold grinste, und Kelsey starrte ihn finster an.

»... in Roberts Hort begleitet hat, um den Speer zu richten?« war Badenoch fortgefahren. »Ist er es nicht gewesen, der die böse Ceridwen auf ihre Inselfestung verbannt hat?«

»Und das ganz allein«, murmelte Geno sarkastisch.

»Wohl getan, junger Sproß«, erklang eine Stimme in Garys Kopf.

Bei Badenochs letzten Worten zuckte der ausgemergelte Prinz zusammen, was weder den Freunden auf dem nicht allzuweit entfernten Kamm noch den drei Stadtoberen verborgen blieb.

»Daß der Speer gerichtet wurde, hat ihn für Bretaigne nur wertvoller gemacht«, widersprach Geldion. »Und was die Scharmützel mit Ceridwen angeht, so waren sie eher zufälliger Natur und von den Verrätern keinesfalls beabsichtigt.«

»Nur zu wahr, bis auf die Sache mit den Verrätern«, sagte Mickey trocken.

»Connacht scheint sehr darauf erpicht zu sein, seine Untertanen als Verräter zu brandmarken«, gab Badenoch mit fester Stimme zurück.

»Das verschlägt einem ja die Sprache, Junge«, keuchte Mikkey. Selbst Geno hatte es den Atem verschlagen.

Geldion kochte vor Wut, ja, er zitterte sogar. Daß er ohnehin bereits verwirrt war, tat sein übriges. So redete man doch nicht über die Krone! Schließlich war sein Vater König, rechtmäßiger König! Wie konnten diese Geringen es wagen, böse Worte gegen Connacht zu richten! »Ihr scheint sehr darauf erpicht zu sein, selbst auf die Liste zu kommen!« fuhr er Badenoch an. »Ich verlange die Auslieferung der Verräter und der gestohlenen Artefakte!«

Badenoch blieb kühl. Hoch aufgerichtet saß er auf seinem stolzen Roß, und der Bergwind wehte ihm das feingelockte Haar ins Gesicht. Langsam wischte er es zur Seite und sah sich nach links und rechts um. Dann faßte er wieder sein Gegenüber ins Auge.

»Wir haben sie nicht«, antwortete er ruhig.

Geldion riß sein schwarzes Pferd herum, wobei er gegen zwei Mann seiner Eskorte prallte, und galoppierte zu den königlichen Truppen zurück.

»Das verschlägt einem ja die Sprache, Junge«, sagte Mickey erneut.

»Die Schellen dürfen nicht klingeln«, murmelte Kelsey ihnen zu, während er sein Pferd aus den Büschen lenkte und es den Hügel hinabführte. Geno und Cedric folgten ihm dichtauf, und Gerbil strampelte mit dem Vierrad neben ihnen her.

Gary hielt jedoch noch einen Augenblick inne, denn er konnte die Augen nicht von dem Feld abwenden. Der Sturm konnte jeden Moment losbrechen.

Geldion nahm seinen Platz in der Mitte der vorderen Reihe ein. Voller Ingrimm starrte er über das Feld, den rechten Arm in die Höhe gereckt. Badenoch, Drochit und Kervin dagegen waren noch nicht zu ihren Truppen zurückgekehrt. Weit vor der ersten Reihe saßen sie auf ihren Pferden und plauderten miteinander, und das schien Geldion noch mehr in Harnisch zu bringen. Gary konnte kaum glauben, daß sie so viel Mut hatten, obwohl ihm klar war, daß ihre scheinbare Ignoranz des herannahenden Sturms nur einem Zweck diente: Sie sollte allen Zeugen, sogar den königlichen Soldaten selbst, den unmißverständlichen Eindruck vermitteln, daß nicht die Städte des Ostens die Kriegslüsternen waren, sondern der Prinz und die Krone.

Eindruck hin, Eindruck her, Geldion ließ sich nicht zurückhalten. Zuerst schien es, als wollte er erneut mit den gegnerischen Führern verhandeln und seine Anschuldigungen ein letztes Mal vorbringen, dann aber kam ihm nur ein Knurren über die Lippen, und er riß den Arm nach unten.

Gary wäre fast aus dem Sattel gesprungen, so sehr wurde

er von dem plötzlichen Donnern der zweitausend Pferdehufe überrascht, die die Erde erbeben ließen, und von dem Tosen des Kriegsschreies, der aus fünfhundert Kehlen zugleich brach.

Prinz Geldion blieb still im Sattel sitzen, und seine Männer strömten in ihrer wilden Jagd wie ein Fluß um ihn herum. »So sei es«, murmelte er ingrimmig. »So sei es.«

Die drei Anführer mitten auf dem Feld aber waren nicht im mindesten überrascht. Sie machten kehrt, Kervin packte Drochits ausgestreckte Hand, und während er noch auf das Pferd kletterte, flogen sie schon in langgestrecktem Galopp auf die eigenen Reihen zu.

Ein eigenwilliges Kerlchen

»Reitet!« befahl Kelsey und folgte Cedric dem Schmied einen Hang hinab, der sie westlich um das Schlachtfeld herumführte.

Nur Geno wollte nicht recht mithalten. Immer wieder sah er über die linke Schulter zu seinen Zwergenkameraden zurück, die sich einer wahren Übermacht entgegenstellten. Seine Zerrissenheit war nur zu deutlich und keineswegs überraschend. Rasch machte der Elf kehrt, wich dem rollenden Vierrad aus, und als Genos Pony vorbeitrottete, versetzte er ihm einen Schlag auf die Hinterbacke. Ein paar Worte über die Wichtigkeit ihrer Mission überzeugten auch den Zwerg, wenngleich er nicht aufhören wollte, sich immer wieder umzusehen.

Als sie in eine Schlucht hinabritten, geriet das Schlachtfeld sehr schnell außer Sicht. Die Schlachtrufe und das Donnern der Pferdehufe währten fort, auch die Klagen der Verwundeten und der Sterbenden, aber alles klang bei weitem nicht so ernst, wie Gary erwartet hatte.

»Unsere Verbündeten ziehen sich in die Ausläufer des Gebirges zurück«, erklärte Mickey, als er Garys fragenden Blick sah. »Das war die ganze Zeit geplant. Geldion sollte ein Köder hingelegt werden, um ihn dann von uns fortzulocken.«

Gary hielt den Helm mit einer Hand fest und blickte nach hinten. Das frustrierte Geschrei von Geldions kampfhungrigen Männern paßte zu Mickeys Einschätzung, und Gary war nur froh darüber. Schon beim bloßen Gedanken an eine Schlacht wollte ihm die Galle hochkommen – besonders, solange ein gemeinsamer Feind vom Schlage eines Drachen fröhlich das Land terrorisieren konnte.

Cedric ritt auch weiterhin voraus. Kräftig hetzte er sein Pferd durch die Schlucht und bog dann scharf auf einen nach Westen führenden Pfad ab, der noch einmal ein Stück tiefer lag. Sie umrundeten eine Anhöhe und wandten sich wieder südwärts, und jetzt hatten sie einen grasbewachsenen Wall zwischen sich und der königlichen Streitmacht. Bald verklangen die Schreie und das Donnern der Hufe in der Ferne.

Dem eifrigen Schmied jedoch schien die Distanz nicht groß genug zu sein. Er trieb seinem Pferd die schweren Stiefel in die Flanken und jagte in die nächste Kurve, die sie direkt hinter dem Schlachtfeld wieder auf östlichen Kurs bringen würde.

»Eile mit Weile, guter Schmied«, warnte Kelsey. »Wir haben sie längst hinter uns gelassen.«

Gary wußte genau, woran Kelsey dachte. Es war klar, daß Geldions Hauptstreitmacht sie nicht mehr erwischen konnte, aber der Elf hatte – nur zu recht, fand Gary – die Befürchtung, daß Spähtruppen unterwegs sein könnten oder kleinere Einheiten für eine Umzingelung zurückgehalten worden waren.

Leichtsinnig verschwand Cedric hinter der nächsten Kurve, und auf einmal wieherte plötzlich sein Pferd. Rasch trieben die anderen ihre Tiere an und sahen Cedrics Pferd auf dem weichen Boden schlitternd zum Stehen kommen. Als der Schmied an den Zügeln riß, um nicht vom Sattel zu fallen, tänzelte es rückwärts.

Dann waren sie heran und sahen, was los war. Auf Cedrics Gesicht lag ein Ausdruck des Erstaunens, und in seiner Brust steckte ein Pfeil.

In vollem Galopp legte Kelsey einen Pfeil auf die Sehne und duckte sich. Er benutzte den verletzten Schmied als Schild und lenkte sein Roß hinter ihm entlang. Kaum war er wieder ungeschützt, schickte er den Pfeil auf die Reise. Und dann klemmte er den Bogen über das Sattelhorn und zog sein aufglühendes Schwert.

Geno, allzeit zum Streit bereit, donnerte hinterdrein, danach folgte Gary. Gerbil brachte sein Vierrad schleudernd zum Halt und zog eine Schublade unter dem Sitz hervor. Er entnahm ihr einen langen Metallstab, eine Kurbel und zwei Eisenkugeln, die mit einem vier Fuß langen Seil verbunden waren.

Als Gary den Schmied einholte, saß dieser immer noch im Sattel, den Mund weit aufgerissen vor Staunen und die Hände fest um die Zügel gekrampft. Ohne im mindesten nachzudenken, warf Gary den Kobold zu Cedric hinüber und rief ihm zu, daß er dem Manne helfen solle. Dann trat er seinem Pferd in die Flanken und jagte Kelsey und Geno nach.

In der Schlucht hatten sich acht königliche Soldaten postiert, um eventuelle Umgehungsmanöver zu vereiteln. Inzwischen waren es allerdings nur noch sieben, denn einer von ihnen war im Sattel zusammengesackt. Sein Kopf lag auf der Mähne seines Pferdes, und aus seinem Kragen ragte ein Elfenpfeil hervor.

Seine Kameraden jedoch, zwanzig Yards entfernt und die Bogen gezückt, ließen sich nicht mehr überraschen. Eine purpurne Linie erschien auf Kelseys Hals, als ein Pfeil sein tödliches Ziel nur knapp verfehlte. Der nächste hätte ihn sicherlich getroffen, doch er warf sich zur Seite, riß das Schwert empor und lenkte den Pfeil glücklich ab. Beide Bogenschützen waren nicht allzu weit weg, und so preschte er vor und hoffte, an sie heranzukommen, bevor sie sich auf den Nahkampf einstellen konnten.

Metall zischte an Metall entlang, als zwei Breitschwerter aus ihren Hüllen gezogen wurden. Einer der Soldaten war so dumm, sein Pferd anzutreiben und den zahlenmäßigen Vorteil zu verschenken, nur weil er unbedingt den ersten Zug machen wollte.

Kaum waren ihre Pferde nebeneinander, da führte Kelsey mit seinem von magischem Feuer blauglühenden Schwert einen Streich, und der Soldat lenkte es mit seinem Breitschwert nach oben ab. Aber geschickter, als der Mann es je für möglich gehalten hätte, nutzte Kelsey den Schwung aus. Er ließ das Schwert los, riß seine Hand empor und fing es am Griff wieder auf, kaum daß es sich um hundertachtzig Grad gedreht hatte. Dann benutzte er es wie einen Dolch und stach dem Mann ins Knie.

Der Soldat heulte auf, sein Pferd bäumte sich auf, und Kelsey lenkte sein Streitroß zur Seite und sagte ihm etwas ins Ohr. Das intelligente Geschöpf begriff sofort, keilte mit beiden Hinterbeinen aus, und der verwundete Soldat wurde aus dem Sattel gefegt.

Kelsey ließ sein Roß die Drehung vollenden, und um etwas Zeit zu gewinnen, ritt er hinter das nun herrenlose Pferd.

Dann stürzte sich der zweite Soldat auf ihn. Zischend fuhr das Breitschwert durch die Luft.

Gary gab sich alle Mühe, Geno einzuholen. Die Schlucht war nur ein paar Pferdeleiber breit, und da Kelsey bereits in einen Nahkampf verwickelt war, mußte der arme Geno die volle Wucht des folgenden Pfeilregens abbekommen.

Ein Pfeil ging weit daneben, zumindest einer jedoch erwischte den Zwerg mit einem dumpfen Geräusch. Geno schien nicht einmal zu zucken, sondern beugte sich tief auf die Seite seines Ponys hinab und hielt einen Hammer wurfbereit.

Erst als Gary den Schlag vor die Brustplatte bekam, begriff er, daß es ein Fehler gewesen war, daß er seine Aufmerksamkeit auf seinen kleinen Freund konzentriert hatte. Er brauchte mehrere Augenblicke, um den Schock zu überwinden, daß er getroffen worden war. Dann erst konnte er überhaupt wahrnehmen, daß der Pfeil harmlos abgeprallt war und die steinerne Spitze das wunderbare Metall kaum angekratzt hatte. Dennoch hatte der Schock Gary den Schwung geraubt, und so war Geno schon weit voraus.

Gary sah ihm nach und spornte sein Pferd an. Doch als ein weiterer Bogenschütze auf ihn anlegte, riß er an den Zügeln, und sein Roß bäumte sich auf.

Der einzige Ritter unter den feindlichen Soldaten senkte seine lange Lanze und preschte dem herannahenden Zwerg entgegen. Geno reckte sich, als wollte er sich dem Ritter wie in einem Turnier stellen. Aber auf seinem Pony war er kaum halb so groß wie sein Gegner auf dem großen schwarzen Hengst. Vor kurzem hatte Geno Gary in Schutz genommen, als er Rotarm ausgetrickst hatte, und auch jetzt bewies sich wieder, daß Zwerge Ehre nicht mit Dummheit verwechselten. Der Ritter sprengte heran, um den augenscheinlich hilflosen Zwerg einfach aufzuspießen und sich dem nächsten Gegner zuwenden zu können. Doch bevor er auch nur halbwegs heran war, schoß Genos Arm plötzlich vor, einmal, zweimal, dreimal, und eine Reihe von Hämmern wirbelte flach durch die Luft, um dem Pferd des Ritters die Vorderläufe zu stutzen.

Beim ersten Treffer kam das Tier ins Stolpern, beim zweiten ins Straucheln, und der dritte sorgte nur noch dafür, daß es der Länge nach hinschlug. Der überraschte Ritter reagierte nicht einmal ansatzweise, als sich seine Lanze in den Boden senkte und steckenblieb. Das Griffende knallte ihm in die Achselhöhle, und er schoß wie in einem ungeschickten Stabhochsprung vorwärts. Er kam fast bis in die Senkrechte, dann brach die Lanze entzwei, und er ging unsanft zu Boden. Benommen blieb er liegen. Die Rüstung war zu schwer, als daß er rechtzeitig hätte außer Gefahr kriechen oder sich wenigstens zur Seite rollen können.

Geno preßte die muskulösen Beine um den Leib des Ponys und zwang das Tier in eine scharfe Kurve. Hufe prasselten auf Metall, und der verwundete Ritter wurde tief in den weichen Boden getrieben.

Dann wurde Geno erneut von einem Pfeil getroffen, diesmal in die linke Schulter, aber der Zwerg knurrte nur, ging erneut in die Kurve und hielt stracks auf den Schützen zu.

Der Pfeil schlitzte seinem Pferd das Ohr auf und prallte dann auf seinem Rippenpanzer ab. Obwohl das verzauberte Metall ihn schützte, spürte Gary doch einen stechenden Schmerz.

Der Mann griff auch schon nach dem nächsten Pfeil und faßte Garys Pferd dabei bedrohlich ins Auge.

Gary wußte, daß er ihm diesen nächsten Schuß nicht gestatten durfte, wenn er nicht sein Pferd verlieren und hilflos im Gras liegen wollte. Er hatte Genos Manöver mitbekommen, und die Vorstellung, unter fünfzehnhundert Pfund Pferd samt Reiter zerquetscht zu werden, war nicht allzu verlockend.

Gary holte mit dem mächtigen Speer zum Wurf aus und riß den Arm nach vorn.

»Tut das nicht!« schrie es in seinem Kopf, und zu seinem Erstaunen wollte seine Hand den schwarzen Schaft nicht loslassen.

Sein Pferd ging ihm durch und lief direkt auf den Bogenschützen zu. Verzweifelt klammerte Gary sich mit einer Hand an den Zügeln fest und packte den Speer wie eine Lanze.

Der Schütze erbleichte. Er fummelte mit Pfeil und Bogen herum, dann aber schien er zu begreifen, daß er nie und nimmer rechtzeitig würde schießen können. Er warf den Bogen zur Seite und griff nach seinem Schwert.

Gary wußte, daß der Mann tot sein würde.

Tot!

Gary Leger war im Begriff, einen Menschen umzubringen. Alles in ihm schrie auf, und sein Herz setzte ein paar Schläge aus; das Pferd jedoch schoß mit gesenktem Kopf und aufgeblähten Nüstern vorwärts, ohne auch nur einen Fingerbreit auszuweichen.

Im letzten Moment kam Gary auf die Idee, den Speer umzudrehen. Schmerzhaft knallte ihm die verzauberte Spitze gegen den Schulterpanzer, und fast wäre er vom Sattel gefallen. Aber irgendwie gelang es ihm, das hintere Ende des Speeres nach vorn zu bringen. Sein Gegner riß entsetzt den Arm hoch, doch der Schaft fegte ihn einfach zur Seite und knallte ihm mit aller Wucht gegen die Brust und streckte ihn schon auf dem Pferderücken nieder.

Im Vorbeirauschen hörte Gary den Mann stöhnen, und er

war dankbar für diesen Laut. Doch als sein Gegner schwer zu Boden schlug, entfuhr Gary ein Wimmern.

Unerwartet warf sein Pferd sich scharf herum, und Gary geriet ins Taumeln und rutschte weit zur Seite.

»He, langsam!« rief er hilflos. Er kämpfte sich wieder richtig in den Sattel, nur um dem nächsten Bogenschützen mit gezücktem Pfeil, zusammengekniffenem Auge und durchgezogener Sehne gegenüberzustehen.

Das Pferd stolperte über eine unebene Stelle im Boden, und der Helm, der nie richtig saß, kippte Gary über die Augen.

»Um Gottes willen!« schrie er und sah sich schon tot. Irgend etwas schlug ihm gegen die Stirn, beulte ihm den Helm ein, und hinter seinen Augenlidern explodierten lauter kleine Sterne.

»Um Gottes willen!« sagte er erneut. Dann jedoch begriff er, daß er noch immer am Leben war und noch immer im Sattel saß. Er hatte sich blindlings am Pferdehals festgeklammert. Sobald es ging, richtete er sich wieder auf und linste unter dem oberen Ende des Sehschlitzes hervor. Der Bogenschütze wich zur Seite aus.

Gary begriff, daß er gar nicht erst an dem Mann vorbeidurfte, damit er ihm nicht ein leichtes Ziel bot. Er ließ sich zur Seite kippen und riß hart an den Zügeln. Anscheinend hatte das Pferd dieselbe Idee gehabt, denn es ging bereitwilliger in die Kurve, als Gary gedacht hatte. Und in einem spitzeren Winkel.

In einem spitzeren Winkel, als selbst der Bogenschütze gedacht hatte, begriff Gary, als er mit der flachen Hand gegen den blöden Helm schlug, um den Sehschlitz wieder halbwegs vor die Augen zu bekommen.

»Um Gottes willen!« entfuhr es ihm zum dritten Mal, gerade als sein Pferd gegen das Tier des Bogenschützen prallte.

Diese Parade war nicht schön, war nicht elegant, aber erwies sich als äußerst zweckmäßig. Das gegnerische Pferd strauchelte zur Seite, und als es zu Boden ging, brach es seinem Reiter das Bein. Garys flinkes Roß tänzelte und sprang dann durch das Gewirr von Leibern, und als es wieder festen Boden unter den Hufen hatte, saß Gary immer noch im Sattel, hielt immer noch den Speer; nur der Helm hatte sich nach hinten gedreht.

»Ihr kämpft nicht, um zu töten«, bemerkte der Speer – war das etwa ein Vorwurf?

Im Glauben, daß er ihn hatte schlechtmachen wollen, bedachte Gary ihn mit einem Schwall von Flüchen.

»Wohlgetan, junger Sproß«, fuhr der Speer fort, ohne auf die Schimpfkanonade zu achten. *»Ihr habt Achtung vor dem Leben, selbst vor dem Eurer Feinde.«*

Aber Gary hatte nicht die Zeit, dem Ansturm von Gedanken zu lauschen. Es waren noch Feinde übrig, und er konnte sie nicht einmal mehr sehen!

»Aber ich werde Euch nicht umkommen lassen«, teilte der beseelte Speer ihm mit. *»Nicht jetzt.«*

Diese Worte verwunderten Gary, aber schon im nächsten Moment war er zu verwirrt und ängstlich, um sie sich erklären zu können. Sein Streitroß beschrieb eine mörderische Kurve (und erneut mußte er sich an ihm wie an seinem Leben festklammern) und sprengte wild voran. Gary versuchte, eine Hand freizubekommen, damit er wenigstens sehen konnte, wohin die Reise ging. Nicht daß er überzeugt war, daß er das wirklich wollte. Vielleicht hatte er ja nur einen weiteren Ritter vor sich, der mit gesenkter Lanze geduldig darauf wartete, ihn aufzuspießen.

Gerade, als er die Zügel mit einer Hand losgelassen hatte, machte das Pferd einen gewaltigen Satz und kam mit einer solchen Wucht wieder hinab, daß Gary sich erneut mit beiden

Händen festhalten mußte. Er mußte sich festhalten und die Beine um den Leib der Stute klammern und lag jetzt flach auf dem Bauch.

Er brauchte eine ganze Weile, um zu begreifen, daß der Kampfeslärm hinter ihm verklang und daß er wild dahinritt, fern von Freund und Feind zugleich.

Sein erster Gedanke galt Ceridwen, der schwierigen und gefährlichen Hexe. Hatte etwa sie die Kontrolle über sein Pferd gewonnen? Zog sie ihn zu sich heran wie ein Angler seinen Fisch?

»Helft mir!« schrie er. Der Schrei dröhnte im Helm und dröhnte in seinen Ohren. Mit aller Kraft riß Gary an den Zügeln, doch das störrische Tier behielt den Kopf gesenkt und flog über die Felder dahin.

Kelsey und der Schwertkämpfer setzten ihren Kampf über den Rücken des reiterlosen Tieres hinweg fort. Der agile Elf parierte den Ausfall des wütenden Mannes mit Leichtigkeit. Gern hätte er dieses Spielchen fortgesetzt und ein paar Gelegenheiten verstreichen lassen, diesen chancenlosen Gegner zu besiegen, aber Genos Keuchen und Gary Legers wilder, gefährlicher Ritt belehrten ihn eines Besseren.

Der Schwertkämpfer stieß über den Rücken des Pferdes hinweg nach Kelseys Schenkel.

Auf sein Roß vertrauend, ließ der Elf die Zügel los und packte den Mann beim Handgelenk, dann riß er so kräftig daran, daß der mit den Rippen auf den leeren Pferderücken plumpste. Hilflos hing er Kelsey direkt unter der Klinge.

Seltsamerweise schoß dem Elf auf einmal ein Bild von Gary Legers Antlitz durch den Kopf. Die Spitze seines Schwertes war nur noch einen Fingerbreit von der Stirn des erschrockenen Mannes entfernt, da riß er es zur Seite und ließ es nur in den Bizeps des Schwertarmes fahren. Schmerzerfüllt schrie sein Gegner auf und ließ die Waffe fallen.

Kelsey ließ das Handgelenk los und packte den Mann statt dessen wild beim Schopfe, zerrte seinen Kopf Richtung Erde. Wieder schlug er zu, diesmal mit dem Griff des Schwertes, und rammte ihn dem Mann auf den Hinterkopf. Der Soldat strampelte nicht länger herum. Erschlafft rutschte er den Rücken des reiterlosen Pferdes hinab und fiel auf den Boden.

Kelsey achtete darauf, daß der Bewußtlose nicht von den Hufen seines Rosses getroffen wurde. Vorsichtig lenkte er es um ihn herum und sah sich nach seinen Gefährten um.

Geno hatte bereits zwei Pfeile im Leibe stecken und ritt auf die letzten Gegner zu. Beherrscht saßen die beiden Bogenschützen nebeneinander in ihren Sätteln. Sie waren zum Schuß bereit. »Nun bist du dran, Zwerg!« rief der eine voller Angst und Zorn zugleich.

Da erscholl ein Horn – nicht das schnaufende Horn eines Ritters, sondern ein merkwürdig piepsiges – und zog sämtliche Blicke auf sich.

Auf dem steilen Hang kam Gerbils Vierrad herangebrettert. Mit der einen Hand steuerte der Gnom, mit der anderen drehte er wie wild an einer Kurbel. Auf einer hohen Stange wirbelte eine Bola im Kreis herum. Gerbil versuchte, gleichzeitig auf das rauhe Gelände zu achten und die Zielvorrichtung im Auge zu behalten.

»O ja!« rief er und ließ die Kurbel los. Wild drehend flog die Bola nach vorn und senkte sich auf einen der Bogenschützen hinab. Rasch wickelte sich das Seil auf, und die eisernen Kugeln krachten dem unglücklichen Mann gegen die Schultern und schleuderten ihn stracks in seinen ebenso verdutzten Kameraden hinein.

»O ja! Ja!« rief Gerbil siegesgewiß, aber er hätte besser auf seine eigene heikle Lage achten sollen. Das linke Vorderrad knallte gegen einen Felsen, und die linke Seite seines Gefährtes hob komplett vom Boden ab.

Gerbils Siegesschrei ging in ein Kreischen über, als er versuchte, das Vierrad auf den beiden rechten Rädern zu stabilisieren. Der wagemutige Kampf war verloren, als das rechte Vorderrad in einen Graben krachte und zur Seite gerissen wurde. Das Vehikel des armen Gnomen überschlug sich, durchpflügte die weiche Erde und schlitterte auf den Grund der Rinne hinab.

Geno bekam davon nichts mit, er jagte weiter auf das Knäuel feindlicher Bogenschützen zu. Derjenige, dem die Bola augenscheinlich eine Schulter zerschmettert hatte, fiel zwischen die beiden Pferde hinab und versuchte, sie mit lautstarkem Gejammer davon abzuhalten, auf ihm herumzutrampeln. Sein Kamerad jedoch saß nach wie vor im Sattel, er hatte sich wieder gefangen und war mit seinem Bogen beschäftigt. Schiere Angst stand ihm ins Gesicht geschrieben, als er aufsah und erkannte, daß der wütende Zwerg einen Hammer hoch über dem Kopf schwang.

Als Genos Pony in ihn hineinkrachte, fiel der Bogenschütze nach hinten, fort von dem Hammer. Geno warf sich aus dem Sattel und stürzte regelrecht in den Mann hinein. Gemeinsam fielen sie die Kruppe des Pferdes hinab. Der Mann drehte sich in der Luft, um nicht auf dem Rücken zu landen, und versuchte, den Sturz mit den Armen abzufangen. Ein Handgelenk ließ ein ohrenbetäubendes Knacken hören, und dann trieb das überraschend große Gewicht eines ausgewachsenen Zwerges den Mann in die Erde.

Geno griff sich eine Handvoll Haare und riß den Kopf des Mannes zurück, dann rammte er ihn in das weiche Gras. Als er ein besseres Ziel entdeckte, riß er ihn erneut zurück, diesmal aber auch ein wenig zur Seite, dann stieß er ihn heftig auf einen halb eingesunkenen Stein.

Der Schrei des Mannes kam nur als blutsprudelndes Gegurgel heraus. Nase und Kinn waren zerschmettert, aber das schien den wütenden Zwerg nur anzufeuern. Erneut rammte er dem Mann den Kopf auf den Stein, dann hakte er einen Arm unter die Schulter des Mannes und verdrehte sie, bis das Gelenk aus der Pfanne sprang. Dabei zermanschte er ihm mit dem Knie den Magen. Durch die Wucht wurde sein bemitleidenswerter Gegner auf den Rücken geworfen und der ausgekugelte Arm unter ihm eingeklemmt.

Im nächsten Moment war Geno auf den Beinen und hob seinen tödlichen Hammer, um das grimmige Werk zu vollenden.

»Laß ihn leben«, befahl Kelsey und ritt heran. Elf und Zwerg sahen sich um und stellten zu ihrem Erstaunen fest, daß keiner ihrer Gegner getötet worden war. Nur der Mann, den Geno mit dem Pony niedergeritten hatte, war wirklich schwer verletzt.

»Geh zum Gnom«, ordnete Kelsey an. Er drehte sich um und erblickte Mickey, der Cedrics Pferd hierhergelenkt hatte. Stocksteif saß der riesige Schmied im Sattel, schweißbedeckt und mit starren Augen.

»Was immer du zu tun hast, mach es schnell«, sagte Mickey und sah erst den armen Cedric an und dann mit einem Kopfschütteln zu Kelsey.

Der Mann auf dem Boden zappelte herum und drängte Geno weg, und im nächsten Moment hatte der Zwerg den Hammer gereckt.

»Geno«, sagte Kelsey langsam.

»Bah!« schrie der Zwerg den Verwundeten an. »Das hier tut's auch!« Und er ließ dem Gebrüll einen Batzen Spucke folgen. Dann stampfte er zu dem verunglückten Gnom hinüber.

Kelsey sah sich um und stellte einigermaßen erleichtert fest, daß keine weiteren Gegner zu sehen waren. Aber ebensowenig war Gary Leger zu sehen.

»Wo ist der Junge hin?« fragte Mickey.

Kelsey schüttelte den Kopf, denn er hatte keine Ahnung.

»Hier treiben sich doch bestimmt noch mehr Soldaten herum«, sagte Mickey.

Auch darauf wußte Kelsey nichts zu sagen. Er machte sich ebenfalls seine Sorgen um Gary, aber nicht um ihn allein. Denn Cedric der Schmied schien in Lebensgefahr zu schweben, und Gerbil war mit seinem Vehikel übel abgestürzt.

Im Namen der Ehre

Schließlich schaffte Gary es, den Helm so weit herumzudrehen, daß er einigermaßen sehen konnte. Als er die Landschaft schwindelerregend schnell dahinrasen sah, wünschte er, er hätte es nicht geschafft. Hätte er doch bloß ein paar Reitstunden genommen! Er verbiß sich einen Schrei und klammerte sich fest, so gut er konnte, den magischen Speer unter den Arm geklemmt. Das Pferd sprang über Spalten und Rinnen hinweg, lief im Zickzack über felsenübersäte Felder und platschte durch mehrere Bäche. Gary hatte das Gefühl, daß feindliche Soldaten in der Nähe waren, und einmal sah er sogar welche. Sie rasteten am Fuße eines Hügels unter einer weitausladenden Baumkrone und aßen. Einer von ihnen sah Gary plötzlich kommen, schrie auf und zeigte auf ihn.

Aber Gary war nur noch ein heller Fleck, eine optische Täuschung und längst außer Sichtweite, als die anderen Soldaten aufschauten.

Dennoch war dem jungen Mann seine Ungeschütztheit nur zu bewußt. Und als ob das Schnauben des hitzigen Pferdes, das Hufgetrappel und das Geschepper der Rüstung noch nicht genug gewesen wären, begannen nun auch noch die Elfenschellen zu klingeln!

Das hatte er ihnen nicht befohlen! Was, um alles in der Welt, war hier los? Nicht einmal gedacht hatte er an die blöden Schellen, und trotzdem klingelten sie. Das Pferd ließ sich nicht bändigen, die Schellen gehorchten ihm nicht – der einzig mögliche Schluß war, daß jemand anderes die Hand im Spiel hatte.

Gary Leger war der Hexe Ceridwen bereits auf seiner ersten Reise durch Faerie begegnet; daher glaubte er zu wissen, wer dieser jemand sein mochte.

Er mußte abspringen. So erschreckend die Vorstellung auch war, er hatte keine andere Wahl. Hinter alldem konnte nur Ceridwen stecken, und alles würde besser sein, als ihr erneut zu begegnen. Selbst wenn er absprang. Aber das war leichter gedacht als getan, denn die Rüstung hinderte ihn daran, einen ordentlichen Satz zu machen, und der Boden, der an manchen Stellen grasgepolstert, an anderen jedoch steinhart war, versprach, ihn zu zerschmettern.

»Du mußt springen«, flüsterte er grimmig und zwang sich dazu, den ersten Schritt zu machen. Er holte mit dem Speer aus, um ihn wegwerfen zu können, sobald es abwärts ging.

Dann riß er den Arm nach vorn, aber zu seinem Entsetzen mußte er feststellen, daß sich seine Finger nicht öffnen wollten.

»Werft mich nicht fort, junger Sproß!« erscholl es in seinem Kopf.

Seine Antwort war ein wirrer Schwall von Gedanken, der so schnell dahinschoß, daß dem beseelten Speer gar nicht klarwerden konnte, was los war. Also holte Gary tief Luft, zwang sich, seine Gedanken langsam zu bilden, und dachte deutlich: *Ich habe den Elfenschellen nicht befohlen, daß sie klingeln sollen!*

»Aber ich«, kam die überraschend ruhige Antwort.

Gary wäre fast aus dem Sattel gefallen. Ihm blieb der Mund offenstehen. Was, zum Teufel, war hier los?

Das Pferd galoppierte um die nächste Kurve herum, sprang über eine niedrige Hecke und blieb unvermittelt stehen. Da hatte er seine Antwort.

»Nehmt die Schmach von mir!« befahl der Speer.

Gary war nicht weniger überrascht als die drei Reiter, die ihm plötzlich gegenüberstanden – zwei waren königliche Soldaten, und der dritte war ein Ritter. Rotarm.

Das erstaunlich unverwüstliche Vierrad rollte voran, und Gerbil achtete sehr darauf, keinen der Soldaten, die stöhnend am Boden lagen, zu überfahren. Ebenso vorsichtig ritt Kelsey zwischen ihnen hindurch, das Pferd, auf dem Mickey und Cedric saßen, im Schlepptau. Der Kobold hatte sein Bestes getan, um die Wunde des Schmiedes zu verbinden, und Kelsey ebenfalls; er war wie alle Tylwyth Teg in der Heilkunst sehr versiert. Gerbil hatte sogar einen Trunk und eine Heilsalbe aus einem weiteren Fach seines wundersamen Fahrzeugs beigesteuert. Aber es war ihnen nicht gelungen, die Pfeilspitze aus Cedrics Brustraum zu entfernen, und trotz der warmen Decken, die sie ihm umgelegt hatten, floß ihm kalter Schweiß in Strömen das Gesicht hinab.

»Solange wir ihn mitschleppen, werden wir Gary Leger nie einholen«, sagte Geno grummelnd.

Dagegen wußte Kelsey nichts zu erwidern. »Möchtest du Cedric lieber zurücklassen?« fragte er daher einfach.

Geno dachte lange darüber nach, nickte sogar ein paarmal. »Steingeblubber!« fluchte er schließlich und überholte den langsam reitenden Elfen, um sich an die Spitze zu setzen.

Mickey nahm einen langen Zug aus der Pfeife und fühlte sich hilfloser als je zuvor. Die andauernde Trennung von seinem Goldtopf, der Quelle seiner Zauberkraft, hatte ihn so sehr ausgezehrt, daß er im letzten Kampf praktisch gar nichts mehr hatte tun können. Er kratzte zusammen, was ihm noch an Zauberkraft geblieben war, und sandte dem Schmied das Bild eines weitausladenden Kastanienbaumes hinüber, eines heißen Schmiedeofens und eines glühenden Stück Metalls. Besser, wenn Cedric mit den Gedanken bei Dingen war, die ihm Frieden gaben, fand Mickey. Er beobachtete die gewaltige Brust des Mannes und erwartete bei jedem flachen Atemzug, daß es der letzte gewesen war.

Allein Rotarms Gesicht vermochte auch den mutigsten Mann einzuschüchtern. Er saß auf seinem großen Hengst, das Visier des Helmes nach oben geklappt. Trotz seiner offenkundigen Freude, Gary wiederzusehen, schaute er grimmig drein. Sein Gesicht war gerötet und von einem Dutzend Narben übersät. Er hatte einen dichten, schwarzen Schnurrbart, der beide Lippen bedeckte, solange der Mund geschlossen war, und seine ebenso dichten Augenbrauen waren über der mehrfach gebrochenen, krummen Nase zusammengewachsen. Selbst aus zwanzig Yards Entfernung konnte Gary erkennen, daß Rotarm dunkle Augen hatte, schwarze sogar. Blutunterlaufene. Wütende Augen, dachte Gary, immer nur wütende.Der Mann lächelte, und das war ein merkwürdig übler Anblick. »Geldion hat mich in die hinteren Reihen degradiert«, sagte er, und ein derbes Lachen begleitete seine Worte. »Zur Strafe für meine offensichtliche Unfähigkeit, dich zu töten! Und dem Schicksal sei Dank, hier bist du wieder!«

War nicht gerade Schicksal, dachte Gary grimmig.

»Nehmt die Schmach von mir!« befahl der Speer.

Friß Scheiße.

Darauf wußte der Speer nichts zu sagen. Er schien sogar etwas verwirrt, und das bereitete Gary ein wenig Freude – gedämpfte Freude allerdings nur, denn der junge Mann glaubte fest, daß er sterben müsse.

Rotarm griff nach dem Schwert. »Beim Worte Prinz Geldions«, sagte der Soldat zu seiner Rechten und legte ihm eine Hand auf den Arm. »Dieser Mann aus Bretaigne soll doch lebend gefaßt werden.«

»Das waren seine Worte«, stimmte Rotarm ruhig zu, und der Soldat zog die Hand wieder zurück. Im nächsten Augenblick hatte Rotarm die Klinge blank und hieb sie dem Mann in die Kehle, so daß er fast enthauptet wurde. Der Soldat saß ganz still im Sattel, mit eingefrorenem Gesichtsausdruck. Dann, als wäre die Restenergie des gewaltigen Hiebes ihm bis hinunter in die Füße und dann wieder hinauf gefahren, schien er regelrecht aus dem Sattel zu springen und fiel tot ins Gras.

Das nunmehr reiterlose Pferd wieherte leise und scharrte in hilflosem Protest.

Rotarm schwang sich zur anderen Seite herum, aber der zweite Soldat hatte sein Pferd bereits angetrieben und stob in wilder Flucht davon.

Gary sah ihm verblüfft nach. Sein Magen verkrampfte sich, und der Puls pochte ihm in den Schläfen. Er hatte in Faerie schon einiges an Kämpfen erlebt, hatte sogar Menschen sterben sehen, aber nie auf so erbarmungslose Weise und nie durch Menschenhand.

»Nun ist es, wie es zu sein hat«, sagte der narbengesichtige Ritter. Ohne auch nur das Blut abzuwischen, stopfte er das Schwert in die Scheide zurück und griff nach seiner Lanze.

»Hast du deinen Frieden mit welchem Gott auch immer schon gemacht?« fragte er Gary höflich, und bevor dieser auch nur eine Antwort herauspressen konnte, klappte er das Visier hinunter, hob den Schild, auf dem der Löwe und das Kleeblatt prangten, und schob die Lanze in eine dafür vorgesehene Ausbuchtung.

Was, zum Teufel, soll ich jetzt bloß machen? fragte Gary den Speer.

»Nehmt die Schmach von mir!«

»Wirst du wohl noch was anderes sagen!« brüllte Gary.

Rotarm richtete sich im Sattel auf und klappte das Visier nach oben. »Was gibt es denn noch zu sagen?« fragte er verwirrt. »Bereite dich auf den Tod vor, Gary Leger von Bretaigne, selbsternannter Nachfolger des Cedric Donigarten!« Und runter mit dem Visier, runter mit der Lanzenspitze.

»So ein Sackgesicht«, ächzte Gary.

»Ihr sagt die kuriosesten Dinge«, stellte der Speer fest.

»Friß Scheiße«, gab Gary zurück.

»Wahrhaftig«, antwortete der Speer, und Gary spürte, daß er nicht zufrieden war. *»Darüber werden wir uns noch unterhalten, junger Sproß.«*

Im Moment glaubte Gary Leger allerdings nicht daran, daß er jemals wieder in die Verlegenheit kommen würde, sich über irgend etwas noch einmal unterhalten zu müssen. Er sah sich um, vielleicht konnte er ja fliehen. Doch dann fiel ihm ein, daß nicht er, sondern der Speer die Gewalt über das Pferd hatte, und als ihm klarwurde, daß er nicht einmal einen Schild besaß, ächzte er erneut und senkte die Speerspitze.

»Und das alles ohne Schild«, stöhnte er. Vielleicht sollte er das Rotarm gegenüber zur Sprache bringen, damit er möglicherweise wie ein Ehrenmann auf diesen Vorteil verzichtete und den eigenen Schild zur Seite warf.

Doch Gary sollte nicht mehr die Gelegenheit haben, Rotarm zu fragen. Plötzlich sprengte sein Pferd los, Rotarms ebenfalls, und die Luft war von Hufgetrampel und Schellengeläut erfüllt.

Es kam Gary wie eine besonders makabre Mutprobe vor, die Nervenstärke und Geschicklichkeit zugleich verlangte. Rotarm kam näher, und die tödliche Spitze seiner Lanze zielte perfekt auf Garys Brustpanzer. Der rutschte im Sattel hin und her und versuchte sogar, das Pferd etwas zur Seite zu bewegen, denn es sah ganz so aus, als würden die Tiere gleich ineinanderkrachen.

Doch es blieb ihm nichts anderes übrig, als sich festzuhalten und den Speer gegen die Hüfte zu pressen. Als sie nur noch ein paar Schritte voneinander entfernt waren, begriff Gary, daß er noch in anderer Hinsicht im Nachteil war.

Was nützte es ihm, daß sein Speer beseelt war; Rotarms Lanze war mindestens drei Fuß länger!

Prinz Geldions Streitmacht setzte die Verfolgung fort, lange nachdem sich die Volkswehren des Ostens zurückgezogen hatten. Duncan Drochit, Badenoch und der Zwerg Kervin hetzten ihre Truppen ebenso nachdrücklich voran wie Geldion. Die drei wollten Connachts wohlgerüsteter und -ausgebildeter Armee nicht in offenem Gelände gegenübertreten, das hatten sie auch nie vorgehabt. Sie waren nur so weit vorgedrungen, um Geldion von ihren Heimatstädten fernzuhalten und ihn abzulenken, während sich die Freunde an ihm vorbeipirschten.

Nun ritten und rannten sie in das zerklüftete Vorgebirge

Dvergamal zurück, so schnell sie konnten. Nachzügler, die nicht mithalten konnten oder versehentlich die falschen Abzweigungen genommen hatten und plötzlich vor einer Steilwand standen, wurden von der Streitmacht des Prinzen gnadenlos niedergemacht.

Allein Kervins Zwerge setzten Connachts Armee regelrechten Widerstand entgegen. Sie hatten heimlich Gräben ausgehoben und sorgfältig mit Grassoden getarnt, damit sie vor Geldions Reitern verborgen blieben. In den Vorbergen hatten sie kleine Steinschläge vorbereitet, sowohl um Verfolger aufzuhalten oder zu zerschmettern, als auch um einige Pfade zu blockieren, nachdem die Verbündeten sie auf ihrer Flucht benutzt hatten. Zehn unerschütterliche Krieger, die Hälfte der Zwergentruppe, hatten sich in einigen Felsdurchbrüchen am Rande des weiten Feldes verborgen, und als die erste Reihe von Geldions Armee vorbeijagte, stürzten sie, Streitäxte und Kriegshämmer schwingend, hervor und stimmten einen lauten Schlachtgesang an. Sie starben alle zehn, aber sie nahmen die vierfache Menge feindlicher Soldaten mit ins Grab.

Und so entfernte sich der Tumult langsam von dem weiten Feld. Das Donnern der Hufe, das Aufspritzen der Erdbrocken, die Schlachtrufe und die Schreie der Sterbenden – alles verschwand und verlor sich in den Echos des zerklüfteten Dvergamal. Doch so schnell die Jagd auch verschwunden war, das Feld war gezeichnet, aufgerissen und zerwühlt und im Nordosten getränkt mit dem Blut von mehr als sechzig Gefallenen.

Bis zu dem Moment, als die Spitze von Rotarms Lanze schwer gegen Garys Brustpanzer prallte, schien dem jungen Mann die Zeit stillzustehen. Er fühlte den harten Stoß vor die Brust und sah, wie die Lanze sich bog, wie die Spitze abrutschte und in dem Falz an seinem Schulterpanzer einen Halt fand.

Er fühlte, daß er zurückgedrängt wurde, und wußte, daß sein Reittier weder schnell genug abbremsen noch zur Seite ausweichen konnte. Er war verloren. Dort kam Rotarm unerbittlich und unaufhaltsam und brüllte siegesgewiß.

Die Lanze bog sich, bog sich – und zerbrach, und plötzlich war es der magische Speer, der länger war. Die Spitze loderte auf, als sie Rotarms prunkvollen Schild verbeulte und ihn umseinen Unterarm bog. Jede geringere Waffe wäre abgeprallt, Donigartens Speer jedoch war der mächtigste weit und breit, und er brannte vor Zorn, brannte darauf, die Schmach auszutilgen.

Gary fühlte, wie die Magie seinen Arm hinaufpulsierte. Sie zwang ihn dazu, die Waffe festzuhalten und unerbittlich nach vorn zu reiten. Zwischen den Pferden würde gerade mal eine Handbreit Platz bleiben. Gary zuckte zurück, denn jeden Moment mußte ihn die gestutzte Lanze erneut treffen. Aber erneut geschah alles im Bruchteil einer Sekunde, und Gary hatte gar nicht die Zeit, sich irgendwelche Argumente gegen das Vorhaben seines beseelten Speeres auszudenken.

Er starrte durch den Schlitz seines Helmes und riß die grünen Augen in schierem Entsetzen auf, als er mitansehen mußte, wie der Speer den Schild durchstieß und sich in Rotarms Brustpanzer senkte. Das Metall bog sich unter der tödlichen Berührung, platzte auf und wurde nach innen getrieben, und hungrig biß der Speer ins ritterliche Fleisch und fraß sich in die breite Brust hinein.

Gary spürte ein Knirschen, als ihm die gestutzte Lanze in den Bauch gerammt wurde, aber es steckte keine Kraft mehr dahinter. Da war überhaupt keine Kraft mehr.

Der Speer jagte weiter, durch die Lunge, durch das Rückgrat, und dann fuhr seine blutige Spitze an Rotarms Rücken wieder hinaus.

Die Pferde preschten aneinander vorbei, und beide Männer wurden herumgerissen, da der Speer sie miteinander verband. Gary hatte das Gefühl, als würde ihm der Arm ausgekugelt, aber er konnte nicht loslassen und wurde prompt halb aus dem Sattel gezogen, so daß er auf einmal seitlich auf dem hüpfenden Pferderücken lag. Er klemmte den freien Arm vorn unter den Sattel und sah zu, wie sein Helm zu Boden purzelte.

Auch Rotarm kippte um, und dann stürzte er vom Pferd. Gary konnte das plötzliche Gewicht nicht halten und hatte auch nicht die Kraft, den festgekeilten Speer aus dem toten Mann zu reißen. Er ließ ihn los und versuchte lieber, wieder richtig in den Sattel zu kommen. Dann konnte er das Pferd wenden und sich um die blutbesudelte Waffe kümmern. Und die ganze Zeit peitschten ihm die schwarzen Flügel der Schuld um die Ohren und erzählten ihm, was er gerade getan hatte. Wieder und wieder ließen sie ihn zu dem gefallenen, ermordeten Ritter schauen.

Rotarm lag auf der Seite, und um ihn herum breitete sich eine Blutlache aus. Der Schaft des Speeres steckte ihm in der Brust, und die Spitze ragte aus dem Rücken heraus. Er bewegte sich nicht, und er würde sich auch nie wieder bewegen.

Gary wimmerte vor Schmerzen, als er sein Gewicht verlagerte, während sein Pferd nun ruhig trabte. Sowohl seine Schulter als auch sein Bauch waren schwer getroffen worden, und er wußte, ohne nachsehen zu müssen, daß dort jeweils schwarzblaue Prellungen zu blühen begannen. Er konnte nur hoffen, daß er unter der Rüstung nicht blutete.

Als er sein Gleichgewicht wiedererlangt hatte, griff er nach den Zügeln und ließ das Pferd in Schritt fallen. Zum ersten Mal, seit er auf Rotarm getroffen war, konnte er sich umsehen, wo er sich überhaupt befand.

Zwei zwölf Fuß große Riesen, mit Beinen so dick wie die

Stämme alter Eichen, mit breiten und kräftigen Brustkörben, standen nebeneinander da. Sie warteten nur ein paar Schritte von ihm entfernt und hatten ein grobmaschiges Netz zwischen sich aufgespannt und grinsten ihn dümmlich an. Ihre Zähne schimmerten spitz und grünlich-gelb.

Gary wußte, was das für Wesen waren, denn er war schon auf seiner ersten Reise einigen Bergtrollen begegnet. Mit einem Aufschrei riß er sein Pferd herum, aber die überraschend flinken Ungeheuer vollzogen die Bewegung mit, und er stürzte samt seinem Pferd schnurstracks in ihr Netz.

Die kräftigen Trolle wurden durch den Schwung gerade einmal einen Schritt zurückgerissen. Rasch wickelten sie ihre Beute so fest ein, daß das erschrockene Pferd nicht einmal mehr einen Huf rühren konnte.

Gary hatte das Gefühl, zerquetscht zu werden. Er kämpfte darum, das Gesicht zur Seite zu drehen, damit er wenigstens Luft bekam.

»Pferdchen zum Aambrot«, sagte ein dritter Troll glücklich und schloß sich seinen Kumpanen an. Er drückte Gary einen dicken, schmutzigen Finger ins Gesicht. »Aber nich für dich!« lachte er. »Nich für dich, bis wir da sind!«

»Bis wir da sind?« flüsterte Gary. Dann war das alles also doch kein unglücklicher Zufall. Weder Prinz Geldion noch König Kinnemore höchstselbst hatten diese Monster angestiftet, und da Gary bereits ein unbehagliches Gefühl einer gewissen Hexe gegenüber hatte, mußte er sich nicht allzuviel Mühe geben, um auf den Namen zu kommen.

Als die Bande aufbrach, bereitete es ihm ein wenig Erleichterung, daß die Trolle sogar zu blöd waren, einen Umweg zu machen und den magischen Speer mitzunehmen.

Aber diese Erleichterung war nicht sonderlich groß.

Die Abmachung

Lautes Schmatzen ließ ihn aufwachen. Bevor er auch nur die Augen geöffnet hatte, merkte er schon, daß er nicht mehr neben seinem Pferd im Netz steckte, nicht mehr wie eine Ölsardine eingezwängt war. Aber trotzdem waren ihm die Arme fest hinterm Rücken verschnürt, und die Schulterblätter wurden ihm schmerzhaft gegen die Rüstung gedrückt.

»Ferdchen is prima Aambrot«, hörte er einen Troll dröhnen.

»Grumpf, 'n Happen Mensch wär mir lieber«, sagte ein anderer, und Gary riß die Augen auf. Als der Troll hinübergriff und ein ungeschütztes Stück Haut knapp über seiner Hüfte zwischen die riesigen Finger nahm, stieß Gary einen ohrenbetäubenden Schrei aus. Das Ungeheuer hatte so brutal hineingekniffen, daß bald danach warmes Blut aus seiner Seite sickerte.

Die Trolle waren zu fünft, riesige Gestalten mit menschlichen Zügen, nur daß die Ohren viel zu klein und die Nasen und die Augen viel zu groß waren. Ihre Haut hatte die Farbe von Granit und ihr langes, zotteliges Haar ebenfalls.

»Das hat den Kleinen aber aufgeweckt!« brüllte ein Troll, und als er lachte, begannen tausend Elfenschellen zu klingeln, denn das Monster hatte sich das Geschirr des Pferdes um den Leib geschlungen.

Gary wimmerte und schaute weg. Sein armes, mutiges Roß! Das Klingeln der Schellen klang auf einmal gar nicht mehr fröhlich, als es das Geschmatze begleitete, mit dem die Trolle das schöne Tier verschlangen.

So vergingen etliche Minuten. Die Trolle sabberten herum und redeten auf ihre rauhe Weise miteinander. Immer wieder bettelte einer von ihnen um einen Happen Mensch, und immer wieder endete es damit, daß er Gary wenigstens einmal tüchtig zwackte. Die anderen Trolle jedoch zeigten sich unnachgiebig, und je öfter es geschah, desto weniger schienen sie ihren allzu hungrigen Kumpanen noch ertragen zu wollen. Als er Gary schließlich wieder einmal kniff, wurde er von einem der anderen kräftig zurück- und auf die Füße gerissen, und dann bekam er prompt einen Schlag aufs Auge. Er taumelte und fiel um und landete nur einen Fuß von Garys Kopf entfernt. Sofort sprang er wieder auf, und das überraschend schnell, wenn man die halbe Tonne Eigengewicht bedachte. Gary besah sich die tiefe Delle, die das Monster im Boden hinterlassen hatte, und wäre fast ohnmächtig geworden. Nicht auszudenken, was geschehen wäre, wenn der Troll auf ihn gefallen wäre.

»Du bist dran mit Tragen!« grollte ein anderer. Er stocherte sich mit einem Pferdeknochen zwischen den Zähnen herum.

»Grumpf, der darf ihn nich tragen!« protestierte der dickste von ihnen. Er hatte schwarze Augen und eine Zunge, die nicht einmal annähernd in seinen Mund passen wollte. »Der frißt ihn, und denn frißt die Hexe uns!«

»Trollhasen-Pastete«, fügte ein anderer dümmlich nickend hinzu.

Gary entging der deutliche Hinweis auf Ceridwen nicht.

»Denn trägst du ihn!« knurrte der Zahnstocherer. Der Dicke protestierte noch lauter, aber der Zahnstocherer warf ihm den Pferdeknochen an den Schädel und stürzte sich dann prügelnd und beißend auf ihn. Zwei andere gesellten sich hinzu, nur der fünfte blieb sitzen. Er wollte seine schönen Elfenschellen nicht kaputtmachen.

Schließlich war der Dicke überzeugt. »Wenn du wackelst, verpaß ich dir eine!« versprach er Gary. Dann hob er ihn mit einer Hand auf und klemmte ihn sich unter den zwar dicken, aber steinharten Arm.

Gary war von dieser Kraft entsetzt. Er hatte bei seinem ersten Besuch schon mehrmals gegen Trolle gekämpft, war aber trotzdem immer wieder aufs neue überrascht, wie massiv sie gebaut waren. Es fühlte sich an, als würde er von der stählernen Schaufel eines Baggers gegen eine Ziegelwand gepreßt. Wenigstens konnte er nach vorn sehen, und so wehte ihm der Wind wohltuend ins Gesicht, als die Trolle mit so langen Schritten dahinliefen, daß sie leicht mit einem Rennpferd hätten mithalten können.

Aus den Minuten wurde eine Stunde, und Gary hatte sich langsam an das Gehüpfe gewöhnt. Ihm taten die Schultern weh, weil ihm die Arme zu fest auf den Rücken gebunden waren, doch er wollte sich lieber nicht beschweren. Sonst hätten ihm die Trolle vielleicht kurzerhand die Arme ausgerissen, nur damit sie sich mit ihm nicht länger plagen mußten.

»Unter einen Trollarm geklemmt, auf dem Weg zur bösen Hexe«, murmelte er sarkastisch vor sich hin. »Wirklich gut gemacht!«

Eine gewaltige Hand tauchte vor seinen Augen auf. Der Nagel des Mittelfingers klemmte hinter dem Daumen.

»Grumpf, hör mit die Zaubersprüche auf!« befahl der Troll, und dann schnippte er Gary seinen Finger vor die Stirn. Garys Kopf wurde zurückgerissen, und vor seinen Augen verschwamm alles; es fühlte sich an, als ob ihn ein Pferd getreten hätte. Für lange Zeit hing er schlaff unter dem Arm des Trolls und sah sich die schönen Sterne an, die so plötzlich aufgegangen waren, obwohl es noch hellichter Tag war.

Geno ging nicht gerade behutsam vor, als er den magischen Speer vollends durch Rotarms Leichnam trieb.

»So«, fauchte Mickey dabei Kelsey an. »Hat der Junge jetzt auf die angemessen schwachsinnige Weise seine Ehre wiederhergestellt?«

Der Elf wog den leeren Helm in der Hand und nickte ernst.

»Gary Leger hat seine Sache gut gemacht. Wie bei nahezu jeder Gelegenheit.«

»Verdammt guter Speer«, verkündete Geno, als er die unglaubliche Wunde in Augenschein nahm. Das Metall der Rüstung hatte sich in das klaffende Loch in Rotarms Brust regelrecht hineingebogen.

Mickey sah von dem Speer zu Kelsey und sog ungeduldig an seiner Pfeife. Er wußte, daß der Elf Gary in seiner typischen, unterkühlten Art ein Kompliment gemacht hatte, wie es aus dem Munde eines hochmütigen Tylwyth Teg gar nicht größer kommen konnte. Aber in dieser ernsten Lage reichte ihm das bei weitem nicht. Er hatte Gary nach Faerie zurückgeholt und führte eine Queste durch gefahrvolle Lande, wobei er immer noch an einer Lüge festhielt. Doch er fühlte sich auch verantwortlich. Dies war eine der wenigen Lasten, die der sorglose Kobold nicht sogleich von den runden Schultern kullern lassen konnte.

»Tja, er hat den Kampf gewonnen«, sagte Geno. Die Fäuste in die Hüften gestemmt, betrachtete er den Erdboden um Rotarm herum. Ein Stück abseits lag ein anderer Soldat tot in einer Blutlache, und weiter hinten standen zwei Pferde und grasten friedlich. »Also, wo in aller blöden Gnomen Namen steckt er?«

Gerbil starrte ihn böse an.

»Das sagt man so«, knurrte Geno. »Ist nicht persönlich gemeint.«

»Natürlich«, sagte der Gnom. »Mir kommt es ganz so vor, als ob dieser unglückselige Soldat hier von dem Ritter getötet worden ist.«

Geno zog Rotarms Schwert. Es war blutverschmiert. »Sieht ganz so aus.«

»Somit dürfte es zwischen dem Ritter und dem Soldaten zu einer Meinungsverschiedenheit gekommen sein«, überlegte Gerbil weiter, um die Beleidigung von der sprichwörtlichen Dummheit der Gnomen Lügen zu strafen. »Darf ich annehmen, daß die mit dem Auftauchen Gary Legers zusammenhing?«

»Rotarm wollte ihn umbringen«, warf Mickey ein. »Aber die anderen hatten sicherlich den Befehl, ihn lebend zu fassen.«

»Die anderen?« fragten Geno und Kelsey wie aus einem Munde. Dieser Gedanke warf neue Möglichkeiten auf. Sofort begannen die beiden, nach weiteren Spuren zu suchen.

Sie fanden die Antwort ein wenig südlich von den beiden Toten, in der Form riesiger Abdrücke, die barfüßige Ungeheuer dort hinterlassen hatten, wo die Spur von Gary Legers Pferd abrupt endete.

»Trolle«, verkündete Kelsey grimmig und sah nach Süden, denn er wußte, was das bedeutete.

»Was?« fragte Geno überrascht.

»Trolle«, wiederholte Kelsey und sah ihn an. Erst dann begriff er, daß Geno gar nicht mit ihm gesprochen hatte. Reglos stand der Zwerg da und starrte den Speer an, den er in Händen hielt. Einen Augenblick später sah er zu Mickey und Kelsey hinüber, und ein Ausdruck von Verblüffung stand in seinem sonst so unbewegten Gesicht.

»Der verfluchte Speer meint, sie wollen ihn zur Hexe bringen«, erklärte er. Einen Moment später setzte er ein hilfloses Lächeln auf. »Schön, dich mal kennengelernt zu haben, Gary Leger!«

Für dieses treulose Lebewohl verpaßte ihm der Speer einen elektrischen Schlag, der den Zwerg durchschüttelte. Geno entfuhr ein Knurren, und das glatte, sandfarbene Haar stand ihm kerzengerade vom Kopf ab, und ein Auge zuckte unkontrolliert. Er wirbelte den Speer herum und pflanzte ihn tief in die Erde, dann sprang er wohlweislich ein Stück zurück. »Verfluchter Speer!«

»Wir müssen los und den Jungen holen«, sagte Mickey zu Kelsey, als er sah, daß dieser wirklich hin- und hergerissen war. In Wirklichkeit wollten die Aussichten auch Mickey nicht gefallen. Überhaupt nicht. Trolle kamen unglaublich schnell voran und ermüdeten selbst nach Tagen noch nicht. Sie hatten bereits einen Vorsprung, und selbst ohne Gary würden sie lange vor den Gefährten auf Ynis Gwydrin anlangen, auf Ceridwens verzauberter Insel.

Kelsey seufzte und sah sich um. Die Pferde von Tir na n'Og hatten mit einem Gewaltritt bestimmt keine Schwierigkeiten, und Gerbil hatte mit seinem merkwürdigen Vehikel bisher auch gut mithalten können. Aber was war mit Cedric?

Zwar hatte der Schmied es geschafft, vom Pferd zu steigen, aber er mußte sich immer noch daran festhalten. Sein Gesicht war schweißbedeckt, und sein Atem ging kurz und gepreßt. Er machte einen wirren Eindruck und starrte stumpf in die Gegend. Trotzdem hatte er mehr mitbekommen, als die anderen glaubten. »Ich sterbe«, erklärte er und bat sie, ihn zurückzulassen.

Mickey und Kelsey nahmen ihm durchaus ab, daß er das ernstgemeint hatte. Trotzdem konnte keiner von beiden sich dazu durchringen, ihn beim Wort zu nehmen.

»Geno und ich folgen Gary«, entschied der Elf. Er sah Mickey an. »Du und Gerbil, ihr kümmert euch um ihn.« Er deutete auf Cedric und mußte überrascht feststellen, daß dieser sich gar nicht mehr am Pferd festhielt.

»Nein!« erklärte Cedric mit erstaunlich fester Stimme. Trotz der riesigen Wunde ging er mit großen Schritten zu dem

Speer hinüber und nahm von sonstwoher die Kraft, ihn mit einem Ruck aus dem Boden zu reißen. Seine Augen leuchteten auf, als er die wundersame Waffe vor sich hielt. Schon allein, sie zu halten, dieses Artefakt, das seinem eigenen Handwerk so nahe stand, schien ihm neue Kraft zu geben. Er nickte lächelnd, als hätte er soeben ein stilles Zwiegespräch mit dem beseelten Stück gehalten. Dies war der Speer eines Namensvetters, und niemals zuvor war Cedric aus Braemar von solcher Ruhe erfüllt gewesen.

»Ob er wirklich reiten kann?« fragte Kelsey den Kobold.

Mickey zuckte die Achseln. Er wollte nicht einmal eine Vermutung darüber abgeben, was hier geschah und woher der schwerverletzte Schmied plötzlich so viel Kraft nahm.

»Ich verstehe«, sagte Cedric zu dem Speer. Damit war das stille Zwiegespräch beendet, und er sah zu seinen Freunden hinüber und nickte. Dann richtete er den Speer zu ihrer Überraschung und ihrem blanken Entsetzen gegen die eigene Brust und trieb ihn mit einem höchst zufriedenen Lächeln tief hinein.

Für einen langen, schrecklichen Moment stand er so da; dann knickten seine Beine unter ihm zusammen, und er fiel um.

»Oh, oh, oh«, stotterte Gerbil fassungslos. Er hatte sich im niedrigen Sitz seines Vierrads hoch aufgerichtet und zeigte mit seinem knubbeligen Gnomenfinger auf den toten Schmied. »Oh, oh, oh!«

»Diesmal hol ich ihn nicht raus!« brüllte Geno wütend und zeigte auf den schon wieder feststeckenden Speer. Dann drehte er sich um und stapfte fluchend davon. »Blödes Menschenvolk!«

»Oh, ihr solltet Annalen für solche Fälle haben«, schlug Gerbil in aller Ernsthaftigkeit vor.

»Ja, wahrhaftig«, murmelte Mickey und nahm einen langen Zug aus der Pfeife.

Sie waren in den Bergen, und das Tageslicht schwand rasch dahin. Dies war nicht Dvergamal, erkannte Gary, denn die Gipfel waren bei weitem nicht so hoch und zerklüftet wie in der Heimat der Zwerge. Die Trolle schleppten ihn durch einen Landstrich namens Penllyn, in dessen Mitte Ynis Gwydrin lag, die Glasinsel.

Ceridwens Insel.

Du mußt schnell handeln, sagte er sich. Mit einem betonten Gähnen und Recken zog er die Aufmerksamkeit des dicken Trolls auf sich, der ihn trug.

»Wie lange sind wir schon unterwegs?« fragte er mit ruhiger, ja verschlafen klingender Stimme.

Wieder kam die Trollhand herunter, wieder mit dem Mittelfinger hinterm Daumen, und Gary befürchtete, im nächsten Moment einen weiteren Schnipser einstecken zu müssen.

»He. Maul halten«, grollte das Ungeheuer und schüttelte drohend die Hand. Aber es ließ seinen Kopf in Ruhe.

Gary war sich darüber im klaren, daß er keine Schlenker machen durfte, sondern etwas sagen mußte, das die Aufmerksamkeit des dümmlichen Trolls sofort auf sich zog – anderenfalls schlug das blöde Monster zu, bevor er irgend etwas Wichtiges gesagt hatte. Er wand sich ein wenig hin und her und schaute sich nach etwas um, das das Gespräch in Gang bringen mochte. Ihm fiel *Der kleine Hobbit* ein, das Kapitel, in dem Bilbo den Trollen begegnet und die Abenteurer sich aus einer ähnlichen Zwangslage befreien müssen. Und dabei hörte er den lieblichen Gesang der Elfenschellen, die immer noch um den Leib des einen Trolls geschlungen waren.

»Warum hat ausgerechnet er die Zauberschellen gekriegt?« fragte er unvermittelt, ohne länger nachzudenken.

Der Dicke wurde merklich langsamer. Schon kam seine Hand herunter, dann aber verschwand sie wieder.

»Zauberschellen?« fragte er so leise, wie ein Troll gerade flüstern konnte, und das bedeutete, daß Gary sein Gehör nicht völlig verlor.

»Ja«, antwortete der junge Mann. »Sie machen ein Pferd flinker, und wer sie trägt, den machen sie stärker.«

»Stärker?«

»Ja«, flüsterte Gary aufgeregt. »Stärker« war der perfekte Stachel für Trolle. Wie ein Reizwort, bei dem ein Hund zu sabbern beginnt. Gary merkte am Ton des Dicken, daß er einen Nerv getroffen hatte. »Der Troll, der die Zauberschellen trägt...«

»Petey«, unterbrach ihn der Dicke.

»Petey«, fuhr Gary fort, »wird immer stärker und stärker werden. Wenn er die Zauberkraft der Elfenschellen lange genug abbekommt, wird er der stärkste Troll der Welt sein.«

Es gab eine lange Pause, in der der Dicke die Neuigkeiten verarbeitete. »Hey, Petey«, rief er dann. »Jetzt will ich mal die Schellen anziehn!«

Das Klingeln verstummte, als Petey anhielt und auf seinen Schmuck hinabschaute. »Sind meine, gehörn mir«, knurrte er. »Ich hab sie gefunden, und jetzt behalt ich sie auch.«

»Gib mir die Schellen!« Gary gefiel die drängende Art sehr, mit der der Dicke auf Petey zuhielt, der sich gegen die Forderung sträubte. Sie hätte ihm sogar noch mehr gefallen, wenn er vorher auf den Boden gesetzt worden wäre.

»Such dir selber welche!« brüllte Petey.

Der Dicke reagierte genau so, wie Trolle immer reagierten – mit Gewalt. Da er noch nicht nahe genug an Petey heran war, um ihn mit den Fäusten bearbeiten zu können, bewarf er ihn statt dessen – mit dem, was er gerade in den Händen hielt.

Garys Schrei endete in einem gutturalen Grunzen, als er gegen Peteys hochgerissenen Unterarm knallte. Unsanft wurde er zur Seite geschleudert, kullerte benommen über den felsigen Boden und holte sich einen blauen Fleck nach dem anderen. Alles in ihm schrie, daß er auf die Beine kommen und abhauen müsse.

Wie es abzusehen gewesen war, wurde aus dem Zweikampf rasch eine allgemeine Keilerei. Alle fünf Trolle purzelten übereinander, kratzten und bissen und teilten fürchterliche Schläge aus. Einer purzelte auf Gary zu und hätte ihn beinahe überrollt, und das wäre dann wirklich das Ende gewesen!

»Abhauen!« murmelte er vor sich hin und warf sich über die Kante eines Felsens in eine kleine Senke. Nachdem er wieder zu Atem gekommen war, kämpfte er sich auf die Knie und kroch und krabbelte über den rauhen Boden. Er schaffte es, auf die Beine zu kommen, fiel aber bald wieder um.

Die andauernden Geräusche sich prügelnder Trolle waren Musik in seinen Ohren. Doch sie endete viel zu früh, als einer der Trolle, Petey wohl, über den Lärm hinweg brüllte: »Hey, wo is er hin?«

»Au, Scheiße«, murmelte Gary, kämpfte sich wieder hoch und rannte, was das Zeug hielt. Er konnte nur hoffen, daß er im Zwielicht nicht blindlings in eine tiefe Schlucht stürzte. Er donnerte gegen ein paar Felsen, und als er in einer nahen Waldung verschwand, stieß er mit Kopf und Schultern immer wieder gegen tiefhängende Äste. Schließlich blieb er an den Wurzeln eines dürren Busches hängen und schlug hin. Benommen drehte er sich auf die Seite, um nach einem Versteck Ausschau zu halten.

Statt dessen erblickte er die riesigen Stinkefüße eines Trolls, und einen Moment später hatte er das Gefühl zu fliegen. Sein Aufstieg endete direkt vor einem blaugeschlagenen Gesicht. Der Troll schäumte vor Wut.

»Hey, nich umbringen!« befahl einer von dessen Kumpanen, und Gary war mehr als froh, als er das hörte.

»Yeah, die Hexe hat gesagt, wir solln ihn nich umbringen!« stimmte ein zweiter Troll mit Nachdruck zu.

»Denn verdrückt er sich doch gleich wieder!« erklärte derjenige, der ihn gefangen hatte.

»Beiß ihm doch die Füße ab«, schlug jemand vor. Da grinste der Troll heimtückisch, und schon hing Gary kopfüber. Im nächsten Moment fühlte er, wie sich riesige Kiefer um seine Schuhe schlossen.

»Das wird Ceridwen aber gar nicht gefallen!« kreischte er hysterisch. Der Druck ließ nach, aber nur ein wenig. Gary mußte ihnen eine Story auftischen, einen Grund liefern, seine Füße in Ruhe zu lassen, und zwar sofort.

»Ich bin total zerschürft und blaugeschlagen«, stotterte er. »Das wird Ceridwen zwar nicht gefallen, aber das heilt auch wieder. Aber wenn du mir die Füße abbeißt, dann wachsen mir keine neuen!«

»Was hat'n das miteinander zu tun?« fragte Petey.

»Yeah, du bist bloß so'n Gefangener«, fügte jemand hinzu.

Gary lachte – was in dieser Lage nicht einfach zu bewerkstelligen war. »Bloß so ein Gefangener?« fragte er fassungslos. »Wißt ihr denn gar nicht, warum Ceridwen mich will?«

»Häh?« war die übereinstimmende Gegenfrage. Die Trolle hatten keinen Schimmer, was der kleine Mann da quatschte. Sie sahen einander an.

Gary sagte sich schnell, daß es am besten war, wenn er weiter in diese Kerbe hieb. Es war nicht anzunehmen, daß diese scheußlichen Ungeheuer viel von Liebe und Sexualität verstanden. Sie schienen nicht geboren, sondern aus Steinen geschlagen worden zu sein, und er hatte auch noch nie einen weiblichen Troll gesehen.

»Ceridwen findet mich süß«, erklärte er. »Sie will, daß wir heiraten.«

»Häh?« Wieder ging es aufwärts, bis Gary kopfüber vor dem Gesicht des verwirrten Trolls hing.

»Ich glaube nicht, daß die Hexe – die sogar Trolle in Häschen verwandeln kann, wie ich gesehen habe – gern einen Ehemann ohne Füße hätte.« Er beglückwünschte sich zu seinem Hinweis auf Ceridwens Zauberkunst, der ihm gerade noch eingefallen war.

Der Troll sah seine Kumpane an und zuckte so kräftig mit den Schultern, daß Gary ein ganzes Stück auf und ab hüpfte. Einen Augenblick später wurde er wieder unter den Trollarm geklemmt, doch glücklicherweise mit noch heilen Gliedern, und die Bande zog weiter.

Erneut dachte Gary an den *Kleinen Hobbit*, aber er kam zu dem Schluß, daß er bei weitem nicht so gewitzt war wie der Zauberer in dieser Geschichte, und so hielt er lieber den Mund, bis sie den spiegelnden See erreicht hatten.

Dort wurden sie schon von Geek und mehreren anderen Goblins erwartet. Gary wurde in einem Ruderboot festgebunden, und dann wickelten die Goblins ihr Geschäft mit den Trollen ab.

Als sie auf die Insel zuhielten, wandte Gary Leger sich um. Trotz seiner ernsten Lage konnte er das Schloß, das langsam größer wurde, nur voller Bewunderung bestaunen. Es schimmerte und funkelte im ersten Licht der Sterne. Schön war es und wie aus Eis, der passende Palast für eine Frau wie Ceridwen, die so verführerisch war und so gefährlich.

Schön und wie aus Eis.

Gary war schon einmal in diesem Raum gewesen. Hier hatten sie mit dem Dämon gekämpft, wie noch an den Brandflecken auf der so wunderschönen Ausstattung zu sehen war. Die Türen waren repariert worden und Ceridwens Himmelbett ebenso, aber das große, ledergebundene Buch – das Buch, das die Zeit selbst verzerrt hatte – war von dem mit Schnitzwerk versehenen Schreibtisch verschwunden.

Gary sah sich weiter in dem Schlafgemach um, blickte aber absichtlich nicht auf die Wand rechts von der Tür. Dort saß Alice, Ceridwens Schoßtier. Jetzt sah sie zwar wie eine normale Hauskatze aus, aber Gary hatte sie schon in weit eindrucksvollerer Aufmachung erlebt. Als er mit seinen Freunden aus dem Schloß geflohen war, hatte Alice die Form einer Löwin angenommen und sie angegriffen. Gary hatte die Katze in einem wilden Kampf, an den er sich nur zu gut erinnern konnte, mit dem magischen Speer aufgespießt.

Alice schien sich ebenfalls zu erinnern. Auch an ihn. Von dem Moment an, in dem er hier von Geek abgeliefert worden war, hatte sie ihn beäugt wie eine Feldmaus, mit der sie spielen wollte. Geek war wie der Blitz verschwunden, und Gary fühlte sich völlig schutzlos.

So war er beinahe erleichtert, als sich die Tür öffnete – aber nur beinahe erleichtert, denn Ceridwen trat ein, wie üblich in perfekter Haltung. Sie kam Gary noch größer und bedrohlicher vor als beim ersten Mal. Wahrlich, sie schwebte herein, den buckelnden Geek in ihrem Gefolge. Ihre eisblauen Augen blickten drohend in Garys.

Er war schon ein paarmal Frauen mit schwarzem Haar und blauen Augen begegnet, was jedenfalls in seiner Welt eine ziemlich ungewöhnliche Kombination war, aber im Vergleich mit dieser Frau sahen sie allesamt blaß aus. Ceridwens Augen strahlten mit einer Intensität, die Gary kaum glauben mochte, mit einer Intelligenz, die ihre menschliche Gestalt überstieg. Im glänzenden Schwarz ihres dichten, langen Haares schimmerten wie im Gefieder eines Raben alle anderen Farben mit.

Sie setzte sich neben ihn auf das Bett, und unbewußt legte er sich die plötzlich feucht gewordenen Hände auf die Schenkel. Ceridwen hatte schon einmal romantische Annäherungsversuche gemacht. Nur ihr schlechter Ruf und das Wissen, daß sie lediglich auf eine Eroberung aus war, hatten ihm die Kraft gegeben, sie sich auf Armeslänge vom Leibe zu halten.

Er konnte ihr widerstehen, das wußte er, weil er alles über sie wußte und weil er jetzt eine wunderbare Freundin hatte, die auf ihn wartete, sollte er nur je lebend aus Faerie zurückkehren. Dennoch ließ sich die unglaubliche Anziehungskraft der Hexe nicht leugnen.

»Wieder einmal hast du deine Sache gut gemacht, Gary Leger«, sagte sie, und der Tonfall ihrer Stimme überraschte ihn. Sie klang beinahe unterwürfig.

Gary nickte nur. Er fürchtete, daß ihr jedes Wort, das er sagen mochte, zuviel verriet. Sie sah zu ihm hinab und nickte angesichts seines Nickens ebenfalls, als ob auch sein Schweigen schon etwas verraten hätte.

Am liebsten hätte er sich unterm Bett verkrochen, so hilflos fühlte er sich.

Sie wies auf einen Spiegel an der Wand, wedelte kurz mit der Hand und murmelte etwas. Die gläserne Oberfläche trübte sich, und dann erschien der Anblick des Feldes am südöstlichen Rande Dvergamals. Die königliche Armee lagerte dort, und inmitten des Lagers war Geldion zu sehen und neben ihm die Leichname einiger Zwerge und Bauern, die auf der Flucht niedergemetzelt worden waren. In einer schwer bewachten Ecke saßen ein paar menschliche Gefangene herum; sie waren in einem erbärmlichen Zustand, und aus ihren Augen sprach Hoffnungslosigkeit. Gary fielen die langen Masten an den Kreuzwegen wieder ein. Es war nicht schwer zu erraten, was Geldion mit den Männern vorhatte.

»Du kannst frei reden, Gary Leger«, erklärte die Hexe. »Ich weiß jetzt alles, was ich wissen muß.« Erneut wedelte sie mit der Hand, und das Bild im Spiegel verschwand.

Gary versuchte gar nicht, seinen Abscheu vor dem grausamen Anblick zu verbergen. Er konnte sich nicht helfen, aber Faerie schien seiner eigenen Welt manchmal äußerst ähnlich zu sein. Aber warum hatte Ceridwen ihm ausgerechnet diese Szene präsentiert?

Er sah zu ihr hinüber. Vollkommen gerade saß sie da, beäugte ihn eingehend und leckte sich erwartungsvoll die Lippen. Auf einmal verstand er alles. Die grausame Schlachtszene hatte ihn überwältigt, vor allem deswegen, weil er eine so große Rolle dabei gespielt hatte, die Dinge so weit voranzutreiben. Er war tatsächlich einer der Autoren dieser Geschichte, ganz wie Mickey gesagt hatte, und Ceridwen hatte ihm die Kehrseite allen Abenteuers und aller Herrlichkeit zeigen wollen, den hohen Preis des Sieges. Betroffen sank er in sich zusammen, richtete sich aber sofort wieder auf. Wenn er jetzt Schwäche zeigte, spielte er seiner verführerischen Gegnerin nur in die Hände.

»Weißt du, warum ich dich habe herbringen lassen?« fragte sie ruhig.

»Wegen des Speers und der Rüstung«, erwiderte Gary unwillig und kniff die Augen zusammen, denn er hatte den Speer nicht mehr. Das Schicksal hatte ihm einen Vorteil beschert.

Ceridwen kicherte leise. »Die hätte ich auch bekommen können, wenn du tot auf dem Feld geblieben wärst«, erinnerte sie ihn. »Und findest du es nicht merkwürdig, daß meine Trolle zwar dich geschnappt, den Speer aber einfach liegengelassen haben?«

Gary konnte seine Überraschung kaum verbergen. Ceridwen wußte davon! Plötzlich ergab gar nichts mehr einen Sinn. Oder sie hatte geblufft, wenigstens zum Teil. Wahrscheinlich hatte sie den Trollen nicht ausdrücklich befohlen, ihr den Speer mitzubringen, und so war er eben dortgeblieben. Aber auf keinen Fall wollte Gary glauben, daß die Hexe – aus welchem Grunde auch immer sie ihn hatte holen lassen – nicht auch den wertvollen Speer hatte bekommen wollen. Und sei es nur, weil es die einzige Waffe in ganz Faerie war, die ihr schaden konnte.

Eine andere Wahrheit mochte ihm einfach nicht einfallen. Aber wenn es nicht wegen der Artefakte war, warum hatte Ceridwen dann so viele Mühen auf sich genommen, ihn lebend zu bekommen? Nur ein Grund fiel ihm ein, und der wollte ihm gar nicht gefallen: Rache.

»Du kennst uns nicht«, sagte Ceridwen, erhob sich vom Bett und ging zu Alice hinüber, die sich zu einem schnurrenden Knäuel zusammengerollt hatte. Gary zuckte zusammen, denn er hatte Angst, daß sie ihm das brutale Katzenwesen auf den Hals schicken wollte.

»Du verstehst die grundlegenden Prinzipien des Landes«, fuhr sie fort und legte abwesend eine Hand auf das pelzige Knäuel. »Das immerhin hast du mit deinem ersten Kampf – mit deiner Flucht vor dem Ritter Rotarm bewiesen. Aber es sind die Feinheiten, die dir noch beigebracht werden müssen, Gary Leger.« Sie richtete sich auf und fuhr plötzlich herum. Ihre blauen Augen blitzten ihn an, und das war das erste sichtbare Anzeichen von Ungeduld.

»Die Feinheiten«, sagte sie erneut.

Darauf wußte Gary keine Antwort, denn er hatte nicht die leiseste Ahnung, wovon sie überhaupt sprach.

»Du bist es, der mich gebannt hat«, sagte sie. Seine Gedanken schossen in mehrere Richtungen zugleich, und die meisten eröffneten scheußliche Aussichten. War es möglich, daß sie den Bann dadurch aufheben konnte, daß sie ihn umbrachte?

Die Hexe beruhigte sich wieder, augenscheinlich war ihr seine Bestürzung nicht verborgen geblieben. »Laß es mich andersherum erklären. Robert ist frei, frei wie seit Jahrhunderten nicht. Weil ich ihm nichts mehr entgegenstellen kann.«

»Zwei Übel, die sich gegenseitig in Schach gehalten haben«, sagte Gary, bevor ihm auffiel, wie unglaublich unklug er seine Worte gewählt hatte. Ceridwen jedoch schien sich nicht daran zu stören, daß er sie ein Übel genannt hatte.

Sie nickte, als hätte er den Punkt getroffen. »Mit eurem Sieg habt ihr, deine bejammernswerten Freunde und du, unabsichtlich große Not über die Welt gebracht.« Sie winkte dem Spiegel, und ein Bild von Gondabuggan erschien. Viele Bereiche der Stadt schwelten immer noch von Roberts erstem Angriff. Aber Ceridwen ließ das Bild nicht lange stehen, und Gary konnte ihr Manöver durchschauen. Die Gnomen mußten um einiges besser davongekommen sein.

»Und das ist erst der Anfang«, verkündete die Hexe. »Robert wird ungehindert von einem Ende Faeries zum anderen fliegen können, und sein Atem wird eine Schneise der Zerstörung brennen. Und wenn er restlos davon überzeugt ist, daß sein Tag gekommen ist, wird er seine Echsentruppen ausschicken.«

Gary überlief ein Schaudern, denn er erinnerte sich nur zu gut an Roberts unheimliche und gefährliche Truppen, die Lavamolche.

»Und dann Lebewohl, Braemar«, fuhr Ceridwen fort. »Lebewohl, Drochit und Dilnamarra und alle Städte und Weiler, die sonst noch in seiner Reichweite liegen.«

»Dem machen wir ein Ende«, erklärte Gary und konnte sich gerade noch bremsen, ihr den ganzen Plan zu erzählen.

»Nein«, gab Ceridwen zurück. »Ihr nicht und ich nicht, denn ihr habt mich gebannt. In einhundert Jahren, wenn ich wieder hinunter darf, wird das ganze Land unter Roberts Schatten liegen.«

»Worauf willst du eigentlich hinaus?« Sein Zorn fegte sämtliche Ängste zur Seite. Wenn sein Tod Ceridwen hätte befreien können, dann wäre er längst nicht mehr am Leben. Diese ausführliche Erläuterung, die ihn anscheinend davon überzeugen sollte, daß kein Szenario so düster sein konnte wie Roberts ungestörte Herrschaft über Faerie, sagte Gary, daß Ceridwen auf seine Unterstützung angewiesen war.

»Fearie kann sich die einhundert Jahre nicht leisten«, fauchte die Hexe ihn an, aber sie legte ihre Drohgebärden gleich wieder ab und gab sich harmlos wie zuvor.

»Du willst, daß ich dich freigebe«, sagte Gary, der endlich alles begriff. »Ich habe dich gebannt, also bin ich nach euren Regeln – wenn ich deren Feinheiten auch nicht kenne – der einzige, der den Bann von dir nehmen kann.«

Ceridwen antwortete nicht, aber das war auch gar nicht nötig, denn Gary sah an dem entschlossenen Ausdruck auf ihrem marmornen Gesicht, daß er ins Schwarze getroffen hatte.

»Völlig ausgeschlossen«, sagte Gary überheblich.

»Überleg dir die Konsequenzen«, antwortete Ceridwen. Ihre Stimme klang jetzt tödlich ruhig. »Für Faerie und für dich.«

Diese Drohung verfehlte ihren Eindruck nicht, so selbstlos Gary Leger sich auch gab. Ceridwen konnte ihm etwas antun; er konnte aufschneiden, soviel er wollte, und so tun, als ob er bei diesem Treffen die Oberhand hatte, aber er vergaß nicht für einen Moment, daß Ceridwen nur in ihre trügerisch zarten Hände zu klatschen brauchte, um ihn völlig zu vernichten.

»Da hängt ein Übel über dem Land, und du rätst mir, es mit einem zweiten zu bekämpfen?« fragte Gary ungläubig. Es war ein Versuch, das Gespräch zurück ins Abstrakte zu lenken.

»Ich rate dir nur, die Konsequenzen zu bedenken«, sagte Ceridwen. »Für Faerie, für dich und für deine bejammernswerten Freunde!« Damit murmelte sie erneut einige Worte zu ihrem Spiegel. Wieder formte sich ein Bild, und diesmal zeigte es die Pässe Penllyns in der Nähe des Sees.

Gary sah, wie seine Gefährten – zumindest vier von ihnen, denn Baron Pwyll und Cedric der Schmied waren nicht dabei – sich langsam einen Pfad entlangbewegten. Kelsey trug den magischen Speer und Garys Helm, den er im Kampf verloren hatte.

Ceridwen murmelte vor sich hin, und der Blickwinkel verschob sich und fuhr die felsigen Grate entlang, an denen die Gefährten vorbeizogen. Dort lagen viele, viele Trolle auf der Lauer.

»Vierzig an der Zahl«, sagte Ceridwen. »Sie warten nur auf meinen Befehl, sich auf deine Freunde zu stürzen und sie zu vernichten.«

Gary straffte seinen Rücken. »Woher weiß ich, daß du mir die Wahrheit sagst – zeigst?« fragte er, doch das Zittern seiner Stimme bewies unüberhörbar, daß er glaubte, was er sah. »Ich bin sicher, dein Spiegel kann mir zeigen, was immer du willst.«

Ceridwen ließ sich nicht herab, ihm zu antworten. »Du bist derjenige, der mein Exil beenden kann«, sagte sie kalt. »Du allein, Gary Leger. Bedenke, welche Last auf deinen Schultern ruht.« Sie sah zum Spiegel, in dem nun wieder seine vier Gefährten zu sehen waren, wie sie langsam dem gewundenen Pfad folgten. »Ein Jammer, daß so loyale Freunde sterben müssen.«

Sie sah Geek an und wollte etwas sagen; Gary jedoch, dessen Nerven jetzt am Zerreißen waren, schnitt ihr das Wort ab.

»Wir könnten eine Abmachung treffen«, sagte er.

»Eine Abmachung?«

»Du läßt mich gehen, mich und meine Freunde. Du garantierst uns freien Abzug aus Penllyn.« Er hielt inne, um sowohl Ceridwens Reaktion zu beobachten als auch vorsichtig die Ideen abzuwägen, die ihm durch den Kopf schossen. Was sollte er tun? Die Antwort war klar, soweit es seine Freunde und ihn betraf, aber was war wirklich das beste für Faerie? Wäre das Land besser dran, wenn er Ceridwen gestattete, herauszukommen und dabei mitzuhelfen, Robert in seine Höhle zurückzutreiben?

»Dann reduziere ich die Zeit deiner Verbannung auf ein Jahr«, schloß er mit einem Kompromißvorschlag, so gut es in der kurzen Zeit eben ging.

Ceridwen lachte ihn aus. »Ein Jahr?« bellte sie. »In einem Jahr hat Robert das Land fast völlig im Griff.«

»Es sei denn, meine Freunde und ich halten ihn auf«, beeilte Gary sich einzuwerfen.

»Und wenn ihr das nicht schafft?« fragte Ceridwen einfach. Damit hatte sie den Finger auf den wunden Punkt gelegt.

Gary wußte nicht, was er sagen sollte. Ihm fiel die Antwort wieder ein, die ihm Mickey auf die Frage gegeben hatte, warum er ihn erneut herübergeholt hatte. »Es könnte Dinge geben, die nur du allein tun kannst«, hatte er gesagt, und das ergab nun wirklich einen Sinn, wenngleich es Gary auch wenig dabei half, die richtige Entscheidung zu fällen.

»Zwei Wochen«, schnappte Ceridwen.

»Sechs Monate«, schoß Gary zurück. Instinktiv begann er, um den kleinsten Vorteil zu feilschen. »Keine lange Zeit für jemanden wie Ceridwen.«

»Drei Monate«, antwortete die Hexe. »Dann bin ich vor Winteranbruch frei und kann meine winterlichen Verbündeten zum Kampf gegen Robert rufen.«

Gary zerbrach sich darüber lange den Kopf, ohne die Augen auch nur einen Moment von der bedrohlichen Situation im Spiegel abzuwenden.

»Und meine Freunde und ich sind frei?« fragte er.

»Wozu auch immer das gut sein mag«, stimmte Ceridwen zu.

Gary hatte das Gefühl, irgend etwas vergessen zu haben – bis ihm das allererste Bild im Zauberspiegel wieder einfiel. »Und du ziehst Connachts Truppen zurück«, sagte er. »Und läßt diese Gefangenen frei.«

Ceridwen tat überrascht. »Ich?«

»Nun mal halblang, Hexe«, knurrte Gary. »Jeder weiß doch, daß du an Kinnemores Fäden ziehst – selbst ein Neuling wie ich. Badenoch, Drochit, ihre Männer – alle ihre Männer – können ungehindert in ihre Heimat zurückkehren, die Zwerge ebenso, und Geldion und seine Truppen marschieren schön nach Connacht zurück, wo sie auch hingehören.«

Nun war es an Ceridwen, sorgfältig abzuwägen. Sie war keine ungeduldige Hexe, und drei Monate waren gewiß keine lange Zeit. »König Kinnemores Truppen werden nach Connacht zurückbeordert«, stimmte sie zu.

»Drei Monate«, sagte Gary grimmig, und er war selbst überrascht, diese Worte zu hören, überrascht, so rasch mit Ceridwen handelseinig geworden zu sein. Überrascht, daß es vorbei war, und das so plötzlich. »Unter der Bedingung, daß du mir dein Wort gibst, mein Vorankommen nicht länger zu behindern«, fügte er hinzu, um die Sache auf den Punkt zu bringen.

»Behindern?« fragte Ceridwen und tat überrascht. »Ich?«

Gary funkelte sie an, und sie keckerte wie eine Krähe. »Einverstanden«, beeilte sie sich zu sagen, bevor ihm noch mehr einfiel.

Gary nickte. Er hoffte, daß er nichts vergessen hatte, hoffte, daß er das Bestmögliche herausgeholt hatte – für sich und für das ganze Land.

»Aber warum sollte ich dich aufhalten, mein lieber Gary Leger?« fragte die Hexe einen Moment später, und ihr Tonfall zeugte von aufrichtigem Erstaunen.

Gary ließ sich die ziemlich überraschende Frage durch den Kopf gehen, aber ihm wollte keine Antwort einfallen, nicht einmal darauf, warum Ceridwen das überhaupt gefragt hatte.

»Ich werde sogar so weit gehen, dir etwas zu erzählen, mein unwilliger Partner«, schnurrte die Hexe sichtlich erfreut. »Robert weiß von deiner Rückkehr und daß der Speer und die Rüstung verschwunden sind. Der Drache ist deinem kleinen Spiel auf die Schliche gekommen, Gary Leger, und falls du denkst, daß Connacht und Prinz Geldion dir den meisten Ärger machen können, dann denk lieber noch einmal darüber nach!«

Gary legte verwirrt die Stirn in Falten – wegen dieser Neuigkeiten und weil er sich fragte, warum Ceridwen sie ihm überhaupt verraten hatte.

»Verstehst du denn nicht?« fragte sie unschuldig. »Ich möchte, daß ihr erfolgreich seid. Dann wird mir Robert, wenn ich in drei Monaten freikomme, nicht mehr im Wege sein. – Aber du kannst es dir jetzt auch nicht einfach anders überlegen und Robert doch nicht jagen, oder?« neckte sie ihn. »Denn dann wird er das ganze Land verwüsten.«

Gary biß sich auf die Lippen. Wie schlecht hatte er bei diesem Handel abgeschnitten! Er war seinem Herzen gefolgt, und er hatte ja auch wirklich einer zweiten Chance den Weg geebnet, für den Fall, daß seine Freunde und er im Kampf gegen Robert versagten. Aber um welchen Preis? Er kannte die Feinheiten nicht, ganz wie Ceridwen gesagt hatte, und in seiner verzweifelten Lage hatte er sich zu einer schnellen Entscheidung drängen lassen, ohne seine Lage wirklich einschätzen zu können.

Er sah zu seinen Freunden im Spiegel und begriff, daß nicht er, sondern andere die Konsequenzen zu tragen hatten, falls seine Entscheidung sich als falsch erwies.

Die keckernde Krähe

»Da sind überall Trolle um uns herum«, sagte Mickey leise.

»Na und, warum kommen sie nicht einfach raus zum Spielen?« grollte Geno und ließ einen Hammer in seine Handfläche klatschen. Er sah zu einem zwei Dutzend Yards entfernten Felshaufen hinüber, hinter dem er ein paar der Ungeheuer vermutete, und stieß ein wütendes Knurren hervor.

Sofort legte Kelsey ihm beruhigend eine Hand auf die Schulter. Im Gegensatz zu seinen Gefährten ahnte der Elf, wie viele Trolle sie nun wirklich umzingelt hatten, und das letzte, was er wollte, war ein Kampf.

»Wir sollten vielleicht umkehren«, flüsterte er Mickey zu.

»Und was wird dann aus dem Jungen?«

Kelsey zuckte hilflos mit den Schultern, und Mickey konnte es ihm nicht recht übelnehmen. Er wußte, daß die anderen Gary ebensosehr retten wollten wie er, aber der junge Mann war offenbar längst auf Ynis Gwydrin, und dank der Trolle, die von allen Seiten näher rückten, würde es schon schwer genug werden, auch nur bis ans Seeufer heranzukommen.

Kelsey sah sich um und versuchte abzuschätzen, welche Möglichkeiten ihnen blieben. Geno und Gerbil saßen auf dem struppigen Pony, denn das Vierrad war in diesem unwegsamen Gelände nicht mehr zu gebrauchen, während Mickey und er sich seine Stute teilten. Cedrics Pferd, nunmehr reiterlos, war hinter ihnen angebunden; Speer und Helm waren auf seinem Rücken festgezurrt und warteten auf Gary.

Kelsey sah Mickey an und schüttelte grimmig den Kopf. Er gehörte nicht zu denen, die rasch aufgaben, aber diese Unternehmung war waghalsig. Selbst wenn sie es bis zu dem See schafften, wie sollten sie dann auf die Insel gelangen? Und selbst wenn sie auf die Insel gelangten, wie sollten sie dann mit Ceridwen fertigwerden?

Mickey packte sein Handgelenk. »Wir können ihn ihr nicht einfach überlassen«, sagte er bestimmt. Kelsey sah zu Geno und Gerbil hinüber. Beide antworteten mit einer Kopfbewegung zu dem Pfad, der vor ihnen zum See führte, und so nickte Kelsey ebenfalls. Falls sie ihren waghalsigen Versuch mit dem Leben bezahlen mußten, dann hatte es eben so sein sollen.

Kelsey hatte seine Aufmerksamkeit gerade dem Weg zugewandt, da erschien dort eine unerwartete – und willkommene – Gestalt. »Ein Troll!« schrie Geno und holte mit dem Wurfhammer aus.

Gary Leger sah über die Schulter zurück. »Wo?« fragte er unschuldig.

»Jüngelchen!« kreischte Mickey.

»Was, in aller schlauen Goblins Namens, machst du denn hier?« Geno senkte den Hammer. »Ich hab dich schon für einen verfluchten Troll gehalten!«

»Trolle sind größer«, entgegnete Gary trocken. Er nahm aus dem Augenwinkel eine Bewegung wahr. »Wie die dort drüben«, grollte er und hob einen Stein auf. »Verschwindet von hier!« rief er und plazierte ihn mitten in den Felssturz. »Bevor Ceridwen euch alle in Häschen verwandelt und in eine Pastete stopft!«

Der Stein hüpfte über ein paar Felsbrocken, traf wohl auch den einen oder anderen Troll – diese beiden Geräusche lassen sich nicht allzu leicht auseinanderhalten –, und ein paar dieser tapsigen Ungeheuer jagten davon, daß die Felsbrocken hinter ihnen nur so durcheinanderpurzelten.

Mickey und Kelsey sahen einander ungläubig an. »Was hast du angestellt, Junge?« fragte der Kobold langsam und vorsichtig.

»Mich gezankt, vor allem.« Gary ging zu dem reiterlosen Pferd, doch er schien nicht besonders guter Stimmung zu sein. In der Tat hatte die Begegnung mit Ceridwen den jungen Mann zutiefst aufgewühlt, denn er hegte die Befürchtung, dadurch, daß er den Bann verkürzt hatte, einen schrecklichen Fehler gemacht zu haben. Den Fuß im Steigbügel, wollte er sich schon hinaufhieven, als er feststellte, daß jemand fehlte.

»Wo steckt Cedric?« fragte er ängstlich, denn insgeheim kannte er die Antwort schon.

»Er ist glücklich gestorben«, antwortete Mickey düster.

»Verdammt«, murmelte Gary und preßte das Gesicht gegen den Sattel. Glücklich gestorben, dachte er. Das hieß, Cedric war im Bewußtsein gestorben, ihm, dem Speerträger, einen Dienst erwiesen zu haben.

Einen Augenblick später spürte er überraschend die kalte Spitze von Kelseys Schwert an seinem Schulterblatt. Sie hatte einen Spalt zwischen den Rüstungsteilen gefunden. Ihm war klar, welche Ängste und Zweifel den Elf zu diesem Schritt bewogen hatten, und so hielt er lieber still.

»Wie bist du freigekommen?« fragte Kelsey langsam zu seiner Rechten. Er hatte ihm außerdem mit seinem Pferd den Weg abgeschnitten.

»Ceridwen hat mich freigelassen«, antwortete Gary.

Kelsey versetzte ihm einen leichten Stich. »Versuch nicht, mich für dumm zu verkaufen«, warnte er. Geno führte sein Pony herum, so daß Gary nun auch nach links jede Fluchtmöglichkeit genommen war. Den Elf konnte Gary nicht sehen, wohl aber den Zwerg und den Gnom, und während Gerbil fast ebenso verwirrt und schockiert schien wie er selbst, verriet der grimmige Gesichtsausdruck des Zwergs Kompromißlosigkeit.

»Ceridwen hat mich gehen lassen«, erklärte Gary mit fester, zuversichtlich klingender Stimme. »Sie will, daß ich den Drachen erschlage.«

»Das klingt einleuchtend«, sagte Mickey, der Elf zog jedoch sein Schwert nicht zurück.

»Du tust mir weh«, sagte Gary.

»Ich werde dich umbringen«, gab Kelsey in vollem Ernst zurück, »wenn du nicht derjenige bist, der du zu sein scheinst.«

»Wie hast du die Trolle verjagen können?« wollte Geno wissen, und seine Frage hörte sich wie ein Vorwurf an.

»Überhaupt nicht«, schoß Gary zurück.

»Wer dann?« drängte der Elf und drückte wieder zu.

»Sie haben für Ceridwen gearbeitet«, erklärte Gary. »Noch bevor sie mich aus ihrem Schloß gelassen hat, sandte sie den Trollen die Nachricht, daß uns kein Leid zugefügt werden dürfe oder sonst etwas.« Er schnippte mit den Fingern, als ihm eine Idee kam.

»Der Speer«, begann er zu erklären und griff über den Sattel hinweg. Was er vorhatte, war, die Waffe in die Hand zu nehmen und so die telepathische Verbindung wiederherzustellen; dann konnte der Speer den anderen erklären, daß er der echte Gary Leger war.

Doch statt dessen bekam er einen Schlag mit der flachen Seite der Elfenklinge an die Schläfe und wurde von einem Wurfgeschoß des Zwergs getroffen. Das nächste, was er mitbekam, war, daß er auf dem Boden vor Kelseys Pferd saß und der Zwerg ihm die Arme hinter den Rücken gedreht hatte und knurrte.

»Soll ich sie ihm brechen?« fragte er ernsthaft, und es kam Gary vor, als wollte Geno die Antwort gar nicht erst abwarten.

Kelsey glitt vom Pferd und hielt Gary das Schwert an die Kehle. »Wer bist du?«

»Jemand, der nach Hause möchte«, sagte Gary zu Mickey. Er wand sich in Genos Griff, aber er hätte ebensogut in einem Schraubstock klemmen können. »Jemand, der den Eindruck hat, daß man ihn nicht gerade zu schätzen weiß.«

»Schluß mit dem rätselhaften Geschwätz!« rief Kelsey.

»Ich bin Gary Leger, du Idiot von einem Elf!« brüllte er. »Ceridwen hat mich von ihrer Insel gelassen, weil ich eine Abmachung mit ihr getroffen habe, und sie hat ihre Trolle zurückgepfiffen, weil das ein Teil der Abmachung war!«

Geno gab ihn frei und starrte Kelsey ausdruckslos an.

»Abmachung?« fragte dieser.

Gary seufzte und fuhr sich mit der Hand mehrmals durch das dichte, schwarze Haar. Er hatte keine Lust, zu berichten, was auf Ynis Gwydrin geschehen war, sah allerdings auch keine andere Möglichkeit, das Vertrauen seiner Freunde wiederzuerlangen – und er brauchte sie jetzt vielleicht mehr denn je.

»Ceridwen wird in drei Monaten frei sein«, gestand er.

»Du blöder ...«, stotterte Geno. Er wirbelte herum und

boxte das Pferd, so daß es mit einem Schnauben beiseite tänzelte. »Blöde! Du bist wirklich ein feiges Stück! Tust einfach alles, um deine wertlosen Knochen zu retten!«

Daß Kelsey ihn verzweifelt und enttäuscht anstarrte, traf Gary jedoch mehr als Genos Tirade. Langsam sank die Spitze des Schwertes zu Boden.

»Ach, halt's Maul«, sagte Gary zu dem Zwerg, dem starren Blick des Elfen wußte er jedoch nicht zu begegnen.

Mit einem Satz war Geno heran und hielt ihm eine Faust unter die Nase.

»Ich habe es nicht getan, um mein Leben zu retten«, sagte Gary bestimmt. »Ceridwen hatte gar nicht vor, mich zu töten.« Er hatte keine Ahnung, ob das stimmte, aber es klang gut, und in diesem Moment konnte er alles gebrauchen, was gut klang. »Ich hab's getan, um euch vier zu retten«, sagte er.

»Was sagst du da?« fragte Kelsey.

»Sie hat mir eure Lage gezeigt«, erklärte Gary. »In einem … Zauberspiegel oder so.«

»Einem Fern-Seh-Gerät«, half Mickey, der in den Hexenkünsten bewanderter war als dieser Mann aus der anderen Welt.

»Wie auch immer«, sagte Gary. »Ich hab euch gesehen. Und die Trolle.« Er faßte Geno ins Auge. »Dutzende von Trollen.«

»Wir wären bereitwillig gestorben«, tönte Kelsey. »Lieber das als …«

»Lieber das?« fauchte Gary erbost. »Ihr wärt gestorben, ich wäre in Gefangenschaft geblieben, Kinnemores Truppen wären weitermarschiert, und Robert würde ungestört herumfliegen …«

»Die Dame hat eine Vorliebe für düstere Farben«, sagte Mickey.

»Wird das Bild denn freundlicher, wenn sich diese Hexe draußen herumtreibt?« fragte Geno.

»O ja«, mischte Gerbil sich überraschend ein. Alle wandten sich ihm zu, und er duckte sich in den Sattel. »Ich meine, sie war schließlich früher auch schon draußen, und so schlimm waren die Zeiten nicht. Nicht so schlimm wie heute, meine ich.«

»Nur zu wahr«, sagte Mickey.

»Ich mußte eine Entscheidung fällen«, sagte Gary resigniert. »Keine Ahnung, ob es die beste war – vielleicht hätte ich Ceridwen auch gleich freigeben sollen, dann hätte sie uns den Kampf mit Robert abnehmen können.« Er zuckte die Achseln und fuhr sich erneut durchs Haar. »Ich hab getan, was ich konnte.«

Kelsey griff nach seiner Hand und zog ihn auf die Füße. »Es war eine schwere Entscheidung«, gab er zu. »Du sagtest, daß Ceridwen uns aus den Bergen ziehen lassen will?«

Gary nickte. »Wir haben abgemacht, daß sie uns in keiner Weise behindert, was unsere Queste angeht, Robert zurück in seine Höhle zu zwingen.«

»Warum sollte sie auch?« fragte Mickey in aller Ernsthaftigkeit.

»Genau«, stimmte Gary zu. »Aber darüber hinaus haben wir abgemacht, daß sie Geldion und seine Truppen nach Connacht zurückschickt. Ich dachte, dann hätten Pwyll und die anderen etwas Zeit, sich zu sammeln und ein paar Schutzmaßnahmen zu treffen.«

Kelsey nickte zustimmend, und Gary entspannte sich ein wenig. »Ich habe getan, was ich konnte«, sagte er erneut.

»Du hast deine Sache gut gemacht«, antwortete Kelsey.

»Einfach großartig, Junge«, stimmte der Kobold zu.

»Aber was sollen wir jetzt tun?« warf Geno ein. »Wenn wir den Wurm in seine Höhle zwingen, dann läuft die Hexe frei herum.«

Gary fiel auf, daß Mickeys Gesicht auf einmal ganz merkwürdig zu erbleichen schien.

»Der Drache muß aufgehalten werden!« sagten Kelsey und Gerbil zugleich, und dann sahen sie einander überrascht an.

»Ihr schuldet mir 'ne Cola«, sagte Gary, obwohl sie keine Ahnung haben konnten, warum, zum Teufel, sie ihm etwas schuldeten oder was, zum Teufel, eine Cola war. »Laßt gut sein«, war alles, was er auf ihre verwunderten Blicke hin zu bieten hatte, bevor er sich seinem neuen Pferd zuwandte.

Jedes Quentchen Leichtigkeit, das er hatte zusammenraffen können, und jede Erleichterung, die ihn überkommen hatte, nachdem die Freunde seine verzweifelte Entscheidung auf Ynis Gwydrin gutgeheißen hatten, waren wie weggewischt, als sein Blick wieder auf das reiterlose Pferd fiel.

Cedric war glücklich gestorben.

Für den Speerträger.

Gary biß die Zähne zusammen und stieg in den Sattel. Dann zog er unsanft an den Zügeln und ließ das Pferd kehrtmachen. »Laßt uns verdammt noch mal von hier verschwinden«, sagte er zornig, und indem er die Stute zum Galopp trieb, sorgte er dafür, daß sich sein Zorn im Muskelspiel des willigen Tieres ausdrückte.

Am späten Nachmittag, als die Sonne bereits hinter den Bergen verschwand, gelangten sie aus Penllyn heraus. Wie Ceridwen versprochen hatte, schnitten weder Trolle noch andere Ungeheuer ihnen den Weg ab oder behinderten sie in sonst einer Weise.

Sie holten Gerbils Vierrad aus seinem Versteck unter einem Busch hervor. Sofort öffnete der Gnom ein weiteres in der schier endlos erscheinenden Reihe von Fächern und zog einen Stapel zusammengeknüllter Pergamente hervor.

»Landkarten«, erklärte er auf ihre neugierigen Blicke hin. »Die aktuellsten unddetailliertesten im ganzen Lande. Ich weiß genau, daß eine dabei ist, die die Strecke zwischen Penllyn und dem Daumen des Riesen zeigt. O ja, hier muß eine sein.«

Kelsey nickte aus reiner Höflichkeit. Er begriff, daß Gerbil es einfach brauchte, sich nützlich zu machen, und daß er einfach das Gefühl haben mußte, etwas zu tun, um an Robert Rache zu nehmen für das, was er seiner Stadt angetan hatte. In Wirklichkeit wußte Kelsey längst, welche Route sie nehmen würden – genau dieselbe, die er mit Gary, Mickey, Geno und dem Riesen Tommy Ein-Däumling schon einmal genommen hatte. Auf ihrer ersten Queste.

Geduldig wartete er, daß der Gnom Ordnung in seinen Stapel brachte. Mickey nutzte die Gelegenheit, vom Sattel zu springen und seinen angestammten Platz vor Gary wieder einzunehmen.

»Wir werden erst einmal ein paar Meilen aus dem Schatten Penllyns hinausreiten«, erklärte Kelsey, als sie sich wieder gesammelt hatten und zum Aufbruch bereit waren. Gerbil nickte eifrig, er fummelte immer noch mit den Karten herum und legte alle, die ihnen nichts nutzten, beiseite. Das Licht ließ rasch nach, und keiner von ihnen wollte nach Einbruch der Dunkelheit noch in der Nähe von Ceridwens Bergen sein, Kelsey jedoch wartete geduldig, daß der Gnom fertig wurde.

»Dort werden wir unser Nachtlager aufschlagen«, fuhr er fort. »Im Morgengrauen ziehen wir nordostwärts, bis wir die Crahgs erreichen, dann durchqueren wir sie, so rasch wir können.«

»So rasch nimmer«, keckerte es zur Antwort. Für einen Moment sahen die Gefährten einander an, bis sie begriffen, daß niemand von ihnen gesprochen hatte.

»Dort«, sagte Gary und zeigte auf einen einsamen Baum

nicht weit von der Stelle, an der das Vierrad versteckt gewesen war. Auf einem niedrigen Ast saß eine gewaltige Krähe.

Instinktiv riß Geno den Arm nach oben und machte einen Hammer wurfbereit, und Kelsey griff mit unerbittlichem Blick nach seinem Bogen.

»Nicht umbringen!« fauchte Gary die beiden an. »Der Vogel scheint etwas zu wissen.«

»Ein Spion von Ceridwen«, gab der Zwerg zurück, denn es war ein offenes Geheimnis unter den Völkern Faeries, daß die sprechenden Krähen Gehilfen der Hexe waren. Gerüchten zufolge hatte sie die Unterstützung der Vögel gewonnen, indem sie ihnen die Gabe der Sprache verliehen hatte.

»Und kein Freund«, fügte Kelsey grimmig hinzu und legte einen Pfeil auf die Sehne.

»Aber ein Verbündeter«, sagte Gary.

»Crahgs sind blockiert«, keckerte die Krähe, und der bloße Anblick eines sprechenden Vogels ließ selbst den Elf innehalten. »Wolf und Haggis, Drachenfreunde.«

»Klingt einleuchtend«, stimmte Mickey zu und bedeutete Kelsey, er solle den Bogen senken. »Robert riegelt das Ostland ab. Zu seinem eigenen Nutzen.«

»Oder unsertwegen. Weil er annimmt, daß wir durch die Crahgs wollen«, fügte Gary hinzu. Drei ernste Gesichter wandten sich ihm zu, vier sogar, als Gerbil von den Karten aufschaute und feststellte, daß er offenbar etwas verpaßt hatte. Keiner der Freunde wußte es wohl zu schätzen, daß er eine so unwahrscheinliche Möglichkeit überhaupt erwähnt hatte.

»Robert hat sicherlich mehr im Kopf als unser kleines Häuflein«, warf Geno verächtlich ein, der den Gedanken völlig abwegig fand. Er grinste Gerbil an, und dieser lächelte zurück, bevor er sich wieder in seine Zettelwirtschaft vertiefte.

»Und diese Krähe arbeitet für die Hexe«, fügte Kelsey hinzu und hob den Bogen erneut. »Aus keinem anderen Grunde, als uns zu behindern; wir sollen wohl für dumm verkauft werden, bis Ceridwen etwas Besseres einfällt.«

»Robert weiß über uns Bescheid«, sagte Gary schnell, bevor die beiden sich zu einer unbesonnenen Tat hinreißen ließen. Wieder sahen sie ihn grimmig an.

»Das hat mir Ceridwen gesagt«, erklärte er. »Der Drache weiß Bescheid. Über die Rüstung und den Speer und auch, daß ich wieder hier bin.«

Geno sah Kelsey bedrückt an, als wollte er sagen: »Und, was jetzt?« Aber der Elf wußte auch keine Antwort.

»Selbst wenn das stimmt«, warf Mickey hoffnungsvoll ein, »dann wird er doch wohl nicht damit rechnen, daß wir aus freien Stücken in seine Festung hineinmarschieren.«

»Es sei denn, daß er glaubt, daß wir etwas haben, mit dem wir ihn in seine Höhle zurückzwingen können«, sagte Gary.

Kelsey sah Mickey fragend an.

»Dieses kleine Detail des Ehrenkampfes ist nicht vielen geläufig«, sagte der Kobold selbstgefällig und schlug Funken aus dem Feuerstein, um seine Pfeife zu entzünden. »Robert wird nie ahnen, was los ist.« Mickey war nicht so zuversichtlich, wie er vorgab. Das letzte, was er wollte, ob nun hier oder in den Kammern unter dem Daumen des Riesen, war ein Zusammentreffen mit dem Drachen. Er wollte seinen Topf voll Gold zurück, mehr nicht. Aber seine ursprüngliche Lüge hatte plötzlich gigantische Ausmaße angenommen, kein Wunder bei der Vielzahl der Mitspieler und der landesweiten Intrigen.

Kelsey sah nach Nordosten, als wollte er die fernen Crahgs ausspähen. Dann sah er zurück zu der grinsenden Krähe, die selbstbewußt auf dem Zweig sitzen geblieben war.

»Du traust dem Vogel?« fragte er Gary unvermittelt.

Dieser nickte. »Ich wüßte nicht, warum Ceridwen lügen sollte. Es ist doch, wie sie sagt: Wenn wir Robert besiegen, wird sie es nur leichter haben.«

»Langsam fange ich an, diese ganze Geschichte zu hassen.« Ungeduldig ließ Geno einen Hammer in seine Handfläche klatschen. Sein Pony wieherte und tänzelte vor, aber er preßte ihm kräftig die Beine in die Weichen, und es beruhigte sich wieder.

»Das hat etwas für sich«, sagte Kelsey. »Und die Crahgs würden uns kaum Schutz vor dem Drachen bieten.« Er wandte sich weiter nach Osten um und sah südlich an den fernen Bergen vorbei.

»Was hast du vor?« fragte Mickey ernst. Er wußte genau, was dem Elf durch den Kopf ging.

»Es gibt einen Wald hier in der Nähe«, antwortete Kelsey. »Einen dunklen und undurchdringlichen Wald. Er könnte uns für den nächsten Abschnitt der Reise Deckung geben.«

»Da!« rief der Gnom und pochte so heftig auf die Landkarte, daß der Zeigefinger glatt hindurchfuhr. Dann glättete er das Pergament wieder, starrte auf die Stelle und kratzte sich verwundert den Kopf. »Reckwald?« fragte er.

»Schreckwald«, berichtigte Geno ihn mit grabestiefer Stimme. »Du hast die erste Rune rausgefetzt.«

Aus Mickeys Seufzen schloß Gary, daß dieser Schreckwald kein angenehmes Plätzchen war.

»Wir haben keine andere Wahl«, sagte Kelsey zu dem Kobold. »Nicht, wenn es stimmt, was die Krähe über die Crahgs sagt.«

»Wolf und Molch«, keckerte der Vogel.

»Halt den Schnabel!« röhrte Geno und warf den Hammer. Die wuchtige Waffe krachte neben dem Vogel gegen den Ast und schoß davon. Empört kreischend schwang die Krähe sich in den dunklen Himmel empor.

»Halt den Schnabel!« röhrte Geno wieder. »Wenn ich dich hätte treffen wollen ...« Er beließ es dabei, ihr einen Batzen Spucke hinterherzuschicken, denn sie war längst in der Dunkelheit verschwunden.

»Wie schlimm ist dieser Schreckwald?« fragte Gary den Kobold leise, als die Aufregung sich langsam legte.

Mickey zuckte die Achseln, denn ihn schien die ganze Angelegenheit ziemlich kaltzulassen. »Wir werden es schon schaffen, Junge, keine Bange.«

Da gewann Gary neue Zuversicht, denn er vertraute auf seine Freunde und sich selbst. »Und wenn wir den Drachen erst einmal haben«, überlegte er, als ihm eine Idee kam, »dann werd ich mit ihm auch eine Abmachung treffen.«

»Du triffst wohl gern Abmachungen, die dich nichts angehen«, brummte der Zwerg und fuhrwerkte im Geäst herum, um seinen Hammer wiederzufinden.

»Was hast du denn vor?« fragte Kelsey, ohne den Zwerg weiter zu beachten. Überraschenderweise machte er ein grimmiges Gesicht.

»Ich reduziere auch für Robert die Zeit der Verbannung.« Gary grinste breit. »Auf drei Monate, wie bei Ceridwen. Dann kommen beide gleichzeitig frei, ohne irgendeinen Vorteil zu haben.« Der Plan erschien ihm von bestechender Logik, und so war er überhaupt nicht darauf vorbereitet, daß die Empörung in Kelseys Augen noch wilder aufloderte. Es sah ganz so aus, als wollte der Elf im nächsten Moment sein Pferd nach vorn treiben und ihn mit einem Hieb erledigen.

»Du hast da was übersehen, Junge«, flüsterte Mickey.

»Was?« fragte Gary den Elf und den Kobold zugleich. Kelsey funkelte ihn noch ein paar Augenblicke an, dann wandte er sein Pferd ab.

»Was?« fragte Gary erneut, diesmal allerdings nur Mickey.

»Du bist es doch gar nicht gewesen, der den Wurm herausgefordert hat«, erinnerte dieser ihn, und Gary holte durch die zusammengebissenen Zähne Luft, daß es zischte. Daran hatte er nicht einmal gedacht, hatte nicht einmal vermutet, daß er damit zu weit gehen und seinen stolzen Freund beleidigen könnte.

»Kelsey«, sagte er so schuldbewußt, wie er nur konnte. »So habe ich es nicht gemeint …«

»Es spielt keine Rolle«, sagte Kelsey und wandte sein Pferd wieder herum.

»Selbstverständlich bist du es, der den Bann des Drachen verkürzen kann«, sagte Gary bereitwillig. »Du bist der einzige, der irgenein Recht hat, mit Robert zu verhandeln. Ich habe mich bloß nicht bremsen können.«

»Du wärst schon gebremst worden«, sagte Geno trocken. Gary starrte ihn wütend an, denn er hatte das Gefühl, daß der Zwerg die peinliche Situation ein wenig zu sehr genoß.

»Es spielt keine Rolle«, erklärte Kelsey erneut. Seine wohlklingende Stimme zitterte nicht einmal. »Wir sollten zunächst einmal Sorge tragen, daß der Wurm in sein Loch kommt. Dann können wir immer noch entscheiden, was der rechte Kurs zum Wohl des Landes ist.«

Gary konnte diesen Prioritäten nur zustimmen. Und die anderen ebenfalls. Allein Mickeys Gedanken bewegten sich auf etwas anderen Bahnen, denn er durchschaute den Drachen besser als jeder andere. Sollten sich Ceridwens Behauptungen als wahr erweisen und Robert schon hinter ihnen her sein, dann war damit zu rechnen, daß sie schon weit vor seiner Burg aufeinandertrafen. Außerdem wußte Mickey, daß Robert der Reizbare schon seit langem Spione in den dunklen Winkeln des Schreckwaldes sitzen hatte und die dichten Wipfel nicht unbedingt den Schutz bieten mochten, den Kelsey sich erhoffte. Robert mußte ausgetrickst werden – keine leichte Aufgabe –, und der Preis mochte hoch sein.

Aber Kobolde waren Weltmeister der Täuschung. In Wahrheit täuschte Mickey seine eigenen Kameraden ja schon jetzt. Und so beteiligte er sich nicht länger an dem Gespräch, sondern entwarf einen Plan, wie das nur ein Kobold konnte.

Wie hoch der Preis auch sein mochte, Mickey wollte seinen Topf voll Gold wiederhaben.

Der Schreckwald

Als der dunkle und undurchdringliche Wald näher rückte, scheuten selbst die verläßlichen Reittiere aus Tir na n'Og. Sie schnaubten und wieherten und warfen die Köpfe hin und her. Der Schreckwald begann abrupt, ein dichtes Gewirr von Bäumen in der Mitte des Flachlandes zwischen den Bergen von Penllyn im Süden und den wogenden Crahgs im Norden. Kelsey führte sie nahe an die Crahgs heran, an den schmalsten Zipfel des Waldes, aber trotzdem kam das Dickicht Gary Leger immer noch finster und riesenhaft vor.

Er hatte etliche seiner Jugendtage in den Wäldern verbracht, selbst nach Sonnenuntergang, ohne sich je vor mehr gefürchtet zu haben als der sehr realen Möglichkeit, von Mücken zerstochen zu werden oder aus Versehen in ein Bienennest zu treten. Nun jedoch stieg ein Gefühl des Entsetzens in ihm empor, das Gefühl, daß ihm in diesem Wald weit Schlimmeres drohte als nur ein paar Insektenstiche.

Wer auch immer diesem Ort seinen Namen gegeben hatte, er hatte die richtige Wahl getroffen, das stand schon einmal fest.

Es schien ihm unvorstellbar, überhaupt einen Pfad durch diese Wirrnis zu finden. Die verdrehten Bäume bildeten einen regelrechten Wall, eine knorrige und verschlungene Barriere, die jedem Besucher den Eintritt verwehrte.

Mit erhobener Hand bedeutete Kelsey ihnen anzuhalten, blieb dann im Sattel sitzen und beäugte den Wald mißtrauisch. Schließlich zeigte er zur Seite, und die Freunde verließen den Weg.

»Es gibt eine Straße«, sagte Mickey zu Gary und Gerbil. Der Gnom schien nervös zu sein, er hatte wohl Angst, das Vierrad zurücklassen zu müssen. »Die Bäume wollen bloß nicht, daß wir sie zu sehen bekommen.«

Wieder zeigte Kelsey die Richtung an, diesmal nach hinten, und die Gefährten machten kehrt. Immer wieder wechselten sie die Richtung, immer wieder studierte Kelsey die Bäume und suchte nach Hinweisen auf den Weg.

»Keiner durchschaut Illusionen besser als ein Tylwyth Teg«, sagte Mickey leise, damit seine weniger informierten Freunde geduldig und bei Laune blieben.

Schließlich straffte Kelsey die Schultern und seufzte tief. Er warf Mickey einen Blick zu, der bedeuten mochte, daß er seiner Sache ziemlich sicher war, aber doch nur hatte raten können. Dann wandte er sich um und zog einen Pfeil aus dem Köcher. Sorgfältig untersuchte er dessen Federn, aber anscheinend fand er nicht, was er suchte, denn er schüttelte den Kopf, steckte den Pfeil zurück und holte einen zweiten hervor.

Wieder untersuchte er ihn, dann führte er die Spitze an die Lippen und flüsterte etwas, ganz so, als ob der Pfeil Ohren hätte. Er zog einen Faden, fein und silbrig wie das Netz einer Spinne, aus den Satteltaschen und fädelte ihn durch ein winziges Loch hinter den Federn. Dann legte er den Pfeil auf die

Sehne und richtete den Bogen auf den Wald. Seine goldenen Augen hielt er dabei geschlossen.

Wieder flüsterte er – eine Art von Zauberspruch, so wollte es Gary scheinen –, und langsam bewegte er den Bogen seitwärts, erst nach rechts, dann nach links. Scheinbar zufällig ließ er los, und der Pfeil sirrte durch die Luft und bewegte sich stracks auf eine riesige Ulme zu. Und doch traf er den Baum nicht. Gary zwinkerte ein paarmal mit den Augen und dachte schon, einer Sinnestäuschung aufgesessen zu sein.

Eine ganze Zeitlang wickelte sich die feine Schnur nämlich einfach ab. Kelsey, der das andere Ende hielt, nickte Mickey zu. Schließlich wurde die Schnur straff, und er schlüpfte aus dem Sattel und begann damit, sie wieder aufzuwickeln. Das Pferd folgte ihm.

»Was war denn das?« fragte Gary.

»Die Pfeile der Tylwyth Teg haben so eine Art, sich um Bäume herumzumogeln«, erklärte Mickey und zwinkerte ihm verschmitzt zu. »Wenn derjenige, der sie hergestellt hat, es ihnen verbietet, dann treffen sie kein lebendes Wesen.«

Inzwischen waren sie nahe an den lebenden, scheinbar undurchlässigen Wall herangekommen. Zu seiner Überraschung entdeckte Gary eine Lücke zwischen den Bäumen, die sogar breit genug war, Gerbils Vierrad durchzulassen. Warum hatte er sie von der Wiese aus nicht gesehen? Er schüttelte sein Erstaunen mit einem Schulterzucken ab. Kelseys Pfeilzauber hatte die Zauberkraft des Waldes offenbar übertrumpft.

Ganz gleich, wie oft er noch nach Faerie zurückkehren und wie lange er auch bleiben mochte, Gary Leger wußte genau, daß er immer nur ein Fremder bleiben würde.

Kelsey verschwand in dem finsteren Wald. Die Schatten verschluckten ihn, kaum daß er die Schwelle überschritten hatte. Geno tat es ihm sofort nach. Sein Pony scheute, aber er grunzte nur zornig, und mit einem einzigen Ruck an den Zügeln hatte er das Tier wieder im Griff und ritt hinein.

Als nächster kam Gerbil. Das Vierrad wurde von den ersten Baumwurzeln gehörig hin und her geschüttelt. Die Augen stracks nach vorn gerichtet, ritt Gary hinterdrein. Er hatte den Eindruck, plötzlich in die Nacht hinüberzuwechseln. Er wußte genau, daß er nicht mehr als ein paar Fuß vom Eingang entfernt und unter einem strahlend klaren Himmel unterwegs war, aber als er sich umdrehte, sah er nur ein deutlich abgegrenztes, dämmeriges Loch, als fürchtete selbst die Sonne, einen Blick in den Schreckwald zu werfen.

»Ruhig«, redete Mickey seinem Freund und seinem Pferd zugleich gut zu. »Ruhig.«

»Etwas Licht, Kobold«, rief Kelsey nach hinten, als er seinen Pfeil aus dem Boden gezogen hatte und wieder in den Sattel stieg. Mickey grunzte eine Antwort – sie klang eher wie ein Ächzen – und begann einen Zauber zu sprechen, dessen Länge Gary sehr befremdete. Auf seiner ersten Reise nach Faerie der Kobold gerade einmal mit den Fingern schnipsen müssen, um glühende Lichtkugeln herbeizuzaubern.

Schließlich schnipste Mickey tatsächlich mit den Fingern, und ein winziges Bällchen erschien über ihnen, kaum mehr als eine flackernde Kerzenflamme. Es schwebte in der Luft und zitterte wild hin und her, als wollte es jeden Moment wieder verlöschen.

Dann schrumpfte es sogar noch zusammen. Hilflos zuckte Mickey mit den Achseln. »Meine Zauberkraft kann gegen die Atmosphäre des Schreckwaldes nicht viel ausrichten«, erklärte er.

Kelsey, der gerade erst einen Pfeil durch die Illusion der Bäume geschickt hatte, sah ihn mißtrauisch an, und Gary konnte ihn nur zu gut verstehen. Irgend etwas stimmte mit Mickey nicht, zumindest nicht mit seinen Zauberkräften, denn seine Trickkiste war bei weitem nicht mehr so hilfreich und wohlgefüllt wie auf Garys erster Reise durch das verzauberte Land. Der junge Mann erinnerte sich noch gut an seine erste Begegnung mit ihm. Wieder und wieder war er ausgetrickst worden, hatte riesige Pilze aus dem Boden gepflückt und ihnen befohlen, den Topf voll Gold herauszurücken. Am besten aber erinnerte er sich an Mickeys großspuriges Gerede, einen Menschen oder ein Ungeheuer zu täuschen, sei nur eine Frage der Vorgehensweise und nichts, worüber man sich sonderlich den Kopf zerbrechen müsse.

Wo waren Mickeys Selbstvertrauen und seine Zauberkräfte bloß geblieben? Gary sah ihn verwirrt an.

Mickey zuckte nur mit den Achseln und zog sich die Krempe des Tam-o'-Shanter über die Augen. Eine weniger plakative Antwort blieb er ihnen schuldig. Nur einen Augenblick später erstarb das kleine Feenlicht völlig, und da der dämmerige Eingang rasch hinter ihnen verschwand, fanden sich die Freunde bald in völliger Dunkelheit wieder.

Tatsächlich jedoch war die Straße im Waldinnern eben und frei und sogar breit genug, daß Gary sein Pferd neben dem rollenden Vierrad dahintrotten lassen konnte. Bald hatten sich seine Augen an die Düsternis gewöhnt, und er fand es gar nicht mehr so schlimm. Etwas Sonnenlicht drang hin und wieder durch die dichtbelaubten Äste, und wenn es sich auf dem Weg zu ihnen hinunter auch immer mehr verminderte, so reichte es doch aus, daß Gary vor sich die Umrisse von Kelsey und Geno erkennen konnte. Neben ihm war Gerbil erneut am Werkeln; ohne Probleme hielt er mit den anderen mit, obwohl er nur abwesend in die Pedale trat und mit einigen Dingen herumfummelte, die zu klein waren, als daß Gary sie erkennen konnte. Ihm fiel auf, daß er den Gnom, obwohl sie schon einige Tage lang Reisegefährten waren, noch gar nicht recht kennengelernt hatte. Er sah zu Mickey, der lässig gegen den Pferdenacken gelehnt dasaß, den Hut immer noch im Gesicht, die langstielige Pfeife im Mund, die Knie übereinandergeschlagen. Von ihm konnte er wohl nur wenig Geplauder und Zerstreuung erwarten.

»Was machst du da?« fragte er den Gnom.

»Licht«, war die höfliche, wenn auch kurze Antwort.

Gary nickte, dann jedoch runzelte er die Stirn. »Du machst Licht?« fragte er. »Du meinst, du zündest eine Fackel an?«

»Fackeln sind etwas für Zwerge und Elfen und das Menschenvolk«, antwortete Gerbil, ohne mehr zu erklären. »Vielleicht auch noch für Goblins, vermute ich.«

Gary entging der herablassende Ton keineswegs. »Wie machen denn die Gnomen Licht?« fragte er höflich.

»Durch Tränke.«

Nun war Gary wirklich neugierig, aber er begriff auch, daß der normalerweise redselige Gnom im Moment nicht gestört werden wollte. So hielt er sein Pferd mit dem Vierrad auf einer Höhe und beobachtete jede einzelne von Gerbils Handbewegungen. Bald stach eine Stange aus dem Vorderteil des Vehikels hervor, und auf ihrer Spitze rotierte eine Röhre im Takt der Pedale. Zwischen die pumpenden Schenkel hatte Gerbil einen Trichter geklemmt, der durch einen Schlauch mit der Basis der Röhre verbunden war, und in den Händen hielt er zwei Becher.

»Durch Tränke?« fragte Gary.

»Pssst!« zischte der Gnom.

»Du riskierst, dich selbst in die Luft zu jagen, wenn du einen Gnom bei der Arbeit störst«, fügte Mickey leise hinzu, und Gary, der weder Zweifel verspürte, was Mickeys Worte anging, noch Lust, sich in die Luft zu jagen, hielt den Mund. Neugierig sah er zu, wie Gerbil bestimmte Mengen von verschiedenen Flüssigkeiten in den Trichter gab. Einen Moment später kam ein Glühen aus dem rotierenden Röhrchen am Ende der Stange, und das Leuchten nahm mit jeder Umdrehung zu.

Kelsey und Geno sahen erstaunt und keinesfalls erfreut nach hinten.

»Du machst dich eigenhändig zur Zielscheibe«, sagte Mikkey zu dem Gnom.

»Ich kann doch nicht im Dunkeln arbeiten!« schoß der Gnom nervös zurück. Er goß von der einen Flüssigkeit ein wenig mehr in den Trichter, und das Licht nahm an Kraft zu.

»Mach, was du willst«, war Mickeys lässige Entgegnung.

Gary saß verblüfft da. Er kannte Ringe, die durch solche chemischen Reaktionen Licht erzeugten, aber er hätte nie damit gerechnet, daß eine solche Technik in einem Zauberland angewendet wurde. Gerade wollte er Gerbil zu seiner erstklassigen Lichtquelle gratulieren und ihn ein wenig ausfragen, da senkte sich plötzlich ein Ast von oben herab und pflückte den Gnom aus dem Sitz seines Vehikels und zog ihn zu den dunklen Wipfeln hinauf.

Gary blieb jeder Warnschrei in der Kehle stecken. Als Gerbil strampelnd und kreischend an ihm vorbeischoß, machte er einen Satz, um ihn zu packen, doch da kam ein zweiter Ast herunter und schlug ihm gegen die Schulter, so daß er seitwärts aus dem Sattel gefegt wurde und auf das Vierrad fiel. Er fuhr gerade noch rechtzeitig herum, um zu sehen, wie der fußdicke Ast den Kobold, der sich zur Seite geworfen hatte, nur knapp verfehlte und mit Wucht auf den Rücken des Pferdes knallte. Ein ungeheures Krachen ertönte, als die Beine umknickten und das arme Tier zu Boden ging.

Ein Hammer wirbelte durch die Luft und schlug heftig gegen den Ast, ohne jedoch ernsthaft etwas auszurichten. Ein fliegender Zwerg folgte, als Geno vom Pony hechtete und seine kräftigen Arme um den Ast schlang. Grollend schlug er seine Zähne hinein und riß ein großes Stück aus der Rinde.

Kelsey war bereits in der Krone des angreifenden Baumes. Er huschte über die sich windenden Äste hinweg, um an Gerbil heranzukommen. Zweige peitschten nach ihm, und er antwortete ihnen mit blitzendem Schwert und ließ sie in Stücken auf den Boden regnen.

»*Auf ihn!*« erscholl ein Ruf in Garys Gedanken, und sofort war er auf den Beinen. Er fummelte den Helm zurecht, dann griff er nach dem Speer und wog ihn eifrig in den Händen.

Worauf mußte er nur bei einem Baum zielen?

Über ihm spuckte Geno ein weiteres Stück Holz aus. Kelsey war bei Gerbil angelangt und hieb kräftig auf den ihn umklammernden Ast ein, ohne ihn bereits befreien zu können.

Gary brüllte und nahm sich den Stamm vor. Den Speer nach vorn gerichtet, trieb er die Spitze in das harte Holz. Der Baum verfiel in ein rasendes Geschüttel, und der arme Gerbil schrie vor Schmerzen auf.

Gary fuhr herum. Er fürchtete, daß der Gnom es in dem Würgegriff nicht mehr lange machen und jämmerlich zerquetscht werden würde, und holte mit dem Speer zum Wurf aus. Doch da schwang ein zweiter Ast herunter und schlug ihm in sein gepanzertes Kreuz, daß er durch die Luft geschleudert wurde und ein zweites Mal auf dem Vierrad landete.

»Bist du okay, Junge?« fragte Mickey. Er saß unten im Sessel des Gefährtes.

»Mir ging's schon besser«, sagte Gary und kämpfte sich auf

die Knie. Über ihm krachte es, und er warf sich gerade noch rechtzeitig zur Seite. Geno kam mitsamt Ast heruntergepurzelt, denn der wilde Zwerg hatte das Ding glatt durchgebissen.

»Halb so schlimm!« erklärte er und biß rasch noch einen Brocken heraus. Und weg war er, sprang einfach auf den Stamm zu, klammerte sich dort fest und fraß sich mit all seinem Zwergenhunger durch die Rinde.

Wieder wurde Gary von dem Ast getroffen, diesmal aber nicht so hart. Der Baum schien sich mehr auf Geno zu konzentrieren. Im nächsten Augenblick schon war Gary wieder auf den Knien. Genos Taktik war beeindruckend effektiv, so nahe am Stamm konnte der Baum nicht mehr so leicht an den Zwerg herankommen.

Auch für Gary war das erfreulich, denn zumindest im Moment wurde er in Ruhe gelassen. Rasch sah er nach oben, wo Gerbil kreischte und Kelsey auf den Baum einprügelte, und wußte, daß er etwas tun mußte.

»Triff bloß nicht daneben«, dachte er, und von dem Speer erhielt er eine Welle der Empörung und des Beleidigtseins zur Antwort.

»Ich hab mit mir selber gesprochen!« erklärte Gary barsch und zog durch.

Nur einen Fuß von dem Gnomen entfernt krachte der Speer in den Ast und schlug ihn fast entzwei. Ein Ruck des Elfen, und Gerbil kam keuchend frei, und dann hielten sich die beiden einfach an dem zerreißenden Ast fest. Der Speer fiel schnurstracks zu Boden, Elf und Gnom jedoch schwangen sich an dem Ast wild über den Pfad und fielen dann in ein dichtes Gebüsch.

Gary schnappte sich den Speer, und als er zu Geno sah, hätte er fast laut aufgelacht. Der Zwerg sah aus wie eine wilde Kreuzung zwischen einem ausgehungerten Biber und einem

Holzfäller. Im nächsten Augenblick warf Gary sich in schierem Entsetzen flach auf den Boden, denn das dichte Astwerk über ihnen stand plötzlich in lodernden Flammen.

Die Pferde wieherten und stoben davon, als das Holz knisterte und krachte. Zuerst hielt Gary alles nur für eine von Mickeys gewitzten Illusionen, aber als er einen Moment darüber nachdachte, verwarf er die Erklärung wieder. Wie sollte man einen Baum mit optischen Tricks hereinlegen können?

Und außerdem, erkannte Gary, als überall um ihn herum brennende Holzstücke herunterprasselten und der Rauch ihm in die Lunge und die Augen biß, außerdem war dies kein Trick.

Er mußte fliehen. Er richtete sich auf, so gut es ging, und wurde plötzlich am Arm gerissen, so daß er ein drittes Mal in das Vierrad krachte.

Mickey duckte sich in den Sitz und sah jetzt schreckensbleich und hilflos aus. »Das muß der Drache sein!« schrie er und bedeutete Gary, neben ihn in das Vierrad zu steigen.

Nicht weit von ihnen explodierte in der gewaltigen Hitze ein Baum. Ein Pferd stieß einen furchterregenden Schrei aus, es war offenbar von den Flammen verzehrt worden. Geno, Kelsey und Gerbil waren nirgendwo zu sehen. In diesem wirren Moment hatte Gary keine Ahnung, ob sie tot waren oder fliehen konnten. Und mit jeder Sekunde, die verstrich, wurde sein eigenes Entkommen unwahrscheinlicher.

Er zwängte sich neben Mickey und entdeckte zu seiner Erleichterung, daß die gewitzten Gnomen daran gedacht hatten, den Sitz mit einer Verstellmöglichkeit auszustatten, doch obwohl er ihn bis ganz nach hinten schob, konnte er die Beine nicht ausstrecken. Ihm entfuhr ein Schrei, als ein Zweig ihm ins Gesicht fiel, und er wischte das Ding fort und stemmte kräftig einen Fuß in die Pedale. Hoffentlich ließ sich das Vierrad auf diesem rauhen und unebenen Boden überhaupt in Bewegung setzen. Zu seinem Erstaunen machte es einen regelrechten Satz. Er hatte keine Ahnung, ob unglaubliche Ingenieursleistungen oder magische Tränke die Fahrt unterstützten, aber nur ein paar Pedaltritte später waren sie schon aus dem brennenden Gebiet hinaus und rasten einen breiten Pfad entlang.

»Weiter! Weiter!« befahl Mickey, als Gary bremste und sich nach ihren Freunden umsah.

»Wir können sie nicht einfach hierlassen!« gab er zurück. Er wollte Mickeys Herzlosigkeit kaum glauben.

»Weg von hier!« rief es hinter ihnen. Kelsey floh vor den lodernden Flammen und zeigte nach vorn.

»Der Drache ist über uns«, erklärte Mickey. »Wir haben nur dann eine Chance, wenn wir uns trennen.«

Wie auf Stichwort erfüllte ein Brausen die Luft über dem Blätterdach, und ein riesiger Schatten strich über ihre Köpfe hinweg.

»Weiter, Junge! Unser aller Leben hängt davon ab!« drängte Mickey ihn, und Gary sah wieder nach vorn und trat mit aller Kraft in die Pedale, daß das Vierrad die gewundene Straße hinunterraste, wie es auch ein Pferd aus Tir na n'Og nicht schneller hätte schaffen können.

Sie hatten bereits eine Meile zurückgelegt, bevor Gary auch nur auffiel, daß Kelsey – der Kelsey, der ihn fortgeschickt hatte – nicht den kleinsten Streifen Ruß im Gesicht gehabt hatte.

Rußverschmiert, das goldene Haar angesengt, den bewußtlosen Gnom unterm Arm, so krabbelte Kelsey aus dem Gebüsch hervor. Hilflos sah er den Weg hinunter und fragte sich, ob auch nur einer seiner Freunde oder eines der wertvollen

Pferde überlebt haben mochte. Gerbil wenigstens war am Leben, er stöhnte ab und zu.

Geno ebenfalls, stellte Kelsey einen Augenblick später fest, als er ihn grummelnd und grollend auf irgendeinen nahen Baum einschlagen hörte. Der Elf folgte den Geräuschen und hatte ihn bald gefunden.

»Wo sind die anderen?« fragte er ihn.

»Steingeblubber!« war alles, was Geno ihm zur Antwort gab.

»Ich dachte, du wärst tot.«

Geno schnaubte. »Ich arbeite an einem Zwergenamboß, Elf. Es braucht mehr als ein bißchen Drachenfeuer, um in diese Haut ein Loch zu brennen!«

»Aber was ist mit dem Kobold und Gary Leger?« fragte Kelsey. Geno zuckte nur schroff mit den Schultern und fluchte sein »Steingeblubber!«

Die nächste halbe Stunde hielten die drei sich versteckt (und Geno nach Kelseys Bitten sogar den Mund), während Robert immer wieder über ihnen dahinschoß und mal hier, mal dort ein paar Bäume in Flammen aufgehen ließ. Schließlich schien der Drache des Spielchens müde zu werden und flog davon, und Kelsey und seine Gefährten brachen auf. Wenigstens das Pony fanden sie wieder, es war weiter südlich verschreckt in all dem Chaos umhergeirrt. Und dann, als sie die Straße wieder erreicht hatten, fanden sich auch die unverwechselbaren Spuren des Vierrads. Sie waren tiefer eingedrückt als sonst, das Vehikel hatte also mehr als das übliche Gewicht getragen.

»Sie sind alle beide entkommen«, vermutete Kelsey ebensosehr, weil er es hoffte, wie dank seines Geschickes im Fährtenlesen. Seine anfängliche Freude klang jedoch ab, als sie den Spuren folgten und feststellen mußten, daß die beiden längst verschwunden waren.

»Wie schnell ist dieses Ding eigentlich?« fragte Geno den Gnom zornig. Er hatte Mickey und Gary im Verdacht, daß sie sich abgesetzt hatten.

»Wie schnell?« wiederholte Gerbil und kratzte sich den rußverschmierten Bart. »Na ja, mit dem zusätzlichen Gewicht … sagen wir einmal zweihundertfünfzig Pfund … aber andererseits ist Gary Leger natürlich wesentlich stärker als der Durchschnittsgnom …«

»Wie schnell?« knurrte Geno.

»Zu Fuß werden wir sie nie einholen«, antwortete Gerbil rasch. »Nicht einmal mit dem Pony.«

Geno trat gegen den nächsten Baum und wandte sich zu Kelsey um – doch dann sah er lieber rasch nach hinten, um sicherzugehen, daß der Baum nicht zurückschlug. Wieder sah er zu Kelsey, dann rasch wieder zu dem Baum und beäugte ihn mißtrauisch. Schließlich, als er davon überzeugt war, daß der Baum so ruhig blieb, wie es sich für einen Baum gehörte, sah er wieder zu Kelsey hinüber. Zu seiner Überraschung entfernte der Elf gerade ein Stück Pergament vom Stamm eines anderen Baumes. Geno war reichlich verblüfft, daß sie die Nachricht nicht früher entdeckt hatten.

»Vom Kobold«, sagte Kelsey, und das erklärte einiges. Der Elf las und nickte, dann hielt er das Pergament so, daß die anderen beiden es lesen konnten.

Alles unter Kontrolle. Sehen uns in Braemar.

»Braemar?« röhrte Geno. »Wieso Braemar? Ich dachte, wir gehen zum Daumen des Riesen, um diesen verfluchten Wurm in sein verfluchtes Loch zu stopfen.«

»Aber jetzt ist der Drache draußen«, überlegte Gerbil.

»Der war die ganze Zeit draußen!« grollte Geno. »Auf zum

Daumen des Riesen, sag ich. Bringen wir die Sache hinter uns!«

»Du vergißt den gestohlenen Dolch. Wir haben ihn nicht«, sagte Kelsey. »Und wenn Mickey nach Braemar zurückgekehrt ist, müssen wir ihm wohl oder übel folgen.«

Geno wischte sich eine Handvoll Ruß aus dem bartlosen Gesicht und schüttelte hilflos den Kopf. Nicht nur ihm wollte es wie eine Niederlage vorkommen, daß sie beim ersten Anzeichen von Ärger gleich die Flucht ergriffen. »Verfluchter blöder Wicht«, murmelte er. »Wozu sind wir dann überhaupt losgegangen?«

Kelsey nickte, obwohl seine Grübeleien in eine andere Richtung führten. Warum nämlich war Mickey ausgerechnet jetzt umgekehrt? Sie waren ebensoweit vom Daumen des Riesen entfernt wie von Braemar, und dem Drachen würden sie schließlich an beiden Orten begegnen. Als Kelsey das alles begriff, entfuhr ihm ein Lachen. Mickey ließ sie zur Tarnung kehrtmachen, weil er hoffte, daß Robert sich von ihnen mitziehen ließ.

»Was ist?« fragte Geno.

Kelsey schüttelte den Kopf. »Ich bin nur froh, daß wir allesamt noch am Leben sind«, log er und wartete, bis Geno ihn nicht mehr ansah. Dann wandte er seine Augen wieder nach Osten, dorthin, wo der Kobold und Gary Leger in voller Fahrt unterwegs sein mußten.

Der Topf voll Gold

»Fahr einfach weiter geradeaus«, riet Mickey. Der Kobold stand vorn auf der Lenkstange und hielt konzentriert Ausschau. Gary reckte skeptisch den Hals. Das einzige, was er vor ihnen ausmachen konnte, waren dichte Bäume, ein Wall, der ihnen die Flucht aus dem Schreckwald versperrte.

»Und nicht langsamer werden«, sagte Mickey, und seine Stimme verriet Zuversicht.

Dieser Wunsch leuchtete Gary schon eher ein. Während der letzten zwei Stunden hatten immer wieder beseelte Bäume die Äste ausgestreckt, um sie zu ergreifen, und nur wegen ihrer hohen Geschwindigkeit hatten sie jedesmal entkommen können. Wie sie nun aber weiterkommen sollten, wußte Gary nicht. Er schloß die Augen, wie Mickey bereits vorgeschlagen hatte, und vertraute darauf, daß ihm der Kobold schon einen Weg durch den Baumzauber weisen würde. Doch als er spürte, wie der hölzerne Wall rasch näher kam, konnte er nicht anders und riß die Augen wieder auf. Fast hätte er laut aufgeschrien, denn der drohend aufragende Wall war gerade noch ein Dutzend Fuß entfernt.

Instinktiv klemmte er den Lenker zwischen den Knien fest und riß die Arme vors Gesicht. Ein Zusammenstoß schien unvermeidlich, doch da war auf einmal eine Lücke zu sehen, ein Weg um eine breite Ulme herum. Im Bruchteil einer Sekunde war das Vierrad an ihr vorbeigerauscht, und die Lücke wurde breiter, und dann schien jemand eine starke Lampe eingeschaltet zu haben. Sie waren aus dem Dickicht heraus.

Schweißüberströmt ließ Gary das Gnomengefährt ausrollen. Er blickte zum Wald zurück; einfach erstaunlich, daß sie dort hindurchgekommen waren. Im Westen stiegen noch immer schwarze Rauchfahnen empor, eine Mahnung, daß sie, wenn der Wald nun auch hinter ihnen lag, doch noch lange nicht in Sicherheit waren.

»Was sollen wir jetzt bloß machen?« flüsterte er rauh, als werde sich der Drache schon im nächsten Moment auf sie stürzen.

Mickey suchte den Himmel in allen Richtungen ab, dann sah er dem jungen Mann fest in die Augen. »Wir fahren zum Daumen des Riesen«, erklärte er. »Und bringen die Sache zu Ende.«

»Wie weit ist es noch?«

»Wie schnell und wie lange kannst du dieses Ding fahren?«

Gary wußte es wirklich nicht. Die wilde Fahrt hatte ihn erschöpft, andererseits jedoch hatte das Vierrad – ganz gleich, ob aufgrund einer unglaublichen Übersetzung oder irgendeines verborgenen Zaubers – seine kühnsten Erwartungen weit übertroffen. Er hatte damit länger und schneller fahren können als mit dem teuersten Rennrad seiner Welt, und das außerdem mit weit weniger Anstrengung. »Und was ist mit dem Drachen?« fragte er unvermittelt und sah zu den Rauchschwaden zurück. Der größte Teil der Strecke, die sie vor sich hatten, führte durch offenes, karges Gelände.

Mickey zuckte die Achseln. Zum vielleicht allerersten Male schien er wirklich Angst zu haben.

»Wir können doch auch in den Wald zurück«, schlug Gary vor. »Vielleicht finden wir ja Kelsey und die anderen.«

»Nein!« Mickeys Stimme war messerscharf, und seine sonst so vergnügten, grauen Augen blitzten zornig. »Wir müssen zu dem Berg und die Sache zu Ende bringen. Und jetzt bring dieses Ding in Schwung, falls du noch die Puste hast und das Muskelschmalz.«

»Und was ist mit dem Drachen?« bohrte Gary nach.

»Robert hat einen weiten Weg hinter sich, er dürfte müde sein. Sonst hätte er uns nie lebend aus dem Schreckwald herausgelassen, schätz ich. Das ist die schwache Stelle der Drachen, Junge. Sie bestehen nur aus Feuer und Muskeln und mörderischen Klauen, aber es strengt sie mächtig an, diesen Berg von einem Körper durch die Gegend zu schleppen, und dann sind sie müde.«

»Er wird sich erholt haben, lange bevor wir beim Daumen des Riesen angelangt sind«, sagte Gary düster.

»Aye.« Mickey nickte. »Aber wird er wissen, daß wir gesund und munter auf dem Weg sind? Kelsey und Geno werden schon den einen oder anderen Trick auf Lager haben, um ihn beschäftigt zu halten, da mach dir mal keine Sorgen. Aber wenn du bloß vorhast, hier herumzuhocken, werden sie sich natürlich umsonst anstrengen.«

Gary holte tief Luft, machte es sich in dem niedrigen und engen Vehikel so bequem, wie es eben ging, und trat in die Pedale. Plötzlich jedoch bremste er wieder und schnipste mit den Fingern, dann begann er damit, sich die Beinschienen abzuschnallen und anschließend auch den Rest der unförmigen Rüstung.

»Die wird mir eh nichts nützen, wenn wir auf Robert stoßen«, erklärte er.

Mickey nickte ernst.

Keine Viertelstunde später zogen sie mit ihrem Vierrad eine Staubfahne hinter sich her.

Kelsey nickte Richtung Norden. Dort saß Robert hoch oben auf dem vordersten Crahg, die großen Lederschwingen um den Leib geschlungen, die Reptilienaugen zu drohenden Schlitzen zusammengekniffen.

Die drei Gefährten hielten sich immer noch im Dickicht des

Schreckwaldes verborgen, waren immer noch im Westen, in der Nähe des Eingangs.

Kelsey zog einen Pfeil aus dem Köcher und legte ihn auf die Sehne. Er nickte Geno und Gerbil zu, als wollte er ihre Meinung dazu wissen, in Wirklichkeit jedoch konnten sie gar nicht anders, als seinem Vorhaben zuzustimmen. Wenn Kelseys Einschätzung zutraf, waren Gary und Mickey nicht mehr im Wald, sondern auf dem Weg zu Roberts Hort, und damit war ihnen jetzt die unerquickliche Aufgabe zugefallen, Roberts Augen vom Osten abzulenken.

»Such dir ein Versteck«, flüsterte Geno Gerbil zu und schob ihn davon, dann verschwand er in die andere Richtung. Kelsey gab ihnen einen guten Vorsprung, dann hob er den Bogen und zog die Sehne durch. Ihm war klar, daß er das Ungeheuer nicht ernstlich verletzen konnte, nicht aus dieser Entfernung und wahrscheinlich nicht einmal aus nächster Nähe. Aber zumindest konnte er Roberts Aufmerksamkeit auf sich lenken. Der ganze Trick war, auf und davon zu sein, bevor der Pfeil den Schuppenpanzer auch nur berührt hatte.

Kelsey schoß und verschwendete keinen Blick mehr auf sein Ziel, sondern rannte davon, so schnell er konnte, und zwar in eine andere Richtung, als Geno und Gerbil sie jeweils eingeschlagen hatten. Einen Augenblick später erbebte die Erde unter dem Donnergrollen des Drachen, und dann überflog sein Schatten den Waldrand, und sämtliche Bäume gingen in wilden Flammen auf.

Robert flog mehrere Male über die Stelle hinweg, doch war er erschöpft, ganz wie Mickey es vorhergesehen hatte, und konnte die Wucht des Angriffes nicht beibehalten. Er stürzte sich in eine Gruppe von Bäumen und verwandelte sie in Kleinholz, dann kehrte er wieder zu seinem Hochsitz am

Waldrand zurück und saß einfach nur da. Aufmerksam und abwartend.

»Euer Versteckspiel ist bald vorbei!« versprach er donnernd. »Wenn ich erst einmal alle Bäume weggebrannt habe, wo wollt ihr euch dann noch verstecken, ihr Winzlinge?«

Gerbil, in seinem tiefen Loch unter den Wurzeln einer großen Eiche, Geno, gemütlich mit einem Stein zugedeckt, und Kelsey, der am weitesten von der Verheerung entfernt war, hörten diese unverhohlene Kampfansage des Drachen, und jeder von ihnen wünschte sich in diesem Moment nach Hause zurück. Selbst der sonst so unerschütterliche Zwerg wäre gern so viele Meilen wie möglich vom Schreckwald entfernt gewesen.

Die Meilen zogen unter ihren Rädern dahin, und unermüdlich trat Gary an diesem Morgen des ersten Tages nach dem Schreckwald in die Pedale. Eine Stunde lang sahen sie im Norden noch den unregelmäßigen Umriß der Crahgs am Horizont, dann machte er dem flachen Ödland Platz.

Mickeys Lebensgeister wuchsen und wuchsen, denn der Drache blieb außer Sicht, und der Daumen des Riesen rückte rasch näher. Je näher der Kobold seinem wertvollen Topf voll Gold kam, desto mehr spürte er seine Zauberkräfte wiederkehren. »Immer schön geradeaus und immer schön schnell«, diese Worte hörte Gary jetzt andauernd, obwohl Mickey sich sehr viel Mühe gab, seine Aufregung nicht überschäumen zu lassen. Schließlich kannte auch Gary Leger nicht die ganze Wahrheit.

Der junge Mann machte keinen so glücklichen Eindruck. Natürlich war er froh, daß Robert nirgendwo zu sehen war, aber seine Gedanken waren nicht nach vorn gerichtet, sondern nach hinten, zu dem wilden Wald, in dem sie ihre drei Gefährten zurückgelassen hatten und über dem immer noch schwarze Rauchfäden in den Himmel stiegen. Selbst wenn sie Erfolg haben sollten und Robert in seine Höhle zurückzwangen, würde es doch nur ein hohler Triumph sein, falls Kelsey oder Geno oder Gerbil dafür hatten mit dem Leben bezahlen müssen.

Nur wenige Stunden später jedoch, nach einer kurzen Vormittagsrast, konnte auch Gary seine Aufregung nicht leugnen. Nachdem sie den verbrannten Wald südlich umrundet hatten, kam der Obelisk in Sicht, der der Daumen des Riesen genannt wurde. Einsam und gewaltig ragte er aus der verwüsteten Ebene empor.

Mickeys Anweisungen folgend, hielt Gary sich nordwärts. So gelangten sie über den ausgetrockneten Tullamore-See zum Rand des Tales direkt vor dem Berg und konnten sich hinter den wenigen Bäumen verbergen, die östlich der Crahgs überlebt hatten.

»Wohin jetzt?« fragte Gary und begann, die Rüstung wieder anzulegen. Den Helm hob er sich bis zum Schluß auf und band ihn sich dann einfach auf den Rücken. Wenn ihm das unförmige Ding auf dem Kopf herumhüpfte, würde er kaum klettern können. Er sah an dem hochaufragenden Obelisken zu den Burgmauern empor, die mehrere hundert Fuß über dem Tal regelrecht aus dem Fels emporzuwachsen schienen.

Beim letzten Mal waren sie durch eine Höhle auf den Berg gelangt. Ihr Eingang war nicht allzu weit entfernt hinter einem Felsdurchbruch verborgen, jenseits der roten Wasser eines dampfigen Teiches. Aber damals hatten sie den Riesen Tommy dabeigehabt, und der hatte sie durch das tiefe Wasser tragen können. Und selbst wenn sie den Eingang ohne fremde Hilfe erreichten, was Gary bezweifelte, so würden sie doch wieder nur ein Stück hinaufkommen. Denn daß sie damals den Rest des Weges hatten außen hinaufklettern und die

Mauern überwinden können, war ebenfalls weder ihm noch Mickey zu verdanken gewesen.

»Laß das Vierrad hier stehen«, sagte Mickey. »Auf der anderen Seite des Berges ist eine schöne breite Straße, auf der man hervorragend zu Fuß gehen kann.

Das wußte Gary durchaus, doch er wußte auch, daß diese Straße direkt zwischen den Baracken hindurchführte, in denen Roberts Streitmacht untergebracht war. Und die Lavamolche, echsenhafte Humanoide von der Größe und Kraft eines Mannes, würden sie sofort umzingeln.

»Mach dir mal keine Sorgen«, sagte Mickey gleichmütig, als er Garys zweifelndes Gesicht sah. »Heute fühl ich mich zauberhaft. Wir werden an den blöden Echsen schon vorbeikommen.« Er lachte – etwas zu großspurig für Garys Geschmack, denn was dieses Abenteuer anging, so waren Mickeys Zauberkünste bislang schon fast bejammernswert gewesen.

Doch als der Kobold losmarschierte, zuckte Gary nur mit den Schultern und folgte ihm, denn er hatte weder eine bessere Idee zu bieten, noch wollte er an diesem gefährlichen Ort länger bleiben, als unbedingt nötig war.

Es kostete sie jedoch mehr als eine Stunde, sich vorsichtig um die Südseite des Berges herumzuwinden. Nicht nur einmal meinte Gary, eine Bewegung hoch oben auf den Mauern wahrgenommen zu haben. Wahrscheinlich Lavamolchsoldaten, die lustlos ihre Wachrunden drehten.

Dann machte Mickey sich überraschend unsichtbar, und nun erst registrierte Gary, daß das auf dieser Reise zum ersten Mal geschah. Auf der letzten Queste noch war Mickey jedesmal verschwunden, wenn Gefahr im Anzug gewesen war. Diesmal jedoch hatte er stets zu gewöhnlicheren Formen des Sichversteckens gegriffen, selbst während des Kampfes im Gespenstersumpf.

Was es damit auch auf sich hatte, nun war der Kobold unsichtbar und machte es sich auf Garys Schulter bequem. Er schien wieder ganz der alte zu sein, unbekümmert und zuversichtlich, sie durch jede nur erdenkliche Gefahr bringen zu können. Mitten in der Luft glomm ein Funken auf, der mußte wohl von seiner langstieligen Pfeife stammen.

»Und jetzt marschierst du einfach den Berg rauf, Junge«, erklärte er. »Mit großen, stolzen Schritten, wie Robert sie immer macht. Das Schwert über der Schulter.«

So langsam begriff Gary, was der Kobold vorhatte. Trotz seiner Beklommenheit mußte er grinsen und griff nach dem Helm, dann jedoch überlegte er es sich anders. Robert hatte nie einen getragen. »Vertrau der Illusion«, sagte Gary sich und packte den Speer mit einer Hand, um ihn sich über die Schulter zu legen.

»Nicht diese!« fuhr Mickey ihn an. »Oder willst du mich aufspießen?«

Rasch legte Gary sich die Waffe auf die andere Schulter. Es war wirklich zuviel verlangt, auf etwas so atemberaubend Irrationales wie einen unsichtbaren Kobold zu achten. Er konnte Mickeys Gewicht zwar spüren – aber nur, wenn er innehielt und sich darauf konzentrierte.

»Du willst es so aussehen lassen, als ob Robert zurückkehrt«, vermutete er.

»Sieht schon so aus«, antwortete Mickey. »Sei ein braver Junge und fahr dir mal mit den Fingern durch den roten Bart.«

Gary schielte an sich hinab, dann fuhr er mit der Hand absichtlich durch das Bild hindurch. Er konnte das dicke, wirre Haar fast spüren, und ihm juckten plötzlich die Wangen. Wahrhaftig, ihm juckten die Wangen! Fast glaubte er, daß Mickey ihm wirklich einen Bart hatte wachsen lassen.

Wieder mußte er grinsen, doch dann wurde ein nervöses

Kichern daraus. Kaum zu fassen, er war auf dem besten Wege, ganz offen mitten durch Roberts Armee hindurchzumarschieren. Um sich nicht länger den Kopf darüber zu zerbrechen, holte er tief Luft und schritt kraftvoll aus, immer schön den ansteigenden Weg hinauf.

»Stolz und grimmig«, wies Mickey ihn an. »Rede mit niemandem, und laß nicht zu, daß irgend jemand mit dir redet!«

Gary sah zu ihm hinüber – und erblickte einen weißen Rauchfaden, der in der Luft zerfächerte und aus dem Nichts zu kommen schien.

»Die Pfeife, Mickey, die Pfeife«, flüsterte er. »Man kann den Rauch sehen.«

»Stimmt«, antwortete Mickey, doch der weiße Rauchfaden stieg weiter empor.

»Mach sie aus.«

»Man kann es kaum sehen, Junge. Und außerdem, sollte ein richtiger Drache nicht ein bißchen qualmen? Also geh schon weiter.«

Gary brummte, aber er wollte sich an dem Punkt auch nicht festbeißen. Schließlich war er auf Mickey mehr angewiesen als Mickey auf ihn.

Weiter oben säumten Holzhütten den Weg, und Gary – oder Mickeys Illusion – hatte den ersten Test zu bestehen, bevor sie sie auch nur erreicht hatten. Zwei häßliche Echsenmänner, rotgeschuppt und reptilienäugig, eilten ihnen entgegen. Vor lauter Eifer zischelten ihre Zungen hektisch zwischen den gelben Fängen hervor. Beide hatten sie einen Schild am Arm festgezurrt, einen Lendenschurz um die schmale Taille geschlungen und ein Kurzschwert an der Hüfte baumeln. Davon abgesehen waren sie nackt, die Schuppenhaut schien ihnen Panzer genug zu sein.

Sie zischelten ein paar schnelle Worte in einer Sprache, die Gary nicht verstand. Also knurrte er nur aus tiefster Kehle, schob die beiden zur Seite und stolzierte vorbei, ohne sie eines weiteren Blickes zu würdigen.

»Gut gemacht«, flüsterte Mickey.

Gary hörte gar nicht hin. Er fürchtete schon, im nächsten Moment von hinten niedergemetzelt zu werden. *Bist du bereit?* fragte er den Speer in Gedanken.

Wie zur Antwort prickelten seine Hände, der Speer war also offenbar mehr als bereit, er mußte sogar darauf erpicht sein, jemanden zur Ader zu lassen.

Gary konnte nur hoffen, daß es gar nicht erst dazu kam. Er hatte schließlich mehr zu verlieren als der Speer.

Und es kam auch nicht dazu. Andere Lavamolche traten ihm entgegen, aber auf einen ungnädigen Blick hin zogen sie sich wieder zurück. Die Torflügel in der Burgmauer schwangen weit auf, bevor Gary auch nur in ihre Nähe kam, und er passierte das Tor, ohne die Wachen auch nur anzusehen. Dahinter wies die Straße ein Kopfsteinpflaster auf und verlief an der Außenmauer entlang, von der aus man die steilen Klippen hinabsehen konnte. Zur Rechten gab es eine Abzweigung, eine Steigung hinauf zu einem weiteren Tor, das in den eigentlichen Außenhof der Burg führte.

»Und jetzt?« flüsterte Gary, denn er hatte ja immer noch keine Ahnung, wohin sie mußten und was das überhaupt für ein Gegenstand war, den sie zurückzubringen hatten.

»Geh zur großen Halle«, antwortete der Kobold.

Gary mußte sich einen Augenblick besinnen, dann wandte er sich nach rechts. Wieder schwangen die Türen bei seinem Erscheinen weit auf, wieder huschten die Lavamolche durcheinander, um Robert nur ja nicht vor die Füße zu kommen. Im Außenhof angelangt, wandte Gary sich erneut nach rechts und hielt auf die Eichentür eines langgestreckten, flachen Gebäudes an der nächsten Ecke zu.

»Hey«, flüsterte er. »Was, wenn Robert längst wieder hier ist? Und wann machst du endlich diese Pfeife aus? Die macht mich noch irre!«

»Keine Sorge«, sagte Mickey so besänftigend, wie er nur konnte. »Lavamolche sind viel zu blöd zum Zählen.«

Gary nickte und wollte schon »Alles klar« sagen, als ihm auffiel, wie absurd Mickeys Antwort gewesen war.

Problemlos gelangten sie in das Gebäude und traten in einen schmalen, kurzen Gang. Die Wand zur Rechten bestand aus massivem, nacktem Stein, links jedoch hing ein dicker Teppich. Aus einem Durchgang kamen weitere Wachen, aber auf Garys energisches Abwinken hin zogen sie sich rasch wieder zurück.

Er bog nach links ab, hinter den Vorhang, und als er sah, daß der Drache nicht zu Hause war, entfuhr ihm ein tiefer Seufzer. Doch immer noch wurde jede seiner Bewegungen verstohlen beobachtet, überall waren Soldaten, und er rechnete fest damit, daß der Speer seinen Kampfesdurst noch stillen durfte.

»Byuchke hecce«, erklang es in seinem Kopf.

»Was?« fragte Gary aus Versehen laut, und sofort ruckten etliche Echsenköpfe herum. Er konnte jedoch nicht erkennen, ob die Soldaten bereits Verdacht geschöpft hatten oder nur Befehle erwarteten. Wer konnte schon den Gesichtsausdruck einer Echse deuten?

»Byuchke hecce«, wies ihn der Speer mit mehr Nachdruck an. *»Sag ›Byuchke hecce‹* zu ihnen!«

Gary hatte keine Ahnung, was das beseelte Ding von ihm wollte. Doch nachdem sie so erfolgreich in die Burg marschiert waren, wollte er seinen erfahreneren Gefährten lieber vertrauen. »Byuchke hecce«, rief er den Soldaten zu.

Sie sahen ihn verdutzt an, ungläubig fast.

»Sag, wie es gemeint ist«, flüsterte Mickey.

»*Genau*«, stimmte der Speer zu.

»Byuchke hecce!« brüllte Gary, und die Echsensoldaten sahen einander an und flohen aus der Halle.

»Was hab ich denn zu ihnen gesagt?« fragte Gary, als er sicher war, daß die Soldaten außer Hörweite waren.

»Du hast gesagt, daß du Appetit hast«, erklärte Mickey, und auf einen Schlag war er wieder sichtbar, ein zustimmendes Lächeln in seinem Engelsgesicht.

»*Auf Echsenfleisch*«, fügte der Speer hinzu.

»Aber ich hab keine Ahnung, wie du darauf gekommen bist, so etwas zu sagen«, setzte Mickey sofort hinzu, denn er war natürlich nicht an der telepathischen Kommunikation beteiligt.

Gary hielt ihm den Speer vor die Nase und zuckte mit den Schultern. Der Kobold nickte, dann ging er als erster zu dem gewaltigen Kamin am anderen Ende der Halle hinüber. Beim Anblick des riesigen Schwertes, das wie üblich neben dem Kamin an der Wand lehnte, durchfuhr Gary ein Schaudern. Zuerst glaubte er, daß Robert doch zu Hause war, dann jedoch begriff er, daß jemand, der »die Schwingen ausgebreitet« hat, wie alle sagten, wohl kaum ein Schwert brauchte. Aber ob der Drache nun zu Hause war oder nicht, Gary fand allein den Anblick der monströsen Waffe schon beängstigend genug. Sie war größer als er, und die Klinge war am Griff glatt eine Hand breit. Er hatte miterlebt, wie Robert die unglaubliche Waffe in seiner Menschengestalt geführt hatte, und er konnte die Vorstellung nicht abschütteln, daß sie nun auf ihn zugeschwungen kam.

Währenddessen fummelte der Kobold flink am Mauerwerk des Kamins herum und fand mit Leichtigkeit den Mechanismus für die Geheimtür hinter der Feuerstelle. Zu Garys

Überraschung sprang Mickey gleich hinein und führte ihn in die Tunnelanlage und dann in Richtung Schatzhöhle. Immer wieder kamen sie an Weggabelungen und Kreuzungen vorbei, aber Mickey zögerte nicht ein einziges Mal, als kenne er diesen Ort wie seine Westentasche oder, fiel Gary plötzlich ein, als würde auch er von irgend etwas geführt.

Alles in allem machte Mickey auf Gary den Eindruck, als sei er nicht ganz bei Sinnen. Als sie durch ein teppichverhängtes Portal liefen, hüpfte der Kobold sogar auf und ab vor Freude. In dem Gemach lagen Gold und Edelsteine, Rüstungen und Waffen zu einem Schatz aufgehäuft, der Garys Begriffsvermögen bei weitem überstieg. Fassungslos starrte er Mickey nach, der an all den funkelnden und glitzernden Juwelen einfach vorbeilief, obwohl sie oft größer als seine knubbeligen Hände waren, und statt dessen so schnell den Berg hinaufhetzte, daß das Gold nach allen Seiten spritzte.

»Oh, ich wußte doch, daß du hier bist!« zirpte Mickey.

Mit diesen einfachen Worten hatte er Gary mehr verraten als auf dem gesamten Weg hierher. Der junge Mann hatte ihn schon die ganze Zeit im Verdacht gehabt, einen geheimen Plan zu verfolgen, und nun wußte er es genau. All die Beteuerungen, die ganze Geschichte sei »größer« als Robert, waren ein Hinweis auf etwas gewesen, was der Kobold niemandem anvertraut hatte.

Gary folgte ihm den Berg hinauf und versuchte, sich von der schieren Pracht nicht überwältigen zu lassen. Er erreichte den Gipfel gerade rechtzeitig, um zu sehen, wie Mickey seine kleinen Arme um irgendeinen Gegenstand schlang.

»Dein Topf voll Gold!« rief Gary.

»Und, ist er nicht herrlich?« piepste der Kobold, und dann sah er plötzlich sehr nervös aus, wie ein Kind, das mit den Fingern in der Keksdose erwischt wird.

»Normalerweise tu ich ihn nicht zum Vorschein bringen«, stammelte Mickey. So ungeschickt hatte Gary ihn noch nie reden hören. »Ich meine nur, ist doch ganz gut, ihn zur Hand zu haben, wenn Robert kommt.«

»Und ich meine nur, daß der Topf schon die ganze Zeit hier gewesen ist«, sagte Gary langsam. Er dachte an seine erste Reise durch Faerie zurück, an all die kleinen Hinweise, die ihn nun zu der Überzeugung gebracht hatten, daß Mickey eine geheime Abmachung mit dem Drachen getroffen hatte, eine Abmachung, in der es auch um den berühmten Topf voll Gold gegangen war. Schließlich hatte Gary damals gesehen, wie Mickey mit einem Feenmännlein irgendwelche Arrangements auf der Straße getroffen hatte, und zwar kurz nachdem Kelsey ihm brüsk erklärt hatte, daß er sie bis zum Daumen des Riesen begleiten müsse. Und dort wiederum hatte Mickey den Drachen mehrfach mit Illusionen genarrt, obwohl das nach landläufiger Meinung bei Drachen gar nicht möglich war. Als Gary ihn darauf angesprochen hatte, hatte Mickey sich damit herausgeredet, er hätte dem Drachen ja nur gezeigt, was dieser als Wirklichkeit hätte sehen wollen, und außerdem wäre Robert ja viel zu sehr mit seinem Kampf mit Kelsey beschäftigt gewesen, um genauer hinzuschauen. Mickey hatte sich sogar zu der Bemerkung hinreißen lassen, seine Zauberkraft sei nie so stark gewesen wie dort drinnen.

Diese Worte kamen Gary nun wie ein Versprecher vor, wie ein vager und ganz bestimmt nicht beabsichtigter Hinweis auf die Tatsache, daß Mickey heimlich seinen Topf voll Gold an den Drachen verhökert hatte.

Viele Dinge fügten sich nun zu einem klaren Bild zusammen, und das stellte den Kobold nicht gerade in einem freundlichen Licht dar. Gary dachte an den toten Cedric und an das Leid, das unzähligen anderen zugefügt worden war. Und wofür das alles, fragte er sich nun.

Und dann mußte er verblüfft zusehen, wie Mickey den Topf sauber zusammenfaltete! Zweimal, dreimal, als wäre er nichts weiter als ein Blatt Papier! Bald war er ganz klein, und Mickey steckte ihn vorsichtig in eine tiefe Tasche und drehte sich dann strahlend zu Gary um.

Doch gleich darauf verging ihm das Lächeln.

»War er oder war er nicht?« fragte Gary voller Ingrimm.

»War er was?«

»War der Topf schon die ganze Zeit hier oder nicht?« Gary betonte jedes einzelne Wort.

»Jüngelchen, warum ...«

»War er oder nicht?«

Garys Gebrüll ließ Mickey fast hintenüberfallen. »Die ganze Zeit nicht«, wand er sich.

»Die ganze Zeit, seit wir Roberts Hort letztes Mal verlassen haben?« führte Gary genauer aus – und voller Nachdruck, denn er durchschaute Mickeys Sprachspielereien.

»Worauf willst du denn bloß hinaus, Jüngelchen?« fragte Mickey unschuldig.

»Worauf ich hinauswill?« Gary schüttelte kichernd den Kopf. »Ich hab gedacht, wir kommen hierher, um etwas zurückzulegen, damit Robert wieder in seine Höhle muß.«

»Aye«, stimmte Mickey zu.

»Und nun nimmst du dir den Topf.«

»Das ist doch mein Topf.«

»Du hast ihn aber Robert gegeben.«

»Ich hab getan, was ich tun mußte.« Das war Widerspruch und Eingeständnis zugleich. »Aber ich werd' den Wurm doch nicht meinen Topf behalten lassen. Ich bin immer noch ein Kobold, Junge, und ich werd sterben ohne meinen Topf!«

»Davon red ich nicht!« röhrte Gary. »Du hast gesagt, daß wir hierher müssen, um den Wurm in seine Höhle zu bekommen, aber das stimmt gar nicht. Wir mußten hierher, damit du an deinen tollen Topf voll Gold rankommst!«

»Wie kommst du darauf, daß die eine Sache die andere ausschließt?« fragte Mickey neckisch und setzte sein Engelslächeln auf.

»Weil du dir den blöden Topf geschnappt hast!« schrie Gary. »Und selbst wenn wir zurückpacken, was immer wir zurückpacken sollten, funktioniert die ganze Sache nicht, denn du willst ja dafür etwas anderes mitnehmen!«

»Guter Punkt«, sagte Mickey gelassen.

Gary hätte sich die Haare ausreißen können – oder nein, er hätte Mickey die Haare ausreißen können! Wieder schrie er auf. Wie sinnlos all die Leben vergeudet worden waren, Cedrics und die der Männer auf dem Schlachtfeld! Und er hatte mit Ceridwen um ihre Freilassung gefeilscht und hatte den Bann verkürzt. Nur weil er geglaubt hatte, daß dieser Gang zum Daumen des Riesen von allerhöchster Wichtigkeit war.

Mickey spielte nicht länger den Ahnungslosen. Er funkelte Gary wütend an, zog einen juwelenbesetzten Dolch aus einer seiner schier unergründlichen Manteltaschen und warf ihn dem jungen Mann vor die Füße.

»Was ...«, begann Gary und starrte auf die Waffe hinab. Im ersten Moment dachte er, daß Mickey ihn damit hatte treffen wollen. Dann jedoch traf ihn die Wahrheit, als hätte ihm jemand ein nasses Handtuch um die Ohren geschlagen. Er kannte diesen Dolch. Er hatte ihn in genau dieser Burg gesehen, hatte ihn aus genau dieser Burg mitgenommen!

»Glaube ja nicht, daß du einen Deut besser bist!« schrie Mickey ihn an. »Da, Junge. Das ist der Gegenstand, der aus

Roberts Hort gestohlen worden ist. Das ist das schöne Stück, das den Wurm auf Faerie losgelassen hat.«

Gary verschlug es die Sprache. Die Seelen von einhundert toten Männern senkten sich auf seine Schultern herab und drohten ihn unter sich zu begraben. Er, Gary Leger, hatte den Dolch gestohlen!

Er hatte den Wurm befreit!

»Das wußte ich nicht«, murmelte er. »Ich wollte doch nicht ...«

»Natürlich hast du das nicht gewollt«, stimmte Mickey ihm mitfühlend zu. »Es war ein Fehler, den dir niemand vorwerfen kann.«

»Aber wenn wir den Dolch zurücklegen, ist Robert wieder gebannt?« Es war ebensosehr eine Frage wie eine Feststellung.

Langsam schüttelte Mickey den Kopf.

»Dann stimmt es also doch«, fauchte Gary, als seine heftigen Gefühle ihn wieder überwältigten. »Wir sind bloß wegen deines Goldtopfes hierhergekommen.«

»Na ja«, gab Mickey zu. »Aber das ist keine so unwichtige Sache, wie du denkst.«

»Es hat Tote gegeben«, knurrte Gary.

»Und das werden nicht die letzten gewesen sein«, antwortete Mickey grimmig. »Ich hab das nicht nur für mich gemacht, Junge. Ich wollte wegen meines Topfes hierher und habe euch alle angelogen, damit ihr mir dabei helft. Aber ich habe es auch für uns alle getan. Du und Kelsey und die Gnomen und die Leute aus Braemar, ihr habt gegen einen Drachen zu kämpfen, und nun, wo ich meinen Topf wiederhabe, wird der Kampf leichter sein. Du hast doch selbst gesehen, wie wenig ich euch im Sumpf und auf der Straße habe helfen können. Du hast selbst gesehen, wieviel mehr ich dir helfen konnte, als wir dichter bei meinem Topf waren. Wir sind mitten durch Roberts Soldaten hindurchmarschiert, und das werden wir gleich wieder tun, ohne daß auch nur ein einziger auf die Idee kommen wird, daß hier etwas nicht stimmt!«

Gary konnte diese Argumente kaum entkräften, und sein anfänglicher Zorn war ohnehin längst verflogen.

»Du wirst mich noch brauchen bei dem, was vor uns liegt«, fügte Mickey hinzu. »Und jetzt kann ich dir dabei auch helfen.«

»Und der Drache?« fragte Gary. »Ich könnte nach Ynis Gwydrin zurückgehen und Ceridwen jetzt schon freilassen. Wir könnten sie und Robert einfach bei ihrer alten Feindschaft weitermachen lassen.«

Mickey dachte eine Minute darüber nach, dann schüttelte er den Kopf. »Die Hexe würde Robert erst aufhalten, wenn das Ostland längst in Flammen steht. Nun, wo Kinnemore bereits Dilnamarra in seinen gierigen Fängen hat, würde es ihr bestimmt gefallen, wenn Braemar und Drochit brennen und Robert ihr die lästigen Gnomen aus dem Weg räumt – und das mächtige Volk der Erdgeborenen gleich mit. Nein, Junge, um Robert müssen wir uns kümmern, und zwar bald. Wir können nicht warten, bis die Hexe dazu Lust hat.«

Gary seufzte und nickte und sah sich um. »Aber nicht hier«, sagte er. »Wir werden uns mit Robert nicht mitten in seiner Festung schlagen.«

»Dann sollten wir Fersengeld geben, Junge. Drachen kennen ihre Schätze besser als ein Säugling die Mutterbrust. Jede Wette, daß Robert schon bald merkt, daß wir hier herumschnüffeln.«

Gary hatte keine Einwände. »Wir sollten etwas mitnehmen, damit er uns folgt«, überlegte er und sah sich eifrig in dem glitzernden Haufen um.

Mickey klopfte sich auf die Tasche, in die er den Topf gesteckt hatte. »Das haben wir schon, Junge«, murmelte er grimmig. »Das haben wir schon.«

Gary wollte schon zustimmen, doch dann schoß ihm eine Idee durch den Kopf, eine absolut hinterhältige Idee.

Noch bevor die Sonne unterging, saßen die beiden wieder in ihrem Vierrad und sausten über die kargen Lande im Westen der Felsenburg dahin. Rechts neben Gary klemmte der Speer des Cedric Donigarten – und links klemmte Roberts gewaltiges Schwert.

Bäume brechen, Häuser brennen

Erneut im Gewand eines rotbärtigen Hünen, stolzierte Robert durch die verwüsteten Ausläufer des Schreckwaldes. Beiläufig schlug er die geschwärzten und immer noch schwelenden Bäume mit seinen mächtigen Armen zur Seite, ohne daß ihm die Hitze etwas anhaben konnte. Er packte einen großen Ast und schleuderte ihn gegen einen Baumstamm, und als das glühende Mark in einem Funkenregen zersprang, grinste er schadenfroh.

»Wo steckst du, kleiner Elf?« bellte der Drachenmann und bahnte sich einen Weg ins Zentrum, ohne sich auch nur im geringsten um die restlichen Feuer zu scheren.

Kein Feuer konnte Robert dem Reizbaren je etwas anhaben.

»Komm raus zum Spielen, Kelsenellenelvial Gil-Ravadry!« rief er. »Sonst muß ich den Rest des Waldes auch noch abfakkeln!«

Es blieb still, und in dem niedergebrannten Gebiet war nicht einmal Vogelgezwitscher zu hören. Robert kniff die Augen zusammen und suchte die nähere Umgebung sorgfältig nach irgendwelchen Spuren ab. Dreimal war er auf den Wald niedergefahren, jedesmal mit all seiner Kraft und brennenden Wut, und daher hatte er angenommen, daß Kelsey längst tot war und seine Freunde und dieser mickerige Hochstapler namens Gary Leger aus Bretaigne ebenfalls. Nun jedoch, da nirgendwo auch nur ein Fetzen eines verbrannten Leibes zu sehen war, ließ sich der Gedanke nicht von der Hand weisen, daß es falsch gewesen war, so offen und heftig anzugreifen. Anstelle von gesundem Menschenverstand hatte Robert sich von seiner Drachenwut leiten lassen, und nun war er müde – zu müde, um die Schwingen ausbreiten und das Land absuchen zu können, zu müde, um seinen tödlichen Atem erneut ausstoßen und auch den Rest des Waldes in Asche legen zu können.

Doch das war kein Grund zur Sorge. Selbst in Menschengestalt war er dem Elf und seinen Freunden weit überlegen, und sie hatten bestimmt nichts aufzubieten, was ein so mächtiges Wesen wie ihn ernstlich in Bedrängnis bringen konnte.

Eine gute Stunde lang setzte der Drache die Suche noch fort, und schließlich stolperte er über ein paar Hufspuren, neben denen die leichten Schuhabdrücke eines Elfs zu sehen waren. Sie führten nach Nordwesten, denselben Weg zurück, auf dem Kelsey und seine Freunde gekommen waren.

»Ein paar sind also entwischt«, grübelte der Drache. Sie waren ihm aber nicht wirklich entwischt. Er folgte den Spuren bis zum Waldrand. Dort setzten sie sich in der gleichen Richtung fort und schnitten in die hügeligen Felder einen deutlichen Pfad, der auf die Südspitze Dvergamals zulief. Der Drache nickte. Zumindest hatte er Kelsenellenelvial und seine Freunde vertrieben, und es sah ganz danach aus, als hätte er auch ihre Zahl dezimiert.

Einen Moment dachte er daran, sie gleich zu verfolgen, aber die Sonne vor ihm stand schon tief am Himmel, und er war müde. Er würde sicherlich die ganze Nacht mit der Suche herumbringen, ohne Erfolg zu haben, und dann würde er am Morgen nur noch erschöpfter sein.

»Die verdrücken sich nach Hause«, sagte der Drache, und sein böses Lächeln verzehnfachte sich, denn er konnte sich denken, wo dieses Zuhause war.

»Wie lange willst du das durchhalten, Elf?« fragte Geno, während er auf seinem Pony dahintrabte. Aber er schien eher amüsiert als besorgt mitanzusehen, wie Kelsey halb neben ihnen herrannte und halb an dem Seil hing, das sie dem Pony um den Hals geschlungen hatten. Gerbil, der hinter dem Zwerg auf und ab hüpfte und sich nach seinem Vierrad sehnte, seufzte mitleidig.

»Wir werden das bis lange nach Sonnenuntergang fortsetzen«, informierte der Elf Geno. »Und ich werde rennen, solange ich rennen muß.«

»Glaubt ihr, daß der Drache uns folgt?« fragte Gerbil und warf nervös einen Blick nach Südosten zurück. »Ihre Hartnäckigkeit ist schließlich mehrfach belegt. Dieses Exemplar hier scheint seine Nase jedoch überall zugleich zu haben, wenn ihr versteht, was ich meine.«

»Robert wird im Morgengrauen aufbrechen, wenn nicht gar früher«, antwortete Kelsey. »Wir können nur hoffen, daß er unsere Spuren zuerst findet.«

»Na, dann gibt es doch wenigstens noch etwas zu hoffen«, warf Geno sarkastisch ein, und dann gab er dem Pony nur aus Jux und Tollerei ein wenig die Zügel, so daß Kelsey bei dem erhöhten Tempo mehr flog als rannte.

Ihr Nachtlager verbrachten sie nervös und ruhelos. Kelsey

ging ständig auf und ab, und Gerbil war viel zu nervös, um auch nur die Augen schließen zu können. Nur Geno schnarchte bald aus vollem Halse, was sowohl den Elf als auch den Gnom erheblich störte. Da es ihnen weder gelang, ihn zu wecken noch ihn auf die Seite zu drehen, erledigte Kelsey die Angelegenheit, indem er einen kurzen Zweig spaltete und ihn Geno auf die Nase klemmte.

Bevor sich im Osten auch nur ein Hauch Morgenröte zeigte, waren die drei schon wieder unterwegs. Ständig sah Kelsey sich nach hinten um, als erwarte er, daß der Drache schon im nächsten Moment auftauchen könnte. Das versetzte den armen Gerbil natürlich in Angst und Schrecken, so daß er sich schließlich mit aller Kraft an Geno festklammerte und das Gesicht in seinem Rücken verbarg.

Die Dämmerung trug wenig dazu bei, sie aufzumuntern, denn nun fühlten sie sich erst recht ungeschützt, wie sie so am hellichten Tag über das größtenteils offene Hügelland dahinzogen.

»Ist das nicht diese Hexenkrähe?« fragte Geno ein wenig später. Kelsey richtete seinen Blick wieder nach vorn auf den Weg. Der große, schwarze Vogel saß ruhig im Gras. Geno holte bereits mit einem Hammer zum Wurf aus, und ein eifriges Funkeln erschien in seinen eisblauen Augen.

»Warte«, bat Kelsey und erntete einen enttäuschten, ja zornigen Blick. »Wir wissen nicht, was sie uns für Nachrichten bringt.«

»Was sie uns für Lügen bringt, meinst du wohl«, sagte Geno, ließ aber trotzdem den Hammer sinken und zügelte das Pony, damit sie mit dem Vogel reden konnten.

»Drache, Drache«, keckerte die Krähe. »Abhauen!«

»Sind schon längst dabei«, antwortete Geno trocken.

»Es könnte sein, daß der Vogel meint, daß der Drache näher

kommt und wir JETZT abhauen sollten«, warf Gerbil ein.

»Drache, Drache, abhauen!« kreischte die Krähe und flog davon, stracks auf ein kleines, doch dichtes Wäldchen zu, das nicht allzuweit entfernt im Süden stand.

Geno sah über die Schulter zurück. »Ich seh aber keinen Drachen«, erklärte er eingeschnappt.

»Im selben Moment, in dem du Robert siehst, hat er dich auch schon gesehen«, warnte Kelsey. »Und dann ist es längst zu spät.«

»Drachen sind aber größer als Zwerge«, argumentierte Geno.

»Dafür haben sie noch bessere Augen als ein Adler«, gab Kelsey zurück, und damit hielt er bereits auf das Wäldchen zu und zog das Pony am Seil hinter sich her.

Aus dem Schatten der Bäume heraus beobachteten sie, wie Robert vorbeizog. Der Drache flog unglaublich tief, kaum zwanzig Fuß über dem Boden, mit schnüffelnden Nüstern und suchenden Augen. Sein Flügelschlag krachte und rollte wie Donner, und der Wind, den er machte, zerzauste die Spitzen der Bäume, obwohl sie volle fünfzig Yards entfernt waren.

»Der jagt irgend etwas, sagte Geno.

»Und zwar uns«, fügte Gerbil hinzu. Kelsey nickte grimmig. Sowohl der Zwerg als auch der Gnom zogen einigen Trost aus der Tatsache, daß Robert an ihnen vorbeigeschossen und bereits wieder verschwunden war, nur der Elf machte ein ernstes Gesicht.

Geno sah sich im Geäst um. »Ich hoffe, die Krähe ist immer noch da«, gab er zu. »Wenn dieser Drache uns vorn auf der Straße nicht findet, macht er bestimmt kehrt.«

Kelsey schüttelte den Kopf, und gegen ihren Protest führte er das Pony wieder aus den Bäumen heraus. »Robert macht schon nicht kehrt«, versicherte er ihnen. »So schnell nicht.«

Ihre Mienen hellten sich auf, dem Elf jedoch bereiteten seine eigenen Worte Unbehagen. Zwar glaubte er wirklich, daß sie vorläufig in Sicherheit waren, aber er glaubte auch den Preis zu kennen, den sie für diese Sicherheit zu zahlen hatten.

Wie sie hatte sich auch Robert auf den Weg nach Braemar gemacht.

Plötzlich war die Spur, die der Drache verfolgte, kalt. Wahrscheinlich hatten der Elf und seine Freunde sich irgendwo versteckt, und er war an ihnen vorbeigeflogen. Er dachte daran, kehrtzumachen und sie zu stellen, aber andere Instinkte sprachen dagegen. Er hatte einen gewaltigen Hunger, und der zog ihn direkt nach Braemar.

Robert legte mehr Wucht in seine Flügelschläge, stieg hoch in die Lüfte empor und ging dann in einen Sturzflug über und gewann an Schwung und an Geschwindigkeit. In diesen Minuten war seine Erschöpfung vergessen, und sein Drachenhunger trieb ihn voran, trieb ihn seinem Objekt der Zerstörung entgegen.

Sein Flug führte ihn über die flachen Ausläufer Dvergamals hinweg, und er blieb im Schatten der Gipfel, damit die ahnungslose Stadt möglichst spät gewarnt wurde. Tief hingen die Wolken am Himmel, aber soweit der Drache erkennen konnte, war noch kein Tropfen gefallen.

Die strohgedeckten Dächer und hölzernen Wände der Häuser waren gewiß immer noch staubtrocken.

Bald sah er, daß sich der Rauch von Schornsteinen in die Wolken mischte und träge in der Luft dahintrieb, und als Robert daran dachte, wieviel dicker dieser Rauch bald sein würde, entfuhr ihm vor lauter Vorfreude ein gewaltiges Grollen.

Einsam begann auf einmal die Glocke der kleinen Stadtkapelle zu läuten, und seine feinen Ohren vernahmen entfernte Schreie, die die Stadt weckten und vom Kommen des gefürchteten Wurmes kündeten.

Dann flog er in einer scharfen Kurve um eine hervorstehende Felswand herum, und plötzlich kam Braemar in Sicht. Robert stürzte hinab.

Pfeile schossen ihm entgegen und prallten harmlos von seinem Schuppenpanzer ab. Wieder entfuhr ihm ein freudiges Grollen, denn dies hier waren einfache Bauersleute und Bergarbeiter, nicht so gewitzte Gegner wie die Gnomen von Gondabuggan. Diesmal würden keine Metallschilde hervorschießen, um ihn abzublocken, diesmal würden keine Katapulte beißendes Flakgesplitter in die Luft schleudern, um einen Tiefflug zu verhindern.

Kaum dreißig Fuß hoch schlüpfte er über den Stadtrand hinweg und hauchte seinen feurigen Atem auf ein, zwei, drei strohgedeckte Häuser, daß sie hell aufloderten. Bevor er auch nur das Zentrum erreicht hatte, machte er wieder kehrt, und sein langer Schwanz peitschte gegen das zweite Stockwerk der Radnabe, so daß eine Ecke des Gebäudes zusammenbrach.

Unter ihm waren die Leute in heller Aufregung, sie rannten mit ihren Bogen und Speeren hin und her oder schleppten Eimer voll Wasser zu den Brandherden.

»Vergebliche Müh!« bellte der stolze Drache, als weitere Geschosse von ihm abprallten. Vergebliche Mühe waren auch die Versuche, die Feuer einzudämmen; diese Eimerchen waren ein jämmerliches Mittel gegen die Flammenzungen, die hoch und höher in die Lüfte leckten. Eines der Häuser war bereits ausgebrannt, und die Flammen erstarben einfach nur deshalb, weil sie in ihrer unglaublichen Intensität das Holz und Stroh schon vollständig verschlungen hatten.

Aber um für den nächsten Anflug in Position zu kommen, mußte der gewaltige Wurm eine lange Kurve beschreiben, und danach war Braemars Verteidigung schon besser organisiert. Robert nahm sich einen anderen Stadtteil vor, weiter im Westen, und ungehindert verschlang sein Feueratem ein weiteres Bauernhaus. Als er jedoch die Stadtmitte überflog und erneut mit dem Schwanz nach dem zweistöckigen Gebäude schlug, geriet er in eine regelrechte Wand aus Pfeilen und Speeren, die aus nächster Nähe abgeschossen worden waren. Wieder prallten sie harmlos von seiner starken Rüstung ab, ein Pfeil jedoch verletzte ihn am Auge.

Sein Gebrüll raubte allen das Gehör, die in der Nähe waren, und ließ noch in einer Meile Entfernung Steine zersplittern. Wild warf der Drache den Kopf zurück, dann landete er auf seinen Hinterbeinen.

Eine zweite Salve schoß ihm aus dem Schutz eines langgestreckten, flachen Gebäudes entgegen, der Schenke zum Schlummernden Wicht. Mehr als ein Pfeil fuhr ihm ins Maul und blieb schmerzhaft stecken, doch dann wurden sie allesamt zu Asche zerblasen, als er seinen Atem bis über eine Ecke des Gebäudes hinwegstreichen ließ. Seinen unerwarteten Schmerzen zum Trotz zischte der Drache erfreut, als er die Schreie der verwundeten Bogenschützen vernahm und ein Mann, von Flammen eingehüllt, hinter dem Haus hervorgerollt kam.

Doch dann wurde Roberts Freude ein Ende gesetzt, als zwei Dutzend kühner Dörfler aus einem anderen Versteck hervorbrachen und mit ihnen Kervin und seine wilden Zwerge. Mit Äxten und Hämmern, Schwertern und Speeren, ja selbst Heugabeln und Sensen begannen sie ihr Zerstörungswerk an dem Drachen am Boden.

Robert peitschte mit dem Schwanz, daß eine Handvoll seiner Gegner davongeschleudert wurde. Dann schlang sich ein Seil um eine seiner Vordertatzen, und als er instinktiv daran ruckte, mußte er feststellen, daß das andere Ende an einer gewaltigen Eiche befestigt worden war.

Ein Hammer knallte ihm gegen den Knöchel, und Robert hob den Fuß und stampfte den lästigen Zwerg in den Erdboden.

Aber die Heftigkeit des Angriffes hatte ihn verblüfft. Während er noch den armen Zwerg zertrat, fuhr ihm schon ein Dutzend andere Waffen hart in den Schuppenpanzer.

Eine große Axt verpaßte ihm einen Schlitz in die Unterkante einer seiner ledernen Schwingen. Robert flatterte kurz hoch, und die Axt wurde mitsamt dem Zwerg weit davongeschleudert.

Der Feueratem des Drachen schmolz einen Mann bis auf die Knochen zusammen; Robert peitschte mit dem Schwanz, und drei Zwerge flogen durch die Luft.

Vom anderen Ende des brennenden Wirtshauses kam ein weiterer Pfeilhagel, der konzentriert auf den Kopf des Drachen niederging. Roberts Wut vervielfachte sich, und weitere Männer und Zwerge flogen davon. Und dann schlug er mit den Flügeln und hob vom Boden ab, ohne an seine Fußfessel zu denken.

Das Seil riß ihn herum, und er stürzte kopfüber in ein Steinhaus, daß die Mauern zu kleinen Bröckchen zerbröselten. Und wieder erhob der wütende Drache sich in die Luft, und wieder ertönte sein steinezerschmetterndes Gebrüll. Er ruckte und zerrte, und der große Eichenbaum kam ein Stück aus dem Boden. Doch die zähen Dörfler griffen noch einmal an, und noch einmal biß ihm ein Pfeilhagel in die Reptilienaugen.

Mit wütenden Flügelschlägen erhob sich Robert in die Luft.

Weit riß der Erdboden auf, als der Baum hochgerissen wurde, wild schaukelten die Wurzeln in der Luft, bis er des Ganzen müde wurde und sein Maul senkte und Luft holte und das dicke Seil zu Asche blies.

Schreiend rannten eine Handvoll Männer davon, und dann war da ein Schatten über ihnen, und Robert stieß herab, und mehr als einer von ihnen verschwand in seinem großen Maul.

Ganz Braemar wäre in Schutt und Asche gelegt worden, sämtliche Dörfler wären umgekommen, doch nun war der Wurm langsam erschöpft. Die Verteidigung war energischer gewesen, als er erwartet hatte, und seit er das letzte Mal richtig geschlafen hatte, hatte er einen halben Wald niedergebrannt und einhundert Flugmeilen zurückgelegt.

Wieder brüllte er, triumphierend diesmal, dann rauschte er davon, um sich einen gemütlichen Berggipfel zu suchen. Wenn er erst einmal ausgeruht war, konnte er Braemar immer noch den Rest geben.

An diesem Tag sollte das Glück der Stadt jedoch hold bleiben. Kurz nachdem der Drache verschwunden war, öffnete der dunkle Himmel seine Schleusen, und der dichte Regen löschte sämtliche Drachenfeuer und durchnäßte alles Holz und Stroh, das heil geblieben war.

»Regen ist kein Freund der Drachen«, sagte ein Dörfler hoffnungsvoll, aber seine Worte, die Mut machen sollten, klangen hohl angesichts der Trümmer und der Toten.

In einem gähnenden Loch, dessen Fensterglas von der schieren Wucht des Angriffes herausgeblasen worden war, standen Badenoch von Braemar und Baron Pwyll. Beide sahen ratlos aus.

Ernüchternde Rückkehr

»Die Achse ist verbogen«, erklärte Gary. Er krabbelte unter dem Vierrad hervor und setzte sich auf. Zum Glück war der Erdboden hier, südlich des verbrannten Waldes, sehr trocken. Der junge Mann sah nach Osten zurück, zu der dicken Baumwurzel, die wie eine Schwelle aus der Erde ragte. Sie hatte das Problem verursacht.

Mickey nickte und machte »Hmmmm«, obwohl er keine Ahnung hatte, wovon Gary sprach. »Du kannst es doch in Ordnung bringen, nicht?«

Gary seufzte tief und besah sich das schiefstehende Vorderrad. Es sah nicht gerade vielversprechend aus.

»Du mußt es in Ordnung bringen, Junge«, drängte Mickey. »Oder Robert findet uns hier, während wir im Freien herumsitzen.«

Gary griff nach dem Speer des Cedric Donigarten, dann stocherte er mit dem hinteren Ende in der Mechanik herum. Der Schaft ließ sich zwischen die Stoßstange und die verbogene Achse klemmen, das mußte doch ein guter Hebel sein. Doch als Gary sein Gewicht auf den Speer legte, drehte die Achse sich einfach; fast hätte er den Knick noch verschlimmert dabei. Er suchte ein paar Steine zusammen und verkeilte mit ihnen die Vorderräder, dann versuchte er es ein zweites Mal.

»Junger Sproß«, erklang es nicht sonderlich erfreut in seinem Kopf.

Gary hörte einfach gar nicht hin.

»Junger Sproß.« Diesmal wurde der Ruf von einem Prickeln des metallenen Schaftes begleitet, einer nur zu deutlichen

Warnung, daß der Speer ihm gleich einen Schlag verpassen würde.

Wir müssen das in Ordnung bringen, antwortete Gary telepathisch.

»Ich bin eine Waffe, geschmiedet zum Erlegen von Drachen und zum Sturz rechtloser Könige«, antwortete der Speer. *»Ich bin das Werkzeug des Kriegers und nicht des Handwerkers. Ich bin das Instrument, mit dem …«*

Gary klemmte sich den Speer unter die Schulter und drückte ihn mit aller Kraft nach unten, drückte ihn gegen die verbogene Achse und die Frontstoßstange des Gnomengefährts. Er konnte den Zorn der allzu stolzen Waffe spüren, konnte spüren, wie sich Energie im Schaft aufbaute, doch er grollte nur wütend und drückte fester zu und fester, bis sich ein blauer Blitz entlud.

Und dann saß er erneut auf dem Erdboden, und ihm standen die Haare zu Berge.

»Bist du in Ordnung?«

Rasch nickte er Mickey zu, dann beugte er sich auf Händen und Knien vor und inspizierte die Achse. Sie war immer noch nicht richtig gerade, aber er hatte sie wohl weit genug zurechtbiegen können, daß das Vierrad wieder fahrtüchtig war.

»Das nehme ich Euch übel, junger Sproß.«

»Ach, halt's Maul«, sagte Gary laut und hob den Speer auf. Wieder konnte er fühlen, wie sich die Energie aufbaute, und fast hätte er ihn instinktiv fallen gelassen. Dann jedoch knurrte er entschlossen. »Wenn du das machst, lass' ich dich hier liegen«, versprach er. »Wollen doch mal sehen, wie viele Kämpfe du erleben darfst, wenn du erst als Trophäe in Roberts Schatzhöhle herumhängst!«

Der Speer gab keine Antwort, aber das Prickeln ließ langsam nach.

In den nächsten paar Stunden kamen sie nur langsam voran. Die Vorderräder eierten und leierten, und Gary suchte sich den leichtesten und ebensten Weg, den er finden konnte. Das Vierrad war wohl nicht dazu ausgelegt, ein so großes Gewicht zu tragen, und da die Achse bereits beschädigt war, konnte ihr schon das nächste Loch oder Wurzelstück vollends den Rest geben.

Trotzdem, noch bevor das Land im Zwielicht versunken war, hatten sie es bis zum Schreckwald geschafft. Und obwohl Gary ihn in gar nicht guter Erinnerung hatte, erschrak er über seinen gegenwärtigen Zustand noch mehr. Anstelle der verschlungenen Äste waren verkohlte, skelettierte Baumstämme zu sehen, und der ganze nördliche Teil des Waldes glomm immer noch von der Resthitze. Orangene Glutstücke sahen in den gefällten Bäumen wie bösartige Augen aus, als hielten sich Hunderte kleiner Goblins in dem verwüsteten Wald versteckt und lauerten nur darauf, daß Gary und Mikkey sich an ihnen vorüberwagten.

»Und jetzt?« fragte er den Kobold.

»Jetzt geht's da hindurch«, blaffte Mickey ihn an, als ob die Frage völlig überflüssig gewesen war.

Gary konnte seinen plötzlichen Zorn verstehen. Beim Anblick der Verwüstung konnten sie gar nicht anders, als sich um ihre Freunde zu sorgen und zu ängstigen, weil sie den Drachenfeuern vielleicht nicht entkommen waren. Er holte tief Luft und setzte das Vierrad in Gang und lenkte es um die Äste herum, die auf den Pfad gefallen waren. Etliche Male mußte er aus dem Sitz klettern, um Hindernisse zu beseitigen, und die ganze Zeit starrten ihn diese orangenen Glutaugen an, und als es Nacht wurde, glühten sie nur noch mehr.

»Wenn wir wieder draußen sind, schlagen wir aber ein Lager auf«, erklärte Gary nach zwei Stunden mühsamen Vorankommens. Seine Hände waren schwarz vom Ruß, sein ganzer Körper klebte unter der Rüstung vor Schweiß, so sehr machte ihm die Resthitze zu schaffen, und seine Lunge fühlte sich an, als wollte sie im nächsten Moment einfach explodieren.

»Nein, Junge«, sagte Mickey ernst. »Wir werden die ganze Nacht durch fahren.«

Gary sah ihn verwundert an. Mickeys Euphorie über den Fund des Topfes schien wie weggewischt und von einer Verzweiflung verdrängt worden zu sein, deren Ausmaß Gary überraschte.

»Ich kann das Gefühl nicht loswerden, daß sich etwas Übles zusammenbraut«, erklärte der Kobold. »Bis Braemar sind es noch hundert Meilen, und ich möchte dort sein, bevor der Tag anbricht.«

Gary hätte fast laut aufgelacht. »Ich kann nicht einmal den Pfad sehen«, beschwerte er sich.

Mickey sprach einen kurzen Reim und schnipste mit den Fingern, und eine leuchtende Kugel erschien in der Luft. »Sie wird immer schön vor uns bleiben«, erklärte er leichthin.

»Aber ich kann langsam nicht mehr, Mickey«, gestand Gary ein. »Ich bin kein Lastesel, und wir haben schon eine lange Strecke hinter uns.«

»Und ob du noch kannst, Junge«, antwortete der Kobold.

Gary schnaufte verächtlich.

»Und ob du noch kannst, wiederholte Mickey, und sein Ton wurde zwingend. »Rutsch einfach tiefer in den Sessel, Junge. Laß deinen Körper einen Bestandteil der Maschine werden.«

Gary warf ihm einen skeptischen Blick zu, aber irgendwie hatten die Worte gar nicht so dumm geklungen. Ohne weiter darüber nachzudenken, ließ er sich tiefer in den Sessel sinken.

»Was für ein braver Junge«, sagte Mickey, und nun klang seine Stimme unglaublich entspannend. »Du kannst sogar die Augen schließen, wenn du willst.« Er rutschte ihm auf den Schoß und nahm mit leichtem Druck seine Hände vom Lenker.

»Was für ein braver Junge«, sagte Mickey erneut, und als er Garys tiefes, gleichmäßiges Atmen vernahm, nickte er beifällig. »Beweg einfach nur die Beine auf und ab, einfach auf und ab.«

Bald dämmerte Gary im Halbschlaf dahin, verstrickt in den hypnotischen Zauber des Kobolds. Seine Beine jedoch traten immer noch in die Pedale, und wenn Mickey nur weiterhin auf sein Unterbewußtsein einwirkte und ihm immer wieder magische, schmeichelnde Worte ins Ohr flüsterte, dann würden sie das noch am Morgen tun.

Viele Male in dieser Nacht sah der Kobold ängstlich nach Gary. Es lag eine sehr reale Gefahr darin, so mit ihm zu verfahren, die Gefahr, daß die Anstrengung sein Herz überforderte oder ihn über jedes Maß hinaus erschöpfte, daß er sich davon nie wieder richtig erholen würde. Doch Mickey mußte das Risiko eingehen, denn im Gegensatz zu Gary hatte er den Drachen im Norden brüllen gehört. Über den Crahgs. Wahrscheinlich hatte Robert gespürt, daß sein Schwert nicht mehr da war, und wenn er erst vom Daumen des Riesen zurückkehrte, vielleicht schon am nächsten Morgen, würde er nicht gerade bester Laune sein.

»Schön sachte und gleichmäßig«, spornte Mickey den jungen Mann sanft an. »Schön sachte und gleichmäßig.« Er sah zu der unrund laufenden Vorderachse hinab. Hoffentlich fiel das Ding nicht auseinander, bevor sie in Braemar ankamen.

Mit grimmigen Gesichtern umrundeten die drei am Morgen des nächsten Tages langsam die letzte Felsenbarriere vor dem versteckten Tal von Braemar, Kelsey zu Fuß und Geno und Gerbil auf dem Ponyrücken. Schwarze Rauchfäden stiegen hinter dem Berg empor, und es war nicht schwer zu erraten, wohin Robert geflogen war. Kelsey rechnete schon fast damit, daß die Stadt dem Erdboden gleichgemacht worden war, und so dauerte es eine ganze Weile, bis er den Mut aufbrachte, um die Kurve zu treten und einen ersten Blick in das Tal zu werfen.

Etliche Gebäude waren heil geblieben, aber einige waren auch zerstört worden. Überall standen die steinernen Gerippe von Bauernhäusern in der Landschaft, mit nach oben spitz zulaufenden Wänden. Von den Dächern war nicht ein Strohhalm übriggeblieben. Die Radnabe hatte nur noch ein Stockwerk; das ganze Obergeschoß war Kleinholz, nur ein paar zerbrochene Bretter ragten noch über den Rand des Erdgeschosses hinaus. Die Straßen waren aufgewühlt, ja selbst einen gewaltigen Baum hatte der Drache ausgerissen und zerfetzt.

Dem sonst so stoischen Geno entfuhr ein Wimmern, und er zeigte zu den Hügeln über der Stadt hinauf. Dort waren zwei hohe Steinhaufen errichtet worden.

Kelsey wußte seinen Kummer richtig zu deuten. »Sind das Grabhügel?« fragte er ehrfürchtig. »Begräbt man Zwerge unter solchen Steinhaufen?«

»Guck richtig hin, Elf«, gab Geno unwirsch zurück.

»Die Zwerge begraben ihre Toten nicht gerade *unter* den Steinen«, erklärte Gerbil, der die Gepflogenheiten der Erdgeborenen besser kannte.

»Guck richtig hin«, sagte Geno erneut.

Kelsey starrte zu den entfernten Hügeln hinüber und entdeckte verblüfft, daß zwischen den Steinen auch Zwerge klemmten; ebenso wie die Felsen waren auch die massiven Körper der Verstorbenen für den Bau verwendet worden.

»Zwei Hügel«, sagte Gerbil, und sein Tonfall war unbeabsichtigt gelassen. »Das heißt, es hat mindestens sechs Tote gegeben. Unter den Zwergen, versteht sich.«

Geno stöhnte.

»Die Erdgeborenen pflegen nämlich nicht mehr als fünf Gefallene in einem Hügel zugleich zu begraben«, dozierte der Gnom wie ein Professor in einem Klassenzimmer, das Meilen von einem so fürchterlichen Ort wie dem drachenversengten Braemar entfernt war. »Unter den Zwergen herrscht der Glaube, daß ...«

Kelsey hielt eine Hand hoch, um Gerbil Einhalt zu gebieten. Ihm war klar, daß er nicht mit Absicht so dahergeredet hatte; Geno jedoch, der ja gefährlich dicht bei dem schwafelnden Gnom saß, schien bereits kurz vor der Explosion zu stehen. Er hielt die Zügel des Ponys so straff zwischen den Händen gespannt, daß das Leder jeden Moment zerreißen mochte. Wenn Gerbil noch ein wenig fortfuhr, durfte er vielleicht bald die Erfahrung machen, daß der Fußtritt eines Zwerges einen ähnlichen Schub entwickeln konnte wie die Kanone seines GebirgsBoten.

»Oh«, sagte Gerbil nur und starrte schuldbewußt auf Genos Hinterkopf. Irgendwie war ein Vortrag über die Bestattungsriten des Zwergenvolkes wohl gerade fehl am Platze.

»Dann mal runter in die Stadt«, schlug Geno vor, um seine Schwäche abzuschütteln. »Sieht so aus, als hätte es schlimmer kommen können. Ein paar der Häuser stehen noch, und der Schlummernde Wicht hat auch bloß ein bißchen Ruß im Gesicht.«

Kelsey nickte; er brachte Geno in diesem Moment große Bewunderung entgegen. Er hatte den Schmerz des Zwergs gesehen, zum vielleicht ersten Male eine andere Empfindung als Wut bei einem Erdgeborenen miterlebt – und er hatte gesehen, wie der Zwerg seinen Schmerz in dem Wissen unterdrückte, daß sie für ihre Trauer keine Zeit hatten, jedenfalls nicht, solange Gary und Mickey irgendwo herumirrten und Robert sich draußen herumtrieb und vielleicht gerade einen weiteren Angriff auf die Stadt vorbereitete.

In Braemar herrschte an diesem Morgen großer Betrieb, überall hetzten Leute hin und her. Vorräte wurden auf verschiedene Unterkünfte verteilt, die Verbände über den zumeist bösen Brandwunden wurden gewechselt, und natürlich wurden Verteidigungspläne für den Fall geschmiedet, daß der Drache wiederkam. Eigentlich war Braemar nicht groß, sondern wie die meisten der abgelegenen Ortschaften nur eine Ansammlung weniger Gebäude, und der größte Teil der Menschen, die mit der Stadt zu tun hatten, lebte einige Meilen entfernt. Es hatte den Anschein, als ob die meisten dieser Bauern und Bergarbeiter nun hierhergeströmt waren, um bei den Arbeiten zu helfen. Bewundernswerte Leute waren das, selbst für jemanden von den Tylwyth Teg, die für das Menschenvolk oft nur ein Naserümpfen übrighatten.

Unzählige Wachen waren oben auf den Hängen über der Stadt postiert worden, und so wußte man sicher längst von ihrem Erscheinen. Trotzdem kam niemand herausgeritten, um sie zu begrüßen oder fortzuschicken. Kelsey nahm an, daß einfach niemand die Zeit dazu hatte. Auch als sie schon die vom Regen und den Löscharbeiten aufgeweichten Straßen entlang ins Zentrum eilten, wurde ihnen kaum einmal ein beiläufiger Blick zugeworfen.

Bogenschützen wanderten in Gruppen durch die Straßen, sie stellten Berechnungen über die möglichen Einflugschneisen des Drachen zusammen und suchten nach den besten Verteidigungsstellungen für den Fall seiner Rückkehr.

Eine Frau mit drei Kindern im Schlepptau rief nach ihrem

Ehemann und versuchte verzweifelt, an den Männern vorbeizukommen, die ihr den Eintritt in ihr immer noch schwelendes Heim verwehrten. Die Herzen der Gefährten fühlten mit der offensichtlich Verwitweten, selbst Genos Herz, und so waren alle drei zutiefst erleichtert, als der vermißte Mann plötzlich und unerwartet herbeigelaufen kam und laut nach seiner geliebten Frau und seinen Kindern rief.

Sie wandten ihre Aufmerksamkeit gerade wieder der Straße vor ihnen zu, da trat eine wohlbekannte, plumpe Gestalt um die Ecke. Rußverschmiert und verschwitzt wie er war, sah Baron Pwyll bei weitem nicht mehr wie ein Fürst aus, sondern wie ein einfacher Mann. Dennoch war sein Schritt gemessen, als er herantrat, um die Freunde zu begrüßen.

»Ihr wart also nicht beim Daumen des Riesen«, vermutete er.

»Sind Mickey und Gary Leger schon zurück?« fragte Kelsey.

Baron Pwyll schüttelte den Kopf.

»Dann müssen sie immer noch unterwegs sein«, sagte der Elf hoffnungsvoll.

»Sie haben das Vierrad«, warf Gerbil ein und lächelte so breit, wie es ihm angesichts der ernsten Lage nur möglich war. »Vielleicht waren sie ja doch dort und brauchen deshalb ein wenig länger!«

Pwyll schnaufte und zog die Mundwinkel nach oben, aber es wollte kein Lächeln daraus werden. »Dann ist der Drache vielleicht deshalb nicht mehr wiedergekommen«, vermutete er. »Er ist wie der Blitz auf uns herabgestoßen, und genauso schnell war er auch wieder weg. Wir haben eine lange Nacht hinter uns, denn wir haben die ganze Zeit gedacht, daß die Dunkelheit gleich von seinem Feueratem zerschnitten wird. Aber er ist nicht mehr wiedergekommen.«

»Das ist ein gutes Zeichen«, stimmte ihm Kelsey zu.

»Wie viele Zwerge?« fragte Geno unvermittelt, und nachdem Pwyll die schroffe Frage einen Augenblick überdacht hatte, begriff er, daß Geno wissen wollte, wie viele seiner Leute umgekommen waren.

»Sieben«, antwortete er.

»Kervin?«

Pwyll deutete zum Schlummernden Wicht hinüber.

»Der beste Platz, um den Angriff eines Drachen zu verdauen«, stimmte Geno zu. Und damit drückte er Gerbil die Zügel in die Hand, glitt vom Pony und hielt schnurstracks auf das immer noch funktionsfähige Wirtshaus zu.

»Selbst wenn der Drache nicht wiederkommt, haben wir alle Hände voll zu tun«, half Pwyll den anderen auf die Sprünge, und so glitt auch Gerbil vom Pony.

Kelsey nahm seine Bündel vom Rücken des Tieres und drückte Pwyll die Zügel mit den Worten in die Hand, er möge es dorthin bringen, wo die Leute von Braemar es am nötigsten brauchten. Diese einfache Geste verschlug dem Baron den Atem, denn er wußte, wie heikel die Tylwyth Teg normalerweise mit ihren wertvollen Reittieren waren.

»Gemeinsam können wir gar nicht verlieren«, sagte er mit Nachdruck, bevor er das Pony fortbrachte.

Kelsey nickte, seine ebenmäßigen Züge zeugten von Strenge und Entschlossenheit. Es war erfreulich zu sehen, wie der normalerweise angstschlotternde Baron mit seinen Anforderungen gewachsen war. Kelseys Hoffnungen jedoch waren vom Ernst der Lage getrübt. Robert trieb sich frei herum, und selbst wenn Mickey und Gary es irgendwie schafften, den Dolch zurückzubringen, und den Wurm damit in seine Höhle zwangen – was Kelsey nie ernsthaft geglaubt hatte –, ja selbst wenn sie mit dem Leben davonkamen, so waren da immer noch die Truppen König Kinnemores und der neue Marionettenfürst, der demnächst über Dilnamarra gebieten sollte, viel zu nahe bei Kelseys heimatlichen Wäldern, und schließlich auch die Hexe selbst, deren Verbannung in drei kurzen Monaten zu Ende sein würde.

In diesem Augenblick kam Kelsey die Zukunft Faeries ebenso düster vor wie das geschwärzte Holz, das einmal Braemars Radnabe gewesen war.

Ein Stück die Straße hinab erklang ein Weinen und dann ein Lachen, und als der Elf sich umdrehte, erblickte er die Frau mit ihren drei Kindern; selig umklammerten sie den Mann und Vater, der schon totgeglaubt gewesen war.

»Auf der anderen Seite«, sagte Kelsey laut, und sein plötzlich so hoffnungsvoller Tonfall bescherte ihm einen verwunderten Blick des Gnomen, »weiß man nie, was noch alles geschehen mag.«

Kurz nach Sonnenuntergang kam das Vierrad in die Stadt gewackelt. Mickey lenkte es noch bis auf den Platz direkt vor der Ruine der Radnabe, dann blieb es im Schlamm stecken. Eine Menge Leute waren dort versammelt, sie blieben zwar in respektvoller Entfernung, zeigten aber doch zu ihm hinüber und tuschelten aufgeregt miteinander. Der Kobold war vorausschauend genug gewesen, eine Illusion heraufzubeschwören, bevor Gary und er auch nur in die Nähe der Stadt gelangt waren, so daß er nun wie ein normaler Menschenjunge aussah. Andernfalls hätten sich allerlei gierige Hände nach ihm ausgestreckt, um den berühmten Topf voll Gold zu erhaschen.

»Ist gut jetzt, Junge«, flüsterte er Gary zu, der immer noch mit geschlossenen Augen völlig erschöpft dalag. Nur seine Beine bewegten sich. Trotz seiner Worte trat der vor sich hin dämmernde Mann unvermindert in die Pedale, obwohl die Hinterräder im Schlamm nur unnütz durchdrehten.

»Hör auf und erhol dich«, befahl Mickey leise. Und plötzlich gab es ein lautes Plumpsen, als die Vorderachse des Vierrades entzweiging und das gesamte Vorderteil in den Matsch fiel.

»Oh«, murmelte Mickey und war mehr als froh, daß das Gefährt sich so lange Zeit gelassen hatte, gänzlich auseinanderzufallen.

Gary hatte von alldem nichts mitbekommen. Seine Beine traten in die Pedale, und ansonsten war sein Körper von der Anstrengung völlig ausgelaugt, und sein Geist war so tief in die Hypnose entglitten, daß er nicht einmal träumen konnte. Er lag in tiefster Dunkelheit und nahm rein gar nichts mehr wahr, nicht einmal die Tatsache, daß er fleißig dabei war, sich zu Tode zu strampeln – was nicht mehr allzulange dauern konnte.

»Ach du meine Güte!« Gerbil Schinkenklopfer schoß aus der Menge hervor und sauste zu seinem zerstörten Gefährt. »Ach, was habt ihr bloß gemacht?« rief er vorwurfsvoll. Für einen Moment sah er den Mickey-Menschenjungen verwundert an, dann durchschaute er die Tarnung. »Was habt ihr bloß gemacht?«

»Wir haben mit dem verfluchten Ding dreihundert Meilen in drei Tagen heruntergerissen«, antwortete Mickey. »Eine gute Konstruktion, Gnom, gut genug, um dich in sämtliche Annalen zu bringen, die man sich nur denken kann.«

Das Riesenlob ließ Gerbil um einiges ruhiger werden. Er warf sich bäuchlings in den Schlamm, um den Schaden zu begutachten, doch dann wäre er beinahe überfahren worden, als die Hinterräder plötzlich faßten und das Vierrad einen Satz nach vorn machte.

»Er soll damit aufhören«, sagte Gerbil ruhig zu Mickey, und erneut flüsterte der Kobold Gary etwas ins Ohr.

Und erneut wurde er ignoriert.

»Was fehlt ihm?« fragte Kelsey knapp. Bei Mickeys Anblick

legten er und Geno, der neben ihm stand, ihre Stirn in Falten, doch sie begriffen rasch, was los war. »Und wo habt ihr gesteckt?« fügte Kelsey hinzu.

»Auch dir ein Hallo«, gab Mickey trocken zurück.

Kelsey nickte und verbeugte sich kurz, und das war die weitestgehende Entschuldigung, die man von ihm erwarten durfte. »Du hast uns viel zu erzählen, nehme ich an.«

»Na ja«, sagte Mickey. »Aber zuerst helft mir einmal, Gary Leger aus dem Sattel zu bekommen, bevor er sich selbst zu Tode radelt.«

Geno witzelte rüde, daß der Punkt vielleicht schon überschritten sei, doch dann packte er Gary mit einer Hand beim Schulterpanzer und zog ihn aus dem Sitz und ließ ihn ohne viel Aufhebens in den Matsch fallen. Mickey hielt die Luft an, doch Geno beachtete den immer noch nicht ganz leeren Sitz gar nicht weiter, und so blieb das gestohlene Schwert vorerst verborgen.

Gary lag auf dem Gesicht – es sah nicht gerade danach aus, daß er überhaupt Luft bekam –, aber er machte keinerlei Anstalten, sich herumzudrehen. Und immer noch radelte er mit den Beinen.

Die drei Freunde und ein Gutteil der versammelten Leute sahen Mickey mißtrauisch an und erwarteten eine Erklärung.

»Wir mußten zum Hort des Drachen«, tat Mickey ihre Erwartung mit einem Achselzucken ab. »Und gleich wieder zurück. Ich hab den Jungen mit einem Schlafzauber belegt. Morgen geht's ihm wieder gut.«

»Dann seid ihr im Hort gewesen?« fragte Kelsey. Vielleicht hatte die Qual mit dem Drachen ja nun doch ein Ende. »Und habt den gestohlenen Dolch zurückgelegt?«

»Na ja«, sagte Mickey, »wie man's nimmt.« Denn so ganz stimmte es ja nicht. Nachdem er erst einmal wieder mit seinem Topf voll Gold vereint gewesen war, hatte er den Dolch völlig vergessen; er steckte nach wie vor tief in einer seiner Manteltaschen.

»Dann ist Robert erneut gebannt«, sagte Kelsey, »und die Leute von Braemar können sich auf das vorbereiten, was sich anderswo zusammenbraut.«

»Das halte ich für gefährlich«, sagte Mickey. Die drei Gefährten sahen ihn verwundert an. »Ich hab gesehen, wie der Drache rasch nach Osten geflogen ist. Ob er nun in seiner Höhle hockenbleiben muß oder nicht, kann ich nicht beurteilen. Aber ich würde nicht einfach davon ausgehen, solange es nicht bewiesen ist, und ihr solltet das auch nicht tun.«

»Du hast gesagt, wenn man den Dolch zurückbringt ...«, begann Kelsey.

»Ich habe eine obskure Regel aus einem alten Schinken zitiert«, sagte Mickey spitz, denn er wußte natürlich genau, daß der Wurm nicht zurück in seine Höhle mußte, er hatte es die ganze Zeit gewußt, daß das Problem mit dem Dolch gar keinen Einfluß auf den Drachen haben konnte.

Dann jedoch lehnte Kelsey sich gegen das Vierrad, als suche er einen Halt, und entdeckte das gewaltige Schwert des Drachen. Es lag auf dem Sitz, auf dem eben noch Gary gesessen hatte. Mickey sah, wie der Elf ein merkwürdiges Gesicht machte, und begriff, daß er gerade dabei war, die Teilchen zusammenzufügen und der Täuschung auf die Schliche zu kommen, ganz wie Gary es in der Burg getan hatte. Selbst wenn der Dolch zurückgebracht worden wäre, die Anwesenheit des Schwertes, einer Waffe, die Kelsey nur allzu bekannt war, widerlegte alle Geschichten vom angeblichen Zweck der Reise zum Daumen des Riesen.

Zu Mickeys Erleichterung erwähnte Kelsey das logische Problem nicht an Ort und Stelle, sondern blinzelte ihm lediglich wissend zu. »Wir stecken ihn in ein warmes Bett«, sagte er mit einem Blick zu Gary. Dann sah er Mickey wieder an. »Mach dich auf eine lange Nacht gefaßt. Es ist noch einiges zu erledigen bis zum Morgengrauen.«

»Und auch noch einiges danach«, fügte der Kobold leise hinzu. »Danach auch noch einiges.«

Der Köder

Am nächsten Tag gingen schwere Regenschauer nieder. Dicke schwarze Wolken erstreckten sich von einem Horizont zum anderen, und alles wurde durchweicht. Niemals zuvor hatten sich die Leute von Braemar über einen trüben Tag so sehr gefreut.

»Da wird der Wurm nicht weit kommen«, sagte Mickey, als die fünf sich in einer halbwegs ungeschwärzten Ecke des Schlummernden Wichts zum Frühstück zusammenfanden.

»Aber wenn die Schauer erst einmal vorüber sind?« warf Kelsey prompt ein. Gary hatte den Eindruck, daß der Elf kurz vor einer Schimpfkanonade stand. Wann immer er zu Mickey schaute, waren seine Augen von Haß erfüllt, und jedes Wort, das er an den Kobold richtete, troff von ätzender Schärfe.

Doch so unübersehbar seine Wut auch war, von Mickey schien sie einfach abzuprallen. Der Kobold hatte seinen wertvollen Topf voll Gold wieder, und nun konnte ihn nichts auf der Welt mehr ernstlich bekümmern.

»Wenn Robert das nächste Mal kommt, wird die Abwehr um einiges effektiver sein«, versprach Kelsey und sah sie alle der Reihe nach an. Nur über Mickey flog sein Blick hinweg.

»Gerbil wird heute dabei helfen, ein Katapult zu errichten, und mit Geno …«

»Spar dir den Atem, Elf«, unterbrach ihn der Zwerg. »Meine Brüder und ich werden Braemar heute noch verlassen. Solange der Drache sich frei herumtreibt, haben wir uns genug um unsere eigenen Häuser zu kümmern.«

Kelsey setzte schon zu einer Entgegnung an, doch dann nickte er nur resigniert. Er konnte Genos Entscheidung nicht ernsthaft in Frage stellen, denn die Findlingsfälle, die Heimat der Zwerge, waren nicht allzuweit von Braemar entfernt. Ein fliegender Drache konnte die Strecke in wenigen Stunden zurücklegen.

»Das wäre doch ein guter Ort für uns alle, um gegen den Drachen zu kämpfen«, warf Gary ein. Er erinnerte sich noch gut an die riesigen Wasserfälle mit ihrer endlosen Gischt und an die dickwandigen Felshöhlen, die die Zwerge ihr Zuhause nannten.

Alle Augen wandten sich dem jungen Mann zu – und drei seiner Freunde schienen interessiert.

Die einzige Ausnahme, Geno, war rasch mit einer Antwort bei der Hand. »Ihr bringt mir keine Horde von Menschenbauern zu den Fällen!« schnaubte er.

»Sollen sie lieber sterben?« fragte Gary scharf.

»Ja«, sagte Geno leichthin, und Gary ließ sich in den Stuhl zurücksinken. Angesichts solcher Hartherzigkeit erledigte sich jedes weitere Argument ganz von allein. Der Zwerg setzte sogar noch ein Zahnlückengrinsen obendrauf, ein weiterer Beweis, daß er mit sich völlig im reinen war.

»Ich glaube, der Junge hat da was Gutes gesagt«, erklärte Mickey.

»Nein«, sagte Geno langsam, und ein Funkeln erschien in seinen strahlend blauen Augen. Das Kinn hatte er drohend vorgereckt.

»Ich meine doch nicht die Fälle«, fuhr Mickey fort. Er wandte sich an Gary, um ihm die Erklärungen nachzuliefern, die Geno ihm nicht hatte geben wollen. »Du kannst dort wirklich nicht so viele Menschen hinbringen. Die Zwerge würden nie wieder Frieden finden, und wenn die menschliche Habgier mehr als nur eine Legende ist …«

»Ist sie«, warf Geno ein, und Gerbil nickte dazu.

»… dann hättest du damit einen neuen Krieg angezettelt, sobald das mit dem Drachen erledigt ist.« Erwartungsvoll schaute er Geno an und ließ seine Grübchen blitzen, und schließlich grinste er sogar breit. »Aber es wird im großen Dvergamal doch noch ein paar andere Wasserfälle und tiefe Höhlen für die Leute von Braemar geben.«

»Und was ist mit den Leuten von Drochit?« fragte der Zwerg. Sein Sarkasmus nahm mit jedem Wort zu. »Und mit diesem Weiler im Nordwesten, Lisdoonvarna? Und mit Dilnamarra? Willst du sämtliche Menschen von Faerie in Berghöhlen verstecken, Kobold?«

»Ich will uns ein wenig Zeit verschaffen«, antwortete Mickey knapp. »Denn wie Kelsey sagt, der Regen wird nicht mehr allzulange anhalten.«

In diesem Moment trat Baron Pwyll ein, der jetzt restlos erschöpft und völlig verzweifelt aussah. Er schnappte sich einen Stuhl und trug ihn zu ihrem Tisch hinüber, dann blieb er stehen. Kelsey rutschte ein Stück zur Seite und bedeutete ihm, sich zu ihnen zu setzen.

Pwylls Bericht über ihre Lage war tatsächlich düster, und außerdem war Robert erneut gesichtet worden. Er hatte sich in den Bergen nördlich von Braemar niedergelassen. »Und wenn es erst einmal aufhört zu regnen …«, endete der Baron ernst. Er hatte nicht den geringsten Zweifel, daß der wütende Drache wiederkommen würde.

Geno setzte einen Batzen dicker Spucke auf den Fußboden. »Dann ruft sie halt zusammen«, grollte er Mickey und Kelsey an. »Ich werd schon eine Höhle für euch finden – wird euch allerdings wenig nützen, wenn der Drache zu Besuch kommt!«

Das war nur zu wahr, sie wußten es alle, aber die simple Tatsache, daß Geno dieses Zugeständnis machte, zauberte ein Lächeln auf die Gesichter des Elfen und des Kobolds. Auch Gary gewann ein wenig Hoffnung und Vertrauen in seinen stämmigen Gefährten zurück. So schroff Geno auch war, Gary mochte ihn, und seine anfängliche Weigerung, Leuten in solcher Not die Tür zu öffnen, hatte den jungen Mann zutiefst entmutigt.

Rasch erklärte der Elf dem Baron ihren Plan.

»Wir werden vor Einbruch der Nacht startklar sein«, versprach Pwyll hoffnungsvoll, und kurz danach eilte er aus dem Wirtshaus, um mit Badenoch zu sprechen und die nötigen Vorkehrungen zu treffen.

»Es ist nur ein kurzer Aufschub«, sagte Mickey nach einem Moment der Stille. »Erst recht, wenn man bedenkt, wie lange wir dafür brauchen werden.«

»Ich hätte Ceridwen doch freilassen sollen«, sagte Gary.

»Die hätte uns kein bißchen geholfen«, gab Mickey zurück.

Für die nächsten Minuten saßen sie schweigend da, und ein jeder hing seinen Gedanken nach. Wieder ergriff Mickey als erster das Wort. »Nimm auf keinen Fall das Schwert mit«, sagte er zu Gary. »Für Robert hat es dieselbe Wirkung wie eine Fackel in stockdunkler Nacht. Wenn du es mit in die Höhlen nimmst, hat er die Leute im Nu aufgespürt.«

Gary kniff die Augen zusammen und fuhr sich mit der Hand durch das verfilzte, schwarze Haar. »Was soll das heißen, eine Fackel in stockdunkler Nacht?«

»Hab ich doch schon gesagt, Junge. Drachen kennen ihre Schätze genau, und ich halte jede Wette, daß das Schwert mehr wert ist als alles, was Robert sonst noch gehortet hat – für Robert jedenfalls. Ich sag dir, der riecht das verfluchte Ding auf hundert Meilen gegen den Wind.«

»Warum habt ihr es dann überhaupt mitgebracht?« knurrte Geno den Kobold an.

Der leitete den Vorwurf mit einem Blick an Gary weiter, und dort gehörte er auch hin.

»Mir war klar, daß wir früher oder später mit dem Drachen kämpfen müssen«, antwortete Gary mit einiger Zuversicht, denn er hatte sich entschlossen, ihnen seinen verrückten und verzweifelten Plan darzulegen. »Ich dachte mir, das Schwert könnte ein guter Köder sein, wenn wir Robert zu unseren eigenen Bedingungen treffen wollen. – Bist du dir aber ganz sicher, daß er es suchen wird?« fragte er Mickey.

»Wie ein Kind seine Mutter.«

»Wir werden uns darauf verlassen müssen.«

»Ich könnte das Schwert auch verzaubern, dann singt es sogar«, sagte Mickey, aber ihm war anzusehen, daß ihn diese Vorstellung nicht sonderlich begeisterte. Und wer wollte ihm einen Vorwurf machen? Wer lockte schon gern einen wütenden Drachen an, besonders ein so mächtiges und bösartiges Exemplar wie Robert.

Gary wußte mit Mickeys Worten nicht so recht was anzufangen, aber trotzdem nahm er an, daß der Kobold die Signale, die das Schwert an seinen suchenden Herrn und Meister sandte, irgendwie verstärken wollte. Dabei mußte er es bewenden lassen, im Moment jedenfalls, denn nun erfüllte der Plan seine Gedanken völlig, und es war an der Zeit, ihn laut auszusprechen, damit seine Freunde ihm dabei helfen konnten, die Einzelheiten abzuklopfen.

Geno hatte von Anfang an nur Spott dafür übrig, und Kelsey schüttelte immer wieder mit zusammengekniffenen Lippen den Kopf. Mickey lauschte leidenschaftslos, anscheinend mehr aus Höflichkeit denn aus Interesse. Nur Gerbil beugte sich in seinem Stuhl deutlich fasziniert nach vorn, und der Gnomen-Erfinder war der einzige, der die Möglichkeiten, die eine präzise Berechnung bot, recht einzuschätzen wußte.

Gary fegte sämtliche Einwände vom Tisch, die Kelsey und der skeptische Zwerg aufzubieten hatten, Einwände, die immer seltener wurden, je länger er einfach hartnäckig an seinem Plan festhielt.

»Donnerlittchen«, seufzte Mickey schließlich und sah sich um. Gerbil lächelte breit, Geno beäugte Gary voller Mißtrauen, und Kelsey hatte sich im Sessel zurückgelehnt, die schlanken Arme vor der Brust verschränkt, die goldenen Augen ausdruckslos an die Decke gerichtet.

Anscheinend hatte er den Blick des Kobolds gespürt, denn auf einmal sah er ihn an und zuckte mit den Schultern.

»Was Besseres werden wir vielleicht nicht aufbieten können«, gab Mickey zu, als er sich schließlich an Gary wandte.

Nicht allzulange darauf preschten Kelsey und Gerbil auf dem Pony aus Braemar hinaus und ritten rasch nordwärts. Normalerweise brauchte man vier Tage harten Reitens, um von Braemar nach Gondabuggan zu gelangen, aber Kelsey hatte den Freunden versprochen, es in zweien zu schaffen, obwohl die Wege aufgeweicht waren.

Mickey, Gary, Geno und Pwyll sahen ihnen nach. Der dicke Baron schüttelte zweifelnd den Kopf, denn er verstand nicht recht, was diese unberechenbaren und gefährlichen Freunde nun schon wieder vorhatten. Seiner Meinung nach war es kein besonders kluger Schachzug, die eigenen Streitkräfte in solch dunklen Zeiten auch noch aufzusplittern.

»Und, wohin verschwindet ihr drei?« fragte er. Es war offensichtlich, daß auch sie sich für eine Reise gerüstet hatten.

Doch er bekam keine Antwort auf seine Frage. »Zwei Tage, hat Kelsey gesagt«, wandte Gary sich an den Kobold. »Also wirst du in zwei Tagen das Schwert zum Singen bringen.«

»Es wird ein hübsches Liedchen trällern«, versicherte Mikkey.

»Ich dachte, ihr helft mir dabei, den Zug zu organisieren«, mischte Pwyll sich mit fester Stimme ein. »Die Leute von Braemar ...«

»Die werden es bestimmt allein schaffen, da macht Euch mal keine Sorgen«, unterbrach Mickey ihn lässig. »Und Genos Brüder werden sie schon gut unterbringen.« Er machte eine Pause und kratzte sich den graubraunen Bart, ohne Pwyll aus den Augen zu lassen.

»Was?« fragte der Baron gereizt.

»Weißt du, Junge«, sagte Mickey schelmisch zu Gary. »Ich denke schon, daß dein Plan aufgeht – muß er ja auch, sonst können wir uns jedes weitere Gerede sparen. Aber ich denke auch an die viele Arbeit, die wir haben werden, wenn der alte Robert erst einmal tot und begraben ist, Junge. Und da frag ich mich natürlich, wer am meisten davon hat, daß wir so fleißig sind.«

Damit richtete der Kobold seinen schelmischen Blick auf Pwyll. Gary und Geno, denen bereits dämmerte, was er vorhatte, taten es ihm nach.

»Was?« fragte der Baron erneut und sah von einem hungrigen Gesicht zum anderen. Er fragte sich, ob er vielleicht nicht einfach kehrtmachen und schauen sollte, wo eigentlich Badenoch abgeblieben war.

»Wie macht Ihr Euch eigentlich beim Bergwandern, Baron?« fragte Mickey.

Es regnete auch den Rest des Tages und die ganze Nacht hindurch. Vorsichtig, aber bestimmt marschierten die triefnassen Gefährten die schlüpfrigen Gebirgspfade entlang, und als der Himmel am Morgen aufklarte, registrierten sie das mit gemischten Gefühlen.

»Jede Wette, daß der Wurm jetzt ausgeschlafen hat.« Böses ahnend, schaute Mickey zum fernen Braemar zurück und sah dann zum grauen Himmel hinauf, wo die Bewölkung rasch abnahm. »Noch ein paar verregnete Stunden, und dann fällt er über die Stadt her.«

Baron Pwyll ächzte, und die Töne, die er dabei hören ließ, waren den Gefährten nur zu bekannt. Bis zuletzt hatte er mit Badenoch darum gerungen, bei den Stadtleuten bleiben zu können, anstatt zu irgendeinem wilden Abenteuer in die Berge aufzubrechen. Aber Mickey und Gary hatten Badenoch zuerst erwischt, und so hatte das Oberhaupt der Stadt »den kühnen Baron von Dilnamarra« auf keinen Fall zurückhalten wollen. Und obwohl seine jämmerlichen Argumente auf taube Ohren gestoßen waren, hatte Pwyll den ordentlichen Ruck einer Zwergenhand an seiner eigenen Hörmuschel gebraucht, um den ersten Schritt in die Gebirgsausläufer hinauf zu tun. Zu seinen Gunsten muß allerdings hinzugefügt werden, daß er seitdem ordentlich mitgehalten hatte. Nun jedoch, wo die Sonne sich ihren Weg durch die letzten störrischen Wolken bahnte und die Luft unangenehm feucht und warm wurde, begann der übergewichtige Mann stark zu schwitzen, und er stöhnte und keuchte bei jedem Schritt.

»Immerhin sind die Leute längst weg, wenn der Drache kommt«, sagte Gary hoffnungsvoll.

»Na ja, der Wurm wird trotzdem bald genug wissen, was die Kirchturmuhr geschlagen hat«, sagte Mickey. »Und dann wird er auf die Jagd gehen. Und trotz des vielen Regens wird er die Spur rasch aufgenommen haben.«

Gary schützte die Augen mit der Hand und schaute in den aufklarenden Himmel hinauf. »Noch ein paar Stunden?« fragte er.

»Wenn Ihr Euch wirklich so sehr um die Leute von Braemar sorgt, wie Ihr vorgebt, dann bewegt Eure Beine mal ein bißchen schneller!« erklärte Geno unvermittelt und stach dem Baron einen Finger ins üppige Hinterteil. Der Zwerg hatte seit ihrem Aufbruch kaum einmal den Mund aufgemacht, nun jedoch wandte er sich sogar noch an Gary und Mickey. »Ich kann uns in ein paar Stunden bis zu der Stelle bringen, aber nicht, wenn der hier alle paar Schritte ein Päuschen einlegt!«

Mickey wollte Pwyll schon verteidigen, doch da schnitt Gary ihm rasch das Wort ab. »Dann mal zu«, sagte er zu Geno. »Der Baron wird schon mithalten – oder er bleibt halt allein zurück.«

»Allein zurück?« rief Pwyll. »In dieser absolut scheußlichen Gegend?« Dann hätte er sich am liebsten auf die Zunge gebissen. Es war wohl keine so gute Idee, in der Gegenwart eines Zwerges über Dvergamal herzuziehen.

»Wie wär's mit einem absolut scheußlichen Sturzflug?« knurrte Geno.

»Allein zurück«, wiederholte Gary entschlossen, was ihm ein überraschtes »Ooh« von Mickey bescherte. »Die Leben von mehr als zweihundert Flüchtlingen sind mir mehr wert als die Sicherheit eines einzelnen Mannes, und wenn es dreimal ein Baron ist.« Ohne mit der Wimper zu zucken, nickte er dem Zwerg zu. »Auf geht's.«

Geno schritt munter aus. Bisher waren sie einem schmalen Pfad um einen flachen Berg herum gefolgt, nun jedoch führte der Zwerg sie steil nach oben. Dann ging es wieder in eine Schlucht hinab und anschließend eine fast senkrecht ansteigende Wand wieder hinauf. Sie hatten keine Seile dabei, aber ihr Bergführer war ein Erdgeborener. Er sprach zu dem Fels, und dann stieß er seine Granithände in die Wand und schuf seinen Gefährten eine regelrechte Leiter aus Haltepunkten. Trotz der unförmigen Rüstung und dem zusätzlichen Gewicht von Mickey kam Gary leicht voran. Hand über Hand greifend, ermahnte er sich alle paar Fuß, nicht nach unten zu schauen. Baron Pwyll blieb zurück, er war nur ein kurzes Stück geklettert, bevor er sich wieder hinunterließ und erklärte, daß er das einfach nicht schaffe.

»Wenn ich dicke Barone herumschleppen muß, kommen wir bestimmt nicht mehr schnell genug voran!« grollte Geno und sah zu Pwyll hinab, der nun schon hundert Fuß unter ihnen war.

»Vergiß ihn«, sagte Gary bestimmt. »Seine Chancen sind allein auch nicht schlechter, als wenn er bei uns bleibt!« Mickey hatte protestieren wollen, aber angesichts der schrecklichen Wahrheit, die Gary da ausgesprochen hatte, blieben ihm die Worte im Halse stecken.

Geno rief Pwyll eine Wegbeschreibung hinab. Der Baron sollte der Schlucht nordwärts folgen und dann den Abzweig nach Osten nehmen. Dort würde er auf ein Felstal stoßen, das direkt unter dem angepeilten Paß lag. Pwyll rief einige wohlbekannte Beschwerden zu ihnen hinauf, aber die Freunde, die sich dem Ende der Steilwand näherten, hörten gar nicht mehr zu. Gleich über der Klippe sprang Geno in eine enge und dunkle Höhle. Mickey beschwor eine Kugel aus Feenlicht herauf, und sie folgten dem Zwerg.

Böse sah der zu Mickey zurück, und dem fiel wieder ein, was Zwerge davon hielten, irgendwelche Lichter in ihren dunklen Höhlen zu entzünden.

»Wir können doch nicht im Dunklen herumlaufen«, erklärte der Kobold, und zu seiner tiefen Erleichterung schnaubte Geno nur und ging weiter.

Eine gute Stunde später verließen sie den Tunnel wieder. Sie kamen auf einem flachen und hohen Felsen heraus, der ihnen einen weiten Blick nach Südosten gestattete. Die Sonne strahlte vom klaren Himmel herab.

Im Südosten trieben langsam graue Rauchfäden durch die Luft. Obwohl die Freunde zwanzig Meilen von Braemar entfernt waren, war der Rauch schmerzhaft deutlich zu sehen.

»Schade um den Schlummernden Wicht«, sagte Geno. Er schien aufrichtig betroffen.

»Du kannst Holz gar nicht so feucht kriegen, daß es einem Drachenfeuer standhält«, fügte Mickey grimmig hinzu.

Als sie noch hinüberschauten, stieg eine weitere Rauchsäule auf, strebte auf die künstliche Wolke zu, die über der verwüsteten Stadt lag. Alle drei zuckten sie zusammen, Mickey schüttelte den Kopf, und Geno zerquetschte einen Stein mit der bloßen Hand zu kleinen Krümeln. Gary jedoch zog nach dem ersten Schock einen durchaus willkommenen Schluß aus der neuen Rauchsäule, denn sie bedeutete zweifellos, daß der Drache immer noch über der Stadt war.

»Wie weit ist's noch bis zum Paß?« fragte er Geno.

»Eine Stunde Fußmarsch.«

»Eine halbe Stunde Dauerlauf«, berichtigte Gary ihn. Versonnen grinste er Mickey an.

»Junge, was freut dich denn so?«

»Bring das Schwert zum Singen«, antwortete Gary. »Laß uns Robert herlocken, bevor er die Spur der Dörfler aufgenommen hat.«

»Wir wissen nicht einmal, ob Kelsey und der Gnom schon

in Gondabuggan sind«, argumentierte Mickey. »Wir können den Drachen doch nicht anlocken, ohne das zu wissen!«

Das leuchtete Gary durchaus ein. Den Drachen jetzt schon zu rufen, hieß, das Leben von Braemars Bevölkerung gegen die gesamte Unternehmung zu setzen und letztendlich die Gefahr einer völligen Katastrophe in Kauf zu nehmen. Aber Gary konnte hier nicht einfach herumstehen und zusehen, wie noch mehr von Faeries ehrenwerten Bewohnern abgeschlachtet wurden. Schließlich war das Ganze sein Plan, und außerdem vertraute er Kelsey. Und er war in Spiellaune.

»Mach schon«, sagte er.

Mickey sah zu Geno hinüber, aber der Zwerg schaute einfach weg. Von Anfang an hatte er erklärt, nichts weiter als ihr Führer zu sein und sich beim ersten Anblick des Wurmes sofort in eine tiefe Höhle abzusetzen.

Mickey seufzte schwer, dann bückte er sich von Garys Rükken hinab und berührte den Griff des gewaltigen Schwertes. Er murmelte einen Zauberspruch und klopfte mit der flachen Hand auf den Griff.

»Jetzt sollten wir aber rennen«, sagte er zu Gary.

»Wird er es hören?«

»Hat er schon«, sagte Mickey ernst.

Gary wandte sich wieder nach vorn, um Geno etwas Mut zuzusprechen, doch er mußte feststellen, daß der Zwerg schon längst den Pfad entlangrannte.

Wenig später langten sie an ihrem Ziel an, ohne daß irgend etwas auf das Kommen des Drachen hingedeutet hätte. Gary betrachtete jede kleinste Einzelheit dieses Fleckens, um auszuloten, wie er diese heikle Situation nun gestalten sollte. Geno zeigte ihm, wonach er gesucht hatte; die eine Felswand war von tiefen Kratzern und Brandflecken verunstaltet. Passenderweise lag die Stelle direkt über einer abgeflachten Erhöhung, auf der selbst ein Untier von Roberts Ausmaßen bequem sitzen konnte. Mit einem trockenen Lächeln machte er Geno darauf aufmerksam, und dann händigte er ihm das Schwert aus.

Der Zwerg packte die Waffe und kletterte einige Steine bis zu dem geplanten Hochsitz hinauf. Er stand nun direkt unter riesigen hängenden Steinplatten, die an die enormen Vorderzähne irgendeines gigantischen Monsters erinnerten. Doch falls er sich angesichts der vielen Tonnen losen Gesteins über dem Kopf Sorgen machte, so war es ihm jedenfalls nicht anzusehen. Das Schwert vor sich haltend – als die Spitze auf dem Boden stand, konnte er noch nicht einmal den Griff erreichen –, schloß Geno die Augen und begann, leise zu singen, grollend, knirschend, als spräche er mit dem Berg selbst.

Und das tat er auch. Einen Moment später schob er die Waffe sanft nach unten, und der Stein teilte sich einfach, und die Klinge sank tiefer und tiefer hinein. Als Geno sein Werk beendet hatte, schauten nur noch der Griff und ein paar Fingerbreit Stahl aus dem flachen Felsboden hervor.

Mickey war unterdessen nicht untätig gewesen. Er hatte seinen Regenschirm hervorgeholt und sich hoch in die Luft tragen lassen. Nun hielt er nach Norden und Osten Ausschau. Er streckte seine freie Hand aus und murmelte eine schnelle Melodie. Funken sprangen ihm von den Fingerspitzen und zogen grüne und rote Linien durch die Luft. Dieses Feuerwerk hielt er mehrere Sekunden lang aufrecht, dann verfiel er in Schweigen. Er fühlte sich unglaublich schutzlos, wie er dort oben in der Luft hing, während der Drache mit großer Wahrscheinlichkeit schon zu ihnen unterwegs war.

»Nun kommt schon«, flüsterte er vor sich hin und sah sich ängstlich in alle Richtungen um. Dann spähte er wieder zum fernen Gondabuggan hinüber.

Ein silberner Blitz zeigte sich in der Ferne und dann ein zweiter.

Mickey lächelte bis über seine beiden abstehenden Ohren. Er klappte den Regenschirm zusammen und fiel wie ein Stein hinab, dem überraschten Gary Leger genau in die Arme.

»Kelsey hat's geschafft, Jüngelchen!« rief der Kobold. Er packte Gary bei den Ohren, zog ihn dicht an sich heran und gab ihm einen Schmatzer auf die Wange. »Oh, er hat's geschafft!«

Einen Sekundenbruchteil später war alle Heiterkeit vergangen, denn ein Brüllen erklang, wie es nur ein Drache brüllen konnte – ein ausgetrickster, ein bestohlener Drache.

»Zeit zu verschwinden«, erklärte der Zwerg, und wie um seine Worte wahrzumachen, hüpfte er von dem kleinen Plateau, flitzte zur gegenüberliegenden Felswand und rief das Gestein an. Was nur wie ein kleiner Spalt ausgesehen hatte, verbreiterte sich, und mit einem Blick über die Schulter zu Mickey und Gary trat der Zwerg vorsorglich hinein.

»Falls du umkommen solltest«, sagte er hoffnungsvoll zu Gary und machte eine Pause, als suche er nach irgendeinem freundlichen Wort. »Ach, Steingeblubber, dann kommst du eben um!« Damit war er verschwunden. Der Stein knallte hinter ihm zusammen.

»Ein treuer Haufen, diese Zwerge«, sagte Mickey trocken. »Aber falls du es dir noch anders überlegst, Junge, läßt Geno uns sofort da rein.«

Das war eines der verlockendsten Angebote, die Gary Leger je erhalten hatte – und es wurde nur noch verlockender, als sich ein zweites Brüllen an den Felswänden brach. Diesmal klang es schon näher.

Energisch schüttelte er den Kopf. »Wir müssen das machen«, sagte er, und im stillen erinnerte er sich daran, Teil einer größeren Sache zu sein, die über seine eigene Sterblichkeit weit hinausreichte.

Wieder erklang ein Brüllen, und jetzt schien es hinter der nächstgelegenen Klippe ausgestoßen worden zu sein.

Gary setzte Mickey auf den Boden und hob den Speer auf. Als der Moment der Wahrheit kam, war er noch nicht einmal losgerannt.

Genauestens überdosiert

Tief und schnell flog Robert durch das zerklüftete Dvergamal und kurvte scharf um die schroffen Felsnadeln herum. Er spürte die Anziehungskraft seines verschwundenen Schwertes. Es war, als riefe die Waffe nach ihm, als wehrte sie sich lautstark gegen die Diebe, die es gewagt hatten, sie fortzuschleppen. Robert wußte, wer diese Diebe waren, er hatte ihren allzu bekannten Geruch gleich bei der Ankunft in seinem Hort gewittert. Und wenn dieser Geruch nicht Hinweis genug gewesen wäre, das Fehlen des Goldtopfes war es allemal.

Gleich würde er diesen miesen Kobold und seine Kumpane finden, sie finden und sie allesamt in kleine Klumpen zusammenschmelzen.

Es ging einen niedrigen Gipfel hinauf und dann im Sturzflug eine Schlucht hinab. Er glaubte, dort unten eine Bewegung wahrgenommen zu haben – von einem massigen Mann, der dort herumkletterte –, doch brauste er einfach weiter, angezogen von dem rufenden Schwert.

Und dann sah er es. Stolz hielt dieser Mensch, dieser Gary

Leger aus Bretaigne, es empor, und neben ihm auf der Erde saß diese miese Ratte Mickey McMickey und zählte einen Haufen Gold in seinen Topf.

Wie konnten sie es wagen! Der Drache kochte vor Wut. Da standen sie einfach aufrecht und stolz auf diesem ungeschützten Felsvorsprung herum und stellten sich derart offen und schutzlos seiner Wut entgegen. Ihre Dreistigkeit trieb ihn zur Raserei. Steil schoß er mit einem ohrenbetäubenden Brüllen empor, dann stürzte er sich wild hinab und spie sein tödliches Feuer.

Nach einer Kehrtwende stellte er jedoch voller Entsetzen fest, daß sowohl das Schwert als auch der Topf voll Gold zusammengeschmolzen waren, die Diebe aber nicht. Er wollte seine Fassungslosigkeit schon hinausbrüllen, da begriff er, daß er durch eine simple Illusion genarrt worden war. Er kniff die Reptilienaugen zusammen und schaute genauer hin, und da war nur noch der hohe, leere Felsvorsprung zu sehen. An einigen Stellen schlug das geschwärzte Gestein sogar Blasen.

»Ich weiß, daß ihr hier seid!« bellte er. »Ich werde euch finden, und wenn ich den ganzen Berg einreißen muß!«

Wie Gary Leger so zu dem nicht allzuweit entfernten Drachen hinaufschaute, kam ihm das nicht gerade wie eine leere Drohung vor. Die ungezügelte Wut und das kochende Gestein waren überzeugend.

Nach seinem Plan mußte er den Drachen nun rufen, und Mickey, der sich irgendwo in irgendeinem tiefen Winkel hinter ihm versteckt hatte, drängte ihn, das nun langsam auch zu tun. Eigentlich war Gary klar, daß er es tun mußte, denn Roberts Feuerwerk war sicher meilenweit zu sehen gewesen, und damit war der Plan längst in vollem Gange. Aber jede kühle Überlegung war dahin, wenn einem schon der bloße Anblick eines Drachen das Herz in die Hose rutschen ließ.

»Hier«, sagte er, aber es kam nur ein Krächzen heraus. Er räusperte sich.

Über ihm bremste Robert in der Luft, indem er eine scharfe Aufwärtskurve andeutete, und dann wandte er den langen Hals in seine Richtung.

»Hier drüben«, rief Gary noch einmal, und diesmal war seine Stimme fester. Er trat um den Felsbrocken herum auf die kleine Fläche direkt unterhalb des Plateaus, in dem das zwergenverzauberte Schwert steckte.

Langsam kam Robert näher geflogen. Er kniff die Augen zusammen und musterte ihn. Dann erblickte er sein Schwert und begann tief zu knurren.

»Was für Tricks hast du noch auf Lager, junger Dieb?« fragte er von hoch oben.

»Die Täuschung war notwendig«, antwortete Gary. Er war froh, daß Robert sich überhaupt die Zeit nahm, mit ihm zu reden, und hoffte, daß ihm das nicht an der Nasenspitze anzusehen war.

Wind zerrte an ihm, als Robert dem Schweben so nahe kam, wie es einem so gewaltigen Drachen nur möglich war.

»Schließlich hätte der mächtige Robert auch einfach vorbeifliegen und uns abfackeln können«, beeilte sich Gary zu sagen und schaute verstohlen nordostwärts. »Aber damit hätte er auch verloren, was er wiederhaben möchte.«

»Was ihr gestohlen habt!«

»Auch das war notwendig«, fuhr Gary rasch fort, bevor der Zorn des Drachen neue Nahrung fand. »Wir haben es gestohlen, jawohl, aber nicht, um es zu behalten. Du sollst dein Schwert zurückbekommen, mächtiger Robert.« Er zeigte auf die feststeckende Waffe, und zu seiner großen Erleichterung landete der Drache hinter ihr und beäugte sie neugierig und mißtrauisch.

»Ich bin es gewesen, der den Dolch genommen hat«, erklärte Gary mit tiefer Stimme und schlug sich dramatisch mit der Faust auf die Brust. Er intonierte die Worte wie ein Schauspieler in einer großen Shakespeare-Produktion. »Den Dolch, der dir gestattete, der Verbannung zu entfliehen.«

»Auch das – ein Diebstahl!« unterbrach Robert ihn, und Speichel troff ihm aus dem dolchbewehrten Maul.

»Auch das – eine Notwendigkeit!« schoß Gary zurück und zeigte anklagend auf den großen Wurm. »Wie sonst hätte ich Robert aus seinem Hort zu locken vermocht? Wie sonst hätte ich die Herausforderung zu finden vermocht, die ich verdiene und begehre?«

Robert riß den riesigen Kopf zurück, ein deutliches Zeichen, daß er einigermaßen verblüfft war.

»Ja, glaubst du denn, ich wäre den ganzen Weg von Bretaigne hierhermarschiert, nur um den Lakaien für irgendeinen hochnäsigen Elfen zu spielen? Natürlich nicht! Es war mein Begehr, den Speer gerichtet zu sehen«, beteuerte Gary und reckte die wunderbare Waffe empor. »Und viel größer noch war mein Begehr, den mächtigen Robert zu sehen, den legendären Wurm, dessen Name in allen Landen nur geflüstert wird.«

Er holte tief Luft und warf verstohlen einen Blick nach Nordosten. Was brauchten sie denn bloß so lange?

»Jeden Ritter meiner Heimat habe ich im ehrbaren Zweikampf geschlagen«, fuhr er fort. »Und sogar den Drachen von Angor schlug ich.«

»Angor?« fragte Robert.

»Das ist so eine Insel«, fügte Gary rasch hinzu und hoffte, daß er sich nicht allzutief in seine Lügen verstrickte.

»Wie merkwürdig«, sagte Robert höhnisch. »Ich bin mit allen Drachen bekannt, und doch kenne ich keine Insel namens Angor!«

»Das war ein kleiner Drache nur, ja, ein kleiner war das«, schmetterte Gary. »Kein Vergleich mit Robert dem Reiz … dem Rechtschaffenen.«

Bei diesem Versprecher gluckste der Drache, und das war ein merkwürdig böses Geräusch. Der alte Robert wußte nur zu gut, wie ihn die Leute nannten.

»Ich bin Gary Leger aus Bretaigne! Und ich fordere Robert zum Ehrenkampf heraus. Wirst du gegen mich antreten, mächtiger Drache? Und wirst du dir deinen Feueratem versagen?«

»Mir meinen Feueratem versagen?« wiederholte Robert ungläubig, und Gary fürchtete schon, daß er es endgültig übertrieben hatte und an Ort und Stelle gegrillt werden würde.

»Es sei denn, du fürchtest dich.« Wieder sah Gary nervös Richtung Osten. »Hier ist dein Schwert, und hier ist der Speer des Cedric Donigarten. Ich gedachte …«

»Betrachte Robert und erzittere!« bellte der Drache, daß es Gary in den Ohren klingelte. »Ihn, der einhundert Mann verschlang beim Schlimmschlamm-Paß! Ihn, der die buntbemalten Wilden der Fünf Schwestern bändigte und seine schützenden Schwingen über die menschlichen Molche gebreitet hat! Ihn, der …«

Die Auflistung seiner Taten, die überwiegend abscheulicher Natur waren, wollte für viele Minuten kein Ende nehmen. Gary war froh über die Verzögerung, aber er fragte sich trotzdem, warum, um alles in der Welt, sie so lange brauchten.

»Ruhig, Junge«, flüsterte Mickey aus seinem Versteck hinter ihm, als er die Verzweiflung des jungen Mannes bemerkte. »Solche Dinge brauchen ihre Zeit.«

Plötzlich hielt Robert inne und brüllte erneut – und diesmal klang es schmerzerfüllt. Und dann begann der Drache sich zu verwandeln. Direkt vor Garys ungläubigen Augen. Er legte sich die großen Schwingen über die Flanken, und sie schmolzen gemeinsam mit seinen rotgoldenen Schuppen dahin. Sein langer Hals zog sich zusammen, desgleichen sein Schwanz; ja, seine ganze Drachengestalt krümmte sich und schrumpfte unaufhörlich.

Auf der Wand hinter ihm wurden immer mehr Flecken und Kratzer sichtbar, und Gary wäre fast in Ohnmacht gefallen.

Dann packte Robert, der rotbärtige Hüne, den gewaltigen Knauf seines festklemmenden Schwertes. Muskeln wie Drahtseile hatte er, und sie taten ihr Werk, und der Fels selbst ächzte protestierend.

Robert ließ los und rieb die Hände aneinander, dann packte er den Griff wieder und zog mit all seiner Kraft. Doch der Fels hielt ihm stand, und das Schwert wollte nicht freikommen.

»Was ist das nur für ein Trick?« knurrte der Drachenmann.

Gary zuckte hilflos mit den Schultern, denn er war auch nicht wenig überrascht. »Ich hätte nie gedacht, daß sich ein so einfacher Zwergenzauber als der Stärkere erweisen würde«, sagte er dann. Schlau hatte er alle Betonung in das Wort »einfach« gelegt.

In Roberts Augen blitzte es gefährlich. »Als der Stärkere?« wiederholte er. »Ich werde dir zeigen, wer hier der Stärkere ist!«

Als der Wurm in seine Drachengestalt zurückkehrte, war Gary zum ersten Mal froh über das Gebrüll, denn es übertönte seine eigenen schweren Atemzüge der Erleichterung.

»Die sollten sich besser beeilen«, flüsterte er Mickey zu.

Er erhielt keine Antwort, aber das überraschte ihn nur solange, bis er begriff, daß der Kobold das Vertrauen in ihren Plan wohl längst verloren und sich abgesetzt hatte.

Als Gary sich wieder dem erhöhten Plateau zuwandte, stand ihm erneut ein mächtiger Drache gegenüber, Robert der Reizbare in all seiner bösen Herrlichkeit.

»Ich werde dir zeigen, wer hier der Stärkere ist! Ich

schmelze den Stein weg, und dann hack ich dich in Stücke, du Narr von einem Gary Leger aus Bretaigne!«

Nervös umklammerte Gary den Speer, und der Drache, der die Bewegung bemerkt hatte, lachte laut auf.

»Willst ihn mir wohl lieber einfach entgegenschleudern, was?« Robert legte die Flügel nach hinten und streckte die massige, schuppenbewehrte Brust vor. »Dann tu's doch, du jämmerliches Menschenwesen! Ein einfacher Wurf, aber er wird dir nichts nützen – und wenn es dreimal die mächtigste Waffe im ganzen Lande ist. Meinst du wirklich, dieses mickerige Ding kann Robert ein Leid zufügen?«

Wieder lachte der Drache auf, daß es rumpelnd von den Bergen widerhallte, und Gary wollte angesichts seiner schrecklichen Lage kein einziges Wort mehr einfallen.

»Nun schirme deine Augen vor meinem Atem ab«, warnte ihn der Drache. »Und mache deinen Frieden mit welchem Gott …«

Ein Zischen und Pfeifen ließen ihn innehalten. »Was?« brüllte er und wandte sich mit Gary zugleich nach Nordosten um.

Der Lieferball des Bibo, dessen Schießpulver genauestens überdosiert worden war, kam mit einer Geschwindigkeit von zweihundertdreiundsiebzig Meilen pro Stunde durch den Paß des Pferdezähnigen Menschenfressers gerauscht, erwischte den Drachen an der linken Schulter und zerschmetterte die scheinbar so undurchdringlichen Schuppen in kleine Splitter. Für den Sekundenbruchteil, den Robert noch fassungslos am Rande der Klippe stand, konnte Gary ihm tief in den bösen Schlund sehen, dann schickte die Wucht des Aufschlags den Drachen Hals über Kopf den Cañon hinab. Die Erde bebte unter Garys Füßen, und der Schrei des stürzenden Drachen übertraf jeden Donner, den der junge Mann in seinem Leben je gehört hatte.

Steine polterten dem Drachen hinterdrein, denn sein Gewicht hatte eine kleine Lawine ausgelöst. Doch die Berge von Dvergamal waren alt und massiv, und der Aufruhr endete wenige Augenblicke später in Staub und Stille.

»Ah, du hast ihn erwischt, Junge!« rief Mickey. Endlich wieder sichtbar, sprang er aus seinem Winkel hervor. In der Felswand, die dem Zielplateau gegenüber lag, öffnete sich ein Spalt, und Geno trat heraus. Ungläubig schüttelte er den Kopf, und sein Zahnlückengrinsen, das Gary immer an einen Lausbuben erinnerte, war breiter als je zuvor.

»Bah, ich wußte, daß du dich nicht völlig verkrümelst!« brüllte Mickey.

Geno lachte laut – zum ersten Mal, seit Gary ihn kannte, und zu seiner Überraschung klang es gar nicht so raspelig und rumpelig, wie er erwartet hatte, sondern wie das Gekicher eines kleinen Jungen.

»Ist die Welt nicht auf einmal wieder schön!« rief Mickey, und dann hüpfte und tanzte er den Hochpaß entlang.

Ein Brüllen aus der Tiefe setzte seinem Tanz ein Ende und fegte Geno das Lachen aus dem Gesicht.

Gary eilte zur Klippe und sah hinab. Dort flatterte Robert mit nur einem Flügel, denn der andere war ihm einmal quer über das Kreuz verdreht, und über die gesamte Flanke zog sich eine gewaltige, häßliche Wunde.

Der Drache klemmte zwischen den Felsen und heruntergefallenen Trümmern fest und schlug und trat auf sie ein, daß sie nur so zersplitterten, doch löste er in seiner Wut nur einen neuen Steinschlag aus.

»Wir müssen ihm den Rest geben«, sagte Gary zu seinen Freunden, die neben ihn getreten waren.

Die beiden starrten ihn ungläubig an. »Du willst da runter?« bellte Geno. Dann runzelte er die Stirn. »Oh«, sagte er, als wäre ihm gerade etwas eingefallen. »Der dicke Baron ist irgendwo da unten.«

»Zeig mir den Weg«, drängte Gary, und Geno tat es bereitwillig. Er deutete zur Seite des Cañons, wo ein schmaler Pfad hinabführte. Als Gary herumwirbelte, um zu gehen, lief er in eine herunterschwebende Drachenschuppe hinein.

»Nimm sie mit, Junge«, sagte Mickey ernst. »Wenn du wirklich da runter willst. Nimm sie mit und benutze sie als Schild. Du hast Robert zwar verletzt, aber er ist immer noch gut bei Puste, verlaß dich drauf.

Gary sah die Schuppe an. Sie war fast so groß wie er, und er fragte sich, wie, um alles in der Welt, er sie mit dort hinunter bekommen sollte. Doch als er sie aus der Luft holte, war sie überraschend leicht, und Mickeys konzentrierter Gesichtsausdruck verriet, daß er seine Zauberkraft benutzte, um das Ding halbwegs schweben zu lassen.

Auf der Rückseite der Schuppe war ein Spalt, dort konnte Gary sie festhalten. Er holte tief Luft, um ruhiger zu werden; und mit einer stillen Ermahnung an sich selbst, daß sie nie wieder eine bessere Gelegenheit bekommen würden, diese Sache zu Ende zu bringen, marschierte er den Pfad hinab.

»Oh, kühner junger Sproß!« erklang der Ruf des blutdürstigen Speeres, wie vorhersehbar gewesen war.

»Ach, halt's Maul«, murmelte Gary. Er fühlte sich eher bescheuert als mutig und wünschte nichts sehnlicher, als im Wald hinterm Haus seiner Eltern zu erwachen und sich an Diane zu kuscheln.

Als er den offenen Pfad halb hinabgestiegen war, sah Robert ihn kommen. Sofort hörte der verwundete Wurm auf, sich abzumühen, und kniff die Reptilienaugen zu drohenden Schlitzen zusammen.

»Jetzt kommt's«, flüsterte Mickey Geno zu, und er wandte

seine Zauberkraft rasch von dem Schuppenschild ab und beschwor statt dessen eine Illusion herauf, die Gary ein paar Yards weiter seitlich erscheinen ließ.

Der plötzlich zu schwere Schild krachte Gary auf die Zehen, und der junge Mann schrie vor Schreck und Schmerz laut auf und wurde nach hinten gegen den Fels geworfen. Dann, als gewaltige Flammenzungen um die schwere Schuppe herum nach ihm leckten und er nichts als Feuer mehr sah, kreischte er in schierer Panik – der Drache hatte sich durch die Illusion nicht täuschen lassen.

Stein zerschmolz, auf dem Schildarm hatte Gary plötzlich keine Haare mehr, und die Haut färbte sich leuchtend rot. Er glaubte, schon im nächsten Moment sterben zu müssen, doch dann ging es plötzlich bergab mit ihm. Der Felsvorsprung war unter seinen Füßen flüssig geworden.

Hart krachte er in einem Steinregen hinab. Es fühlte sich an, als hätte er sich jeden Knochen im Leibe gebrochen, und seine Lunge schmerzte, als wollte sie gleich platzen. Der Helm hatte sich herumgedreht, so daß er wieder einmal nichts sehen konnte, aber er wollte auch gar nichts mehr sehen, wollte lieber blind sein, wenn sich das große Drachenmaul endgültig herabsenkte und ihn zerbiß. Dann fiel ihm der Schild wieder ein, der ihm gerade das Leben gerettet hatte, aber er konnte ihn nirgendwo ertasten. Das Ding war wohl sonstwo gelandet.

Ein paar Augenblicke lang lag Gary einfach nur da, Augenblicke, die unendlich langsam verstrichen, und dann begriff er, daß der Drache nicht vor Angriffslust brüllte, sondern vor Schmerzen schrie. Langsam hob er den Kopf und rückte seinen Helm zurecht. Da war Robert und versuchte, einen fortwährenden Strom von Hämmern abzuwehren, die durch die Luft gewirbelt kamen und in seine ungeschützte, schwer verwundete Flanke knallten.

Der Drache wandte den Kopf der Klippe zu, auf der Geno und Mickey standen, und zog zischend Luft ein, um sein inneres Feuer zu schüren.

Eine Welle der Empörung stieg in Gary empor, eine Wut, die seine Angst fortschwemmte. Er ertastete den Speer neben sich und packte ihn, kämpfte sich auf die Füße und warf den blöden Helm zur Seite.

»Nein!« rief er und rannte, so schnell es in der unförmigen Rüstung nur ging. Rannte einen Gesteinshaufen hinauf und hechtete nach vorn, flog der Kehle des Drachen mit vorausgestrecktem Speer entgegen.

Im letzten Moment sah Robert ihn kommen. Die Flammen schossen bereits aus seinem Maul, und er versuchte, es noch rechtzeitig zu senken. Aber da fuhr ihm die riesige Spitze der mächtigen Waffe auch schon in die Kehle, direkt unter seinem Maul.

Gary fühlte Wellen der Energie den Schaft entlanglaufen, sie schossen durch das Metall in den brüllenden Drachen hinein. Robert schlug um sich, schüttelte sich und rüttelte Gary dabei wild hin und her. Dann reckte er den langen Hals hoch, und Gary wurde in die Luft gehoben.

»Festhalten!« wies der Speer ihn an. Das war wohl der überflüssigste Rat, den Gary Leger je bekommen hatte. Festhalten? Was, zum Teufel, sollte er denn sonst machen?

Er fühlte ein Kribbeln aus den Füßen emporsteigen, als wären sie ihm eingeschlafen, weil er zu lange mit überkreuzten Beinen dagesessen hatte. Dieses Kribbeln jedoch breitete sich weiter aus, es stieg in seinem Körper empor, um ihn dann zu verlassen und – irgendwoher wußte Gary das genau – in den Speer überzugehen.

Robert kreischte schmerzerfüllt auf, und Gary war selbst entsetzt, als er begriff, was die beseelte Waffe getan hatte. Sie hatte ihm seine eigene Lebenskraft ausgesaugt, hatte sie in Energie verwandelt und gegen den Wurm gerichtet. Und zu seinem Erstaunen schien das eine gewisse Wirkung zu haben. Der Schlangenhals ruckte nach unten und krümmte sich unter der heftigen Attacke.

Gary konnte sich nicht länger festhalten, und so stürzte er hinab und krachte erneut auf die Felsen. Es dauerte eine Weile, bis er seine sieben Sinne wieder beisammen hatte und sich der gefährlichen Lage wieder bewußt war, in der er steckte.

Als er sich dann endlich umdrehte, erblickte er keinen Drachen mehr, sondern einen rotbärtigen Hünen, dem ein Arm schlaff hinabhing und dem Blut aus einer Halswunde rann. Der Mann stieß ein kehliges Grollen hervor, Blut rann über seine Lippen, und er stakste heran und hob den Speer auf, der zu Boden gefallen war. Blau schoß Energie in ihn hinein und versengte ihm Hand und Unterarm.

Oben auf der Klippe wippte Geno mit seinem letzten Hammer.

Die Hartnäckigkeit des Speeres entlockte Robert nur ein Grollen, und langsam holte er zum Wurf aus.

»Flieht, junger Sproß!« rief der Speer, und Gary begriff, daß die beseelte Waffe der Willenskraft des Drachen und seiner Stärke nichts mehr entgegensetzen und Gary nicht länger helfen konnte. Da wußte der junge Mann, daß er verloren war.

Roberts Arm schoß nach vorn, doch der Hammer des Zwerges knallte ihm gegen die Hand, und der Wurf ging weit daneben.

Fassungslos sah Robert zur Klippe hinauf und dann wieder zu Gary. Er fauchte böse und zeigte mit einem zitternden Finger auf ihn, dann ballte er die Hand zur Faust, daß die Muskeln anschwollen.

Gary wäre fast in Ohnmacht gefallen. Robert würde einfach nur herübergelaufen kommen und ihn erwürgen! Würde einfach nur zugreifen und ihm den Schädel zerbrechen wie eine Eierschale! Vielleicht sollte er einfach nur liegenbleiben und die Augen schließen, damit es so rasch wie möglich vorüber war.

Doch als Gary jetzt an die Flüchtlinge von Braemar dachte und an die Verheerung, die der Drache bald anrichten würde, war es mit seiner Ohnmacht vorbei. Auf allen vieren krabbelte er vorwärts und kam nur auf die Füße, um schon im nächsten Moment gegen einen Felsbrocken zu fallen. Hastig sah er sich um.

Robert zögerte nicht länger, sondern preschte bereits auf ihn zu.

Mit einem wilden Hechtsprung brachte Gary die Finger um den Speerschaft. Er wirbelte herum und setzte sich auf, und der Drachenmann kam nur wenige Fingerbreit vor der Spitze schlitternd zum Halt.

Die Überraschung stand ihm deutlich ins Gesicht geschrieben, und er zögerte und achtete für einen kurzen Moment nicht auf seine Deckung.

Gary beugte sich vor, brachte einen Fuß unter sich und sprang mit aller Kraft nach vorn. Die Speerspitze senkte sich einen Fingerbreit in die massige Brust des Drachen, bevor dieser den Schaft packen und aufhalten konnte.

So standen sie einander gegenüber, Gary und der rotbärtige Mann. Grausam vereint durch den metallenen Schaft, starrten sie einander herausfordernd an.

Robert sah auf die Wunde in seiner Brust hinab. Als er Gary wieder in die Augen sah, lächelte er erneut sein böses Lächeln. »Ich mach Kleinholz aus dir«, versprach er.

Gary spürte, wie erneut ein Kribbeln durch seinen Körper

in den Speer wanderte. Die Waffe verpaßte dem Drachen einen Schlag, daß ihm der Schaft aus den Händen glitt. Rasch wollte Robert wieder zupacken, aber es war zu spät. Garys brutaler Stoß war nicht mehr aufzuhalten.

»Wohl, um dir ein Feuerchen zu machen, was?« spottete der junge Mann und stieß dem Drachen den verzauberten Speer ins Herz.

Robert sog Luft ein, und seine Brust hob sich zum letzten Mal. Er packte den festsitzenden Speer, entriß ihn Garys Händen und stolperte dann ein paar Schritte zurück.

»Gut gemacht«, sagte er voller Staunen und Bewunderung. Dann blieb er eine ganze Weile zitternd stehen. Der Schaft ragte aus seiner muskulösen Brust hervor und zitterte scheußlich, und die Spitze glänzte bald vom Lebenssaft des Wurmes.

Und dann fiel der Drache, der die Lande von Faerie für Jahrhunderte in Angst und Schrecken versetzt hatte, nach hinten um und starb.

Epilog

»Junger Sproß.« Der Ruf drang aus weiter Ferne zu ihm, als hätte Gary sich weit in sein Unterbewußtsein zurückgezogen. Er vernahm einen zweiten Ruf, einen dritten, ein Funkfeuer, das ihn in die Welt der Lebenden zurückgeleitete.

Unzählige Wohlgerüche hießen ihn willkommen, tausend Geräusche begrüßten ihn, Vogel- und Tierstimmen zumeist, aber auch das stillere, erhabene Summen, das für Gary das Lied der Tylwyth Teg selbst war.

Er öffnete die Augen und erblickte die Herrlichkeit von Tir

na n'Og. Die Sonne ging bereits unter, aber das schmälerte die lebendigen, wunderschönen Farben des Zauberwaldes kaum. Mickey war da, und da war auch Kelsey, und neben ihm stand das Pony, das den Elfen und Gerbil nach Gondabuggan getragen hatte, das tapfere Tier, das in der Anstrengung fast sein Leben gelassen hätte. Es befand sich ebenso wie Gary bereits auf dem Weg der Besserung – wie hätte es auch anders sein können im prächtigen Tir na n'Og?

»Willkommen«, sagte Mickey zu ihm, kaum daß er sich auf die Ellbogen stützte. Gary stellte fest, daß er nicht mehr in der Rüstung steckte, sondern nur noch in seinen eigenen Sachen – die an vielen Stellen geflickt worden waren. Die Rüstung war nicht weit entfernt zu einem Haufen aufgetürmt worden, und ein Stück dahinter lehnte der Speer an einer Birke, gleich am Rande eines Blaubeerfeldes.

»Wie sind wir hierhergekommen?« fragte Gary.

»Zu Fuß«, antwortete Kelsey. »Jedenfalls ein paar von uns.«

»Tommy hat dich getragen, Junge«, fügte Mickey hinzu.

Tommy? Gary brauchte einen Moment, bis er mit dem Namen etwas anfangen konnte, und dann sah er sich aufgeregt um. Er wollte seinen Riesenfreund so gern einmal wiedersehen. »Wo steckt er?«

»Schon weg«, erklärte Mickey. »Er und Geno sind schon wieder im Osten, um wegen der Hexe Vorbereitungen zu treffen.«

Gary zuckte zusammen, denn plötzlich konnte er sich an alles, was sich in den letzten Tagen ereignet hatte, wieder erinnern.

»Robert ist tot?« fragte er.

»Selbstverständlich«, erhielt er großspurig Antwort aus Richtung des Birkenbaumes.

»Tja«, sagte Mickey. »Du hast ihn säuberlich aufgespießt.«

»Das heißt, jetzt haben wir für hundert Jahre Ruhe?«

»Robert ist keine Hexe«, antwortete Kelsey. »Er ist einfach nur tot, gestorben.«

»Zum Wohle des ganzen Landes. Wir haben seine Hörner, Junge, und ein paar seiner Zähne.«

Gary machte ein verwirrtes Gesicht. Als er Robert zum letzten Mal gesehen hatte, war er ein Mensch gewesen und kein hornbewehrtes Ungeheuer.

»Natürlich hat er sich wieder in einen Wurm verwandelt, als er starb«, erklärte Mickey, der den Grund für seine Verwirrung erkannte. »Seine Menschengestalt war ein Zauber, mehr nicht.«

»Wo sind denn dann die Hörner? Und wo ist Baron Pwyll?« Der Mann war doch irgendwo bei dem Tal herumgeklettert, in dem Robert der Reizbare sein Leben gelassen hatte.

»Ein trautes Paar«, sagte Mickey mit einem Kichern. »Wir haben Pwyll die Hörner gegeben, schließlich war er es, der den Drachen erschlagen hat.«

»Pwyll?« bellte Gary. »Ich habe …«

»Pwyll hat den Drachen erschlagen«, unterbrach Kelsey ihn. »Zum Wohle von ganz Faerie.«

Gary wollte erneut aufbegehren, doch dann ließ er sich Kelseys letzten Satz noch einmal durch den Kopf gehen. Baron Pwyll war von der Krone geächtet worden, und Dilnamarra, eine nach sämtlichen Maßstäben wichtige strategische Stellung, hatte einen Marionettenherrscher vorgesetzt bekommen. Wenn Pwyll nun aber plötzlich ein Held war, ein Drachentöter …

Gary nickte. »Zum Wohle von ganz Faerie«, stimmte er zu.

»Wir wußten, daß es dir nichts ausmacht, Junge«, sagte Mickey frohgemut. »Pwyll wird mit Speer und Rüstung heimkehren, und er wird ein Held sein.«

Seine Worte lenkten Garys Aufmerksamkeit zu dem Haufen Metall zurück. Die herrliche Rüstung war übel verbeult. Eine der Armschienen war gut zu sehen, und sie war gespalten. Gary sah auf seinen Unterarm und entdeckte an der gleichen Stelle eine Narbe. Sie mußte von dem Riß in dem Schuppenschild herrühren, dort hatte sich Roberts Feueratem wohl einen Weg bahnen können.

»Mach dir bloß keine Sorgen um die Rüstung«, sagte Mikkey. »Die Tylwyth Teg werden sie schon auf Hochglanz polieren, und jede einzelne Delle hat einem guten Zweck gedient.«

»Cedric Donigarten wäre höchst erfreut«, stimmte Kelsey zu.

»Wenn ich drinstecke, während Pwyll sie zurückbringt, sieht das noch viel besser aus«, überlegte Gary.

»Tja, da magst du recht haben. Aber daraus wird nichts werden, weil du jetzt nämlich gehen mußt.« Mickey sah zur anderen Seite des Blaubeerfleckens hinüber. Dort hatten sich einige Feenmännlein versammelt und waren gerade dabei, sich im Kreis aufzustellen.

Es war gar nicht so lange her, da wäre Gary ihr Anblick höchst willkommen gewesen, besonders als er sich dem Drachen hatte stellen müssen. Nun jedoch nahm er ihr Erscheinen mit gemischten Gefühlen wahr. Wie konnte er so einfach gehen, wo doch Ceridwen bald freikam, zumal er es war, dem sie das zu verdanken hatte?

»Auf keinen Fall«, sagte er bestimmt. »Wir sind noch nicht fertig, und ich bleibe hier.«

»Aber nicht doch«, sagte Mickey. »Die Hexe kommt zwar frei, aber sie wird eine völlig veränderte Welt vorfinden, da mach dir mal keine Sorgen. Die Leute werden sich um Baron Pwyll scharen, hier und im Osten, und Connacht wird einem Feind gegenüberstehen, wie ihn weder Kinnemore noch Ceridwen sich je hätten träumen lassen.«

»Aber ich sollte dabeisein.« In der Hoffnung, ein wenig Unterstützung zu finden, richtete er seine Gedanken an den Speer. *Du bist die einzige Waffe im ganzen Land, die der Hexe etwas anhaben kann, und ich bin dein rechtmäßiger Träger,* erinnerte er ihn. Aber zu seiner Enttäuschung gab ihm der Speer keine Antwort, er hatte die Verbindung längst unterbrochen und den Kontakt auf der unbewußten Ebene gleich mit.

»Du gehst dorthin, wo du hingehörst«, sagte Mickey. »Wer weiß, wie lange der Krieg dauern wird? Du hast dein eigenes Leben, vergiß das nicht, ein Leben außerhalb des Reiches von Faerie.«

Für einen Moment konnte Gary nicht einmal sagen, ob er sich an dieses Leben auch nur erinnern wollte. Hier, in diesem Land, spielte er eine gewichtige Rolle. Hier war er der Drachentöter, hier war es nicht egal, ob es ihn gab oder nicht. Aber was konnte er in seiner eigenen Welt schon tun, damit es nicht egal wahr?

Diese Gedanken führten unvermeidlich zu Diane und zu seiner Familie. Ihnen war es ganz bestimmt nicht egal, ob es ihn gab oder nicht.

Letzten Endes hatte er gar keine Wahl. Kelsey zog ihn auf die Füße und schob ihn zu den tanzenden Feenmännlein hinüber.

»Jetzt geh schon, Junge«, sagte Mickey, und Gary kam es so vor, als ob der Kobold seine Munterkeit nur spielte und in Wirklichkeit den Tränen nahe war.

»Wir sind noch nicht fertig«, sagte Gary mit Nachdruck. »Ich sollte dabeisein.«

»Man weiß nie, wohin der Wind einen weht«, antwortete Mickey mit einem Zwinkern. »Nun schaff deinen Hintern in den Ring, Junge, und geh dorthin, wo das Schicksal dich hineingeboren hat.«

Gary trat in den Ring und setzte sich. Er blickte zu seinen Freunden zurück. Mickey war gerade dabei, seine langstielige Pfeife zu stopfen. Der Feengesang zwang Gary, sich hinzulegen und die Augen zu schließen, doch als er einschlief, hatte er dieses friedliche Bild immer noch vor Augen.

Als er erwachte, stellte er fest, daß er zwar das Reich von Faerie hinter sich gelassen hatte, aber leider nicht die schmerzhaften Folgen seiner Heldentaten. Er war wieder in dem Wald hinter dem Haus seiner Eltern, oben beim Blaubeerflecken, und im Osten färbte sich der Himmel bereits langsam blau.

»Diane«, hauchte er und hetzte über den Hügel, um in das kleine Tal hinabzuschauen, zu dem Moosbett hinab. Zu seiner maßlosen Erleichterung lag Diane immer noch dort und schlief. Sie seufzte und räkelte sich und schien kurz davor aufzuwachen. Gary ließ sich den Hang hinabrutschen und legte sich neben sie, dann schloß er die Augen und tat so, als ob er schliefe.

Diane erwachte mit einem Satz und sah sich empört um. »Hey!« sagte sie und knuffte ihm kräftig gegen die Schulter, dann jedoch hielt sie sich rasch die Nase zu. »Mundgeruch am Morgen kann ich zur Not ja aushalten, aber das … bist du von einem Stinktier angespritzt worden oder so?«

Gary öffnete die Augen und sah sie verwundert an, dann schnupperte er an seiner Achselhöhle. Wenn er nicht schon gelegen hätte, hätte es ihn glatt umgeworfen. »Nein, mich hat bloß ein Drache angehaucht«, antwortete er dann mit einem Glucksen.

Diane boxte ihn erneut. »Du mußt im Traum tierisch geakkert haben«, vermutete sie.

Lauf du mal 'ne Woche in 'ner schweren Rüstung rum, dachte Gary, mal in der grellen Sonne und dann wieder mitten in einem Wolkenbruch. Wollen mal sehen, wie gut du dann riechst!

Zu Diane jedoch sagte er nur leichthin: »Kann schon sein.«

Sie wedelte sich mit einer Hand vor dem Gesicht herum. Dann erstarrte sie, die Augen auf seine Hüfte gerichtet.

»Was?« fragte er, doch als er an sich hinabsah, wußte er die Antwort bereits. Über die Seite seines Leinenhemds zog sich eine lange Reihe von Nadelstichen.

»Was ist denn damit passiert?« fragte Diane.

»Das ist ein altes Hemd«, stammelte Gary und versuchte rasch, es sich wieder in die Hose zu stopfen, damit die Stiche nicht mehr zu sehen waren. Diane riß es ihm jedoch aus der Hand und zog es komplett aus dem Hosenbund heraus. Zu ihrem Entsetzen legte sie damit eine Narbe frei. Es mußte eine tiefe Wunde gewesen sein, eine Stichwunde.

»Was ist passiert?« drängte sie ihn.

»Ach, die ist alt«, antwortete Gary, obwohl ihm anzusehen war, daß ihn der Anblick selbst entsetzt hatte.

»Ist sie nicht!« schimpfte Diane. »Hör auf, mich anzulügen!«

»Meinst du, du würdest mir die Wahrheit glauben?« fragte er einfach und sah sie aus seinen grünen Augen durchdringend an.

Da begriff Diane. Sie dachte daran, worüber sie gestern gesprochen hatten, über die flüssige Handschrift in seinem Exemplar des *Kleinen Hobbit* und die winzigen Pfeile im Fensterrahmen. Gary war wieder drüben gewesen!

»Frag mich nicht«, sagte er, bevor sie auch nur die erste einer ganzen Reihe von Fragen über die Lippen brachte. »Ich glaub's selber nicht.« Er rollte sich auf die Seite, um aufzustehen, und fühlte irgend etwas in der Hosentasche. Es war ein Zahn, den er dann ans Tageslicht beförderte, ein Schneidezahn von mehreren Zentimetern Länge. Er hielt ihn empor und starrte ihn nicht weniger ungläubig an als Diane.

»Vom Löwen?« fragte sie mit großen Augen.

Gary schüttelte langsam den Kopf.

»Vom Drachen«, korrigierte er sie dann.